BENNE SCHRÖDER

In der Liebe ist die Hölle los

BENNE SCHRÖDER

In der Liebe ist die Hölle los

Roman

LYX

LYX in der Bastei Lübbe AG
Dieser Titel ist auch als eBook erschienen.

MIX
Papier aus verantwortungsvollen Quellen
FSC
www.fsc.org
FSC® C083411

Textredaktion: Christiane Wirtz
Umschlaggestaltung: © ZERO Werbeagentur, München
unter Verwendung von Motiven von © FinePic® München
Satz: Greiner & Reichel, Köln
Gesetzt aus der New Caledonia
Druck und Verarbeitung: CPI books GmbH, Leck – Germany
Printed in Germany
ISBN 978-3-7363-0449-9

1 3 5 7 6 4 2

Für Andreas

1

Der Cappuccino schmeckte wie ein Cappuccino nun einmal schmeckte, wenn er aus abgestandenem Filterkaffee und Milchschaum, der wie billiger Styropor aussah, zusammengebastelt worden war. Daran änderten auch das andauernde Umrühren und die mittlerweile drei Tütchen Zucker nicht mehr viel. Vielleicht hätte ein ordentlicher Schuss Alkohol geholfen, aber dann hätte ich mich nicht länger so gut zusammenreißen können.

Einmal abgesehen von der miserablen Kaffeequalität war dieser Abend ohnehin nicht gerade das, was ich mir unter einem romantischen Abendessen vorgestellt hatte. Wieder einmal klafften Wunschdenken und Realität weit auseinander.

Jan hatte sich mit mir treffen wollen. Jan, der Typ, von dem ich ehrlich sagen konnte, dass er der erste Mann war, mit dem ich eine echte Beziehung gehabt hatte, mit dem ich also länger als drei Dates zusammen gewesen war, der mich so genommen hatte, wie ich war, mit allen Ecken und Kanten – und das waren zugegebenermaßen verdammt kantige Kanten.

Aber genau hier lag ja auch schon das eigentliche Problem: nicht bei den Kanten, sondern dass ich mit ihm zusammen *gewesen war – Vergangenheit*. Gesagt hatte Jan zwar, dass er die Probleme in unserer Beziehung aus dem Weg schaffen wolle, tatsächlich wollte er aber wohl eher mich aus dem Weg schaffen.

»Ich mag dich wirklich, aber ist dir eigentlich klar, was in den letzten Monaten mit mir passiert ist?«, fragte er um Fassung bemüht und strich sich die braunen Haare aus der Stirn. Er sah mich unverwandt an, mit diesen wundervollen dunklen Augen, in die ich mich verliebt hatte. Jan war anders als die belanglosen Typen, die ich bisher immer getroffen hatte. Er war kein gewöhnlicher Mann, und manchmal glaubte ich sogar, dass er mit diesen außergewöhnlichen Augen hinter die Wand blicken konnte, die ich um mich herum errichtet hatte und die niemals verschwinden würde.

Außerdem sah er einfach viel zu fantastisch aus. Er war viel zu groß, viel zu gut gebaut und hatte viel zu schöne Augen – und der Sex war einfach sagenhaft.

Natürlich wusste ich, was er in den letzten Wochen durchgemacht hatte. Es war einfach nur das passiert, was immer mit Männern passierte, die mir zu nahekamen. Meine Familie hatte sich eingemischt, hatte deutlich gemacht, dass sie unzufrieden mit meiner Partnerwahl war und dass diese Beziehung gefälligst zu enden hatte. Und trotzdem war ich mit dem festen Vorsatz hergekommen, ein Ende dieses Mal nicht einfach so hinzunehmen.

»Ich weiß, dass das alles nicht leicht ist, aber …« Weiter kam ich erst gar nicht, weil Jan mir wieder ins Wort fiel, und dieses Mal schien er die Fassung an den Zorn verloren zu haben.

»Nicht leicht? Kapierst du eigentlich, dass dieser Typ mir damit gedroht hat, mich umzubringen?!«

Ich seufzte innerlich. Manchmal schoss Augusto ein winziges bisschen übers Ziel hinaus. Er hatte sicher nicht wirklich versucht Jan umzubringen, sondern höchstens damit gedroht, und das war bei ihm schon ein gewaltiger Unterschied. Wenn Augusto tatsächlich kurzen Prozess machen wollte, schnippte er nur mit dem Finger, und wenn er Spaß an der Sache hatte, griff er tief in die Trickkiste der Grausamkeiten, über die ich lieber nicht nachdenken wollte. Aber eine einfache Warnung war wirklich nichts, worüber man sich ernsthaft Gedanken machen müsste – zumindest dann nicht, wenn man wusste, wer Augusto war.

»Also weißt du …« Ok, ich musste mir meine Wortwahl genau überlegen. »Ich glaube nicht, dass er wirklich etwas getan hätte, er wäre nur …« Wieder das gleiche Spiel – Jan unterbrach mich schneller, als ich meinen Gedanken überhaupt zu Ende bringen konnte. Das war wirklich ziemlich anstrengend.

»Er hat gesagt, dass er mir erst meine Eier und dann meinen Kopf abschneiden würde. Und er hatte ein ziemlich langes Messer dabei! Ein verdammtes Messer? In meiner Wohnung, im Schlafzimmer, als ich nach Hause kam.« Jetzt brüllte er sogar. Mittlerweile drehten sich einige der anderen Gäste zu uns um.

Ich musterte eine Gruppe reicher Kids, die sich eine Flasche Chardonnay nach der anderen kommen ließen und sich offensichtlich alle mit Chanel N° 5 eingenebelt hatten. Eine von ihnen trug eine pinke und mit Nieten besetzte Uniformjacke in Camouflageoptik, die sie mit einem ledernen Minirock kombiniert hatte – das hätte nicht einmal Lady Gaga angezogen. Abgesehen davon hätte ich in diesem Moment absolut alles für ein Glas Chardonnay getan.

»Was ist mit deiner Familie eigentlich los?!« Ich riss mich von der Clueless-Clique los und konzentrierte mich wieder auf Jans aufgebrachtes, aber immer noch atemberaubend schönes Gesicht.

Seine Frage brachte uns zurück zum Kern des Problems: Das Problem war mein Leben, das Leben, das durch und durch von meiner Familie bestimmt wurde. Ein goldener Käfig wäre noch das kleinste Übel gewesen, aber meine Familie hatte noch mehr in die Vollen gelangt und eine goldene Burg um mich herumgebaut – nur eben nicht aus Gold.

»Ist das irgendeine kranke Mafiascheiße?«, fragte er, und ich konnte sehen, wie seine Lider zuckten. Eigentlich war es kein Zorn, keine Wut, kein Hass – es war die pure Verunsicherung, die sich in ihm breitmachte. Er wusste nicht, woran er war, und ich würde das auch nicht ändern können.

Mit der Mafia lag er schließlich gar nicht so falsch. Die Tatsache, dass die Mitglieder meiner Familie ausschließlich in den teuersten Gegenden der Welt wohnten, die schnellsten Autos fuhren und die edelsten Kleider trugen – und das alles, ohne jemals einen Job gehabt zu haben –, war sicherlich ein Indiz dafür, dass bei uns irgendetwas nicht in ganz geregelten Bahnen verlief.

»Jan, hör zu …« Ich versuchte es mit Vernunft. »Ich kann dir wirklich nicht erklären, was …«

»Ich habe eine andere kennengelernt.«

Die Unsicherheit war verflogen, und er sah mich aus kalten Augen an. Die Erkenntnis brauchte eine ganze Weile, um sich in mein Bewusstsein vorzukämpfen. Natürlich hatte ich ihn gleich verstanden, aber nicht begriffen, was das bedeutete.

»Hör zu, Catalea. Ich habe die Zeit mit dir wirklich sehr genossen, aber im letzten Monat hast du es mir alles andere als leicht gemacht. Ehrlich gesagt war es sogar echt schlimm. Letzte Woche habe ich dann Laura bei dem Workshop in Bonn kennengelernt.«

Ich antwortete nicht, starrte ihn nur an. Im Gegensatz zu meinem Freund – sorry, Exfreund – war ich hierhergekommen, um unsere Beziehung zu kitten. Jan hingegen hatte das alles nur inszeniert, um mit mir Schluss zu machen. Er demütigte mich gerade in aller Öffentlichkeit und führte mich vor.

»Laura …«, sagte ich langsam. Jan griff über den Tisch nach meinen Händen.

»Catalea, es tut mir ehrlich leid, aber du musst verstehen,

dass ich so nicht weitermachen kann. Ich habe dich sicher nicht betrogen, deshalb beende ich das hier jetzt, bevor ich mit Laura weitergehe. Ich wünsche dir wirklich, dass du glücklich wirst.«

Ich entriss ihm meine Hände.

In diesem Moment fragte ich mich, ob er anders reagiert hätte, wenn er gewusst hätte, mit wem er es zu tun hatte, mit wem er hier gerade Schluss machte. Ich konnte es ihm nicht vorwerfen, immerhin hatte ich ihn ja selbst im Dunkeln gelassen – jetzt stellte sich heraus, dass das wohl auch besser so gewesen war. Wieder einmal hatte mein Bruder mit seinen Warnungen recht behalten, und dafür hasste ich ihn in diesem Augenblick noch ein bisschen mehr.

»Verschwinde.« Mehr brachte ich zwischen meinen zusammengebissenen Zähnen nicht heraus. Ich fand es erstaunlich, dass ich mehr oder minder gefasst klang, wenn man bedachte, wie sehr es in mir brodelte.

Jan sah mich einen langen Moment an, dann seufzte er resigniert, zahlte die Rechnung und blieb noch für einige Sekunden an unserem Tisch stehen, nachdem er sich erhoben hatte. Ich sah nicht auf, sondern richtete meinen Blick stur geradeaus.

»Es tut mir wirklich leid«, sagte er.

»Ja, mir auch.«

Andere Frauen hätten wahrscheinlich schon jetzt Tränen in den Augen gehabt, aber mein Vater hatte mir einmal eindrucksvoll demonstriert, dass Tränen meines Standes nicht würdig waren. Damals war ich vielleicht sechs oder sieben Jahre alt gewesen, genau wusste ich das nicht mehr, und er noch hin und wieder ein Teil meines Lebens. Ich hatte geweint, weil ich hingefallen und mit aufgeschürften Knien zurück nach Hause gekommen war. Er hatte mich nur eine Weile angestarrt, mich dann am Kragen gepackt und mir eine Handvoll Ohrfeigen verpasst.

»Tränen sind nur ein Zeichen von Schwäche, und Schwäche ist der Untergang deiner Familie«, hatte er gesagt und war gegangen. Er hatte mich mit dieser Aussage alleingelassen, und ich konnte ihre Bedeutung damals noch gar nicht verstehen. Heute wusste ich, dass eine Schwäche ihn tatsächlich zu Fall bringen könnte, aber ich hatte damit wenig zu tun. Ich war ihm mittlerweile nur noch eine Last, für die er allerdings selbst verantwortlich war.

Ich stand auf, zog meinen Mantel über und verließ das Restaurant. Der Trubel der bunten Aachener Straße umfing mich sofort, aber trotzdem fanden meine Blicke Jans Hinterkopf innerhalb weniger Sekunden. Er bahnte sich seinen Weg durch die vielen Menschen, durch Tische und Stühle, die vor Restaurants und Bars standen, und ich folgte ihm, hinein in die Seitenstraßen des Viertels.

Als er gerade vom Bordstein trat und eine der schmaleren Straßen überqueren wollte, rief ich seinen Namen, obwohl ich genau wusste, welche Kettenreaktion das in Gang setzen würde. Ich tat es im Bewusstsein der Konsequenzen und genoss es.

»Jan …« Ich stand mindestens fünfzig Meter von ihm entfernt, sah aber dennoch, wie er innehielt und sich langsam zu mir umdrehte. In seinen Augen lag Unverständnis, in meinen Gewissheit.

Als der Lieferwagen in der nächsten Sekunde für die schmalen Straßen viel zu schnell heranrauschte, hörte ich zunächst nur das Quietschen der Bremsen. Dann folgte der Aufprall des Körpers auf Blech und schließlich das Bersten der Windschutzscheibe. Das Brechen von Knochen war ein unverwechselbares Geräusch, das man niemals vergaß, wenn man es einmal gehört hatte – jetzt ging es allerdings in dem allgemeinen Dröhnen des Unfalls unter.

Kaum dass der Fahrer gebremst hatte, sprang er schreiend

aus dem Wagen, hielt sich beide Hände an den Kopf und starrte auf das viele Blut und den leblosen Körper, der gekrümmt auf dem Boden lag.

Ich beobachtete die Szene noch einen Augenblick, dann drehte ich mich unbeeindruckt um und ging mit einem Lächeln auf den Lippen zurück in das Kneipenviertel – in der Gewissheit, dass ich Jan eines Tages auf der anderen Seite wiedersehen würde.

2

Kapitel 1 – Neuanfang

Bitte haben Sie keine Angst. Eine repräsentative Erhebung hat ergeben, dass 94 % aller Menschen in Ihrer Situation Angst haben. Dazu besteht jedoch keinerlei Veranlassung. Sie haben soeben Ihre Augen geöffnet und dieses Buch gefunden. Es gehört von nun an Ihnen. Eine repräsentative Erhebung hat ergeben, dass 82 % aller Menschen in Ihrer Situation ein solches Buch hilfreich finden. Bitte beachten Sie, dass bei Verlust dieses Buches eine erneute Schutzgebühr fällig wird.

Sie sind in das Dunkel eingegangen, Ihre Seele hat Ihren vadumantischen Körper und das Diesseits verlassen und wurde von einem Todeshändler des Hauses (Name des Hauses bitte einfügen) in das Jenseits transferiert. Dieser Seelenhandel hat Ihre Erdgebundenheit automatisch aufgelöst, weshalb Sie nun den Weg in diese Welt gefunden haben und von allen irdischen Pflichten entbunden sind. Einsprüche gegen eine etwaige Fehltransferierung können nach Ablauf der siebentägigen Erstaufnahmezeit beim Haus (Name des Hauses bitte einfügen) eingereicht werden. Ein Register aller Totenanwälte ist beim entsprechenden Haus zu erfragen. Weitere Informationen dazu, Kontaktadressen sowie ausführliche Wegbeschreibungen sind Kapitel 13.6 »Einspruch und Berufung« zu entnehmen. Fragen Sie auch nach unseren neuen Audioguides.

Bitte informieren Sie sich nun über alle weiteren Abläufe in Ihrer Erstaufnahmezeit.

Sollten Sie einer heidnischen Erdreligion angehören, lesen Sie bitte hier weiter. Buddhisten, Hinduisten und andere asiatisch geprägte Religionsströmungen finden den Folgetext in den Unterpunkten ab Kapitel 2. Muslime blättern direkt zu Kapitel 3, und alle christlichen Strömungen orientieren sich in Kapitel 4 bei den jeweiligen Unterpunkten. Radikal evangelische Freikirchen warten bitte auf den Totenarbeiter.

Kapitel 4.1 – Katholizismus

Lieber Katholik, bitte erschrecken Sie nicht. Eine repräsentative Erhebung hat ergeben, dass 89 % aller Menschen in Ihrer Situation bei den folgenden Informationen erschrecken. Sie befinden sich im Dunkel – in Ihrem Fall auch als »die Hölle« bekannt. Nach dem letzten ganzheitlichen Relaunch sind klassische Höllenqualen zwar weiter möglich, aber nicht verpflichtend. Das Dunkel passt sich dem aktuell gültigen Lebensstandard des Erdkreises an. (Weitere Informationen zum Dasein im Dunkel entnehmen Sie bitte der beiliegenden und attraktiv bebilderten Sonderbroschüre.)

Nach dem postparadiesischen Kreationisten-Abkommen von 4920 v. Chr. haben Sie sich nicht für das Licht qualifiziert und entsprechend Ihrer Taten einen Platz im Dunkel zugewiesen bekommen. Ihr Status errechnet sich anhand der von Ihnen begangenen Sünden nach § 7645 Abs. 13.9 Altes Testament/Bibel. Eine vollständige Auflistung können Sie beim Sündenportal einsehen oder durch Ihren Totenarbeiter beantragen.

Nach Ihrem Tod (17.21 Uhr, Rüttenscheiderstr. 12 in Essen – Torstadt: Köln) wurden Sie von einem Ihnen zugewiesenen Todeshändler ordnungsgemäß transferiert. Ihre Seele ist vollständig eingetroffen. Entsprechend Ihres irdischen Glau-

bens wurde eine Seelenausrichtung vorgenommen: Sie befinden sich nun im katholischen Teil des Dunkels, in dem die Gegebenheiten den Vorstellungen Ihrer vadumantischen Religion angepasst wurden.

Bevor Sie sich den weiteren Detailerklärungen widmen, blättern Sie nun bitte zur letzten Seite. Dort finden Sie die Kontaktdaten Ihres persönlichen Totenarbeiters, der Ihnen in den nächsten Tagen zur Seite stehen wird. Eine repräsentative Erhebung hat ergeben, dass 100 % aller Menschen, die diesen Abschnitt gelesen haben, eine fachkundige Ansprechperson wünschen.

...

Aus: Ratgeber für die Toten. 783. Auflage
Verlag der Finsternis

Das Haus lag im äußersten Süden der Stadt, eingebettet in eine prachtvolle Parkanlage mit uralten Eichen, die dort wahrscheinlich länger standen, als es die Stadt gab. Umgeben von einem hohen schmiedeeisernen Zaun und rund um die Uhr von Sicherheitspersonal bewacht, machte man es Gästen nicht gerade leicht, das Anwesen zu betreten. Selbst ich musste vor dem Tor warten und starrte nun in das rot blinkende Kameraauge hoch oben auf der Zaunkrone.

»Und Sie haben Ihren Passierschein wirklich nicht dabei?«, fragte einer der Wachen zum mittlerweile dritten Mal. Sein schwarzer Anzug war nicht irgendein Modell von der Stange, sondern eines, für das ein ganz normaler Mensch einen Monat arbeiten ging.

»Nein, verdammt.« Ich versuchte wirklich, ruhig zu bleiben, allerdings fiel mir das mittlerweile mehr als schwer. »Ich komme jeden Tag. Absolut jeden Tag, sieben Tage die Woche. Sie kennen mich doch. Ich habe meinen Passierschein nicht dabei.

Wo ist das Problem? Warum brauche ich überhaupt einen Passierschein?«

Am Ende hatte ich zugegebenermaßen schon erheblich aufgebrachter geklungen, als ich es beabsichtigt hatte. Das passierte mir in letzter Zeit leider immer häufiger, und ich möchte an dieser Stelle erwähnen, dass die Schuld daran nicht einmal im Ansatz bei mir lag. Seit ich Tag für Tag das Haus aufsuchen musste, hatte ich mich immer mehr dem hingegeben, was ich war, aber nicht sein wollte. Neue Aufträge wurden unglücklicherweise nur hier ausgegeben, sodass es zwingend erforderlich war, vor Ort aufzuschlagen und sich mit meinesgleichen auszutauschen. Aber dazu später mehr.

»Sie müssen das verstehen. Unsere Sicherheitsrichtlinien sehen in diesem Fall eine persönliche Freigabe des Verwalters vor.«

Noch immer durchbohrte mich die Überwachungskamera mit ihrem roten Licht und blinkte mich aggressiv an. Der Verwalter war eine Ausgeburt der Hölle, die an Arroganz und Inkompetenz nicht zu übertreffen war. Er war einfach ein Arsch.

»Und wie lange will der Verwalter mich noch anstarren, bis Sie das Tor öffnen?«, fragte ich und deutete mit einem übertrieben breiten Lächeln auf die Kamera.

In dem Augenblick, als ich darüber nachdachte, wie ich möglichst beiläufig meinen Vater ins Spiel bringen konnte, erklang ein metallisches Klacken, die Riegel lösten sich, und das schwere Tor glitt mit einem lauten Ächzen zur Seite – gerade noch mal Glück gehabt.

Die meisten anderen Gäste des Hauses kamen standesgemäß in eleganten Luxuskarossen und fuhren die Anhöhe bis zum Vorplatz hinauf. Ich allerdings war mit der U-Bahn bis zur Endhaltestelle gefahren und lief die Einfahrt deshalb zu Fuß hinauf – ebenfalls standesgemäß. Leider blieben meine Absätze alle paar Meter in irgendwelchen Löchern und Unebenheiten stecken, und ich dachte darüber nach, irgendwann doch den Limousinenservice in Anspruch zu nehmen. Wahrscheinlich gab es keine andere Frau auf der Welt, die hochhackige Schuhe so sehr hasste wie ich. Es war ziemlich paradox, denn natürlich fand ich schöne Pumps ganz wunderbar, allerdings nur bis zu dem Zeitpunkt, an dem ich sie anzog. Dann schaltete sich augenblicklich mein Verstand ein und meldete die schmerzhafte Verstümmelung meiner Füße.

Sobald ich das Anwesen betreten hatte, schloss sich das Tor hinter mir und schottete das Gelände wieder von der Außenwelt ab. Der Verwalter legte nicht nur viel Wert auf Sicherheit, sondern auch auf absolute Diskretion im Hinblick auf die vadumantische Welt vor dem Zaun. Niemand wusste, was hier Tag für Tag und Nacht für Nacht geschah, und das sollte auch so bleiben, dafür wurde gesorgt.

Mia, meine jüngere Schwester, hatte mir erst vor Kurzem unter Lachtränen erzählt, einige Leute in der Nachbarschaft glaubten, dass sich im Haus ein exklusiver Swingerklub befände und wir deshalb ein solches Geheimnis daraus machten, was sich hinter den dicken Mauern des Hauses abspielte. In gewisser Weise hatten sie ja auch recht: Es wurde häufig ziemlich schmutzig und manchmal auch sehr eklig, aber ein Swingerklub war es nun nicht, der mich beinahe jede Nacht herzog.

Das Haus selbst war ein aus mittlerweile dunkel gewordenen Sandsteinen kunstvoll erbautes Anwesen mit einem Mittelschiff, dessen Vordach von acht gewaltigen Säulen getragen wurde, und zwei lang gestreckten klassizistischen Seitenflügeln. Es wirkte wahnsinnig nobel und elegant mit seinen pompösen Erkern und Giebeln, die man in der Renaissance einfach an das Haus angebaut hatte, um eine noch protzigere Wirkung zu erzielen.

Auf dem geschotterten Vorplatz reihten sich Sportwagen an Sportwagen, Edelcoupé an Edelcoupé und Limousine an Limousine. Dazwischen standen mannshohe Eisenschalen mit glühenden Kohlen, die den Platz in ein unheimliches Licht tauchten. Es sah aus, als wäre ich auf dem Schlossvorplatz irgendeines stinkreichen arabischen Scheichs gelandet, die ja dafür bekannt waren, ihr gesamtes Geld zu verprassen, ähnlich wie die Leute, die hier ein und aus gingen – mit Ausnahme von meiner Person natürlich.

Das Vordach des Haupttraktes war zu beiden Seiten von einem schweren Vorhang aus Samt, der in Leder eingefasst war, versehen und machte es so verdammt schwer, einen Blick in das Innere des Gebäudes zu werfen, denn abgesehen von der gläsernen Eingangstür gab es nicht ein einziges Fenster im gesamten Gebäude. Anstelle der Fenster waren goldene Rahmen in die Fassade eingelassen, die prunkvolle Wandmalereien umschlossen. Ich musste es ja zugeben, das Haus war wirklich ziemlich schön, nur, dass ich es eben dennoch einfach nicht ausstehen konnte.

Als ich die Stufen zum Eingang erreichte, schüttelte ich noch einmal mein widerspenstiges Haar zurecht und stieg dann die kleine Empore hinauf. Gleich zwei Männer in leuchtend ultramarinblauen Uniformen mit goldenen Revers und Knöpfen öffneten die doppelflügelige Tür mit einer schnellen Verbeugung und gaben den Blick ins Haus frei.

Das Innere des Gebäudes war tatsächlich noch ausladender gestaltet als seine Fassade: italienischer Marmor zu meinen Füßen, venezianische Spiegel an den Wänden und prunkvolle, kitschige Kronleuchter an der Decke, in denen Hunderte Kerzen brannten – keine Glühbirnen, sondern echte Kerzen. Ein weiterer Mann in blauer Uniform trat hinter einem Vorhang hervor, nahm mir meinen Mantel so elegant ab, dass ich kaum eine Berührung spürte, und verschwand dann so schnell wieder, wie er gekommen war.

»Principessa, welch wunderbaren Anblick Ihr wieder abgebt.«

Auf einem wackligen Stuhl saß mitten in der Eingangshalle ein alter Mann mit einem schwarzen Rollkragenpullover, der seine besten Tage lange hinter sich hatte – das galt für Stuhl und Mann. Sein Gesicht war von tiefen Furchen durchzogen, das graue Haar aber akkurat mit Pomade gescheitelt und glatt gestrichen. Er strahlte trotz seines gebrechlichen Aussehens Strenge und Dominanz aus, während mich seine so vertrauten dunklen Augen hinter der schmalen Brille herzlich anlächelten.

»Ach, Domenico, wenn ich nur zwei- bis fünfhundert Jahre älter wäre. Immer nur Komplimente von Ihnen«, sagte ich schmunzelnd.

»Es fällt mir nicht schwer.« Der alte Mann lächelte zurück.

Man sah es ihm zwar nicht an, aber Domenico war die letzte Hürde, um ins Haus zu gelangen. Er war von den Sieben zu einem der Torwächter gemacht worden, und das schon vor sehr, sehr langer Zeit. Er war nicht nur der Herr über die Tür *dieses* Hauses, sondern auch der Herr über das Tor ins Dunkel. Jede einzelne eingesammelte Seele in einem weiten Umkreis musste von ihm akzeptiert werden, damit sie passieren konnte. Ohne ihn war das Torhaus kein Torhaus.

»Und? Wie ist die Stimmung heute?«, fragte ich, während ich in einem der goldenen Wandspiegel noch einmal mein Äußeres kontrollierte. Ich sah dunkelbraune, beinahe schwarze Locken bis über die Schultern und ein Gesicht, das mehr dem eines Rehs als dem einer italienischen Rasselady glich. Ich war wirklich nicht hässlich und wollte mich nicht beschweren, aber ich hatte das Gefühl, dass alle um mich herum – besonders hier im Haus – hundertmal schöner, langbeiniger, vollbusiger und vor allem stilvoller waren.

»Wie jede Nacht, Principessa.«

»Unausstehlich? Abgehoben? Ekelhaft?«, fragte ich und wandte mich ihm wieder zu.

»Noch schlimmer«, antwortete er und starrte mit seinen trüben Augen durch mich hindurch.

Ich lachte leise auf. Manchmal hatte ich das Gefühl, dass er der Einzige war, der mich ansatzweise verstand, aber wahrscheinlich saß er einfach nur schon zu lange auf diesem Stuhl und hatte sehr viele von uns kommen und gehen sehen.

»Dann machen *Sie* sich zumindest einen netten Abend, Domenico.«

»Wie jeden Abend, Principessa«, antwortete er, bevor ich mich wieder in Bewegung setzte und auf die Treppe zuhielt, die am Ende des Atriums in die Tiefe und damit in die Welt führte, die ich in den letzten Monaten abgrundtief zu hassen gelernt hatte.

Ich stieg die Treppenstufen hinab, und es dauerte eine ganze Weile, bis sich der schmale Schacht auf halber Strecke in die Breite öffnete und nahtlos in einen kreisrunden Saal überging, der sich wie ein Amphitheater weiter hinab erstreckte. Die Stufen der Treppe wurden breiter und breiter, bis sie schließlich zu großen Terrassen wurden. Im Zentrum und zugleich der untersten Ebene des Amphitheaters standen Dutzende Schreibtische, an denen Männer und Frauen in eleganter Businesskleidung saßen. Nur einige wenige Tische waren verwaist.

Dort unten befand sich die gesamte Administration der Torstadt, die wie die kirchlichen Diözesen Dreh- und Angelpunkt einer ganzen Region war. In unserem Fall war das Torhaus in

Köln für die gleiche Region zuständig, die auch das Erzbistum Köln abdeckte, und das bedeutete manchmal wirklich unerträglich weite Wege, um irgendeine dahergelaufene Seele einzusammeln, die zu dämlich gewesen war, den heranrasenden Bus zu bemerken.

Smartphone, Straße, Bus, tot – so schnell konnte das gehen. Und dann kamen wir ins Spiel, fuhren zu jenen hinaus, die zum Zeitpunkt ihres Todes zu viele schlechte Taten auf dem Konto hatten, sammelten ihre Seelen ein und überführten sie in das Dunkel.

Allerdings wurde im Haus nicht nur gearbeitet, denn auf allen anderen Ebenen oberhalb der Administration waren elegante Sitzgruppen aus tiefroten Ohrensesseln, Stühlen aus den unterschiedlichsten Epochen der letzten Jahrhunderte und Biedermeiersofas geschmackvoll arrangiert worden. Der Boden bestand aus poliertem, beinahe schwarzem Ebenholz, und die Wände waren mit purpurfarbenem Samt verkleidet, sodass das Theater mit seinem schummrigen Licht und einem drückenden Parfümduft einer absolut seltsamen Mischung aus englischem Club, Moulin Rouge und Zirkuszelt glich.

»Catalea.«

Es war eine junge Frau, die mich zuerst entdeckte und natürlich sofort reagierte. Ich glaube, sie hieß Emile oder Carla oder vielleicht auch Geraldine. Wie auch immer ihr Name war, sie deutete einen Knicks an, während ich versuchte, möglichst stilvoll einige Ebenen herabzusteigen. Natürlich scheiterte ich – was auch sonst?

Ich setzte ein unverbindliches Lächeln auf, nickte nur freundlich und rauschte an ihr vorbei. Aber es passierte natürlich, was passieren musste: Obwohl aus dem großen goldenen Grammofon auf der untersten Ebene verzerrte klassische Musik das gesamte Theater beschallte, verbreitete sich mein

Name wie ein Lauffeuer unter den anwesenden Personen. Immer mehr Augenpaare richteten sich auf mich, die Anwesenden hielten in der Bewegung inne, musterten mich kurz, nickten mir zu oder hoben die Hand zum Gruß.

»Catalea.«

»Hallo, guten Abend, Catalea!«

»Catalea ist da.«

Einige von den Augenpaaren, die mich anstarrten, kannte ich, andere hatte ich noch nie gesehen: Männer in eleganten und unbezahlbaren Designeranzügen, Frauen in wunderschönen Kleidern und Röcken und auf Absätzen, die selbst Supermodels das Fürchten gelehrt hätten, und ein paar Gestalten, die außerhalb der Skala rangierten. Sie alle hatten die Eleganz von der Pike auf eingeprügelt bekommen und lebten sie jetzt in absoluter Perfektion. Jedes Lächeln war glamourös, die gesamte Körperhaltung aufrecht und jede Bewegung kontrolliert.

Auch ich war mein ganzes Leben lang darauf vorbereitet worden. Ich hatte immer gewusst, dass Augenblicke wie diese auf mich zukommen würden, aber schon als ich diesen Ort zum ersten Mal betreten hatte, war mir sofort klar gewesen, dass es sich hier um eine ganz andere Liga handelte. Selbst die Royals dieser Welt kämen sich in dieser Umgebung underdressed und unkultiviert vor. Und obwohl ich beinahe täglich hier war, lösten diese Situationen noch immer Unbehagen in mir aus.

Aus diesem Grund hasste ich es, hier sein zu müssen. Ich hasste es, die Tochter meines Vaters zu sein, die Tochter des Vorstandes, der die Geschicke der Firma seit langer Zeit lenkte, der Herr über alle hier Anwesenden war und der über jeden hier verfügen konnte, wie es ihm passte. Ich hasste es, die Tochter des Mannes zu sein, der Häuser wie dieses auf der ganzen Welt gebaut hatte, der sie mit Prunk und Protz bis unter die Decke vollgestopft hatte, der dafür gesorgt hatte, dass der Klerus sich nicht in diesen Teil der Stadt wagte, sondern sich von uns fernhielt. Ich war die Tochter des Mannes, der mehr Tote gesehen hatte als alle Bestatter der Welt zusammen.

Der Preis, den ich zahlte, war, dass ich nicht normal sein durfte, dass ich wusste, dass es mehr gab als diese eine Welt. Das war mein Tribut: die Gewissheit meiner Herkunft, einfach nur zu wissen, wer ich war.

Die Tochter des Teufels.

3

»Haben Sie einen Wunsch, Principessa?« Ich schrie auf und zuckte so heftig zusammen, dass die blonde Kellnerin, die plötzlich neben mir auftauchte, den Kopf erschrocken einzog. Im Gegensatz zu offenbar allen anderen Gästen des Hauses waren meine Antennen für das Unerwartete grauenvoll schlecht – jeder konnte sich an mich anschleichen, ohne dass ich es merkte.

»Himmel, verdammter! Warum müsst ihr eigentlich immer aus dem Nichts auftauchen?« Ich fasste mir an die Brust und atmete wohl ziemlich ungalant tief durch, denn sie verzog kurz das Gesicht zu einer mitleidigen Miene.

Es war immer das Gleiche: Während die anderen Anwesenden an ihrem Stolz und ihrer Eleganz erstickten, verhielt ich mich wie ein Proletenmädchen, das man aus Versehen in zu teure Klamotten gesteckt hatte. Wobei das ja auch mehr oder weniger der Wahrheit entsprach.

»Verzeihen Sie bitte, Principessa«, antwortete die Blondine kleinlaut und trat noch einen weiteren Schritt zurück. Sie hatte ihre Haare zu einem straffen Zopf gebunden und trug über der hochgeschlossenen schwarzen Bluse eine leuchtend blaue Weste, ähnlich der Uniform, die auch die Männer im Atrium trugen. Sie alle waren Vadumanten im Dienste der Allgemeinheit, die genau wussten, für wen sie arbeiteten. Sie wurden in langen Auswahlprozessen für ihre Tätigkeiten ausgesucht und fürstlich dafür bezahlt, dass sie ihrer Arbeit nicht nur mit dem erforderlichen Elan nachgingen, sondern auch unter keinen

Umständen und mit absolut niemandem darüber sprachen. Ich war mir allerdings sicher, dass auch noch andere Sicherheitsvorkehrungen getroffen und sie mit irgendwelchen Bannen belegt wurden.

»Also dann … irgendeinen Rotwein.«

»Wir haben …«

»Mir egal. Irgendeinen, der wenig nach Rotwein schmeckt, bitte.«

Ich hasste Rotwein. Aber hier tranken nun einmal alle Rotwein – immerzu. Rotwein und Absinth – noch ein Getränk, das absolut niemandem auf der ganzen Welt, weder im Diesseits noch im Jenseits, schmecken konnte. Man hatte mir anfangs deutlich zu verstehen gegeben, dass es ratsam war, sich nicht zu sehr von der Masse abzuheben und vorerst nicht anzuecken. Ich hatte mir das zu Herzen genommen, denn ich wollte möglichst unsichtbar bleiben und in der Masse verschwinden.

Ich hätte natürlich einfach ganz auf den Wein verzichten können, hatte aber irgendwann gemerkt, dass das ein oder andere Glas Wein einen Abend im Haus durchaus erträglicher machte.

Ich wurde in eine Welt geboren, die ihr vielleicht nicht versteht, die ihr zwar kennt, von der ihr aber nicht wusstet, dass sie tatsächlich existiert. Mein Name ist Catalea Morgenstern, und mein Vater ist der Teufel. Und das sage ich nicht, weil er ein mieses Arschloch ist – obwohl das natürlich stimmt. Nein, er ist der verdammte Teufel himself.

Warum gingen Menschen in Kirchen und glaubten an Gott, kamen aber nicht einmal auf die Idee, dass es außerhalb des Lichts auch noch Schatten geben könnte? Wie viele Menschen sagten, dass sie zwar an etwas Göttliches glaubten, der Teufel aber nun wirklich zu viel des Guten war?

Ich sage es euch: Es gibt da draußen einen extrem großen Schatten, in dessen Dunkelheit verdammt viel passiert.

Mein Vater ist einer von sieben, die vor langer Zeit das Licht verlassen haben und in das Dunkel gegangen sind. Nun ist der Tod der Menschen unser Geschäft. Früher nannten wir es Fegefeuer, Unterwelt, Schattenreich, Inferno oder einfach nur Hölle, heute nennen wir es »die Firma«. Das Business ist allerdings das Gleiche geblieben: Wir holen uns die Seelen der Verstorbenen.

Ihr kennt die Geschichte doch – die guten Jungs gehen in das Licht, die bösen in das Dunkel. Die Kirche kümmert sich um die eine Hälfte, die Firma um die andere. Schließlich müssen alle Seelen das Diesseits verlassen, nur die Richtung kann unterschiedlich sein. Entweder gibt es eine Fahrkarte nach oben oder zu uns, nach unten.

Bei mittlerweile fast acht Milliarden Menschen auf der Welt hat sich dieses Geschäft zu einer ziemlichen Mammutaufgabe entwickelt – besonders weil die Mehrheit nicht mehr ins Licht geht. Es ist voll geworden im Dunkel in Zeiten von Kriegen, Flüchtlingskrisen, Fremdenhass und geldgierigen Investmentbankern. Letztere landen übrigens besonders häufig auf unseren Schreibtischen, weil sie sich gern das Leben nehmen, und das sind die wirklich verdammt ekligen Fälle – ganz abgesehen davon, dass Selbstmord natürlich eine Todsünde ist.

Jede Familie hat ihre Leiche im Keller, aber im Keller meiner abgefuckten Familie sah es schlimmer aus als in jedem Massengrab.

Zwar gab es am Eingang eine Klingel, deren Knopf man einmal um die eigene Achse drehen musste, aber er würde den Teufel tun, sie zu benutzen. Ihm wurde die Tür wie selbstverständlich vom Doorman geöffnet, dessen Cutaway, ein dunkler Frack, immer makellos glänzte und nicht eine einzige Falte besaß. Das schätzte er an diesem Laden: die gnadenlos akkurate und bis ins Detail durchdachte Präzision in jederlei Hinsicht.

Kaum, dass sich die Tür geöffnet hatte, wurde er von einer trotz ihrer einfachen Natur bezaubernden Bardame, die ein dunkles Kostüm mit einer eleganten Brosche trug, in Empfang genommen und an seinen Platz geführt – einem mit feinstem Leder gepolsterten Barstuhl am äußersten linken Rand der Bar. Das schwere Mahagoniholz des Tresens erstreckte sich in einem leichten Bogen von der Eingangstür bis hin zu seinem Platz, wo ein kunstvoll geschnitzter Sockel den Abschluss bildete.

Der Barraum selbst war bis in die letzte Ecke mit edlen Stoffen ausstaffiert. Die Fenster waren mit schweren Vorhängen verhangen, rote Lampenschirme dämpften das Licht, und im gesamten Raum hing der schwere Duft von Moschus und üppigen Blumensträußen, die in großen Vasen in jeder Ecke des Raumes standen und sich scheinbar gegenseitig zu übertrumpfen versuchten.

Es war nicht allzu viel los an diesem Abend. Doch selbst wenn – sein Platz wäre frei gewesen, denn er war immer frei, wenn er kam, ebenso wie der daneben, das war ein Gesetz.

Die anderen Gäste ließen ihn in Ruhe und wurden von der Bardame falls nötig mit ihrer lieblichen Stimme freundlich, aber bestimmt drauf hingewiesen, ihn nicht zu belästigen. Er schätzte diesen Service und die Diskretion außerordentlich, allerdings bezahlte er schließlich mehr als ein kleines Vermögen dafür.

Aber auch wenn er das nicht getan hätte, der Service nur halb so gut gewesen wäre und die Bardame ihn nicht hofiert hätte, wagten die meisten Gäste es ohnehin nicht, ihn anzusehen oder ihm gar in die Augen zu blicken. Selbst so plumpe Wesen wie diese einfachen Vadumanten besaßen einen Hauch von Überlebensinstinkt und würden auch einem Jaguar nicht zu nahe kommen, weil er einen im nächsten Augenblick zerfleischen könnte.

Er nahm völlig lautlos Platz. Während die anderen Stühle laut ächzten und regelmäßig von ihrem Alter erzählten, gab seiner nie ein Geräusch von sich. Seinen dunklen Wollmantel zog er niemals aus, nur seinen Hut nahm er nun vom Kopf und platzierte ihn auf dem Stuhl neben sich.

Es dauerte nicht lange, bis der Bartender eine kleine, fein bemalte Keramikfliese vor ihn legte und ein Kristallglas darauf abstellte. Die Flüssigkeit in seinem Inneren war pechschwarz – ein wunderbar samtenes Nachtschwarz, das im Glas noch in Bewegung war. Der Rapscallion war ein für menschliche Verhältnisse recht alter Drink, für den er seine Vorliebe vor vielleicht siebzig oder achtzig Jahren entdeckt hatte. Während andere schnell begannen zu husten, wenn sie sich die hochprozentige Mischung aus Absinth, Whiskey und Sherry in die Kehle gossen, war dies einer der wenigen Drinks, die er überhaupt noch schmecken konnte.

Dieser Abend war etwas ganz Besonderes, denn zum ersten Mal würde er heute eine andere Person neben sich dulden.

Ein kurzer Blick auf seine goldene Taschenuhr verriet ihm, dass er noch eine halbe Stunde Zeit hatte, bis sein Gast eintreffen würde – ausreichend Zeit, um eine kubanische Zigarre zu rauchen.

Es war erstaunlich, aber wenn man ein Glas Rotwein in einem Zug leerte, schmeckte es gar nicht mehr so schlecht.

»Catalea.« Beim Klang der süßlichen Stimme erstarrte ich und blieb stocksteif stehen. Rotwein und Absinth waren die eine Sache, die blasierten Todeshändler in ihren Designerkleidern eine andere, aber die Person, der diese Stimme gehörte, war der Super-GAU eines jeden Abends. »Wie wundervoll, dich zu sehen, meine Liebste.«

Ich drehte mich nur langsam um und schraubte dabei ein gezwungenes Lächeln in mein Gesicht, von dem ich hoffte, dass es ansatzweise ernst gemeint wirkte.

Und da stand sie direkt vor mir, die bezaubernde Evangelista Scaletto, ein Wesen, das nur aus Beinen und Dekolleté zu bestehen schien, unnatürlich schön mit dem Charme einer Königin. Sie trug ein Cocktailkleid von irgendeinem Designerlabel, das mehr wie ein Schal aussah, den sie sich notdürftig um den Körper geschlungen hatte. An ihrem Hals trug sie an einer Kette den wahrscheinlich größten Edelstein, den ich jemals gesehen hatte. Sie stellte ihn ständig und überall zur Schau und erzählte jedem Hunderte Male, wie absolut sündhaft teuer und unbezahlbar dieser Brillant gewesen sei. Er sei so teuer, dass ausschließlich ihre Familie dazu imstande sei, ihn zu kaufen, und sonst absolut niemand. Ihre blonden Haare waren reichlich mit Extensions unterfüttert. Das stritt sie zwar ab, aber mir war mal eine Klebestelle aufgefallen, die alles verraten hatte. Diese Frau war eben doch nur ein zusammengebasteltes Kunstwerk, immer darauf bedacht, die Perfektion in Person zu sein.

Ihre winzig kleinen, zierlichen und perfekten Füße steckten in noch perfekteren Schuhen von Salvatore Ferragamo, die ebenfalls ein Vermögen gekostet hatten. Das wusste ich, weil ich sie mir ungefähr zweiundsiebzigmal beim Onlinehändler meines Vertrauens angeguckt, geseufzt und sie dann wieder weggeklickt hatte. Wie gesagt, es war eine Sache, sie zu besitzen, darauf zu laufen eine völlig andere.

»Evangelista …« Mehr brachte ich nicht heraus, denn mir fiel nichts anderes ein als »Wie unschön dich zu sehen«. Ich war schon immer eine grauenvolle Lügnerin gewesen.

Wie üblich hatte Evangelista ihr Gefolge dabei: eine pummlige und eine abgemagerte Freundin, die ich in Gedanken nur ein einziges Mal »Dick und Doof« genannt hatte. Seitdem kam ich aber nicht mehr davon weg.

»Man erzählt sich, dass du noch immer Schwierigkeiten mit deiner Arbeit hast«, säuselte sie und legte den Kopf auf die Seite, während sie mich musterte. »Du bist eben einfach noch sehr ungeübt. Falls du Hilfe benötigst, bin ich selbstverständlich bereit, dir ein paar Tipps zu geben. Mein Haus gilt gerade schließlich als das erfolgreichste.«

»Ach, wie liebenswürdig. Das ist wirklich ganz reizend von dir, Evangelista. Mein Haus ist übrigens das, welches die Firma leitet«, antwortete ich und hoffte inständig, dass die Botschaft bei ihr ankam: Halt bitte deine Klappe, dreh dich um und verschwinde.

Doch sie lächelte einfach weiter und legte den Kopf auf die andere Seite. »Valeria kann dir gern noch mal die Grundlagen erklären«, sagte sie jetzt und deutete auf Doof, die unter ihren mit Kajal nachgezogenen Augenbrauen gerade die »Arrogant schauen in drei Schritten«-Prüfung ablegte.

»Vielen Dank, aber mein Bruder hat mir bereits alles erklärt, und sollte ich noch Fragen haben, werde ich mich einfach wieder an ihn wenden. Ihr wisst ja bestimmt, dass ich Augusto meine«, schwadronierte ich, mittlerweile aber ebenfalls mit einem zuckersüßen Lächeln. Wahrscheinlich war es der schönste Moment des Abends, als Evangelistas Augenlid bedrohlich zu zucken begann.

Auch wenn sie natürlich so tat, als wäre es nicht so, so wusste ich doch, dass sie unsterblich in meinen Bruder Augusto verknallt war. Wahrscheinlich hatte sie in ihrem Tagebuch seinen Namen mit Herzchen eingekringelt und Bilder von ihm zu kitschigen Collagen zusammengeklebt. Das alles höchstwahrscheinlich nicht nur, weil er genau ihr Typ war, sondern vielmehr, weil er der Erbe des Hauses Morgenstern war. Bei einer Heirat würden sich die Chancen auf die Führungsrolle des Hauses Scaletto auf einen Schlag verdoppeln, und Evangelista würde innerhalb kürzester Zeit in der Thronfolge aufsteigen.

Ich unterstellte Augusto allerdings so viel Intellekt, dass er das selbstverständlich erkennen und sie niemals an sich heranlassen würde. Falls doch, würde ich sie einfach um die Ecke bringen – das würde mich nicht viel Überwindung kosten.

»Wie schön«, presste sie jetzt hervor, lächelte aber weiterhin freundlich. »Ich wünsche dir noch einen wunderbaren Abend. Vielleicht schaffst du es ja heute, eine Seele fehlerfrei zu transferieren«, zischte sie und machte auf dem Absatz kehrt. Mit Dick und Doof im Schlepptau stakste sie auf den Schuhen, die eigentlich mir gehören sollten, davon.

Leider war es tatsächlich so, dass meine Fähigkeiten nicht gerade ausufernde Bewunderung auslösten. Ich war Anfängerin in meinem Job, machte ihn erst seit Kurzem, und hin und wieder passierten mir eben noch Fehler.

»Darf ich servieren?« Schon wieder hatte die vadumantische Kellnerin sich angeschlichen und stand nun direkt neben mir. Dieses Mal hatte sie aber etwas Abstand gehalten und reichte mir ein mit Rotwein gefülltes Glas.

»Ja, vielen Dank.« Ich nahm das Glas entgegen und stellte es auf einem der Beistelltische ab, während ich mich auf einem dunkelroten Sofa niederließ.

»Du hasst Rotwein.« Ich hatte wirklich Mühe, ein erneutes Kreischen zu unterdrücken, angesichts der Tatsache, dass schon wieder eine Stimme direkt neben meinem Ohr aus dem Nichts gekommen war.

Die dazugehörige Person war mindestens genauso schön wie Evangelista Scaletto, hatte mindestens genauso lange Beine und genauso wunderschönes Haar, war aber um das Hundertfache intelligenter. Mia gab definitiv die bessere Frau ab, hatte dafür aber ein kleines Defizit in Sachen Eleganz, Kultiviertheit und grundsätzlichen Umgangsformen. Sie war ganz offensichtlich meine Schwester.

»Du sollst damit aufhören, du Wahnsinnige! Irgendwann wird jemand dich versehentlich umbringen, weil du das immer machst«, fauchte ich.

»Wenn mich jemand in diesem Haus umbringt, dann sicher nicht versehentlich.« Sie lächelte.

Mia umrundete das Sofa und warf sich absolut stilbefreit neben mich, legte die Beine über die Armlehne und ließ sie baumeln, während eine kleine Staubwolke aus den Polstern aufwirbelte.

»Gott, ich liebe es hier. Das Haus, die Leute, einfach alles ist so cool. Warum genau noch mal sind wir früher nie hergekommen?«

»Weil wir beide uns darauf geeinigt hatten, unser Leben möglichst normal zu leben, ohne den Einfluss unseres Vaters?«

»Dann waren wir wirklich unglaublich dämlich. Das hier ist der beste Ort der Welt. Ich liebe unseren neuen Job. Wir können diese Klamotten tragen, wir arbeiten für den Teufel, und wir bekommen unfassbar viel Kohle dafür!«, schwärmte sie großkotzig. »Und gleich will irgendein Typ aus Milea ein paar Vadumanten was einflüstern. Da müssen wir hin!«

Das Einflüstern oder die Okkupation, wie es eigentlich hieß, war eine Fähigkeit der oberen Kasten. Dabei beeinflusste ein Dunkler Teile des Stammhirns und des Scheitellappens eines Vadumanten und blockierte so das Entscheidungszentrum, und wenn der Mensch keine Entscheidungen mehr treffen konnte, ließ er sich absolut alles einflüstern und jeden Willen diktieren. Leider funktionierte das aber nur bei Menschen und nicht bei anderen Dunklen, sonst hätte ich Evangelista schon einige Mal vor einen Güterzug laufen lassen – mal davon abgesehen, dass ich diese Fähigkeit natürlich nicht besaß. Eigentlich besaß ich so gut wie keine Fähigkeit, denn schließlich hatte ich diese Dinge niemals von irgendjemandem gelernt.

Die Tatsache, dass meine Schwester diese Spielchen und das Haus tatsächlich mochte, ließ mich immer wieder verzweifeln. Früher waren wir stets einer Meinung gewesen, bis dieser eine Moment gekommen war, in dem Mia sich anders entschieden hatte als ich. Plötzlich hatte sie es ziemlich cool gefunden, die Tochter des Teufels zu sein. Sie war nur drei Jahre jünger als ich, benahm sich aber manchmal so, als wäre sie gerade in die Pubertät gekommen.

»Ich verstehe nicht, wozu das gut sein soll«, sagte ich.

»Es macht Spaß!«

»Menschen zu unterwerfen?«, fragte ich.

»Wir machen ja nichts Schlimmes«, rechtfertigte sich Mia.

»Wir?«, fragte ich und erntete ein Augenrollen. »Dein Vater …«

»Er ist auch *dein* Vater. Und ihn interessiert überhaupt nicht, was hier passiert.«

Da hatte sie tatsächlich recht. Würde mein Vater sich auch noch damit beschäftigen, was in den vielen Hundert Zweigstellen im Diesseits los war, könnte er sich kaum noch um die Belange der Firma im Jenseits kümmern – wo sie wohlgemerkt um ein Vielfaches größer war als hier auf der Erde. Wir Todeshändler waren nur winzig kleine Funken innerhalb des gewaltigen Feuers.

Dieses Feuer, dem mein Vater vorstand, die Firma, gliederte sich in sieben konkurrierende Häuser, die den Führungsanspruch des Hauses Morgenstern, also meines Hauses, bedingungslos anerkannten. Die anderen Häuser, mehr oder weniger scharf auf die Führungsrolle und mehr oder weniger mächtig innerhalb der Firma, unterstanden jeweils einem weiteren Direktor, der seine Todeshändler in Schach hielt und dafür sorgte, dass jeder seine Aufgabe erledigte.

Diese Direktoren waren die Fürsten der Häuser und bildeten das Rückgrat der Firma und somit der Hölle. Ich hatte die meisten nie persönlich kennengelernt. Einzig Castor, den Herren des Hauses Tirani, kannte ich schon mein ganzes Leben lang. Als Kind hatte ich ihn immer »Onkel Castor« genannt und war schließlich dabei geblieben. Er war der wohl engste Vertraute meines Vaters, ganz sicher war ich mir aber nicht, denn das letzte Mal hatte ich meinen Vater vor vierzehn Jahren, drei Monaten und sieben Tagen gesehen. Seitdem ließ er unsere »Korrespondenz«, wie er es nannte, über meinen Bruder Augusto oder eben Onkel Castor laufen. Castor war eben seine rechte Hand und das galt auch für seine Töchter. Wie gesagt, er hatte wirklich Wichtigeres zu tun, als sich die Blöße zu geben, den Kontakt zu seiner Halbbluttochter aufrechtzuerhalten, die den niederen Dienst einer Todeshändlerin verrichtete.

Die Stimmung im Theater veränderte sich, und es wurde unruhiger. Einige Ebenen unter uns brach eine Gruppe, die es sich in einer der eleganten Sitzgruppen ebenso elegant bequem gemacht hatte, in lautes Gelächter aus. Einer von ihnen, ein Typ mit langen schwarzen Haaren, musste etwas verdammt Lustiges erzählt haben, so wie sie sich gerade aufführten. Ich kannte ihn nicht, wusste aber, dass er dem Haus Vargas angehörte.

Seit drei Monaten ging ich hier mittlerweile ein und aus, kannte aber nicht einmal die Hälfte der Administranten und Todeshändler persönlich. Allerdings hatte ich es mir ziemlich schnell angeeignet, die Zugehörigkeit der Häuser zu erkennen, was auch nicht sonderlich schwer war. Die Mitglieder des Hauses Morgenstern hatten grundsätzlich die besten Jobs, die besten Plätze und tranken den besten Wein. Die Scaletto-Anhänger waren allesamt so teuer gekleidet und führten sich so dekadent auf, dass man sie kilometerweit erkennen konnte. Das Haus Vargas war in unserem Torhaus nur sehr wenig vertreten, aber seine Mitglieder umgab immer etwas seltsam Unnahbares.

Den Todeshändlern, die in den Diensten des Hauses Morgenstern standen, wurde tatsächlich mehr Respekt entgegengebracht als allen anderen. Während das im Grunde jeder genoss, war es für mich einfach nur entsetzlich unangenehm. Ich hasste es, im Mittelpunkt zu stehen, hatte mich aber notgedrungen damit abgefunden, ständig mit »Principessa« oder »Prinzessin« angesprochen zu werden. Selbstverständlich verachtete ich all diejenigen zutiefst, die das taten.

Im Gegensatz zu mir wünschten sich die allermeisten Dunklen genau diese Aufmerksamkeit und Anerkennung und versuchten deshalb, sich auf freie Positionen im Haus meines Vaters zu bewerben.

Augusto schmetterte im Auftrag meines Vaters den Großteil der Bewerber nach tagelangen Tests als unwürdig ab und ließ sie dann ein Jahr später wieder antreten, nur um ihnen die gleiche Absage noch einmal zu erteilen.

Das Problem daran war allerdings, dass die Anwärter bei ihren Häusern in Ungnade fielen, sobald sie versuchten, das Haus zu wechseln, egal ob sie in das Haus Morgenstern, Scaletto oder Vargas wechseln wollten. Wer ein anderes Haus seinem eigenen vorzog, dann aber scheiterte, hatte verloren. Zwar war es erheblich leichter, in eines der anderen Häuser aufgenommen zu werden als in das Haus Morgenstern, aber dennoch scheiterten immer wieder Dunkle an den Aufnahmeprüfungen. Das wiederum hatte den Nebeneffekt, dass es immer mehr Todeshändler, Totenarbeiter oder Administranten ohne Häuserzugehörigkeit gab. Es war nicht so, dass sie auf der Straße landeten, denn das konnten sich die Häuser nicht leisten, bei dem immer größer werdenden Berg an Arbeit, die der Tod mit sich brachte. Diese Gefallenen arbeiteten auch weiterhin in den Diensten der Firma, mussten aber auf die Vorteile verzichten, die eine Häuserzugehörigkeit mit sich brachte.

»Da ist Matteo. Er hat mich gestern gefragt, ob ich mich nicht zu ihm setzen will«, kommentierte Mia das Gelächter der Gruppe unter uns und deutete mit einem Kopfnicken auf einen der Männer, die lauthals lachten.

»Und das hast du ja wohl nicht getan«, antwortete ich.

Matteo war irgendein Scaletto-Typ, der mir bei einem meiner ersten Besuche im Haus seine Aufwartung gemacht hatte. Nachdem er sich mit einem Handkuss vorgestellt und mich darum gebeten hatte, einmal mit ihm bei Vollmondschein tanzen zu gehen, hatte ich mühevoll meinen Brechreiz bekämpft, nett gelächelt und abgelehnt. Als er dann auch noch von Evangelista zurückgepfiffen worden war, war sämtlicher Wannabe-Zauber verflogen, der seiner Ansicht nach hätte entstehen können.

»Natürlich habe ich abgelehnt. Er hat mal mit dieser hässlichen Pudelfrau gevögelt, die jetzt auf Augusto steht.«

»Evangelista?« Pudelfrau – warum war mir das nicht eingefallen? Mit noch einem bisschen mehr Haarspray hätte man ihre Extensions prima zu einer adretten Pudelfrisur umtoupieren können.

»Sag' ich doch.« Sie griff nach meinem Rotweinglas und trank einen großen Schluck daraus.

»Schmeckt's?«

»Ganz köstlich, Schwesterherz.« Sie lächelte süffisant und trank einen weiteren Schluck. »Wie geht es dir eigentlich?«, fragte sie völlig unvermittelt und klang mit einem Mal ernster.

»Ich meine, das mit Jan ist jetzt drei Monate her, und wir haben länger nicht …«

»Ich will nicht darüber reden.«

Das wollte ich wirklich nicht. Ich hatte seinen Namen gerufen, obwohl ich das Auto gesehen hatte. Ich hatte ihn geliebt. Jan war der Mann gewesen, den ich gewollt hatte, mit dem ich mein Leben verbracht hätte, wenn er nicht alles kaputtgemacht hätte. Ich hatte dafür gesorgt, dass er stehen geblieben war, obwohl ich gewusst hatte, was geschehen würde. Ich hatte ihn umgebracht und es in diesem Moment ungeheuer genossen. Und genau dafür hasste ich mich, auch wenn mein Herr Vater stolz auf mich gewesen wäre. Ich war eben doch seine Tochter und konnte nicht verleugnen, dass die Dunkelheit tief in mir lauerte und wie ein wildes Tier an der Oberfläche kratzte, um endlich freigelassen zu werden.

»Dann eben nicht. Aber irgendwann wirst du darüber sprechen müssen«, entgegnete Mia und stand leichtfüßig auf.

»Komm jetzt, wir gucken uns an, was der Milea-Typ mit den Vadumanten macht«, sagte sie und deutete auf eine der untersten Ebenen des Theaters, wo sich mittlerweile eine erstaunliche Menge an Todeshändlern versammelt hatte.

Mit einem Seufzen stand ich auf und tat das, was in meinem Leben zu trauriger Gewohnheit geworden war: Ich ergab mich meinem Schicksal.

4

Kapitel 34.5
Rechte und Pflichten

Sie haben sich nun an den Gedanken gewöhnt, aus dem Leben geschieden zu sein. Das ist eine hervorragende Entwicklung, wir möchten Sie dazu herzlichst beglückwünschen. Eine repräsentative Erhebung hat ergeben, dass 78 % aller Seelen jedoch noch einige Jahre damit hadern, nicht in das Licht eingegangen zu sein. Sollten Sie das Bedürfnis nach psychologischer Hilfe verspüren, wenden Sie sich bitte an Ihren Totenarbeiter, der Ihnen ein Kontaktverzeichnis mit den entsprechenden Seelsorgern vermitteln wird. Eine weitere Informationsmöglichkeit sind die Informationszentren im Fegefeuer sowie dem Limbus. Dort ist allerdings mitunter mit längeren Wartezeiten zu rechnen, da aufgrund organisatorischer Engpässe eine personelle Unterbesetzung nicht zu vermeiden ist.

Als neu in das Dunkel eingegangene Seele haben Sie nun Rechte und Pflichten. Diese werden wir in den kommenden 93 Kapiteln mit farbigen Illustrationen erläutern. Eine repräsentative Erhebung hat ergeben, dass bildungsferne Seelen dies hilfreich finden. Sollten Sie eine unbebilderte Version wünschen, können Sie diese in digitaler Form ebenfalls in einem der Informationszentren abrufen.

Als Seele im Dunkel stehen Ihnen nun verschiedene Wege offen – wichtig ist jedoch: Bei jedem dieser Wege müssen Sie Buße tun. Sie können sich natürlich selbst entscheiden, auf welche Art und Weise dies geschehen soll, zum Beispiel durch klassische Höllenqualen oder einen geregelten Arbeitsvertrag in einem der Häuser. Genaue Erläuterungen zu ihren Arbeitsmarktoptionen folgen in den kommenden Abschnitten. Für »Höllenqualen« lesen Sie bitte unmittelbar in Kapitel 143 weiter, welches ebenfalls attraktiv bebildert ist. Eine repräsentative Erhebung hat ergeben, dass 99,5 % aller Leser des »Höllenqualen«-Kapitels im Anschluss psychologische Beratung wünschen (s. o.).

Aus: Ratgeber für die Toten. 783. Auflage
Verlag der Finsternis

Mein Leben war mehr oder weniger normal gewesen. Okay, ich hatte schon immer gewusst, dass mein Vater der Teufel war, die Beziehung zu meiner Mutter war mehr als kompliziert gewesen und auch sonst war es nicht so richtig gut gelaufen – aber ich hatte mein Ding gemacht und alles war okay – bis zu diesem einen verhängnisvollen Tag. Von diesem Tag an hatte sich alles geändert und mein Leben hatte eine satte Kehrtwende hingelegt.

»Es wird sich etwas ändern. Die Zeit ist reif dafür. Du bist jetzt …« Er machte eine Pause. »Wie alt bist du?«

»Ich bin vierundzwanzig. Schön, dass du dir das merken kannst«, antwortete ich spitz.

»Vierundzwanzig. Das ist ohnehin viel zu spät.«

Mein Vater war sich wieder einmal zu fein gewesen, selbst ins Diesseits zu kommen, um mit mir zu sprechen. Warum sollte er diesen Aufwand auch auf sich nehmen? Im Grunde war er nur irgendein Phantom, das über mein Leben herrschte und mich nach seinem Belieben in Ketten legte.

Castor war nicht mehr als sein Handlanger, der tat, was mein Vater von ihm verlangte. Natürlich, in meiner Welt war Castor ein hoch angesehener Mann, einer der Sieben, die über die Firma herrschten, aber wenn man wie ich hinter die Fassade blicken konnte, dann war schnell zu erkennen, dass er lediglich die Marionette des Teufels war – zumindest wenn es um mich ging.

»Ich habe mich dazu entschlossen, dass ich normal leben will. Und Mia auch. Wag es nicht, sie auch noch da mit reinzuziehen«, schnauzte ich ihn mit erhobenem Finger an.

»Catalea, die Firma hat es nicht mehr so leicht wie noch vor ein paar hundert Jahren. Die Menschen vermehren sich immer schneller, und dein Vater ist auf jeden Dunklen angewiesen, der fähig ist, seinen Dienst zu verrichten. Wir brauchen dringend neue Todeshändler«, erklärte er und hob beschwichtigend die Hände.

Ich wusste nicht genau, wann sie den Begriff Dämon gestrichen und sich dafür entschieden hatten, Dunkle zu uns zu sagen. Ich wusste auch nicht, wann sie schwarze Schwingen gegen schwarze Anzüge getauscht hatten, aber ich war mir sicher, dass mein Vater nicht dazu gezwungen war, Anzeigen zu schalten, sondern so viele Dämonen erschaffen konnte, wie er wollte.

Wann auch immer sich diese Dinge geändert hatten: Vor erheblich längerer Zeit hatte man sich mit der anderen Seite, also dem Licht, darauf geeinigt, dass man sich gemeinsam um die Toten kümmern würde, sie aufteilte und ein Teil ins Licht ging und der andere in das Dunkel. So weit, so gut. An diesen Vertrag, das postparadiesische Kreationisten-Abkommen, hielt man sich noch immer, auch wenn es hier und da kleinere Reibereien gab.

Wer starb und sich in seinem Leben nicht sonderlich gut benommen hatte, verließ das Diesseits und ging hinüber in das Dunkel – eigentlich ein ziemlich einfacher Prozess, der allerdings nicht automatisiert vonstattenging, sondern von einem Todeshändler an Ort und Stelle vollzogen werden musste. Das musste man sich mal vorstellen. Allein der bürokratische Aufwand dafür war gigantisch. Wenn ich der Boss des ganzen Haufens wäre, hätte ich längst auf Automatisierung gesetzt und die ganzen Snobs auf die Straße gesetzt. Das würde natürlich nie passieren, weil alle ganz versessen auf die Quoten waren.

Wenn ein Haus mehr Seelen in das Dunkel überführte als ein anderes, wuchs sein Einfluss innerhalb der Firma. Das einfache Prinzip von Leistung und entsprechender Honorierung bestimmte also sogar das Leben in der verdammten Hölle.

Leider hatte ich von betriebswirtschaftlichen Prozessen so viel Ahnung wie mein Vater von meinem Leben – gar keine. Ich studierte an der Universität Köln Medienkommunikation und Journalismus. Dieser Studiengang brachte mir allerdings rein gar nichts, seit ich gezwungenermaßen in das Familienbusiness eingestiegen war, denn leider hatte die Hölle keine PR-Abteilung und erst recht keinen Pressesprecher.

Je mehr Einfluss ein Haus also durch eine bessere Quote gewann, desto eher konnte es einen Führungsanspruch geltend machen. Seit Gründung der Firma durch die sieben Fürsten hatte das Haus Morgenstern mehr Seelen in das Dunkel überführt als jedes andere. In den letzten Jahren war das Haus Scaletto dem meines Vaters allerdings immer dichter auf den Fersen. Mit einigem Abstand folgte dann das Haus Vargas, während Tirani, Cabianca, Alba noch schlechtere Quoten hatten. Das Haus Milea war am weitesten abgeschlagen. Die Häuser standen so in einem ständigen Wettstreit um die Machtpositionen innerhalb der Firma.

»Du solltest deine einfältige Haltung überdenken, Catalea. Dein Vater braucht dich, dein Haus braucht dich«, erklärte Castor und faltete die Hände vor dem Körper.

Ich hatte einige Mühe, mich auf ihn zu konzentrieren. Man sah ihm sein unglaublich hohes Alter nicht einmal im Ansatz an. Auch wenn die Erinnerung an meinen Vater im Laufe der letzten Jahre immer mehr verblasst war, wusste ich doch, dass er und Castor etwas gemeinsam hatten: Sie sahen vielleicht aus wie Menschen, aber ihre Aura strahlte ungeheure Macht aus.

Castor trug einen Anzug aus edelsten Stoffen und einen halblangen Mantel darüber, der mit Gold und Seidenbrokat besetzt war – eines Königs würdig und wahrscheinlich ein halbes Vermögen wert. Der Siegelring an seinem Finger war gewaltiger als jeder Damenklunker, den ich jemals gesehen hatte, und die Lackschuhe glänzten, als ginge er zu einem Staatsbankett.

»Ich habe meinen Vater auch gebraucht. Ist er gekommen? Nein.«

»Dein Vater ist ein beschäftigter Mann, Catalea.«

»Mein Vater ist der verdammte Teufel. Er hätte es mit Sicherheit möglich machen können.«

»Deine Mutter war für dich verantwortlich.«

»Meine Mutter ist daran zerbrochen, dass mein Vater sie verlassen hat, und abgehauen, als ich vierzehn war.« Wollte er mich verarschen?

Die Tatsache, dass ich im Gegensatz zu den meisten anderen höherrangigen Dunkeln im Diesseits und nicht im Jenseits zu Hause war, hatte natürlich einen Grund. Viele Dunkle hatten im Laufe der Zeit auch menschliche Partner gehabt und mit ihnen Kinder gezeugt.

Selbst mein Vater hatte vor fünfundzwanzig Jahren eine Frau kennengelernt, mit der er ein Kind bekommen hatte, und einige Zeit später sogar noch ein zweites. Es war ja nicht so, als hätte er nicht schon einen Erben gehabt – nein, er musste natürlich noch zwei weitere Halbdämonen in die Welt setzen.

Also waren Mia und ich bei einer Frau aufgewachsen, die es einfach nicht verkraftet hatte, dass dieser unmenschlich anziehende Mann, den sie geglaubt hatte zu lieben, urplötzlich verschwunden und nie wiederaufgetaucht war. Sie hatte sich mehr und mehr in sich selbst zurückgezogen, war kaum noch für uns da gewesen und verließ uns irgendwann genauso wie schon unser Vater – ohne gewusst zu haben, dass sie die Mutter zweier Antichristen war. Sie ging einfach fort, und ich hatte nie nach ihr gesucht, weil ich sie viel zu sehr dafür verachtet hatte, dass sie ihre Kinder im Stich gelassen hatte.

»Ich weiß, dass es bestimmt nicht immer leicht für dich war, aber du solltest jetzt auf dein Innerstes hören. Du hast hier und jetzt die Möglichkeit, dein Leben selbst in die Hand zu nehmen, Catalea. Willst du weiter in diesem Loch hausen, das einer deines Standes nicht würdig ist, und warten, dass sich dir der Sinn deines Daseins erschließt? Hier hast du ihn. Ja, du hast deine Existenz so vielleicht nicht gewählt, aber du hast jetzt die Möglichkeit, mehr daraus zu machen. Dir wurde bei der Geburt etwas mitgegeben, wofür andere morden. Du bist in die mächtigsten Familien der Geschichte hineingeboren worden.«

Er seufzte resignierend und lief dann einige Schritte durch mein Wohnzimmer, in eben der Wohnung, die er so unwürdig fand. Tatsächlich war sie nicht besonders groß. Mia hatte ein Zimmer, ich hatte eines, dann gab es noch das kleine Wohnzimmer und eine noch viel kleinere Küche mit einem alten Tisch, den wir vom Sperrmüll hatten. Als Studentin in Köln mit einem Hang zu teurem Chardonnay musste man eben auf andere Dinge verzichten. Wo war die Flasche überhaupt, die ich vorhin gekauft hatte? Ich sehnte mich gerade ungeheuer nach einem Glas.

»Du bist keine Vadumantin und deine Schwester genauso wenig. Es ist an der Zeit, sich das endlich einzugestehen.«

»Ich bin vadumantischer als du und mein ach so toller Vater.« Unsere Diskussion drehte sich im Kreis. Er wusste das, ich wusste es, und er wusste, dass ich es wusste.

»Und dennoch schlägt das Herz deines Vaters in deiner Brust und nicht das deiner vadumantischen Mutter.«

Castor war ein Dunkler, genau wie mein Vater und mein Bruder Augusto. Sie alle entstammten einer anderen Welt. Alle anderen Seelen, die Menschen auf der Erde im Diesseits, waren vadumantisch, also an den Erdkreis gebunden. Sie alterten, sie waren nicht unsterblich, sie konnten nicht zwischen Jenseits und Diesseits wechseln – außer natürlich wenn sie starben. Ich hatte alle schlechten Eigenschaften von beiden Seiten geerbt und war ein Halbblut, so wie die meisten Todeshändler. Ich alterte, ich konnte sterben, ich konnte nicht zwischen den Welten wandern, und trotzdem war ich die Sklavin meines Vaters – sozusagen die GAQ, die größte anzunehmende Qual.

Castor verschränkte die Arme vor der Brust.

»Es ist an der Zeit. Dein Bruder wird dich heute in einer Woche abholen und zu deiner Initiation begleiten. Ich lasse dir Kleider schicken, die deinem Stand entsprechen. Du wirst eine Todeshändlerin.«

»Ich werde ganz sicher nicht …«

Er ließ mich nicht ausreden. Meine Nackenhaare stellten sich auf. Das war einer dieser Momente, in denen ich begriff, dass ich eben doch nicht ganz normal war. Meine überdurchschnittlichen Sinne richteten sich aus wie Antennen, die eine Botschaft erwarteten. Die Glühbirnen in den Lampen platzten, und es wurde dunkel im Zimmer. Die Finsternis brachte eisige Kälte mit sich, und ich meinte, Eiskristalle auf meinen Lippen spüren zu können. Meine Haut spannte am gesamten Körper, und ich stand stocksteif da.

Castors Gestalt wirkte in der Dunkelheit plötzlich massig und unmenschlich. Seine Stimme war nicht länger die eines Mannes, sondern glich der einer Bestie, die im Begriff war, mich zu verschlingen. Sie hallte von den Wänden wider, und mein Trommelfell drohte zu platzen.

»Hör mir jetzt genau zu, Catalea.« Ich hatte Mühe, die Sätze zu verstehen, auch wenn er ganz langsam sprach.

»Dein Vater verlangt von dir Loyalität seiner Familie gegenüber, und wenn dir dein Leben und das deiner Schwester lieb ist, würde ich ihn nicht enttäuschen. Er ist ein sehr mächtiger Mann, Catalea, und er ist dein Herr und Meister. Die Zeit deiner menschlichen Rebellion ist vorbei. Du gehörst nicht länger zum Abschaum dieser Welt.«

Damit drehte er sich um und verschwand im Nichts. Er ließ mich mit der Gewissheit zurück, dass er nicht mein Onkel Castor war, der sich bis zu diesem Zeitpunkt mehr oder weniger gut um mich gekümmert hatte, sondern noch immer einer der Sieben und ein Bote des Teufels.

Ein halbes Jahr nach dieser Nacht saß ich nun hier im Haus, und es hatte sich eigentlich kaum etwas geändert. Ich verabscheute mein Leben noch immer, hatte mich dem Willen meines Vaters aber ergeben. Mia schien es nicht weiter zu stören, sie schien das ganze Spiel sogar ausgiebig zu genießen, und ihr Wohl stand für mich an erster Stelle. Allerdings nur bis zu einem gewissen Punkt – und die Tatsache, dass sie jetzt dabei zuschauen wollte, wie sich Todeshändler einen ziemlich unlustigen Spaß mit ein paar Vadumanten erlaubten, gehörte eindeutig nicht mehr zu ihrem Wohl.

»Ich finde das wirklich unglaublich bescheuert. Was soll das überhaupt? Als hätten wir nichts Wichtigeres zu tun«, maulte ich und verschränkte die Arme vor der Brust. Das schwarze

Etuikleid und die blickdichte Strumpfhose zwickten und juckten überall, ganz abgesehen von diesen schrecklichen schwarzen Pumps, die mein neuer Job, mein neues Leben mit sich brachten. Es war nun wirklich nicht so, dass ich mein Leben lang nur Jeans und Sneakers getragen hatte, aber 24/7-High-Heels waren doch zu viel des Guten, auch wenn sie von Prada, Jimmy Choo oder sonst irgendeinem Designerlabel stammten.

»Weißt du was, Catalea? Manchmal bist du echt spießig. Das ist doch nur ein klitzekleiner Spaß. Wir spielen nur ein bisschen mit den Menschen«, sagte Mia und stützte eine Hand in die Hüfte, wobei sie aussah wie eine Diva aus einem Film über einen Beautysalon, den ich mal gesehen hatte.

»Ja, das sehe ich. Auf Kosten des Personals.«

»Das sind doch nur vadumantische Hilfskräfte.« Genau diese plötzliche Haltung von Mia gefiel mir ganz und gar nicht.

»Du warst bis vor Kurzem nichts anderes«, antwortete ich.

Sie verdrehte nur die Augen und lachte laut auf, als einer der okkupierten Männer sich im Kreis drehte und schließlich das Gleichgewicht verlor.

Ich starrte meine Schwester an, während sie begeistert in die Hände klatschte.

Wir waren Teil einer Menschentraube, die sich um die Gruppe Vadumanten gebildet hatte, denen Federico etwas einflüsterte. Federico war ein wirklich gut aussehender Typ aus dem Haus Milea, der zwar wie alle anderen elegant gekleidet war, sein Outfit aber mit dem ein oder anderen Accessoire so ausgestattet hatte, dass er sich von der Masse abhob – typisch für das Haus Milea. Hinter seinem linken Ohr klemmte eine rote Feder, im anderen Ohr steckte ein großer Ohrring, und um den Hals hatte er sich ein karmesinrotes Seidentuch gebunden.

Milea mochte das Haus mit der geringsten Quote der ganzen Firma sein, das merkte man seinen Mitgliedern allerdings nicht an. An Selbstbewusstsein mangelte es hier niemandem. Marianna Milea, die auch die Zigeunerin genannt wurde, hatte als Einzige der Sieben nicht das Erreichen einer Führungsposition als Ziel ausgegeben. Mir gefiel diese Haltung erheblich besser, aber das durfte ich natürlich unter gar keinen Umständen zugeben. Innerhalb der Firma wurde Milea deshalb von allen stets belächelt, was die Mitglieder des Hauses aber nicht im Geringsten zu stören schien, wie Federico gerade eindrucksvoll unter Beweis stellte.

»Los, Federico!«, rief ein dunkelhäutiger Mann, und seine Stimme triefte vor Überheblichkeit. Sie alle standen einfach nur beinahe gelangweilt da und beobachteten den Vadumanten mit einem müden Lächeln.

Federicos Finger zuckten, als hingen die Vadumanten an unsichtbaren Fäden, die er mit seinen Händen wie ein Puppenspieler dirigierte. Sie standen unter seinem Bann, unfähig sich zu wehren.

»Buonasera, Principessa.« Es gehörte hier wohl zum guten Ton, jemanden aus dem Nichts anzusprechen. Ich drehte mich um und zauberte wieder ein künstliches Lächeln auf meine Lippen, das hoffentlich echt wirkte. Ich hatte auch diese Stimme sofort erkannt. Sie war niemals laut, sondern stets zurückgenommen und mit einem überdeutlichen italienischen Akzent, den sich der Sprecher irgendwann aus Eitelkeit antrainiert hatte.

Der Verwalter des Torhauses trug wie immer einen schwarzen Anzug, ein schwarzes Hemd und eine dazu passende schwarze Krawatte mit dem Emblem meines Vaters.

»Consigliere«, begrüßte ich ihn mit einem Nicken. Er war einer der wenigen, die zwar einem anderen Haus entstammten, den Wechsel in das Haus Morgenstern aber geschafft hatten. Es gab über zweitausend Torhäuser auf der Welt, immer parallel zu den römisch-katholischen Kirchendiözesen, die als Eingang in das Licht fungierten. Jedem Haus, seinen Administranten und den Todeshändlern stand ein Consigliere als Verwalter vor, der den ordnungsgemäßen Ablauf im Auftrag meines Vaters überwachte. Ich war mir nicht sicher, ob alle Verwalter waren wie dieser oder ob ich einfach ein weiteres Mal verdammt Pech gehabt hatte. Jedes Mal, wenn er mich betrachtete, verzog er sein Gesicht zu einem angeekelten Anblick. Es missfiel ihm ganz offensichtlich, dass ein einfaches Halbblut wie ich auch noch Teil des Hauses war, dem auch er angehörte. Jedes Mal, wenn ich mich bisher mit ihm unterhalten hatte, war er zwar höflich gewesen und hatte die Formen gewahrt, aber jeder hier wusste, dass er der wahrscheinlich größte Snob von allen war und die Meinung vertrat, dass er und seinesgleichen weit über den Menschen standen und etwas Besseres waren.

»Können Sie ein wenig Zeit für mich entbehren, Principessa?«, fragte er mit seiner samtigen Stimme, wartete meine Antwort aber erst gar nicht ab, sondern führte mich einige Schritte von der Menge fort. Er beachtete die anderen gar nicht, sondern hatte nur Augen für mich. Natürlich wussten diese Leute hier, wer ich war, dass mein Vater der Teufel war, und trotzdem hielten sich alle zurück und gaben sich Mühe, mich nicht wie Omas wertvollste Porzellanschale zu behandeln – vor allem Evangelista gelang das wirklich ganz fabelhaft. Dass der Consigliere mich dennoch jedes Mal mit Principessa ansprach, war auch nur ein Spiel, ein kleines Theaterstück, in dem wir alle unsere Rolle spielten. Es gab Umgangsformen und Regeln, an die wir uns zu halten hatten, Schritt für Schritt durchchoreografiert.

»Selbstverständlich«, sagte ich und wahrte somit zumindest scheinbar meinen Stolz.

Der Verwalter schritt voran und bahnte sich einen Weg durch ein paar Todeshändler, die erst jetzt das Spektakel bemerkt hatten und ihm bereitwillig Platz machten. Die meisten von ihnen würden wahrscheinlich nie einen höherrangigen Dunklen als ihn kennenlernen.

Er führte mich in eine Sitzecke mit Rokokomöbeln aus schwarzem Samt, die mit einigen breiten Kordeln vom Rest der Etage abgetrennt war. Auf einem kleinen Mahagonitisch stand bereits ein Kristallglas mit breitem Goldrand und einer leuchtend grünen Flüssigkeit darin, aus dem er sogleich trank. Absinth, und zwar pur. Früher hatte man geglaubt, dass man von Absinth blind und wahnsinnig werden würde. Schließlich hatte sich herausgestellt, dass die Wahnsinnigen einfach nur unfassbar betrunken gewesen waren wegen des unfassbar hohen Alkoholgehaltes. Der Consigliere hätte auch Scheibenreiniger trinken können – der hätte wahrscheinlich den gleichen Alkoholgehalt gehabt.

Während er sich bereits hingesetzt hatte, stand ich noch immer. Ich wusste, dass er damit bloß seine Macht demonstrieren wollte, auch wenn er diese eigentlich gar nicht besaß. Als er mir schließlich einen Platz anbot, ließ ich mir nichts anmerken und lächelte zurückhaltend, aber freundlich.

»Ich habe mit Ihrem Vater gesprochen, Principessa.« Ach, das hatte er? Dieser kleine, schmierige Widerling hatte mit meinem Vater gesprochen, der dafür offenbar genug Zeit aufbringen konnte, für seine eigene Tochter aber nicht?

»Grüßen Sie ihn doch beim nächsten Mal ganz herzlich«, stichelte ich weiterhin lächelnd und setzte mich auf einen der Sessel.

Er ging nicht darauf ein, nippte aber noch einmal an seinem beinahe leeren Glas.

»Er ist wirklich sehr zufrieden mit Ihrer Arbeit.«

»Ist er das?« Ich arbeitete nicht anders als die anderen Todeshändler. Ich erhielt meine Aufträge von den Administranten, fuhr zum Ort des Geschehens, führte den Seelenhandel durch und verschwand wieder.

»Es ist ungewöhnlich, dass eine Dunkle Ihres Blutes die Arbeit eines Todeshändlers verrichtet«, sagte er und schmunzelte.

Er wollte mir eins reinwürgen, das wusste ich. Warum war ich nicht im Jenseits, an der Seite meines Vaters? Warum saß ich nicht neben ihm auf dem Thron oder worauf auch immer er saß? Warum war ich nur eine einfache Todeshändlerin?

»Meine Talente liegen wohl in diesem Gebiet. Oder sind Sie anderer Meinung, Consigliere?«, fragte ich und legte den Kopf auf die Seite. »Wenn Sie mich woanders sehen und mit der Entscheidung meines Vaters, mich hier einzusetzen, unzufrieden sind, ist das doch kein Problem. Wir können gleich mit Augusto darüber sprechen.« Ich suchte in meiner Handtasche nach dem Handy, hielt dann aber inne. »Nein, wir sprechen besser gleich mit Castor. Das ist sinnvoller«, sagte ich und lächelte so süß, dass mir beinahe schwindelig wurde.

Sein Lid zuckte kurz, mehr ließ er sich leider nicht anmerken, aber ich konnte spüren, dass er nun nicht mehr zu seinen kleinen Späßen aufgelegt war. Er überging meine Worte einfach und reichte mir einen zusammengefalteten Zettel, lehnte sich dann wieder zurück und schlug die Beine übereinander.

Es war einer dieser Fetzen Papier, die den Tod eines Menschen sekundengenau ankündigten – sie besiegelten eine unumstößliche Tatsache und waren der Auftrag für einen Seelenhandel.

»Der Fuhrpark steht auf Abruf. Der erwartete Todeszeitpunkt ist in siebenundsechzig Minuten. Ich wünsche Ihnen viel Erfolg, Principessa«, sagte der Consigliere zerknirscht, weil ich Castor ins Spiel gebracht hatte.

Vielleicht konnte ich das Papier zwischen meinen Fingern zermahlen, wenn ich den Zettel noch fester umklammerte, als ich es ohnehin schon tat. Ich hätte wutentbrannt aufspringen, ihm den Zettel entgegenschleudern und verschwinden können – aber ich wusste mittlerweile, wann es sich lohnte zu kämpfen und wann nicht. Außerdem war es nun mal mein Job, ob ich diesen Mistkerl nun leiden konnte oder nicht. Als ich vor sechs Monaten das Haus zum ersten Mal betreten hatte, war mir noch flau bei dem Gedanken geworden, dass ich in der Branche meines Vaters arbeiten sollte – mittlerweile war es mein Job. Auf der Welt gab es Millionen von Menschen, die ihren Job hassten, dann gab es jetzt eben noch einen weiteren.

»Guten Abend, Verwalter«, sagte ich und stand auf. Ich wusste, dass er es hasste, so genannt zu werden. Er war wie gesagt ein Snob und bildete sich etwas auf seinen Consigliere-Titel ein. Das war eben meine Art des Protests, und als ich sah, wie sein Lächeln erstarb, freute ich mich über meinen Erfolg.

Ich drehte mich um, stieg die Treppe wieder hinauf und verließ das Torhaus.

Der Mercedes wurde von einem Mann gesteuert, der zu dem blauen Blazer auch eine blaue Chauffeursmütze trug, deren Schirm mit einer goldenen Kordel gesäumt war. Seine Hände lagen in weißen Handschuhen ruhig auf dem Lenkrad. Wie alles in der Firma war auch das eine völlig übertriebene Darstellung dessen, was wir schon lange nicht mehr waren, was wir eigentlich nicht mehr sein wollten und konnten. Die Zeiten hatten sich ganz einfach geändert, und die Zeit der Dämonen war nun einmal vorbei. Dunkle Kutschen waren zu Limousinen geworden und düstere Kutscher zu Chauffeuren. Menschen glaubten nicht mehr daran, dass es etwas gab, das sie nicht mit ihrem Verstand erklären konnten.

Wäre ich nicht die Tochter meines Vaters, wäre ich eine von ihnen. Ich würde nicht glauben, dass es etwas wie mich gab. Vielleicht lag die Tatsache, dass ich es ihnen nachfühlen konnte, auch daran, dass ich nur zur Hälfte eine von ihnen war, halb vadumantisch, halb dunkel. Ich würde die Heimat meines Vaters niemals sehen, weil ich an den Erdkreis gebunden war. Ich konnte das Dunkel erst dann betreten, wenn ich starb, und das würde hoffentlich noch einige Zeit auf sich warten lassen. Ich stand also mit einem Bein in einer Welt, die ich nicht richtig verstand, weil ich kein Teil dessen war.

Castor hatte einmal gesagt, dass alle Dunklen, die zur Hälfte erdgebunden waren, die andere Seite faszinierend fanden. Es sei völlig normal, dass ich in das Dunkel wolle, aber ich müsse geduldig sein.

Ich konnte das alles verstehen – bei mir war es nur eben die falsche Seite, denn ich fühlte mich zur menschlichen Seite hingezogen.

»Principessa, in wenigen Augenblicken erreichen wir unser Ziel. Wünschen Sie, dass ich Sie begleite?«, fragte der Fahrer mit leiser Stimme und riss mich aus meinen Gedanken.

»Was? Wie bitte? Nein danke. Das schaffe ich schon allein«, antwortete ich, sah wieder aus dem Fenster und versuchte, mich zu orientieren.

Wir waren in der Innenstadt angekommen und damit der Kirche eigentlich viel zu nahe. Nur noch wenige Straßenzüge trennten uns von der Altstadt, die sich fest in der Hand des Klerus befand. Wenn es sich irgendwie vermeiden ließ, mieden wir dieses Areal der Stadt – so wie sich der Klerus von unseren Torhäusern fernhielt. Ich hatte einmal von einer Seele gehört, die im Kölner Dom transferiert werden musste. Man hatte ein furchtloses Halbblut herangeschafft, das in der Lage war, die Kirche zu betreten. Wahrscheinlich hätte ich selbst damit auch kein Problem gehabt – schließlich war es nur eine Kirche.

Bevor wir jedoch die rote Linie überquerten, bog die Limousine auf das Gelände des Rheinauhafens ab, einer puristischen Ansammlung von luxuriösen Apartmentkomplexen und futuristischen Bürogebäuden direkt am Rhein.

Der Stadtplaner dieses Viertels hatte anscheinend vergessen, dass sich hier einmal Menschen aufhalten sollten. Die Architektur war kahl, kalt und schmucklos, der Boden bestand aus den schlichtesten Betonplatten, die man hatte auftreiben können. Und auch sonst: kein Baum, keine Pflanze, minimalistische Bänke und kein Zeichen von Leben.

Noch einmal faltete ich den kleinen Zettel auseinander und las die wenigen Worte darauf:

Alexander Weiß, 21.29 Uhr,
Rheinauhafen, Köln, Deutschland – Seelenhandel,
keine klerikale Intervention geplant.

Ich wusste nicht einmal, woran besagter Alexander Weiß sterben würde, sondern hatte nur diese vagen Daten des Seelenhandels bekommen – eine Situation, die so eigentlich nie vorkam. Wahrscheinlich hatte der Verwalter es mit Absicht so gedeichselt, dass ausgerechnet ich mich um diesen Handel kümmern musste, direkt vor den Toren der Kirche, ohne ausreichende Informationen und selbstverständlich am späten Abend.

Die Tatsache, dass keine Intervention geplant war, machte es mir allerdings erheblich leichter. Häufig war es nämlich so, dass die Seele vorhatte, in das Licht zu gehen – ein automatisierter Prozess. Wenn der Tote aber für das Dunkel vorgesehen war, musste der Todeshändler vor Ort intervenieren und die Seele – manchmal sogar gewaltsam – in das Dunkel überführen. Wenn derjenige dann noch immer der Meinung war, in das Licht zu gehören, gab es die Möglichkeit, nach erfolgreich durchgeführtem Seelenhandel Einspruch bei dem jeweiligen Haus einzulegen. Darum kümmerten sich aber andere Mächte direkt im Dunkel.

»Wir haben unser Ziel erreicht«, sagte der Fahrer.

»Ja, vielen Dank«, antwortete ich und presste meine Nase kurz gegen das Fenster.

Draußen war alles völlig ruhig, und ich konnte in der Betonwüste absolut nichts erkennen. Ich hasste meinen Job so sehr, aber es half nichts – ich musste ihn jetzt erledigen. Danach würde ich mich zu Hause in die Badewanne legen und eine Flasche Chardonnay leeren.

Als der Fahrer Anstalten machte auszusteigen, um mir die Tür zu öffnen, raffte ich meinen Mantel zusammen, stieg hastig aus und knallte die Wagentür wieder zu. Mit einer schnellen Bewegung schlüpfte ich in den Mantel und stakste auf den viel zu hohen Absätzen über die Betonplatten, auf der Suche nach einer Person, die in knapp zweieinhalb Minuten zufällig sterben könnte. Ja, das war ziemlich makaber, aber verdammt, das war nun einmal mein Job, und ich würde ihn schließlich nicht selbst umbringen.

Das moderne Hafenviertel wurde von den gelblich schimmernden Laternen erhellt, die allerdings in viel zu weitem Abstand zueinander standen. Außer dem Rauschen des Flusses und dem Brummen eines kleinen Trafohäuschens war nur das Klacken meiner Absätze zu hören.

Nachdem ich mich ein ganzes Stück vom Wagen entfernt hatte und sich seine Silhouette nur noch undeutlich von der Dunkelheit abhob, bemerkte ich eine Bewegung in meinem linken Augenwinkel. Die Sekunde, in der die Angst sich ihren Weg in mein Bewusstsein bahnen wollte, war viel zu lang. Ich straffte die Schultern, kniff die Augen zusammen und trat auf den Schemen in der Dunkelheit zu. Selbst wenn ich keine Todeshändlerin gewesen wäre, war ich nicht die Art von Frau, die vor einem Schatten Angst hatte.

»Guten Abend!« Nur Menschen, die noch nicht wussten, dass sie in den nächsten Sekunden sterben würden, sprachen einen Todeshändler an.

Als der Mann aus der Dunkelheit trat, erlaubte ich mir, ihn einige Sekunden neugierig zu mustern. Viel mehr Zeit blieb mir auch nicht, bevor ich mich um einen Toten kümmern musste. Ihm blieb vielleicht noch eine halbe Minute, dann würde ich seine Seele in das Dunkel überführen. Es war jedes Mal ein seltsamer Moment, jemandem mit der Gewissheit zu begegnen, dass dieses Leben in wenigen Sekunden enden würde, und zwar unaufhaltsam.

Er war ein gepflegter Mann mit dunklen Haaren und dunklen Augen, einem ordentlich gestutzten Bart und einem dunklen Anzug mit einem weißen Einstecktuch.

»Catalea?« Sein Lächeln verschwand, und auf seinem Gesicht lag plötzlich ein erstaunter Ausdruck.

Ich hielt mitten im nächsten Schritt inne und starrte ihn an. Erst jetzt erkannte ich ihn. Natürlich, ich hatte diesen Mann schon einmal gesehen.

»Alessandro?«, fragte ich ungläubig.

Alessandro Cabianca, um genau zu sein, der Erbe des Hauses Cabianca und ebenso wie Evangelista Scaletto und ich halb erdgebunden und deshalb ein Todeshändler. Alle anderen Erben waren – so wie Augusto – im Dunkel geboren und hatten kein vadumantisches Blut in sich. Das Haus Cabianca erhob zwar keinen Anspruch darauf, die Firma zu führen, aber Flavio Cabianca, Alessandros Vater, war trotzdem eine beeindruckende Erscheinung.

»Was machst du hier, Catalea?«, fragte er und schien tatsächlich noch verwirrter zu sein als ich – auch wenn ich mir das kaum vorstellen konnte.

»Ich … also, ich bin wegen eines Seelenhandels hier.« Ich zog den Mantel etwas enger um mich und stellte mich gerader hin. »Ich wurde hergeschickt. Irgendjemand soll jetzt sterben, und ich soll den Seelenhandel durchführen.« Ich lachte aufgekratzt, Alessandro hingegen zeigte nicht einmal den Ansatz einer Regung.

Wir hatten uns einmal unterhalten, damals war er sehr nett gewesen und hatte im Gegensatz zu Evangelista ziemlich verständnisvoll darauf reagiert, dass ich erst so spät in das Familienunternehmen eingeführt worden war. Er hatte mir sogar angeboten, dass ich bei Fragen gern auf ihn zukommen könne. Ihm sei dieser ganze Konkurrenzquatsch absolut unwichtig, und er freue sich, dass ich jetzt dazugehöre.

»Das ist wirklich mehr als seltsam«, stellte er fest und runzelte die Stirn. »Ich habe auch einen Auftrag. Im Rheinauhafen, viel mehr weiß ich nicht.«

»Ja, das ist bei mir nicht anders. Keine Infos. Wie heißt dein Opfer?«, fragte ich.

»Alexander Weiß«, antwortete er.

»Das ist ja seltsam, mein Opfer …« Noch bevor ich den Satz beenden konnte, geriet die Welt ins Stocken. Es war so, als liefe ein Film vor meinen Auge ab, und ein uralter Filmprojektor hätte plötzlich Aussetzer und spielte die Handlung nur noch stockend ab.

Die Erkenntnis traf mich in der gleichen Sekunde, in der Alessandro von dem Dolch getroffen wurde, der aus der Dunkelheit kam. Er wirkte weniger wie ein Dolch als wie ein Schuss, der die Nacht erhellte, ein Blitz, der mitten in Alessandros Stirn einschlug und dort stecken blieb.

Er starrte mich noch mit weit aufgerissenen Augen an, als ich verstand, dass Alessandro Cabianca nichts anderes bedeutete als Alexander Weiß.

Die Eintrittswunde schien größer und größer zu werden, doch im Grunde war es das Blut, das erst langsam und dann immer schneller hervorquoll und von der Stirn über seine Brauen und schließlich über die Lippen nach unten strömte.

Alessandro klappte zusammen wie eine Marionette, deren Fäden gekappt worden waren. Seine Augen, die mich weiter fixierten, verschwanden aus meinem Blickfeld, und in der nächsten Sekunde war das dumpfe Geräusch eines Körpers zu hören, der auf Beton traf.

Ich hätte gedacht, dass ich in einer solchen Situation schreien oder weglaufen würde, aber mein Körper tat nichts dergleichen. Ich blieb einfach stocksteif stehen und starrte auf den Beton, der immer schneller die Farbe des noch frischen Todes annahm. Ich hatte das Gefühl, Alessandros Herz ein letztes Mal in seiner Brust krampfhaft zucken zu hören, bevor es für immer verstummte.

Meine Ohren wurden taub, und ich war plötzlich wie in Watte gepackt. Dennoch reagierte ich instinktiv und hielt meine flache Hand über den toten Körper zu meinen Füßen, die Finger meiner anderen Hand überkreuzt wie bei einem Schwur.

»Deine Seele dir gegeben, deine Seele dir genommen. Alessandro Cabianca, deine Sünden sind gemessen, gehe über in das Dunkel«, sprach ich so leise, dass ich nicht wusste, ob der Eid überhaupt Wirkung haben würde.

Ich griff mit fahrigen Fingern in meine Manteltasche und holte das Okular heraus – ein etwa zehn Zentimeter langer Stiel aus Blei, an dessen Ende eine Linse in einen silbernen Ring eingefasst war. Langsam führte ich es vor mein Gesicht, kniff ein Auge zusammen und blickte auf Alessandro herunter. Durch das Okular war sein Körper nicht mehr sichtbar.

Das Okular war eine von dem jeweiligen Haus des Todeshändlers geweihte Linse und zeigte nur erdgebundene Seelen. Sobald sie also nicht mehr in dieser Welt waren, wurden sie unsichtbar. Ich konnte davon ausgehen, dass Alessandro tatsächlich tot war und der Seelenhandel funktioniert hatte.

Nun war endlich Zeit für alles andere: Angst, Panik, Flucht und viel zu viele Fragen. Konnte ich ihn hier einfach liegen lassen? Er war der Erbe eines der sieben Häuser, und ich hatte gerade mit angesehen, wie ihn irgendjemand umgebracht, nein, hingerichtet hatte.

Erst jetzt fiel mir ein, dass diese Person noch immer hier sein konnte und dass sie mehr als diesen einen Dolch im Handgepäck gehabt haben könnte.

Ich drehte mich so schnell um, dass ich mich kaum auf den Beinen halten konnte, und setzte mich mühsam in Bewegung. Das war wieder einmal der Beweis dafür, dass diese hochhackigen Schuhe durch rein gar nichts zu rechtfertigen waren. Sie waren unbequem, absolut unpraktisch und brachten mich um – vielleicht stimmte das in diesem Fall sogar.

Wo war das verdammte Auto? So weit hatte ich mich doch gar nicht entfernt. Warum hatte ich bloß darauf bestanden, allein zu gehen, und den Fahrer zurückgelassen?

Nach einigen Sekunden blieb ich stehen. Als ich mich einmal um die eigene Achse gedreht hatte, erkannte ich die zweite Wahrheit dieser Nacht, und sie traf mich wie ein Schlag: Die dunkle Limousine, die mich hergebracht hatte, war verschwunden.

»Nehmen Sie die Hände über den Kopf, und gehen Sie auf die Knie. Ganz langsam.«

5

Aus, flackern, flackern, an, aus. Konnten defekte Leuchtstoffröhren als Folter gelten? Aus, flackern, flackern, an, aus. Seit ich in diesen Raum gesperrt worden war, musste eine Ewigkeit vergangen sein, und seitdem terrorisierte mich diese Röhre. Außerdem hätte ich nie gedacht, dass Handschellen an den Händen so unglaublich unangenehm sein könnten. Sie saßen viel zu eng. Dass Verhörzimmer hingegen kalt, trist und unpersönlich waren, hatte ich auch vorher schon vermutet, ohne jemals in einem gewesen zu sein.

Der Boden in dem annähernd quadratischen Raum war mit grüngrauem Linoleum aus den Siebzigern ausgelegt, und an der Decke hingen mehrere dieser schrecklichen flirrenden Leuchtstoffröhren. Es gab nur eine Tür und eine verspiegelte Scheibe zu dem Raum, in dem bei den Crime-Serien immer die Polizisten warteten, bis der Täter mürbe wurde. Allerdings war ich erstens nicht Täter, und zweitens wurde ich so gut wie nie mürbe. Es gab einen guten Grund, warum ich nicht ängstlich und mit den Nerven am Ende war: Ich hatte nichts getan. Ich war genauso geschockt gewesen wie die Polizisten, als sie Alessandro gefunden hatten.

Dieser Moment, als eine Stimme hinter mir mich angebrüllt hatte, saß mir allerdings noch immer in den Knochen. Ich war mir sicher gewesen, dass Alessandros Mörder mich gefunden und es jetzt auf mich abgesehen hatte. Das Blut war so laut durch meine Adern gerauscht, dass ich die tanzenden Blaulichter an den Wänden nicht bemerkt hatte. Erst als ich mich hingekniet hatte und die Handschellen um meine Gelenke zugeschnappt waren, hatte ich realisiert, dass die Polizei mit mehreren Einsatzwagen aufgetaucht war und mich umstellt hatte. Es hatte einige Minuten gedauert, bis ich begriffen hatte, dass sie nicht hier war, um mich vor der Person zu retten, die den Dolch geschleudert hatte, sondern dass sie mich für den Täter hielt.

Hier war etwas völlig aus dem Ruder gelaufen, und mittlerweile hatte ich auch erkannt, dass es absichtlich geschehen sein musste. Irgendjemand hatte mich und Alessandro zur selben Zeit an diesen Ort bestellt, Alessandro dann umgebracht und meinen Fahrer verschwinden lassen, und der gleiche Jemand musste verdammt noch mal die Polizei gerufen haben, um mich festnehmen zu lassen.

Alessandro Cabianca, der Erbe des Hauses Cabianca, ein Sohn der Sieben, war ermordet worden. Das war absolut unbegreiflich.

Und ich hatte keine Ahnung, wer dahinterstecken könnte. Vielleicht der Verwalter? Er konnte mich nicht ausstehen. Aber warum sollte mich der Consigliere ins offene Messer laufen lassen, wenn ohnehin alles ans Licht kommen würde? Das war absoluter Schwachsinn.

Als sich die Tür öffnete, blickte ich nicht auf, sondern starrte stur geradeaus auf das große Spiegelfenster, in dem ich nur mein eigenes Gesicht sah.

»Guten Abend, Frau Morgenstern«, sagte die gleiche Stimme, die ich schon im Hafen gehört hatte. Trotzdem widerstand ich der Versuchung aufzublicken und wartete so lange, bis der Mann sich auf den Stuhl mir gegenübersetzte und mir direkt in die Augen sah.

Er war in Zivil und sah mehr aus wie ein Holzfäller als wie ein Ermittler der Polizei. Er trug einen grauen Strickpullover und Jeans, hatte sich seit bestimmt drei Wochen nicht mehr rasiert, und seine Haare waren ausgerechnet genauso hellbraun und perfekt wie die von Jan.

Ich starrte ihn völlig entgeistert an und versuchte krampfhaft, nicht an meinen Exfreund zu denken. Jan war schließlich nicht der Erste gewesen, in den ich mich verliebt hatte und der dann einfach wieder verschwunden war. In Sachen Liebe war mein Leben einfach der letzte Dreck. Es hatte absolut niemanden gegeben, der mehr als ein paar Nächte mit mir überlebt hatte – natürlich nur im übertragenen Sinn. Außer Jan. Sie kamen, lernten mich kennen, lernten die schwarzen Anzugträger kennen, die meine Familie ihnen auf den Hals hetzte, und verschwanden. Dann fing alles wieder von vorne an.

»Morgenstern«, wiederholte der Polizist. »Ungewöhnlicher Name.«

»Eingedeutscht.« In mir erwachte das Blut meines Vaters. Es war das gleiche Gefühl, das mich dazu gebracht hatte, Jan umzubringen.

»Wovon eingedeutscht? Morningstar?«, fragte er und hob eine Augenbraue.

»Nein. Aus dem Lateinischen«, antwortete ich, ohne eine Miene zu verziehen.

»Aha. Und was bedeutet Morgenstern auf Latein?« Er klang beinahe gelangweilt.

»Luzifer.«

Er hauchte den Rauch seiner Zigarre in die Luft und sah ihm dabei zu, wie er sich langsam wabernd wie eine Schlange zur Decke bewegte und sich dort auflöste. Ein Schlangenkörper war ungeheuer unpraktisch – nicht nur wegen dieser völlig unverhältnismäßigen Länge, sondern vielmehr wegen der Nahrungsaufnahme. Man konnte nicht einmal vernünftig kauen, sondern musste den eigenen Kiefer ausrenken und seine Mahl-

zeit auf unglaublich würdelose Art herunterwürgen, nur um im Anschluss tagelang bewegungslos herumzuliegen und zu verdauen.

Mit diesem Teil seines Lebens hatte er glücklicherweise vor langer Zeit abgeschlossen. Mit dem Teil seines Lebens, der in wenigen Minuten durch die Tür der Bar treten würde, allerdings noch nicht, und das würde sich so schnell auch nicht ändern.

Es war wirklich nicht immer leicht, so viele Mäuler stopfen zu müssen, wie er es tat, und noch schwieriger war es, so viele Mäuler unter Kontrolle zu halten. Er hatte eine Entscheidung getroffen, die seinen Untergang bedeuten könnte, wenn sie sich als falsch erweisen sollte. Er würde alles auf eine Karte setzen und darauf vertrauen, dass auch dieses Mal sein Instinkt, der ihn schon seit Äonen durch die Dunkelheit lotste, recht behalten würde.

Er stellte sein leeres Glas auf den kleinen Keramikuntersetzer und lehnte sich etwas zurück. Es dauerte nur Sekunden, bis die Bardame neben ihm erschien und nach dem Glas griff. Kaum dass sie es jedoch angehoben hatte, schrie sie auf und ließ es fallen. Es zersplitterte auf dem Boden in tausend Scherben.

Sie starrte auf ihre Finger und die glänzenden Stellen, an denen sie sich die Haut verbrannt hatte.

»Ich bitte vielmals um Entschuldigung«, sagte er und sorgte so dafür, dass in der gesamten Bar augenblicklich Stille einkehrte. Er war so in Gedanken gewesen, dass er nicht darauf geachtet hatte, sich an das Diesseits anzupassen.

»Kein … kein Problem«, antwortete sie und kehrte rasch die Scherben zusammen.

Es war wirklich außerordentlich ärgerlich, dass der alte Geizhals menschliche Körper so minderwertig ausgestattet hatte.

Sein Blick wanderte zur Decke, dann lächelte er.

»Auch das ist ein eigenartiger Name«, sagte der Polizist und wirkte jetzt etwas irritiert und aus dem Konzept gebracht. Aber es dauerte nicht lange, und er fing sich wieder und öffnete eine Akte, die in einer Mappe lag.

»Und Sie sind?«, fragte ich, bekam als Antwort aber nur ein unnachgiebiges Starren.

Vielleicht sollte ich auch dazu übergehen, ihn eine Weile nur anzustarren und nicht mehr zu antworten. Schließlich funktionierte es bei ihm ziemlich gut.

»Sie stehen in dringendem Tatverdacht, Alexander Weiß getötet zu haben, Frau Morgenstern«, sagte er schließlich.

»Das ist nicht sein richtiger Name.« War es meine Herkunft oder einfach nur dieser tief verwurzelte Trotz, der mein halbes Leben bestimmte und der sich jetzt auch gegenüber diesem Polizisten aufbaute? Warum bemühte ich mich nicht, die Sache aufzuklären und deutlich zu machen, dass ich nichts mit dem Mord zu tun hatte?

»Ach, und wie ist der richtige Name des Mannes, den Sie umgebracht haben?«, fragte er und verschränkte die Arme vor der Brust. Sein Blick war überlegen und voller Gewissheit, dass er eine Mörderin überführt hatte.

»Ich habe ihn nicht umgebracht.« Er starrte mich an, eine ganze Weile sogar, und holte tief Luft, bevor er wieder sprach.

»Dann würde mich interessieren, warum Ihre Fingerabdrücke auf der Tatwaffe waren – auf einem Dolch, der zudem aus der Domschatzkammer gestohlen wurde.«

»Ich …« Ich wollte antworten, aber die Worte blieben mir im Hals stecken.

Meine Fingerabdrücke? Zwar war die Erinnerung an das Geschehene im Hafen mittlerweile etwas eingetrübt, aber ich war mir absolut sicher, den Dolch nicht berührt zu haben. Was meinte er damit, dass er gestohlen wurde? Auf einem Dolch aus der Domschatzkammer konnte es keine Fingerabdrücke von mir geben. Ich hatte den Kölner Dom noch nie betreten, dafür hätte mein Vater mich umgebracht. Er würde jeden Dunklen umbringen, der sich in eine Kirche wagte.

»Bitte, sprechen Sie nur, Frau Morgenstern. Sagen Sie mir doch einfach, was passiert ist. Lassen Sie mich raten: Sie können sich nicht mehr erinnern, was passiert ist? Nein, warten Sie … Sie wurden gezwungen, es zu tun, jemand hat Ihnen gesagt, was Sie tun sollten, eine Stimme in Ihrem Kopf? Vielleicht waren Sie ja auch einfach vom Teufel besessen?«, fragte er und blickte mich so voller Verachtung an, dass ich nicht wusste, wie ich reagieren sollte.

»Ich …« Gerade als ich antworten wollte, wurde die Tür geöffnet. Ein Mann betrat den Raum, mit dem der Holzfäller offenbar nicht gerechnet hatte, denn er richtete sich auf und erhob sich von seinem Stuhl.

Ich erkannte schon in der ersten Sekunde, dass etwas mit ihm nicht stimmte, dass er anders war als jeder andere Mensch, der durch diese Tür hätte treten können. Meine Nackenhaare richteten sich auf, und die Luft war plötzlich elektrisch aufgeladen. Den Mann umgab tiefe Dunkelheit wie ein undurchdringlicher wabernder Nebel.

»Kommissar Schiller, nicht wahr?«, fragte der Neuankömmling und klang dabei völlig gelassen.

»Und Sie sind?«, fragte Mr Holzfäller konsterniert und trat einen Schritt auf ihn zu, wirkte aber plötzlich wacklig auf den Beinen.

»Schön, Sie persönlich kennenzulernen.« Die Stimme des Mannes war messerscharf und durchschnitt jede Faser meines Körpers. Er löste etwas in mir aus, das ich bisher nur in Castors Gegenwart gespürt hatte und doch völlig anders war. Es war ein Gefühl von Unterlegenheit, das Begreifen der Macht, die dieser Mann ausstrahlte.

Der Eindringling trug einen perfekt sitzenden, eleganten silbernen Anzug, der selbst im fahlen Licht der Leuchtstoffröhren glänzte, als wäre er aus der teuersten Seide. Seine breite, schimmernde Krawatte war am hohen Kragen mit einer silbernen Nadel befestigt. Die blonden Haare waren nach hinten gestrichen und die Schuhe auf Hochglanz poliert. Beinahe absurd extravagant wurde das Outfit durch einen schwarzen Spazierstock mit silbernem Knauf, den er sich unter den Arm geklemmt hatte. Er sah aus wie höchstens Ende zwanzig, musste aber bestimmt sehr viel älter sein.

»Von Vagener, freut mich überaus. Ich bin der Advokat. Sie halten meine Mandantin gegen ihren Willen fest. Ich werde sie deshalb nun mitnehmen. Bitte treten Sie einen Schritt zurück«, erklärte er mit einem beinahe abartig freundlichen Lächeln, das seine Perlenkettenzahnreihe aufblitzen ließ.

Es dauerte einige Sekunden, bis Holzfäller-Kommissar Schiller fähig war zu antworten: »Advo… Ihre Mandantin steht unter dringendem …«

»Offenbar wurde Ihnen noch nicht mitgeteilt, dass die Fingerabdruckanalyse fehlerhaft war. Meine Mandantin steht unter gar keinem Verdacht, und ich wiederhole mich gern: Sie halten sie gegen ihren Willen fest«, sagte er und lächelte unvermindert freundlich.

Schiller starrte Silberanzug an. Er kniff die Augen zusammen, fixierte ihn, und es hätte mich nicht überrascht, wenn er im nächsten Augenblick geknurrt hätte. Dann stürmte er wutentbrannt zur Tür, verharrte dort noch einmal und deutete mit dem Finger auf mich.

»Sie bleiben hier und wagen es nicht, von diesem Stuhl aufzustehen«, schnauzte er und verließ den Raum.

Die Tür fiel mit einem leisen Klicken ins Schloss, und ich war mit meinem Anwalt allein – obwohl ich gar keinen Anwalt hatte.

Kaum dass die Tür ins Schloss gefallen war, fiel ihm das Lächeln aus dem Gesicht, und er ging dazu über, mich zu ignorieren. Er legte den Spazierstock auf den Tisch und seinen silbernen Aktenkoffer direkt daneben. Die Verschlüsse des Koffers schnappten auf, ohne dass er sie berührte, und er ließ die Akte des Kommissars darin verschwinden. Er klappte den Koffer wieder zu, schnippte mit den Fingern, der Koffer flog vom Tisch und landete mit einem Knall in der Ecke, dann stieg Rauch davon auf. Ich war tatsächlich beeindruckt.

Seine Finger, die in dunklen Lederhandschuhen steckten, schnippten ein weiteres Mal, und meine Handschellen fielen klirrend zu Boden. Während ich mir die schmerzenden Gelenke rieb, erwuchs in mir der Wunsch, mir diese Technik unbedingt anzueignen.

Ich wusste längst, dass er im Gegensatz zu mir ein vollblütiger Dunkler war, verschwendete also keine Zeit darauf, ihn danach zu fragen. Ich kannte ihn nicht, war mir aber sicher, dass er kein gewöhnlicher Todeshändler war – dafür war er erstens zu abgebrüht und zweitens zu mächtig.

»Übrigens ist es kein Wunder, dass meine Fingerabdrücke nicht auf dem Dolch sind, ich habe die Waffe ja …«

»Deine Abdrücke sind darauf, und zwar ausschließlich deine, du dummes Ding«, blaffte er mich an und klang jetzt völlig anders als im Gespräch mit dem Kommissar. Seine Stimme war dunkler, und jegliche Freundlichkeit von vorhin war verschwunden.

»Entschuldigung, aber dummes …«

»Wenn es nach den Beweisen geht, hast du Alessandro Cabianca umgebracht. Begreifst du das? Geht das in dein Prinzessinenhirn rein?«, fragte er und blickte mir jetzt zum ersten Mal in die Augen.

Ich hielt inne und starrte ihn an. Dabei fiel mir auf, dass er unterschiedlich farbige Augen hatte. Eines war hellblau, das andere so hellbraun, dass es beinahe gelblich wirkte. Dieses Detail machte ihn noch besonderer, als er es ohnehin schon war.

»Ich habe … was?«, fragte ich und konnte nicht aufhören ihn anzustarren.

Er hatte klar gezeichnete und kantige Gesichtszüge mit hohen Wangenknochen. Als er sich mit einer Hand durch die Haare fuhr, war die Ordnung dahin, und sie fielen ihm locker ins Gesicht. Das kalte Blond war nun von einigen dunkleren Strähnen durchzogen und wirkte längst nicht mehr so perfekt. Allerdings war er dennoch unnatürlich schön und wirkte in seiner Attraktivität beinahe gespenstisch, als gehörte er einfach nicht in diese Welt.

»Wir haben jetzt keine Zeit dafür. Steh auf.«

Ich zuckte wie ertappt zusammen, fing mich aber schnell wieder. »Ich muss hier sitzen bleiben.«

»Gleich wird dieser vadumantische Barbar wieder hereinkommen und mich fragen, warum ich von einer fehlerhaften Analyse spreche, die nicht fehlerhaft war.«

»Aber wenn ich jetzt gehe, werden sie denken, dass ich ihn umgebracht habe. Es ist doch offensichtlich, dass ich in eine Falle gelockt wurde. Irgendein Mistkerl hat es auf mich abgesehen, irgendjemand, der etwas gegen das Haus Cabianca hat«, stammelte ich etwas hilflos.

»Wohl eher jemand, der etwas gegen das Haus Luzifer hat. Los, aufstehen!« Er umfasste meinen Oberarm und zerrte mich hoch. »Der Dolch, mit dem Alessandro Cabianca ermordet wurde, entstammt dem Schatz des Klerus. Das heißt, dass er nur von einem Vadumanten oder einem erdgebundenen Dunklen berührt werden kann. Und er ist ausgerechnet mit den Fingerabdrücken einer Morgenstern-Tochter übersäht, die sich rein zufällig noch am Tatort befunden hat, an dem der Erbe einer der sieben Häuser umgebracht wurde.«

Ich hatte mich zwar von ihm auf die Beine zerren lassen, doch jetzt hielt ich inne und riss mich los.

»Was?«, fragte ich völlig entgeistert.

»Es ist wirklich an der Zeit zu verschwinden.«

»Und wohin?«

»Erst einmal weg von hier«, presste er zwischen zusammengebissenen Zähnen hervor. Er starrte mich an und auch wenn ich hauptsächlich Abneigung in seinem Blick erkannte, sah ich doch auch seinen dringenden Wunsch, endlich zu verschwinden. Wäre ich ihm an einem anderen Ort und unter anderen Umständen begegnet, hätte ich ihn wahrscheinlich nur angestarrt, so gut sah er aus. Aber in diesem Augenblick verabscheute ich ihn zutiefst.

»Okay, gehen wir.« Ich wusste selbst nicht, warum ich gerade zugestimmt hatte, aus einem Polizeirevier zu fliehen – oder es zumindest zu versuchen, denn man würde mich sicher nicht einfach so durch die Tür spazieren lassen.

Er streckte seinen rechten Zeigefinger so schnell in meine Richtung, dass ich zusammenzuckte. Kurz vor meinem Gesicht hielt er inne und schien mich zum ersten Mal eingehend zu mustern. Seine Augen huschten über mein Gesicht, dann stach er mit dem Finger zu, in die Mitte meiner Stirn, so fest, dass ich zurücktaumelte. In dem Augenblick, als sein Finger mich traf, flüsterte er nur ein einziges Wort, das von den Wänden des schäbigen Raumes widerhallte.

»Verblenden.«

»Bist du bescheuert, du kranker Idiot?«, brüllte ich ihn an, schlug nach seinem Finger und rieb mir die schmerzende Stelle an der Stirn. Immerhin blutete ich nicht – Glück gehabt.

Er sah mich nur herablassend an und schüttelte dann den Kopf. »Es stimmt, was man über dich erzählt. Du bist tatsächlich völlig unkultiviert.«

»Was fällt dir eigentlich ein? Weißt du überhaupt, wer ich bin?« Ja, das war erbärmlich, ich weiß. Ich spielte diese Karte absolut niemals aus, und wenn ich es tat, fühlte ich mich im gleichen Moment unglaublich schlecht.

»Unglücklicherweise ja. Und die Tatsache, dass ich dich jetzt auch noch persönlich kennenlernen durfte, macht es wirklich nicht besser.«

»Was bist du eigentlich für ein ekelhafter Typ? Ist das dein Hobby?«

»Prinzessinnen aus Situationen retten, die sie ihrer Unfähigkeit zu verdanken haben?«

»Nein, ein Arschloch sein«, fauchte ich genau in dem Moment, als die Tür sich öffnete und ein wutentbrannter Kommissar Schiller hereinstürmte, allerdings noch im Türrahmen abrupt stehen blieb.

Er schaute sich im Raum um, starrte mich an, starrte meinen selbst ernannten Anwalt an – nein, eigentlich starrte er durch mich hindurch. Dann riss er die Tür zurück, sah dahinter und rannte wieder hinaus auf den Gang.

»Wo ist die Verdächtige?«, brüllte er in den Korridor.

»Es ist Zeit zu verschwinden«, sagte mein vermeintlicher Retter, griff nach seinem Stock und verließ den Raum.

Ich stand noch immer wie angewurzelt da, hörte Gebrüll auf dem Gang und den Alarm, der nach einigen Sekunden das allgemeine Rennen und Schreien übertönte.

»Komm, Prinzessin«, hörte ich seine Stimme wispern und schaffte es schließlich, mich in Bewegung zu setzen. Ganz langsam und vorsichtig schob ich mich aus dem Verhörzimmer und sah zu, wie immer mehr Polizisten an mir vorbeirannten und offenbar nach mir suchten. Inmitten des ganzen Chaos stand mein Begleiter völlig unbehelligt in der Mitte des Ganges und verdrehte die Augen.

»Hättest du die Güte, dich endlich zu bewegen? Ich vertrage dieses Neonlicht nicht.«

Keiner der Männer und Frauen, die uns auf den Fluren begegneten, konnten uns sehen. Ich hatte davon gehört, dass es Dunkle gab, denen es möglich war, gleich mehrere Vaduman-ten auf einmal zu beeinflussen – auch dass es Dunkle gab, die noch ganz andere Dinge zu tun vermochten –, aber von der Fähigkeit, sich unsichtbar zu machen, hatte ich bisher nichts gehört.

Wir verließen das Polizeipräsidium völlig unbehelligt, und ich folgte dem mir noch immer völlig unbekannten Mann zu einem Aston Martin im gleichen Silber seines Anzuges, der inmitten der ganzen normalen Autos genauso fehl am Platz wirkte, wie ich mich fühlte.

»Ich will wissen, wer du bist, oder ich werde jetzt sofort verschwinden«, sagte ich und blieb stehen.

»Wenn du dich von mir entfernst, werden sie dich wieder sehen können«, sagte er wenig beeindruckt von meiner Drohung, öffnete die Fahrertür und verschwand im Inneren des Wagens. Er war einfach eingestiegen, ohne mich eines weiteren Blickes zu würdigen.

Ich hasste ihn, nicht nur weil er ein unausstehlicher Mistkerl war, der allerdings verdammt gut aussah, sondern auch dafür, dass er sich aufführte wie ausnahmslos jeder, der für meinen Vater arbeitete. Die Firma war ein Haufen von arroganten, maßlosen Luxusschlampen und Anzug tragenden Narzissten, die andauernd darüber nachdachten, welches unglaublich teure

Kleid, Auto, Haus oder sonst was sie sich als Nächstes kaufen sollten.

Dieser Typ war nur einer mehr von der Sorte, die ich nicht ausstehen konnte, die ich nicht in meinem Leben haben wollte, weil sie es mir immer zur Hölle machten.

Mit einem lauten Aufschrei hob ich resigniert die Hände in den Himmel und stapfte dann zum Wagen, öffnete die Tür, stieg ein und schlug sie so fest zu, dass der Wagen noch immer leicht schwankte, als ich den Gurt in den Verschluss rammte.

»Ich will mit Castor sprechen. Du bringst mich sofort zu ihm. Und solltest du es wagen, mich woandershin zu bringen, werde ich meinem Vater …«

»Halt endlich deine Klappe«, unterbrach er mich genervt, während er den Motor startete und den Wagen mit quietschenden Reifen die Straße hinunterjagte.

Dennoch verschränkte ich die Arme vor der Brust und starrte schweigend aus dem Fenster. Nicht weil er es verlangte, sondern weil ich es wollte, weil er einer Sorte Mann angehörte, die es nicht anders verdienten, als bis an ihr Lebensende ignoriert und angeschwiegen zu werden.

Ich starrte die Lichter draußen auf der Straße an, die wie bunt flackernde Sterne am Nachthimmel viel zu schnell an mir vorbeizogen.

Was passierte hier mit mir? Wer hatte ein Interesse daran, mir einen Mord an einem Erben anzuhängen? Ich konnte mir nur zu gut vorstellen, was geschehen würde, wenn man herausfand, dass auf dem Dolch meine Fingerabdrücke waren – obwohl sie gar nicht darauf sein konnten, weil ich ihn nie in den Händen gehabt hatte. Ich konnte mir vorstellen, was diese missgünstigen, gierigen Männer und Frauen mir antun würden, wenn sich herausstellte, dass ich einen der ihren getötet hatte.

Sobald ich mit Castor gesprochen hatte, würde er die Sache aufklären. Es war doch offensichtlich, dass ich niemanden umbringen würde – wozu auch? Außerdem hatte ich einen Auftrag des Verwalters bekommen. Er konnte also bezeugen, dass ich aus einem völlig anderen Grund im Hafen gewesen war.

6

Der Wagen überquerte eine der Rheinbrücken und hielt auf das Zentrum zu – eigentlich hatte ich von diesem Teil der Stadt erst einmal die Nase voll. Von der Brücke konnte man gut den Hafen erkennen, und tatsächlich meinte ich, noch immer einzelne Blaulichter zu erkennen.

»Sollten wir diesen Bereich nicht vielleicht meiden?«, fragte ich, und meine Stimme klang brüchig.

Er antwortete nicht und lenkte den Wagen in die kleinen Straßen des Stadtkerns. Ich hatte mich von den Grenzen des Klerus nie wirklich beeinflussen lassen, sondern war auch schon früher hier gewesen. Aber seit ich im Dienst der Firma stand, kam es mir irgendwie seltsam vor, mich hier aufzuhalten – auch wenn es keinerlei Konsequenzen gab.

Immer wieder blitzte zwischen den Häuserschluchten der hell erleuchtete Dom in einiger Entfernung auf. Er strahlte wie ein Leuchtfeuer in die Dunkelheit hinein. Das war einzigartig in dieser Stadt: Von beinahe überall konnte man auf die Kathedrale blicken, weil die Stadt ringförmig um den Dom herum erbaut worden war.

»Ich folge meinen Anweisungen«, sagte er schließlich.

»Die da wären?«

»Ich soll dich hier abliefern«, antwortete er, und der Wagen hielt an.

Ich wandte mich sofort von ihm ab und sah aus dem Fenster. Er hatte vor einem unscheinbaren Gebäude geparkt, dessen Fenster durch rote Gardinen verdunkelt waren. Über dem

Eingang hing ein kleines ovales Schild, auf dem in goldenen Lettern etwas verblichen der Name »Zum Goldenen Kreuz« stand – sonst nichts. Lediglich der Mann mit dem verdammt eleganten Anzug an der Tür ließ vermuten, dass sich überhaupt etwas hinter den Fenstern befand.

»Was soll ich hier?«, fragte ich.

»Geh hinein!«, antwortete er und sah mich dabei nicht einmal an.

»Und wenn …?«

»Du sollst verdammt noch mal reingehen!«, motzte er.

Ich zerrte meinen Mantel zu, riss die Tür auf und taumelte etwas benommen aus dem Wagen, schloss aber noch nicht die Tür.

»Du solltest vielleicht mal darüber nachdenken, ob du so weiterkommst«, fauchte ich.

»Wie?«, fragte er.

»So wie du bist!«

»Bisher klappt es ganz gut. Schließ jetzt bitte die Tür«, sagte er und zog die Augenbrauen hoch.

Ich hatte nicht übel Lust, sofort wieder einzusteigen und ihm die Augen auszukratzen, sagte mir dann aber, dass er auch nur einer von vielen war, die dachten, sie wären etwas so unglaublich Besseres, dass sie es nicht nötig hätten, irgendwelche Umgangsformen an den Tag zu legen.

Bevor ich die Tür fest zuknallte, warf ich ihm aber noch etwas nicht Jugendfreies an den Kopf.

Ich glaube, dass ich es tatsächlich noch nie mehr gehasst hatte, diese hochhackigen Drecksschuhe tragen zu müssen, als in diesem Moment. Mir taten die Füße so unglaublich weh, dass ich sie kaum mehr spüren konnte, während ich etwas unsicher auf den Mann im Anzug zuhielt. Ich blickte mich mehrere Male um und hatte ständig das Gefühl, von irgendeinem Geistlichen erkannt zu werden. Dabei wusste ich, dass das absolut unmöglich war, weil ich noch immer halb erdgebunden war.

»Guten Abend, ich soll …«, begann ich meine Erklärung etwas unsicher, aber der Mann trat stumm beiseite und öffnete die Tür. Er sah mich nicht einmal an. Seine Augen wirkten leer, so als würde er gar nicht mitbekommen, was er tat.

Die Tür öffnete den Weg in eine andere Welt. Aus der klirrenden Kälte der Nacht trat ich in eine wohlig duftende Wärme, die mich sofort umfing. Die Schwärze der Nacht wich augenblicklich einer warmen Beleuchtung, und statt dem Grau der Straßen sah ich nun das dunkle Braun eines glänzend polierten Holztresens. Das von außen so völlig unscheinbar wirkende Gebäude beherbergte eine Bar, die so elegant und gleichzeitig so einladend wirkte, dass ich völlig vergaß, warum ich überhaupt hergekommen war. Mein Blick schweifte durch den Raum und blieb an großen Kristallvasen hängen, die mit opulenten Blumenarrangements befüllt waren, und an den Gästen in ihren geschmackvollen Kleidern und Anzügen, die leise lachten und an Drinks nippten, die so köstlich aussahen, dass ich sie am liebsten alle selbst probiert hätte.

Erst als mir eine Gestalt an der Bar auffiel, bemerkte ich, dass ich gar nicht mehr klar denken konnte. Irgendetwas hier drin vernebelte meine Sinne. Wie lange war ich überhaupt schon hier? Hatte ich die ganze Zeit einfach nur dagestanden?

Mein Verstand schaltete sofort wieder auf Rationalität um. Die atemberaubende Bar war plötzlich nicht mehr und nicht weniger als eine schöne Bar, die Menschen nicht anders als die Snobs aus dem Torhaus.

Der völlig heruntergekommene Typ auf dem letzten Platz am Ende des Tresens mit den fettigen Haaren, dem gekrümmten Rücken und den völlig ausgetretenen Schuhen war der

Mann, der mich zu der Person gemacht hatte, die ich jetzt war. Dieser Mann dort hinten war der Teufel – mein Vater.

Im Gegensatz zu allen anderen Dunklen hatte er noch nie Wert auf sein Äußeres gelegt. Das musste er auch gar nicht, denn ihn umgab eine Aura, die jeden klaren Gedanken in der Unendlichkeit untergehen ließ. Er war der Mittelpunkt jeglichen Daseins. Sobald er einen Raum betrat, wurde er zu der Achse, um die sich absolut alles drehte. Niemand sollte jemals unterschätzen, wie ungeheuer mächtig dieses Wesen war.

Ich hatte ihn noch nie in einem eleganten Anzug gesehen und noch nie erlebt, dass er sich um sein Aussehen gekümmert hatte, obwohl er das mit einem Fingerschnippen hätte erledigen können. Während die anderen Herren der Firma so wirkten, als wären sie gerade vom Olymp herabgestiegen, war der Teufel eine Mischung aus alterndem Junkie und einem Obdachlosen, der die letzten Jahre auf einer Parkbank zugebracht hatte. Er sah unfassbar schlecht aus, geradezu ungepflegt, und stach so sehr aus dem Publikum der Bar heraus, dass sich selbst ein Blinder nach ihm umgedreht hätte.

Das alles hatte jedoch rein gar nichts damit zu tun, dass er der mit Abstand niederträchtigste, finsterste und klügste Mann war, der jemals das Licht der Welt erblickt hatte – auch wenn er das ja tatsächlich nie getan hatte.

Als er seine linke Hand leicht anhob, verstummten sämtliche Gespräche im Raum. Kurze Zeit später endete auch die leicht dahinplätschernde Musik, und schließlich standen alle Gäste auf und verließen den Raum. Den Gesichtern, die an mir vorbei in Richtung Ausgang strömten, konnte ich ansehen, dass sie möglichst schnell verschwinden wollten. Sie spürten, dass sonst etwas passieren würde, das sich auf ihrer Lebensuhr nicht allzu gut niederschlagen würde.

Nur eine einzige Sache unterschied mich von den Menschen, die gerade die Flucht ergriffen und mich und meinen Vater allein zurückließen: Ich wusste, wer dieser Mann war.

Mit einem raumfüllenden Seufzen setzte ich mich in Bewegung, durchquerte die Bar und zog den Barhocker neben dem meines Vaters zur Seite. Ich beförderte den schmutzigen Hut von der Sitzfläche auf den Tresen und nahm Platz – so gut das eben in diesem grauenvollen Etuikleid ging.

Dann passierte eine ganze Zeit lang nichts. Wir schwiegen eine Weile und schwiegen und schwiegen und schwiegen – bis ich es nicht mehr aushielt, mich etwas erhob, hinter die Bar griff und mir eine Flasche mit irgendeiner Limonade nahm, die sich leider als bitteres Tonic Water herausstellte.

»Zum Goldenen Kreuz?«, fragte ich.

»Ich habe mir diesen kleinen Spaß erlaubt.«

»Also …«, begann ich. »Schön, dass du es ausnahmsweise mal geschafft hast. Was war los die letzten Jahre? Viel zu tun?«, fragte ich sarkastisch und starrte ihn an, während ich einen Ellbogen auf den Tresen stützte.

Und wieder dauerte es viel zu lange, bis er sich zu einer Reaktion herabließ. Er zog jedoch bloß die Augenbrauen hoch und wandte sich dann allmählich mir zu, um mich zu betrachten.

»Beeindruckend, was aus dir geworden ist«, sagte er schließlich.

»Finde ich auch. Auch wenn es dir nicht gefallen wird, was aus mir geworden ist.«

»Warum bist du dir da so sicher?«, fragte er mit seiner ruhigen und erschreckend warmen Stimme.

»Weil ich nicht nur dich, sondern auch deine Arbeit verabscheue«, antwortete ich trocken. Es dauerte wieder einige Augenblicke, dann lachte er leise.

»Vielleicht bist du genau das, was der ganze Laden seit langer Zeit gebraucht hat«, sagte er und durchbohrte mich mit seinen Augen. »Vielleicht habe ich es darauf angelegt, dass du genauso wirst, wie du nun geworden bist, und vielleicht ist mein Plan längst aufgegangen.«

»Nur weil ich jetzt für dich arbeite, musst du nicht denken, dass ich deine Ideale teile. Ich bin nur eine Todeshändlerin, die dazu gezwungen wird, ihren Job zu machen.« Offenbar war das Repertoire seiner Reaktionen ziemlich begrenzt, denn schon wieder hob er nur seine Brauen.

»Du willst deinen Job aufgeben?«, fragte er. »Bitte, es hält dich nichts. Wenn du nicht mehr willst, werde ich dich nicht zwingen, für mich zu arbeiten, Catalea. Du kannst gehen, wann immer du willst«, sagte er und zündete sich eine Zigarre an, die aus dem Nichts erschienen war.

»Nun, es fällt mir gerade etwas schwer, einfach so aufzuhören, wo mir zufällig ein Mord an einem Erben deiner beschissenen Firma angelastet wird«, fauchte ich.

»Hast du ihn denn umgebracht?«, fragte er und blies den Rauch aus.

»Natürlich nicht! Warum sollte ich überhaupt irgendjemanden umbringen?«

»Na ja, was ist denn mit dem Jungen, den du vor den Wagen hast laufen …?«

»Das war ein Unfall!«, unterbrach ich ihn.

»Natürlich war es das. Ein Unfall, den du ein klitzekleines bisschen herbeigeführt hast«, gab er mit einem Lachen zurück.

Ich fand, dass es an der Zeit für einen Themenwechsel war. »Warum bin ich hier?«, fragte ich und lehnte mich zurück. »Es ist ja auch heute Abend eher so, dass ich nicht gerade freiwillig gekommen bin.«

»Hat dich Timur nicht gut behandelt?«, fragte er, klang aber so, als würde es ihm nicht das Geringste ausmachen, falls es so gewesen wäre.

»Timur?« Es dauerte zwar, aber dann machte es »Klick«. »Mein Anwalt?«

»Dein Anwalt, ja, so ähnlich.«

»Er ist ein ziemlich mieses Arschloch«, antwortete ich.

»Ja, das ist er. Aber das beste Arschloch, das ich zu bieten habe.«

Abgesehen davon, dass ich erst jetzt seinen Namen erfuhr, hatte er mich nicht wirklich schlecht behandelt. Immerhin hatte er das völlig Unmögliche geschafft und mich aus dem Polizeipräsidium befreit. Wenn ich nur daran dachte, was das für Konsequenzen haben würde, wurde mir augenblicklich schlecht. Suchte die Polizei jetzt nach mir? Gab es Fahndungsbilder von mir? Catalea Morgenstern, gesuchte Mörderin, verfolgt von ihren eigenen Leuten, wobei das ja noch gar nicht feststand.

»Die Häuser werden Jagd auf dich machen«, sagte mein Vater leicht dahin und zog ein weiteres Mal an seiner Zigarre.

Ich starrte ihn entgeistert an und verachtete ihn ab diesem Moment tatsächlich noch mehr.

»Und du nimmst das einfach so hin, was?«, fragte ich.

»Natürlich nicht. Wenn du ihn nicht umgebracht hast, solltest du dafür auch nicht aufgeknüpft werden«, erklärte er. »Nur ist es so, dass ich mich nicht hinter jemanden stellen kann, der den Cabianca-Erben umgebracht hat.«

»Ich habe ihn nicht umgebracht!«

»Wie auch immer. Es wäre politisch äußerst unklug und würde die Grundfesten der Firma erschüttern und die Stellung des Hauses Luzifer nachhaltig schwächen. Augusto und ich müssen uns da raushalten, genauso wie alle anderen Mitglieder deines Hauses.«

»Ich bin also auf mich allein gestellt?« Ich sah hinter der Bar ein kleines Messer und einen Barlöffel mit einem kleinen Dreizack am Ende liegen und überlegte einige Sekunden, meinem geliebten Vater damit die Augen auszustechen. Dann hätten sie immerhin einen richtigen Grund, mich zu jagen.

»Ich sagte ja bereits, dass Timur mein bester Mann ist. Er wird dafür sorgen, dass dir nichts zustößt, und das Problem mit den Häusern aus dem Weg schaffen. Das ist sein Fachgebiet, er ist Totenanwalt.«

Auch wenn der Job des Totenanwalts im ersten Moment eher nach Bürokratie klang, sah die Realität doch ganz anders aus. Ein einziges Mal hatte ich einen solchen Anwalt im Torhaus kennengelernt. Der Job der Todeshändler war es, die Seelen der Toten einzusammeln, sie nach unten zu schicken und hoffentlich nie wieder etwas mit ihnen zu tun zu haben. In seltenen Fällen kam es aber vor, dass sich eine Seele so vehement weigerte, in das Dunkel zu gehen, dass sie Beschwerde einlegte. Dann kam der Totenanwalt ins Spiel. Er entschied, ob der Fall vor ein Tribunal kam, das darüber befand, ob die Seele tatsächlich ins Dunkel oder doch ins Licht gehen durfte. Sollte der Fall es nicht vor ein Tribunal schaffen, weil die Sündenlage eindeutig war, sorgte der Anwalt dafür, dass die Seele in das Dunkel einging – nicht selten auch mit Gewalt.

Der Anwalt, den ich damals kennengelernt hatte, wirkte inmitten der ganzen Todeshändler wie ein Fremdkörper. Dieser Mann hatte ganz offensichtlich schon erheblich mehr gesehen als ein Haus, in dem sich Männer und Frauen mit viel Kohle und netter Abendgarderobe mit Wein und Absinth betranken und Seelen von der Straße kratzten. Ihn schienen diese Dinge völlig kaltzulassen, vermutlich weil er solche Nichtigkeiten hinter sich gelassen hatte.

»Und was wirst du tun?«, fragte ich.

»Ich? Ich werde schnellstmöglich noch einen Drink bestellen«, antwortete er und lachte heiser.

Ich hörte, wie die Eingangstür ins Schloss fiel, und wandte mich um. Mein sonst so selbstsicherer Anwalt betrat den Barraum, blieb aber nach einigen Metern stehen und verneigte sich tief.

»Herr«, sagte er und erhob sich erst, als mein Vater antwortete.

»Timur, komm zu mir.«

Ich war mir absolut sicher, dass ich seinen Namen schon vorher einmal gehört hatte, dass mir irgendjemand irgendwann irgendetwas über einen Timur erzählt hatte.

»Du solltest dich auf den Weg machen, mein Kind«, sagte mein Vater jetzt wieder mir zugewandt. »Und, Timur, nimm dich in Acht. Auch du bist nicht vor allen Feuern gefeit.«

»Nicht vor allen, Herr, aber mit den meisten kann ich ziemlich gut umgehen«, antwortete er und bedeutete mir mit einem Nicken, dass ich ihm folgen sollte.

Ich konnte es an nichts Besonderem festmachen, hatte aber das Gefühl, dass es im Inneren meines Anwaltes heftig brodelte. Seine Unterwürfigkeit wirkte absolut echt und trotzdem glaubte ich nicht daran.

Die Kälte umfing mich wie ein schwerer Mantel, sobald wir das »Goldene Kreuz« verlassen hatten. Obwohl ich meinen heißen Atem in der eiskalten Luft sehen konnte, begriff ich erst nach einigen Sekunden, dass es wirklich unnatürlich kalt für diese Jahreszeit war. Eigentlich war es sogar zu kalt für einen sibirischen Winter – mitten in Deutschland, in Köln. Ich schaute kurz in den Himmel und sah nur absolute Schwärze.

Aber mir blieb keine Zeit, darüber nachzudenken, was hier nicht stimmte, denn Timur schob mich mit einer geschmeidigen Bewegung hinter sich, sobald wir den Hauseingang verlassen hatten.

Den Grund dafür erkannte ich, ohne groß danach Ausschau halten zu müssen. Auf der gegenüberliegenden Straßenseite schälte sich eine Silhouette aus den Schatten, wie eine dunkle Wolke, die knapp über dem Boden schwebte. Erst nach einigen Augenblicken formte sich die wabernde Masse tatsächlich zu einer menschlich anmutenden Gestalt.

»Du bleibst hinter mir«, befahl Timur, äußerlich zwar völlig ruhig, aber seine Anspannung war mit Fingern zu greifen.

»Wer ist das?«, fragte ich.

Ich wusste, dass er ein Dunkler war. Wir alle besaßen so etwas wie ein natürlich eingebautes Radar, das immer sofort ausschlug, wenn wir aufeinandertrafen. Das galt für erdgebundene Halbblute genauso wie für Vollblute. Bei diesem Kerl allerdings geriet mein innerer Kompass ins Trudeln, was absolut nichts Gutes bedeuten konnte. Er war nicht irgendein Todeshändler, sondern konnte uns gefährlich werden.

»Die Frage ist nicht, *wer* das ist, sondern *was* das ist«, erklärte Timur und warf mir einen raschen Seitenblick zu. »Er ist ein Wächter.«

Ich hätte es mir eigentlich denken können, dass die Jagd schon begonnen hatte. Sie waren schnell und unerbittlich in dem, was sie taten, und gaben erst auf, wenn sie ein Problem gelöst hatten.

Wächter waren innerhalb der Firma nicht gerade gern gesehen. Sie waren mächtige Dunkle, die direkt den sieben Fürsten unterstanden und sich in ihrer Namen darum kümmerten, dass die Dunklen die wenigen Gesetze einhielten, die sie sich selbst auferlegt hatten oder die mein Vater erlassen hatte. Die Tatsache, dass er sich nur wenige Meter von mir entfernt aufhielt, würde mir nicht weiterhelfen, denn als die Wächter in den Dienst der Sieben getreten waren, hatten sie nur eine Bedingung gestellt. Sie hatten verlangt, dass sich absolut niemand in ihre Arbeit einmischen oder sie beeinflussen würde. Mein Vater hatte sich darauf eingelassen. In meiner jetzigen Situation erschien mir diese Entscheidung als wenig sinnvoll.

»Kannst du kämpfen?«, hauchte Timur so unglaublich leise, dass ich ihn kaum verstand, obwohl wir dicht hintereinanderstanden.

»Ich kann nicht behaupten, dass ich eine besonders gute Ausbildung genossen hätte«, zischte ich.

»Dein Blut ist Training genug. Du bist die Tochter deines Vaters.«

»Darauf würde ich mich aber nicht verlassen!«, antwortete ich, und er seufzte.

»Was verschlägt dich an diesen Ort, Wächter?«, fragte Timur jetzt lauter und besah sich dabei den glänzenden Schaft seines Spazierstocks. Zwar war äußerlich keinerlei Veränderung sichtbar, aber ich konnte fühlen, dass sich die Luft um uns herum elektrisch aufgeladen hatte.

»Ich denke nicht, dass die Situation einer Erklärung bedarf, Vargas.«

Mein Blick huschte vom Wächter zu Timur.

»Vargas? *Der* Vargas?«, fragte ich und starrte ihn an.

Wir alle kannten die Geschichten vom verlorenen Vargas-Sohn, dem Sohn und Erben von Madalena Vargas, einer der Sieben, die ihr eigenes Kind verstoßen hatte. Niemand kannte den Grund dafür, aber nun war er nicht länger Mitglied eines Hauses, sondern ein Gefallener, der als Totenanwalt auf eigene Rechnung arbeitete. Und da wurde mir auch wieder klar, wo ich seinen Namen schon einmal gehört hatte: in der Geschichte von Timur Vargas.

»Tut das jetzt etwas zur Sache?«, zischte er, ließ dabei den Wächter aber nicht aus den Augen.

Am Rand meines Sichtfeldes sah ich, dass sich auf den Scheiben der Autos dicke Eisschichten gebildet hatten und nach und nach die Straßenlaternen aufflackerten und schließlich erloschen. Die Kälte war mittlerweile beinahe unerträglich geworden, und ich schlang die Arme so fest ich konnte um meinen Körper.

»Catalea Morgenstern. Im Namen der sieben Häuser, ergib dich deinem Schicksal.«

»Sie wird gar nichts tun«, antwortete Timur für mich, und zum ersten Mal hatte ich das Gefühl, dass ihm nicht egal war, was mit mir geschehen würde. War es sein Tonfall, der sich verändert hatte? Verband uns plötzlich irgendetwas? Was hatte sich zwischen uns verändert?

Timur hob eine Hand und ließ sie mit zwei schnellen Bewegungen in Richtung des Wächters durch die Luft huschen, als würde er ein Orchester dirigieren.

»Abstoßen«, flüsterte er, und ich sah mit an, wie der Wächter mit gewaltiger Wucht mehrere Meter zurück gegen eine Hauswand geschleudert wurde, sodass der Putz abbröckelte und sein Körper einen kleinen Krater hinterließ. Und dennoch landete dieser Kerl auf den Füßen und schüttelte sich den Staub ab, als er hätte er nicht mehr als eine Ohrfeige bekommen.

»Das war eine ziemlich dumme Entscheidung, Vargas«, brüllte der Wächter und reckte seine Faust in die Luft.

Erst dachte ich, dass das nur eine dämliche Geste war, bis ich begriff, dass auch er irgendwelche Mächte dirigierte, von denen ich nichts verstand.

»Wächterkette«, rief er, und obwohl nichts Fassbares zu sehen war, raste doch eine Art lange, schwere Kette auf mich zu. Sie war wie Schlieren in der Luft, die aber deutlich und unaufhaltsam Kurs auf mich nahmen.

»Drehen. Neigen.« Timur sprach viel ruhiger als der Wächter, aber nicht minder angestrengt. Seinen Worten folgte jedes Mal ein Nachhall wie ein leises Echo.

Das Etwas aus Luft und reiner Energie änderte seine Richtung und traf nicht mich, sondern den Wächter, und zwar so hart, dass er erneut zurückgeworfen wurde und dieses Mal in die Knie ging.

»Erstarren«, flüsterte Timur. Die unsichtbare Kette zog sich fest um den Wächter und wickelte sich um ihn wie eine Anakonda, sodass er schließlich das Bewusstsein verlor.

Mittlerweile war es so kalt, dass die Autos vollständig mit Eis überzogen waren, und die letzte Straßenlaterne drohte jede Sekunde flackernd zu erlöschen. Auf der Straße hatten sich dichte Eiskristalle gebildet, und lediglich unmittelbar um uns herum waren noch die Gehwegplatten zu sehen.

»Wir gehen«, sagte Timur völlig unvermittelt, packte fest mein Handgelenk und stieß sich vom Boden ab. Ruckartig riss es mich von den Füßen, und mit einem mehrere Meter weiten Sprung landeten wir vor dem Aston Martin, wobei Timur mich mehr oder weniger sanft auffing. Die paar Sekunden, die ich in seinen Armen hing, prickelte meine Haut so, als hätte ich in Brennnesseln gefasst. Allerdings verschwand das Gefühl sofort wieder, weil er mich ziemlich unsanft auf den Beifahrersitz warf.

Kaum, dass er eingestiegen war und das Gaspedal durchgetreten hatte, leuchteten die Straßenlaternen wieder auf, und ein Blick zurück zeigte keine Spur mehr von der Eiseskälte. Viel erschreckender war allerdings, dass auch von dem Wächter nichts mehr zu sehen war.

Wir schwiegen beide so lange, bis wir das Viertel verlassen hatten und in Richtung Norden auf einer der Hauptstraßen unterwegs waren. Er fuhr deutlich schneller als erlaubt, drosselte dann aber das Tempo und rutschte etwas in seinem Sitz herunter.

»Scheiße, Scheiße, Scheiße, verdammt«, fluchte ich und hielt meine Arme noch immer dicht um den Körper geschlungen.

Timur sah nur kurz zu mir herüber und dann auf das Armaturenbrett. Er suchte eine Weile und drehte dann die Heizung hoch. Anscheinend hatte er sie vorher noch nie bedient.

Nach einer Weile der Stille wurde es tatsächlich wärmer, und mein Zittern ließ ein wenig nach. Timur sah erneut zu mir herüber und bedachte mich mit einem prüfenden Blick. Wenn ich es nicht besser gewusst hätte, hätte ich behauptet, er machte sich in gewisser Weise Sorgen.

Ich wollte nicht weiter darauf eingehen und versuchte deshalb, eine möglichst neutrale Miene aufzusetzen. Timur verließ die Innenstadt und bog auf den äußeren Ring ab, der den inneren Kern der Stadt umgab.

Ich sah eine Weile aus dem Fenster, bis ich die Stille nicht länger ertrug und mich ihm wieder zuwandte.

»Du beherrschst die Wächterbanne!«, stellte ich fest.

»Ja«, antwortete er nach einigem Zögern.

»Was ja? Wie ist das möglich?« Lange vor meiner Zeit, als sich die Firma noch Hölle nannte und Dunkle noch darauf bestanden, Dämonen zu sein, waren die sieben Häuser nicht so gefestigt, wie sie es heute waren. Es gab viele Kämpfe – um die Macht, aber auch des Zornes wegen, weil sie nun einmal Dämonen waren und sich untereinander bekriegten. Es gab andauerndes Blutvergießen, Schlachten zwischen großen Heeren und dunkle Gestalten mit finsteren Mächten. Es ist also keine Besonderheit, dass Dunkle kämpfen können, dass sie gewandt sind im Umgang mit Waffen und nicht davor zurückschrecken zu töten. Nicht zuletzt übrigens aus dem Grund, weil die Alten noch immer glauben, dass es irgendwann zum Krieg mit dem Klerus kommen wird – Licht gegen Dunkel, das alte Spiel. Alles nichts Besonderes.

Klassische Banne beherrschten allerdings nur die Wächter, und kein Dunkler und kein Kleriker konnte sich dagegen zur Wehr setzen. Ihr uraltes Blut brachte diese Banne hervor, sie waren eine unglaublich alte Form des Kampfes, die es der Legende nach schon lange Zeit vor der Trennung von Licht und Dunkel gegeben hatte. Man konnte die Banne nicht erlernen, genauso wenig wie man zum Wächter werden konnte. Entweder wurde man mit Wächterblut geboren oder nicht, und nur dann hatte man auch die Banne im Blut.

»Ich war einmal einer von ihnen«, antwortete Timur schließlich, den Blick stur geradeaus gerichtet.

Ich musterte ihn. »Du warst ein Wächter?«, fragte ich ungläubig.

Sein Zögern dauerte dieses Mal wirklich verdächtig lang, aber letztendlich konnte er sich zu einer Antwort durchringen. »Ja, ein Wächter«, antwortete er ausweichend und blickte in den Rückspiegel.

»Und du bist Timur Vargas«, sagte ich in dem Versuch, das Gespräch in eine andere Richtung zu lenken.

Wieder dauerte es eine ganze Weile, bis ich eine Antwort erhielt. »Nein, nicht mehr. Ich bin kein Mitglied des Hauses Vargas. Ich bin ein Gefallener, der als Totenanwalt vor sich hin vegetiert, nicht mehr und nicht weniger. Und jetzt gerade ist es meine Aufgabe, die Tochter des Morgensterns zu beschützen. Dafür werde ich bezahlt.«

Die Spitze am Ende seines doch ziemlich persönlichen Geständnisses ignorierte ich und fragte weiter: »Warum bist du nicht mehr im Haus Vargas? Hättest du das Haus nicht sogar geerbt?«

»Das ist eine längere Geschichte.«

»Ich habe gerade Zeit.«

»Hast du nicht. Wir sind gleich da.«

Ich blickte wieder aus dem Fenster. Wir waren mittlerweile in der nördlichen Innenstadt angekommen. Von hier aus konnte man den hell erleuchteten Dom, die Kathedrale der Torstadt, in den Nachthimmel aufragen sehen. Wir waren wieder im Klerikergebiet. Das Bistum hatte hier ganz in der Nähe seinen Sitz und auch sein Tor in das Licht.

Auch wenn es absolut keinen Grund dazu gab, stieg doch wieder Unbehagen in mir auf. Ich wusste von keinem einzigen Fall, in dem es jemals Probleme gegeben hatte, nachdem ein Dunkler in der Nähe einer Kirche gewesen war – wir taten es nur einfach nicht.

»Wohin gehen wir? Besuchen wir eine Messe?«, fragte ich spitz und deutete auf den Dom.

»Das kannst du dir sparen. Es gibt einen Grund, warum ich uns ausgerechnet hierhin gefahren habe. In diese Gegend wird uns kein Wächter folgen. Sie legen sich in der Regel nicht mit dem Klerus an. Also halt die Klappe, und tu einfach, was ich dir sage.«

»Du hast wirklich die besten Manieren, die ich je erlebt habe«, antwortete ich. »Und was sollen wir nun tun – uns dem Klerus auf dem Silbertablett präsentieren?«

»Ehrlich gesagt ist der Klerus gerade dein geringstes Problem, Prinzessin.« Er bog ab und sah wieder einmal kurz zu mir herüber.

Es war mir noch immer unheimlich, wenn seine Augen mich fixierten. Es könnte noch so finster sein, die unterschiedlich farbigen Augen würden immer aus der Dunkelheit hervorstechen.

»Es gibt einen Ort, an dem wir sicher sind. Er befindet sich eben in der Nähe des Klerus. Sogar ganz besonders nah«, antwortete Timur staubtrocken und bog um die nächste Ecke, sodass wir uns auf der Haupteinfallstraße zum Dom befanden.

7

Kapitel 75.6 Erholung und Regeneration

Eine repräsentative Erhebung hat ergeben, dass 91 % aller Seelen es förderlich finden, nach einiger Zeit im Dunkel die ausgezeichneten Naherholungsangebote des Dunkel nutzen zu dürfen. (Bitte beachten Sie zunächst, dass dieses Kapitel nur dann für Sie relevant ist, wenn Sie die Regenerationsauflagen nach § 45.1, 46.8 und 47.1–47.9 erfüllen. Eine entsprechende Prüfung können Sie jederzeit bei Ihrem Totenarbeiter sowie im aktuellen nachsterblichen Sündenregister online anfordern.)

Toten, die einen Arbeitsvertrag mit einem der sieben Häuser geschlossen haben, steht ein gesetzlich geregelter Regenerationsanspruch zu. Je nach Qualifikation kann dieser zwischen zwei und drei Tagen pro Dekade betragen. Nach erfolgreicher Prüfung Ihres Regenerationsanspruches können Sie die entsprechende Erholung bei Ihrem Totenarbeiter beantragen und um Zuweisung eines Erholungsplatzes ersuchen. Mögliche Erholungsplätze entnehmen Sie bitte Anhang 34, dem attraktiv bebilderten Erholungsfaltblatt der Saison 1920–2020.

Falls Sie noch neu im Dunkel sind, können Sie Ihren ersten Regenerationsanspruch in schon zehn irdischen Jahren geltend machen. Freuen Sie sich auf unvergessliche Erlebnisse. Eine repräsentative Erhebung hat ergeben, dass 72 % aller Leser an dieser Stelle das Buch schließen und für längere Zeit nicht lesen.

…

Attraktiv bebildertes Erholungsfaltblatt (unbebilderte Sonderedition)

Sehr geehrte Seele, leider handelt es sich hierbei um einen Fehldruck des attraktiv bebilderten Erholungsfaltblattes ohne attraktive Bebilderung. Wir bitten dies zu entschuldigen.

Dieses Faltblatt richtet sich an Ersterholer, die nach einer Dekade ihre ersten zwei Erholungstage genießen möchten. Anbei stellen wir Ihnen nun die beliebtesten Hotspots des Jenseits vor.

Hotspotvorschlag 1:

Sehnen Sie sich nicht auch manchmal nach einem Tag fernab Ihrer ermüdenden Arbeit im Dienst der sieben Häuser? Wünschen Sie sich nicht auch hin und wieder, mehr zu sehen als Ihre Bürobox in der Neu-Seelen-Verwaltung?

Dann kommen Sie jetzt in den siebten Höllenkreis! Wo einst Tyrannen, Mörder und Straßenräuber, Selbstmörder und Gotteslästerer ihre Höllenqualen ableisteten, ist heute inmitten der Feuerregenwüste ein ganzheitliches Erholungsressort entstanden. Genießen Sie einen Tag in der wohligen Wärme und lassen Sie sich von einer Hotrain-Massage verwöhnen. »Schwefel und Feuer Touristik« freut sich auf Ihren Besuch im siebten Höllenkreis. (Erstattungen ausgeschlossen)

…

Aus: Ratgeber für die Toten. 783. Auflage
Verlag der Finsternis

ISCHARIOT stand in abblätternden und schiefen roten Leuchtlettern über einer schwarz lackierten Tür, die in einem heruntergekommenen Hauseingang verborgen lag. Davor stand ein einzelner Mann, der trotz der Uhrzeit und der finsteren Nacht eine dunkle Sonnenbrille trug.

Timur hatte den Aston Martin unmittelbar vor dem Gebäude geparkt, das sich nur wenige Hundert Meter von der Kathedrale entfernt im allerdings ziemlich zwielichtigen Rotlichtbezirk der Stadt befand.

Jetzt hielt er schnellen Schrittes auf den Mann mit Sonnenbrille zu und gab dabei ein mehr als seltsames Bild ab. Er war in seinem silbernen Anzug eine beeindruckende Erscheinung, die ebenso wie sein Auto einfach nicht in diese Gegend passte.

Ich allerdings ebenso wenig, denn auch ich trug noch immer meinen Designerfummel und die dazugehörigen Edelpumps, die meine Füße mittlerweile in schmerzende Klumpen verwandelt hatten.

Unmittelbar vor dem Sonnenbrillenträger blieb Timur stehen und steckte die Hände lässig in die Hosentasche.

»Grüß dich, Gustav«, sagte er dann völlig gelassen und klopfte dem hünenhaften Kerl auf die Schulter, wobei er sich beinahe auf die Zehenspitzen stellen musste.

Der Sonnenbrillenriese lächelte grunzend und nickte Timur zu. »*Dobrý večer*, Timur.«

»*Jde Jsi v pořádku?*«, fragte Timur, und der Riese nickte mehr oder weniger zufrieden.

Ich zog die Augenbrauen bis zum Haaransatz nach oben und starrte die zwei Männer an. Dann beugte sich der Mann vor und starrte an Timur vorbei in meine Richtung. Beinahe wäre ich zusammengezuckt, blieb aber aufrecht stehen und starrte zurück.

»Wer ist sie?«, fragte er mit offensichtlich osteuropäischem Akzent.

»Jemand, der den Apostel sprechen muss«, antwortete Timur und bedeutete mir, näher zu kommen. Dieser Aufforderung kam ich nur äußerst zögernd nach.

»Darf ich dir meinen alten Freund Gustav vorstellen?« Er sah kurz zu ihm hinüber und wandte sich dann wieder mit belustigtem Blick mir zu. »Gustav hat eine ziemlich bewegte Vergangenheit. Im Zweiten Weltkrieg hat er für den tschechoslowakischen Geheimdienst ein paar nicht ganz so feine Dinge getan.« Ich starrte den Riesen an und musste kurz schlucken. »Nach seinem Tod ist er in das Dunkel gegangen. Da hat es ihm aber nicht gefallen, und er hat sich dazu entschieden, der Obrigkeit das Leben schwer zu machen. Der alte Tirani hat sich dann höchstpersönlich um ihn gekümmert, ihn aus dem Dunkel verbannt und im Körper eines Halbblutes zurück ins Diesseits geschickt. Seitdem arbeitet er für den Apostel. So weit richtig, mein Freund?«, fragte er, und Gustav nickte stolz.

»Das Leben schwer gemacht? Das hast du nett gesagt«, gluckste er. »Ihr seid geduldet. Geht hinein. Und grüß Judas von mir«, sagte er mit einem weiteren grunzenden Lachen.

Ich blickte noch einmal in seine dunklen Augen, konnte aber bei bestem Willen nicht die Bestie erkennen, die er gewesen sein musste. Vielleicht unterdrückte er sie auch mit aller Kraft – das wiederum konnte ich ziemlich gut nachvollziehen.

Die Tür wurde hinter uns fest verschlossen, und so fand ich mich in einem dunklen Korridor wieder, dessen Wände so schwarz lackiert waren wie das Äußere des Hauses. In einiger Entfernung brannte eine winzige grüne Glühbirne in einem Drahtgeflecht an der Decke, ansonsten fiel mir absolut nichts Besonderes auf, kein Wandschmuck, nicht einmal irgendwelche Kerben im Putz.

Ich orientierte mich an der glänzenden Silhouette von Timurs Anzug, der vor mir durch den finsteren Korridor marschierte, und folgte ihm mit der Hand an der glatten Wand.

»Also ein Kriegsverbrecher aus dem Zweiten Weltkrieg ist

ein Freund von dir?«, fragte ich mit einem nicht zu verkennenden Vorwurf in der Stimme.

»Er hat mir schon ein paarmal sehr nützliche Dienste erwiesen, und Leute wie er sind nun einmal ziemlich gute Kunden der Firma.«

»Trotzdem muss man ja nicht …«

»Das sollte dein geringstes Problem sein«, unterbrach er mich.

Mittlerweile hatte er sich etwas von mir entfernt, und ich konnte nur noch einen leichten Schimmer am Ende des Ganges erkennen. Das Licht der Glühbirne reichte nicht bis hierher, und ich stützte mich jetzt zu beiden Seiten an den Wänden ab, um nicht völlig orientierungslos zu sein.

»Ich kann nichts mehr sehen.«

»Dann benutz deine Augen.« Timurs Stimme klang immer weiter entfernt, viel weiter, als er tatsächlich gegangen sein konnte.

»Es ist dunkel!«, fauchte ich.

»Und du bist eine Dunkle. Du bist zu Hause in der Dunkelheit. Wenn du das endlich begreifen würdest, wäre dein Leben so viel leichter«, antwortete Timur in der Ferne.

Ich blieb aufgebracht und ziemlich hilflos stehen und stampfte einmal mit dem Fuß auf. Ja, verdammt. Mir war selbst klar, dass mich das nicht weiterbringen würde, aber ich war wütend. Okay, ich war eine Dunkle, zumindest ein Halbblut, und ich befand mich in der Dunkelheit. Dieser Ort war für Dunkle gemacht, und ich war sicher nicht die Erste meiner Art, die diesen Korridor durchquerte. Es musste also einen Trick geben. Aber was bitte sollte ich tun? Ich kannte mich mit diesen Dingen nicht aus, weil ich mich immer geweigert hatte, eine Dunkle zu sein.

Ich schloss die Augen und atmete tief durch. Ich konnte

zwar verleugnen, was ich war, aber ändern konnte ich es nicht. Die Dunkelheit war mein natürliches Element, und mein Vater war der Herrscher über sie. Ich versuchte mich an jenes Gefühl zu erinnern, auf der Straße, an Jan und den Lieferwagen, an das Raubtier, das in mir lauerte und immer heftiger unter der Oberfläche rumorte.

Als ich meine Augen wieder öffnete, konnte ich sehen. Ich sah den Korridor und die Tür an seinem Ende. Ich sah Timur, der mit verschränkten Armen davorstand, und ich konnte jede einzelne Fuge im Mauerwerk der Wand erkennen. Ich sah einfach alles, jedes Staubkorn, das in der Luft umherwirbelte, und ja, auch jede einzelne Wimper um Timurs atemberaubend leuchtende Augen. Es fühlte sich an, als hätte sich die Welt um mich herum mit einem Mal völlig verändert, als wäre sie eine komplett andere geworden. Ich musterte seine Lippen und seine alabasterfarbene Haut, die selbst in der absoluten Finsternis zu funkeln schien.

»Ich bin hochgradig beeindruckt«, hauchte er plötzlich, als er spürte, dass ich ihn anstarrte, und fuhr sich mit einer Hand durch sein Haar.

Auf seine Lippen trat ein verheißungsvolles Lächeln, das das Brennnesselgefühl auf meine Haut zurückbrachte. Wieder war die Luft mit einem Mal elektrisch aufgeladen, so wie in der ersten Sekunde, als er das Verhörzimmer betreten hatte.

»Und jetzt beweg dich endlich, Prinzessin«, maulte er, und ich landete mit einem heftigen Aufprall zurück auf dem Boden der Tatsachen.

»Du bist unausstehlich. Hat dir das schon einmal jemand gesagt?«, raunte ich und ging weiter.

»Lass mich kurz nachdenken … Ah, ja, tatsächlich. Du warst das, vor nicht einmal einer Stunde.«

Als ich mich ihm näherte, erkannte ich, dass auch er sich verändert hatte. Sein Anzug war verschwunden, und stattdessen trug er ein hochgeschlossenes schwarzes Hemd, eine eng anliegende schwarze Hose und eine dunkle Lederjacke darüber. Den Spazierstock hielt er allerdings noch immer in der rechten Hand.

»Wo ist der Anzug?«

»Woanders«, antwortete er und musterte mich.

Was war das da in seinem Blick? Was genau hatte ihn verändert? Natürlich machten die Kleider einen völlig anderen Timur aus ihm, aber da war noch etwas anderes. Er sah mich anders an als noch vor wenigen Augenblicken. War es Anerkennung dafür, dass ich es endlich geschafft hatte, meine Fähigkeiten zu nutzen? Falls es so war, schaffte er es jedoch, sie wahnsinnig gut vor mir zu verbergen. Trotzdem hatte ich das Gefühl, dass gerade etwas zwischen uns passiert war.

Er machte auf dem Absatz kehrt und lief weiter, die wenigen Meter zu der Tür, die am Ende des Korridors auf uns wartete.

Als er sich noch einmal zu mir umwandte, hob er einen seiner sonst so unbeweglichen Mundwinkel zu so etwas Ähnlichem wie einem Lächeln an. Dann stieß er die Tür vor uns auf.

Falls es Sodom und Gomorrha tatsächlich gab, dann befand es sich genau in diesem Raum. Er erstreckte sich mehr als zwanzig Meter in die Länge, gute zehn Meter in die Breite und wirkte beinahe wie eine Halle. Die Wände waren auch hier so schwarz wie im Korridor, aber stellenweise bunt beschmiert, mal mit Fratzen oder seltsamen Zeichen, mal waren es satanische Runen, die hier und da durch lose Linien miteinander verbunden waren.

Die Decke wurde von unzähligen unverputzten Betonsäulen getragen, die wie einsame Zinnsoldaten überall in der Halle standen und den Raum gleichzeitig in Nischen und Abschnitte unterteilten. Direkt zu meiner Rechten stand eine heruntergekommene Sitzgruppe, in der sich ein Mann mit sieben nackten Frauen vergnügte und Dinge tat, von denen ich nicht einmal wusste, ob sie legal waren. Etwas weiter hinten erkannte ich vor einem gewaltigen Spiegel eine Bar, hinter der gleich mehrere Männer in weißen Hemden mit Shakern die üblichen Kunststücke vollführten.

In regelmäßigen Abschnitten standen Tische und kleinere Sitzgruppen in Nischen, in denen ähnliche abstoßende Dinge praktiziert wurden wie direkt neben mir.

Die Szenerie wurde erhellt von zuckenden bunten Lichtern aus Deckenspots, und katastrophale Technomusik wummerte aus den Lautsprechern. Ich hatte wirklich Mühe, die Anwesenden nicht mit offenem Mund anzustarren. Das hier war sozusagen die widerliche, freizügige Version des Torhauses und seines Clubs, in dem die Todeshändler so taten, als wären sie italienische Mafiosi.

Timur, der im Gegensatz zu mir in seinem neuen Outfit nicht wie ein Fremdkörper wirkte, schlenderte beinahe entspannt durch den Raum. Die Jacke, die verdächtig nach Yves Saint Laurent aussah, spannte über seinem breiten Kreuz und glänzte in den wilden Farben der Deckenstrahler.

Ich folgte ihm und versuchte dabei, nicht wie die Todeshändlerin von der Stange auszusehen, die ich leider war. Denn obwohl ich wusste, dass sich in diesem Raum nur andere Dunkle aufhielten – bis auf die nackten Ladys natürlich –, sah ich nicht einen Einzigen, der ins übliche Raster passte. Niemand hier trug ausgefallene Designerfummel oder spielte sich auf wie der Pate der Cosa Nostra höchstpersönlich. Die Dunklen hier wirkten irgendwie anders, so als hätten sie all das nicht nötig. Timur war genauso: Er stand über den Dingen.

Ich kam mir also gleich doppelt bescheuert vor: Zu den ganzen affektierten Todeshändlern im Torhaus passte ich nicht, aber jetzt hatte ich mich wie eine von ihnen angezogen und kam an diesen Ort, wo es unpassender nicht sein konnte.

Ich spürte die Blicke der anderen Anwesenden auf mir, ignorierte sie aber und richtete meine Aufmerksamkeit stur auf Timur, der seinen Schritt jetzt verlangsamte. Innerhalb eines Sekundenbruchteils ließ er seinen Spazierstock in der Hand einige Zentimeter nach oben gleiten und ließ ihn am ausgestreckten Arm nach links schnellen, wo er verharrte.

Es dauerte noch einige Sekunden, doch dann tanzte ein Funke unmittelbar vor dem Spazierstock, bevor er wieder verblasste und dann dichter, schwarzer Dampf aufstieg. Kurz darauf formte sich unmittelbar vor der silbernen Stockspitze aus dem Nichts ein Körper.

Evaporation, die Fähigkeit, den eigenen Körper zu verdampfen und an jedem beliebigen Ort neu entstehen zu lassen, gehörte zu den Fähigkeiten, die selbst in den höchsten Kasten selten waren. Es hatte einmal einen Todeshändler gegeben, der gelernt hatte, zu evaporieren. Daraufhin war er sofort in das Dunkel abberufen worden und leitete jetzt eine hochrangige Stabsstelle. Keine Ahnung, was genau seine Aufgabe war.

Der silberne Stock hing jetzt nur wenige Zentimeter vor der Kehle der Person, die immer mehr Gestalt annahm, in der Luft. Sie bekam üppige Rundungen, langes, wallendes Haar und wurde letztendlich zu einer hochgewachsenen Frau, die ein schwarzes Kostüm mit einem viel zu kurzen Rock über einer schwarzen Spitzenstrumpfhose trug. Ihre Brüste waren so gewaltig, dass ich mich fragte, ob der Blazer ihres Kostüms maßangefertigt war.

Für eine Sekunde zuckte ihr Blick zu mir, dann zurück zu Timur, der den Stock noch immer erhoben hielt und an ihren Hals presste. Im Übrigen schien es niemanden zu interessieren, was hier gerade passierte. Die anderen Anwesenden schenkten uns keinerlei Aufmerksamkeit.

»*Bonsoir*, Timur«, hauchte die Frau mit französischem Akzent. Sie hatte eine ungewöhnlich tiefe Stimme. »Schön, dich mal wiederzusehen«, sagte sie und strich mit ihren langen Fingern den Stock entlang.

»Das kann ich von dir leider nicht behaupten, Kitty.«

»Was kann ich denn für dich tun, chérie?«, fragte sie und ignorierte seinen Kommentar.

»Der Apostel, wo ist er?«, fragte Timur und ignorierte ihr Fingerspiel mit dem Stock.

Ich mochte ihn in diesem Moment für seine kalte und berechnende Gelassenheit, was natürlich nichts daran änderte, dass ich ihn verabscheute.

»Ich glaube nicht, dass er dich sehen will, chérie.«

»Ich will ihn auch nicht sehen, habe aber etwas Geschäftliches mit ihm zu besprechen«, antwortete er.

Offensichtlich wollte sie nicht weiter darauf eingehen, wandte stattdessen den Blick ab und fixierte mich. Sie musterte mich eingehend und schien sich an dem Spazierstock an ihrem Hals nicht weiter zu stören.

»Und wer ist das bezaubernde Geschöpf, das dich begleitet?«, fragte sie.

»Niemand, der dich interessieren könnte.«

Diese Antwort stellte sie offenbar nicht zufrieden, weshalb sie sich blitzschnell umdrehte, unter dem Stock hindurchtauchte und sich mir näherte. Nur wenige Zentimeter vor mir blieb sie stehen und lächelte mich an. Ihre Bewegungen waren so schnell gewesen, dass ich sie kaum wahrnehmen konnte, und hatten eine leichte Dampfspur hinterlassen.

»Wie wunderschön du bist. Wie heißt du, Kindchen?«, fragte sie flüsternd.

»Wie heißt *du* denn?«, fragte ich ziemlich unwirsch zurück und provozierte damit ein vornehmes Lachen, das so klang, als hätte sie es jahrelang trainiert. Ihre stechenden Augen durchbohrten mich mit einem finsteren Blick.

»Bitte verzeih mir. Man sagt zwar über uns Franzosen, dass wir alle wahnsinnig höflich sind, das gilt aber nur für die Männer. Mein Name ist Kitty Cartier.«

Ich wollte die Augen weit aufreißen, merkte an ihrer angespannten Haltung aber, dass sie genau das erreichen wollte. Sie wollte, dass ich erstaunt und erschrocken angesichts ihres Namens war, dass ich sie bewunderte oder sie fürchtete. Diesen Gefallen würde ich ihr allerdings nicht tun.

Ich riss mich also zusammen und starrte sie völlig ausdruckslos an. »Sorry, hab ich noch nie gehört«, sagte ich und zuckte die Achseln.

Hinter ihr sah ich Timur verwegen lächeln und mir tatsächlich zuzwinkern.

Natürlich wusste ich, wer sie war, wahrscheinlich wusste jeder Dunkle, wer sie war. Man erzählte sich unzählige Geschichten über sie. Catherine Cartier war zur Zeit der französischen Revolution eine blutrünstige Meuchelmörderin gewesen, die so unglaublich halsbrecherisch, aber vor allem so unglaublich grausam und wahnsinnig war, dass man ihr nach ihrem Tod einen Handel unterbreitet hatte. Angeblich hatte mein Vater sogar persönlich seine Finger im Spiel gehabt. Man hatte ihr angeboten, nicht als einfache Seele im Dunkel zu enden, sondern selbst eine Dunkle zu werden, sofern sie dann den Häusern zu Diensten sein würde. Mein Vater war so von ihrer abstoßenden Brutalität angetan gewesen, dass er sich die Finger nach ihr geleckt hatte, um sie für seine Privatarmee zu gewinnen.

Sie hatte damals zugestimmt und war eine Wächterin geworden. Innerhalb weniger Jahre wurde sie nicht nur eine der Besten unter ihnen, sondern sogar ihre Prinzipalin, der sämtliche Wächter des Jenseits unterstanden. Catherine Cartier war eine ganz große Nummer im Dunkel gewesen, zumindest bis zu jenem einen Tag.

Irgendwann war herausgekommen, dass sie es mit den Gesetzen des Dunkels nicht so genau nahm und dass sie den ein oder anderen Dämonen nicht vor das Tribunal geführt, sondern ihn eigenhändig gelyncht hatte. Allerdings hatte sie das nicht getan, weil sie ihn zur Rechenschaft ziehen wollte, sondern nur weil ihr das Morden immer so wahnsinnig viel Spaß gemacht hatte. Damit hatte sie sich über alle selbst auferlegten Regeln der Wächter, wie zum Beispiel der Allgemeinheit zu dienen oder nicht einfach so andere Dunkle umzubringen, hinweggesetzt und war aus den Wächterdiensten ausgeschlossen worden.

Seit sie zu den Gefallenen gehörte, war es ruhig um sie geworden. Timur allerdings schien sie verdammt gut zu kennen, so wie sie sich an seinem Spazierstock zu schaffen gemacht hatte.

»Tatsächlich …«, sagte sie und betrachtete mich eingehend. »Und du bist?«, fragte sie noch einmal.

»Alessa … Berlusconi«, antwortete ich und wusste selbst nicht, woher aus den Untiefen meines Unterbewusstseins dieser Name gekommen war. Ich hatte ihn so voller Überzeugung ausgespuckt, dass sie auf keinen Fall gemerkt haben konnte, dass ich ihn mir gerade ausgedacht hatte.

»Interessant«, murmelte sie. »Du kommst mir irgendwie bekannt vor.«

»Ich bin eine Todeshändlerin. Völlig unwichtig, du hast mich bestimmt noch nie gesehen.«

»Da das ja jetzt geklärt ist, könntest du uns bitte endlich zum

Apostel bringen?«, setzte Timur nach, der den Spazierstock mittlerweile wieder heruntergenommen hatte.

Im Gegensatz zu mir war er sich offenbar sicher, dass von Kitty Cartier, wie sie sich mittlerweile nannte, keine Gefahr ausging. Sie war ja schließlich nur eine Wahnsinnige und ehemalige Wächterin, beherrschte also den Kampf mit Bannen und liebte es zu töten. Vielleicht hätte er seine Einschätzung der Lage noch einmal überdenken sollen, vielleicht war er aber auch einfach nur von ihrer gigantischen und in Form gepressten Oberweite verzaubert.

Kitty seufzte und setzte sich in Bewegung. Immerhin schien ihre Bekanntschaft dafür zu sorgen, dass sie ihm vertraute und tat, was er wollte. Ich war schließlich nur der Trottel, der die ganze Zeit hinter seiner hoheitlichen Anwaltschaft herzuckelte.

»Er wird nicht nur mich, sondern auch dich umbringen, Timur, chérie. Nach dem letzten Mal ist er nicht sonderlich gut auf dich zu sprechen.«

Wir folgten Kitty quer durch den Raum zu einem schweren Vorhang, und ich fragte Timur leise: »Was ist beim letzten Mal denn passiert?«

»Nichts Besonderes. Aber«, er stockte einen Moment, »möglicherweise hatte ich beim letzten Mal ein gestohlenes Artefakt des Klerus bei mir und habe damit einen kleinen Kampf verursacht, als ein paar Kleriker auf der Suche danach hier eingedrungen sind. Sie haben dabei ganz vielleicht ein paar Dinge beschädigt und möglicherweise den halben Laden lahmgelegt. Und es könnte sein, dass der Apostel mich dafür verantwortlich macht.«

»Sympathisch irgendwie«, kommentierte ich.

»Findest du?«, fragte er trocken.

»Tatsächlich! Und was macht *die* hier?« Ich deutete auf Kitty.

»Kitty ist gewissermaßen«, er machte wieder eine kleine Pause, »die Sicherheitschefin des Apostels. Ihre Qualifikationen sind ja durchaus überzeugend.« Dann schob er noch hinterher: »Sie hasst dich übrigens, weil du sie nicht kennst«, und zwinkerte mir zu.

Er zwinkerte wahrhaftig! Schon wieder. Vielleicht tat ihm diese Lederjacke gut, jedenfalls war zumindest ein Teil seiner Arroganz gemeinsam mit dem Anzug verschwunden. Der Anzug der Arroganz, ich würde dafür sorgen, dass er ihn nie wieder anzog.

»Das hoffe ich. Ich kann sie nämlich auch nicht ausstehen. Außerdem ist sie operiert.«

»Das glaube ich wiederum nicht«, gab er zurück, und ich wollte gar nicht wissen, warum er sich da so sicher war.

In einer fließenden Bewegung hob Kitty den Vorhang gekonnt zur Seite und wartete ab, bis wir den Durchgang in der Wand passiert hatten, der in einen weiteren kurzen Korridor führte und schließlich in einen erheblich kleineren Raum mündete. Dieser war aufgeräumter, sauberer, und es fehlten die Musik und die Kritzeleien an den Wänden.

»Und dieser Apostel …?«, setzte ich flüsternd an, wurde aber von einer tiefen Stimme unterbrochen.

»Bin ich.«

Der Mann, der gesprochen hatte, trat mit langsamen Schritten aus dem Schatten in die Mitte des Raumes und blieb dort stehen. Er verschränkte die Hände hinter dem Rücken und musterte uns intensiv.

Ich war überrascht. Der Apostel war nicht viel älter als Timur, hatte jedoch dunkle Haare und einen dichten, aber gepflegten Bart.

»Timur, mein alter Freund, dass du es tatsächlich wagst, hier aufzutauchen.« Er klang leider gar nicht erfreut.

»Wenn die Welt Euch gegenüber nachtragend wäre, Apostel, dann …«

Er ließ Timur nicht aussprechen. »Die Welt ist mir gegenüber doch wirklich äußerst nachtragend. Sonst wäre ich nicht hier. Aber ich werde das für einen Augenblick vergessen, weil ich gespannt bin, was du mir zu deiner Begleiterin zu sagen hast.« Er nippte an einem Glas mit einer grünen Flüssigkeit, das er vor wenigen Sekunden noch nicht in der Hand gehabt hatte.

Musste ich erst Nonne werden, um dem Absinth zu entkommen? Was hätte ich jetzt für ein Glas einfachen Chardonnay getan, meinetwegen sogar aus dem Tetra Pak.

8

»Die Tochter des Morgenstern in meinem bescheidenen Reich. Ich bin entzückt. Hätte ich gewusst, dass Ihr kommt, hätte ich das Gesindel aufgeräumt«, sagte der Apostel und schmunzelte.

In diesem Moment schrie Kitty hinter uns auf und verfiel in ein hysterisches Kichern. Ich wusste nicht, wen ich eher anstarren sollte: den Mann, der sich Apostel nannte, oder die irre Kitty Cartier.

»Ich wusste es doch! Ich kenne dich, chérie! Das ist ja ganz fantastisch, *très bien*! Ich liebe es, du bist Catalea, nicht wahr? *C'est bon*!«, gluckste Kitty und klang dabei genauso wahnsinnig, wie ich sie einschätzte. »Du warst ein böses Mädchen und hast mich angelogen, Kindchen.«

Ich ignorierte sie und sah stattdessen den Apostel an, der mich gerade einfach so erkannt hatte, ohne dass wir uns je zuvor begegnet waren – zumindest da war ich mir sicher.

Er ging durch den Raum und setzte sich schließlich in einen uralten Sessel, der mehr einem Thron glich.

»Woher wissen Sie, wer ich bin?«, fragte ich ihn.

»Ich bitte dich, ich bin der Apostel.«

»Das freut mich, leider weiß ich nicht, wer der Apostel ist.«

»Das sagt sie nur so«, warf Kitty noch immer lachend von hinten ein. »Das behauptet sie bei allen wichtigen Leuten. Köstlich.«

»Sie weiß es wirklich nicht«, sagte Timur genervt und fuhr sich mit einer Hand durchs Gesicht. Wahrscheinlich hätte er Kitty am liebsten mit seinem Stock erstochen, damit sie endlich die Klappe hielt. »Können wir jetzt *bitte* zum Punkt kommen? Catalea kennt dich nicht, aber wir …«

»Dein Vater hat dir wohl nicht sonderlich viel beigebracht?«, fragte der Apostel und beugte sich etwas vor. »Wir waren einmal Freunde, dein Vater und ich, weißt du?« Timur schien ihn nicht weiter zu interessieren – ich war es, die plötzlich in den Mittelpunkt gerückt war.

Ich wollte den Kopf schütteln, denn mein Vater hatte keine Freunde, und wenn er welche gehabt hätte, wäre allerhöchstens Castor infrage gekommen.

»Ja, du hast recht. Castor war auch einmal ein Freund deines Vaters, bis dein Vater ihm seinen Willen genommen hat. Jetzt ist er nur noch eine billige Marionette.«

Ich riss die Augen auf und starrte ihn an. War hier gerade passiert, was ich vermutete? Immerhin hatte ich kein Wort gesagt, oder?

»Er kann deine Gedanken lesen, wenn du es zulässt«, erklärte Timur. »Er ist der Apostel.«

»Himmel, verdammt, ich weiß nicht, wer der Apostel ist! Und Sie«, ich deutete mit dem Finger auf den Apostel, »hören sofort auf damit!«

Er konnte meine Gedanken lesen, wenn ich es zuließ? Ich konnte mich nicht daran erinnern, dass ich eine entsprechende Einverständniserklärung unterschrieben hatte.

»Denk einfach daran, wer du bist. Du kannst nicht nur in der Dunkelheit sehen, Prinzessin, du kannst noch viel mehr als das«, erklärte Timur leise.

Er stand so dicht bei mir, dass das Leder seiner Jacke meinen nackten Arm berührte. Es war viel weicher, als ich vermutet hätte. Für gewöhnlich klang alles, was er sagte, wie ein Vorwurf, dieses Mal allerdings schien er mir tatsächlich nur eine Erklärung liefern zu wollen.

Dennoch half mir das in diesem Moment nicht weiter. Ich dachte an die Bestie und fragte mich, wie lange es noch gut gehen würde, wenn ich immer wieder dieses Gefühl der Dunkelheit heraufbeschwor, das ich eigentlich verdrängen wollte. Der Apostel musterte mich interessiert und schmunzelte.

Das dunkle Etwas in meinem Inneren umklammerte mich fest und brüllte, es wollte freigelassen werden. Ich versuchte, an eine Mauer zu denken, die mich umgab und die mich vor dem Apostel schützen konnte, um irgendwie zu verhindern, dass er meine Gedanken las. Doch das gelang mir nur, wenn ich einen Teil der Dunkelheit freiließ. Doch das hatte Folgen. Ich sah plötzlich Jan vor mir, meinen Exfreund, wie er von dem Lieferwagen zermalmt wurde, schob die Gedanken aber mit ganzer Kraft zurück in mein Unterbewusstsein. Noch gehörte meine Seele mir und nicht meinem Vater und seiner verfluchten Finsternis.

Als der Apostel erstaunt die Brauen hob und sich zurücklehnte, wusste ich, dass ich vielleicht gar nicht so dumm war, wie ich mich selbst manchmal fühlte. Sollte es tatsächlich funktioniert haben?

»Das ist beeindruckend«, stellte er fest. »Du hast Talent, Tochter des Morgenstern. Dafür verdienst du eine Antwort«, sagte er und applaudierte einige Sekunden lang. »Ich sage dir, wer ich bin, oder vielmehr wer ich einmal vor sehr langer Zeit gewesen bin. Man nennt mich nun den Apostel, obwohl ich das nur eine sehr kurze Episode meines Lebens war. Als ich starb, kam ich in das Dunkel, weil ich zu den größten Sündern der Geschichte zähle. Ich habe die Mutter aller Sünden begangen. Deinem Vater hat das sehr gefallen, so wie er viele Jahre später auch an Catherine Gefallen fand. Er erhob mich von einer einfachen Seele zu einem Dunklen und sogar zum Herrn eines achten Hauses.«

»Es gibt kein achtes Haus«, widersprach ich.

»Ja, nicht mehr. Denn nachdem die anderen sechs jahrelang versucht hatten, mich wieder loszuwerden, waren sie schließlich erfolgreich. Ich wurde aus dem Dunkel verbannt und bin seitdem ein Gefangener im Diesseits. Sie haben mir etwas angehängt, was ich nie getan habe, und deinen Vater in die Lage gebracht, dass er nur so entscheiden konnte. Er ist weich geworden. Wir sind im Streit auseinandergegangen. Vom Niemand zum Fürsten eines Hauses und zurück ins Diesseits – eine beispiellose Karriere, nicht wahr?« Sein Lachen klang bitter.

»Du hast Morgenstern beeindruckt mit dem, was du vorher getan hast. Das war eine großartige Show«, stichelte Timur lächelnd.

»Das war doch keine große Sache. Die Katholiken haben das erst Ewigkeiten später so aufgeblasen.«

»Du hast Jesus Christus verraten, Judas.«

»Ich sagte ja, dass die Welt nachtragend ist. Sogar du tischst mir das immer wieder auf. Das ist so unglaublich ermüdend.« Der Apostel legte sich eine Hand an die Stirn. »Du bist selbst auch nicht gerade die Unschuld vom Lande, Timur Vargas.«

»Entschuldigung, *der* Judas?«, fragte ich.

»Ja, zum Teufel nochmal. *Der* Judas«, antwortete der Apostel.

Mein Vater hatte mir tatsächlich nie von ihm erzählt, aber mein Vater hatte ja ohnehin nie mit mir gesprochen. Augusto allerdings hatte mir einmal von Judas Ischariot erzählt, dem Mann, der Jesus Christus an die Römer verraten und ihn ans Kreuz gebracht hatte. Daraufhin war er in das Dunkel eingegangen und als großer Held gefeiert worden.

»Na ja, wie auch immer. Mittlerweile habe ich mein Tätigkeitsfeld etwas erweitert. Ich verrate nicht mehr nur Christen, sondern auch den Morgenstern«, erklärte Judas mit einem breiten Grinsen.

»Der Apostel ist Herr aller Gefallenen. Dieses Gebäude ist ein neutraler Ort für das Dunkel und das Licht. Sogar Kleriker sind hier willkommen, auch wenn man sie hier nur ziemlich selten trifft. Du bist also in Sicherheit.«

In Sicherheit. Ich war hier in Sicherheit? Glaubte er wirklich, dass es das war, was ich wollte? Mich in Sicherheit fühlen und mich an einem Ort wie diesem vor den Wächtern verstecken? Glaubte er wirklich, dass das die Situation besser machte, wenn ich einfach von der Bildfläche verschwand und untertauchte? Ich musste so schnell wie möglich meinen Namen wieder reinwaschen und mich nicht verstecken wie ein Feigling. Ich hatte niemanden umgebracht, und das würde ich der gesamten Unterwelt beweisen, wenn es sein musste. Ich wusste jetzt, wozu ich in der Lage war und was unter der Oberfläche in mir schlummerte. Wovor versteckte ich mich also? Ich würde jetzt tun, was ich schon die ganze Zeit hätte tun sollen: Ich würde dieser verdammten Aktion ein Ende bereiten.

»Ich verschwinde!«, sagte ich mit fester Stimme und drehte mich um.

Es dauerte jedoch keine Sekunde, da hatte Timur mich schon am Handgelenk gepackt und zu sich herumgewirbelt. Er kam mir gefährlich nahe, und seine unterschiedlichen Augen blickten mich finster an.

»Du kannst da jetzt nicht rausgehen! Sie werden dich finden.«

»Weißt du was? Ehrlich gesagt ist mir das scheißegal! Ich habe nichts getan, und das wird auch ans Licht kommen«, fauchte ich. »Und jetzt lass mich los!«

Ich zerrte an meinem Handgelenk, bekam es aber nicht frei. Selbst wenn ich Seiten an mir entdeckte, die unglaubliche Dinge zu tun vermochten, war Timur noch immer weitaus stärker als ich.

»Warum willst du diese Welt eigentlich nicht verstehen?«, brüllte er. »Es ist niemandem daran gelegen, dass die Wahrheit rauskommt. Wenn die Tochter des Morgenstern einen Erben umgebracht hat, heißt das für alle anderen Häuser, dass dein Vater nur geschwächt aus dieser Sache rausgehen kann. Das ist dann die Chance für alle anderen, sich endlich die Krone unter den Nagel zu reißen. Niemand will die Wahrheit wissen, Prinzessin.«

»Mein Vater wird mich sicher nicht im Stich lassen, wenn es darauf ankommt«, schrie ich zurück.

»Das hat er schon! Er hat dich einem gefallenen Totenanwalt anvertraut und scheißt darauf, ob sie dich kriegen oder nicht. Vorhin hat dich ein Wächter angegriffen, während dein Vater zehn Meter weiter in einer Bar saß und jederzeit hätte eingreifen können!«

In seinen Augen schienen kleine Funken zu tanzen. Ich starrte ihn so lange an, bis meine Augen zu schmerzen begannen.

Mir wurde schlecht. Ich wusste selbst, dass er recht hatte, aber manchmal war das Leben einfacher, wenn man sich Dinge einredete, die es einem erträglicher machten. Meinen Vater hatte es nie gekümmert, was mit mir passierte oder wie es mir ging. Und jetzt war ich in dieser Situation, weil *er* mich gezwungen hatte, für ihn zu arbeiten. Wäre er nicht der Teufel, hätte ich Freunde und ein normales Leben. Ohne ihn wäre Jan noch am Leben. Ohne ihn würde ich jetzt nicht in dieser beschissenen Situation stecken. Er war ein verfluchtes Arschloch, dem mein Leben völlig gleichgültig war.

Ich spürte, wie mir die Tränen kamen, aber ich würde mit Sicherheit nicht vor diesen drei Idioten losheulen, schon gar nicht vor Timur, der mich noch immer anstarrte. Und das sagte ich nicht, weil ich die Tochter des Teufels war, sondern weil ich Catalea war und zu stolz, um irgendjemandem oder irgendetwas nachzugeben.

Die Lampen flackerten auf. Was passierte jetzt schon wieder für eine verdammte Scheiße?

Erst als ich Timur auf mich zuhechten sah und dann alles schwarz wurde, begriff ich, dass ich ohnmächtig wurde.

Ich war mir nicht sicher, ob ich die Augen wirklich aufgeschlagen hatte oder ob ich noch träumte. Ich konnte die Wände des Raumes nicht sehen. Um mich herum existierte nur undurchdringliche Finsternis, die meinen Pulsschlag mit einem Mal wieder beschleunigte. Da war absolut nichts, außer einem hellen Faden irgendwo in der Dunkelheit. Erst als das Adrenalin in meine Adern strömte, richtete ich mich ächzend auf und klammerte mich an der weichen Unterlage fest. Da erkannte ich in dem leuchtenden Faden den gleißend hellen Türspalt zu meiner Linken.

Meine Augen gewöhnten sich allmählich an die Dunkelheit, und mit zunehmender Orientierung setzte mein Verstand schleppend ein Bild des Raumes zusammen: ein Stuhl, vier kahle Wände, eine davon mit einer Tür, und das Bett, in dem ich lag. Kein Fenster, keine weiteren Gegenstände, keine Wärme.

Ich stellte meine Füße auf den harten Boden. Warum war ich überhaupt hier? War ich eingeschlafen? Mir fehlte ein Teil meiner Erinnerung, oder war ich einfach noch zu verschlafen. Wann hatte ich mich überhaupt hingelegt? Der Polizist, Timur, der Totenanwalt, der eigentlich der gefallene Erbe des Hauses Vargas war, mein Vater und der Wächter. War da noch mehr? Die Matratze roch alt und modrig, und das Laken war fest und kratzte unter meinen Fingern.

Ich fuhr mir mit beiden Händen fest durch die Haare, die allmählich strähnig wurden, und sehnte mich nach einer Dusche. Befand sich hinter der Tür vielleicht ein Badezimmer? Warum fragte ich mich eigentlich nicht, wo genau ich hier war?

Was war passiert? Was hatte ich vergessen? Als meine Hände eine schmerzende Stelle an meinem Hinterkopf ertasteten, blitzte eine Synapse auf und jagte die Erinnerung zurück durch die Nervenbahnen in mein Bewusstsein: der Polizist, Timur, der unausstehliche Totenanwalt, mein Vater, der Wächter, die völlig Verrückte, der Apostel, der Streit, und dann war mir schwarz vor Augen geworden. Wirklich verwunderlich war das nicht gewesen – ich hatte eine grauenvolle Nacht verbracht, nichts zu mir genommen und war in einer Lage, in der eine kleine Ohnmacht wohl angemessen erschien. Dennoch war mir das noch nie passiert und es war mir beinahe peinlich.

Ich sprang auf, nur um festzustellen, dass ich noch ziemlich wacklig auf den Beinen war. Bevor ich zurück auf das Bett fallen konnte, fand meine Hand in der Dunkelheit die Wand, und ich tastete mich zur Tür vor. Es war mein Glück, dass hier eher auf indirekte Beleuchtung gesetzt wurde, denn der Korridor vor der Tür war nur spärlich beleuchtet, und ich musste die Augen nur kurz zusammenkneifen.

Ich schob mich vorsichtig aus dem winzigen Raum und sah mich um. Die Wände waren auch hier schwarz getüncht, allerdings hatte man auf die Verzierungen und Schmierereien verzichtet. Zwischen den vielen verschiedenen Türen hingen alle paar Meter Lampen, von denen aber nur wenige tatsächlich leuchteten.

Mein Blick nach rechts brachte nur die Erkenntnis, dass der Flur dort in einer Sackgasse endete. Also straffte ich die Schultern, fuhr mir ein weiteres Mal durch die Haare und setzte mich leise in Bewegung.

Eigentlich war es sinnlos, auf Zehenspitzen herumzuschleichen, wenn man bedachte, wem ich hier begegnen könnte: ein paar nymphomanisch veranlagten Dämonen, einer wahnsinnigen, psychopathischen Meuchelmörderin, dem Verräter von Jesus Christus oder einem Kriegsverbrecher, der selbst aus der Hölle verbannt worden war. Nicht zu vergessen mein ehrenhafter Beschützer, der arroganteste, widerlichste, abstoßendste, leider aber auch attraktivste Typ, den die Untiefen der Dunkelheit jemals hervorgebracht hatten. Als er mich vorhin mit diesen ungewöhnlichen Augen so durchdringend angesehen hatte, war mir zum ersten Mal aufgefallen, dass er dunkle Wimpern hatte, obwohl er eigentlich blond war.

Wieder ging ich meine Möglichkeiten durch: Sollte ich hierbleiben oder das Risiko eingehen, jemandem zu begegnen? Ich entschied mich für den Weg den Korridor hinunter. Es gab schließlich absolut nichts zu befürchten, es war ein ganz gewöhnlicher Gang zur Schlachtbank.

Der Korridor machte einen Knick, und ich erkannte in einigen Metern Entfernung den Raum, in dem Timur und ich den Apostel getroffen hatten. Als ich jetzt näher kam, hatte ich einen völlig anderen Blick für die Kulisse. Ich bemerkte die unzähligen Kunstgegenstände, die Wandteppiche, die Kerzenleuchter und großen Gefäße – in manchen verwelkten Blumen, in anderen türmten sich Hunderte Goldmünzen auf. Vorhin waren mir die meisten Gegenstände nicht aufgefallen, weil ich keine Augen dafür gehabt hatte.

In der Mitte des Raumes hing ein goldener Kronleuchter, der warmes Licht verbreitete. Hier herrschte eine völlig andere Atmosphäre als in dem nur wenige Meter entfernten Club mit seinen laut dröhnenden Bässen.

Obwohl der Raum über und über mit teuren Kunstgegenständen vollgestopft war, passten die meisten Dinge überhaupt nicht zusammen: Eine Glasvitrine mit kleinen Waffen sämtlicher Art, Dolche, Pistolen, sogar ein kleiner Morgenstern, stand mitten im Raum, unmittelbar neben einer Bronzeschale, in der getrocknete Rosen auf ihren endgültigen Verfall warteten.

Weil ich niemanden sehen konnte, trat ich einige Schritte in den Raum hinein und besah mir einige der Objekte. Besonders interessant fand ich ein Kreuz, in dessen Mitte ein großer Rubin eingearbeitet war. Ich wusste gar nicht genau warum, aber es gefiel mir.

Mit aller Vorsicht, die ich aufbringen konnte, strich ich mit meiner Fingerspitze über das Metall und war erstaunt, dass es sich nicht im Geringsten kalt, sondern ziemlich warm und lebendig anfühlte.

»Das ist wirklich außerordentlich erstaunlich.«

Ich zog meine Finger erschrocken zurück und wirbelte herum. Der Apostel stand genau hinter mir, wo vor wenigen Sekunden noch die Vitrine gestanden hatte. Diese befand sich jetzt weiter hinten an einer völlig anderen Stelle. Die Bronzeschale hingegen war verschwunden, nur die Rosen lagen jetzt auf dem Boden unmittelbar neben mir.

»Gehört das eigentlich zu den guten Umgangsformen hier, ständig einfach aus dem Nichts aufzutauchen?«, fragte ich und wollte mir nicht anmerken lassen, dass ich mich ertappt fühlte, weil ich wie eine Diebin auf Beutezug in seinen Räumlichkeiten umhergeschlichen war.

»Gehört es denn zu den guten Umgangsformen, fremdes Eigentum anzugrapschen?«, fragte er, und ein Lächeln schlich sich auf sein Gesicht.

So viel musste ich Judas lassen: Er war wahrscheinlich der einzige Dunkle einer höheren Kaste, der zum einen so etwas wie Humor besaß und dem zum anderen sämtliche Normen und Regeln mehr als gleichgültig waren. Und dennoch hatte er natürlich ins Schwarze getroffen und mich entlarvt.

»Ich wollte mich nur ein bisschen umsehen.«

»Mit deinen Händen?«, setzte er nach.

»Nein, ich …« Natürlich fiel mir keine Erwiderung ein, aber die vollendete Bloßstellung blieb mir zum Glück erspart, denn er schüttelte schon den Kopf und lachte.

»Es freut mich, dass du das Kreuz berührt hast. Es gehörte einmal Papst Urban dem Ersten und ist eine Reliquie des Klerus.«

Ich hob die Augenbrauen und verschränkte die Arme vor der Brust.

»Und wie bitte kommt es in deinen Besitz?«

»Das ist eine ziemlich lange Geschichte. Viel interessanter ist doch, dass ich es noch nie berührt habe und das auch nie können werde.« Er machte eine Pause, sah zunächst das Kreuz mit einem sehnsüchtigen Blick an und dann mich. »Du hingegen hast es gerade berührt, als wäre es nur ein Stück Metall mit einem Edelstein.«

Ich sah mir das Kreuz noch einmal genauer an. Ja, es war wirklich sehr schön gestaltet, aber war es nicht genau das: ein einfaches Stück Metall mit einem Edelstein, das vielleicht ein paar Hundert Jahre alt war?

»Was ist das Besondere daran?«, fragte ich und erntete einen erstaunten, aber wohlwollenden Blick.

»*Du* bist das Besondere daran, mein Kind. Principessa Catalea, Tochter des Morgenstern, und dennoch in der Lage, eine der bedeutendsten Reliquien der römisch-katholischen Kirche zu berühren. Kein Dunkler kann ein gesegnetes Objekt anfassen. Es gibt eine natürliche Grenze, die dein Vater damals mit dem Licht ausgehandelt und das Abkommen besiegelt hat. Das Kreuz ist nichts anderes als eine Kirche oder ein Friedhof, und sie alle sind gesegnet und stehen so unter dem Schutz des Klerus.« Er strahlte mich an wie ein kleines Kind, das gleich seine Weihnachtsgeschenke bekommen würde. »Ist es nicht unglaublich, dass ich, ein zweitausend Jahre alter Mann, dieses Kreuz nicht berühren kann?« Er lachte. »Und ausgerechnet die Tochter des Teufels tut es vor meinen Augen.«

Mittlerweile hatte ich verstanden, worauf er hinauswollte. Ich drehte mich um, griff ungeniert nach dem Kreuz und umschloss es mit der Hand.

»Nur ist es so, dass mir das absolut nichts bringt, verstehst du? Für mich ist dieses Kreuz nur ein Stück Metall, so wie für alle Menschen. Und genau da liegt auch mein Problem, Apostel. Ich bin nur ein Mensch, der zufällig einen verrückten Vater hat. Ich lebe nicht in deiner Welt, ich lebe hier, an einem Ort, an dem ich Kreuze anfassen kann, ohne daran zugrunde zu gehen«, sagte ich absolut emotionslos. »Ich lebe ein Leben, das nicht zu mir passt und das ich nie wollte.«

Er betrachtete mich eine ganze Weile eingehend, ohne etwas zu sagen, und lächelte schließlich wohlwollend. Allerdings war die Leichtigkeit aus seinem Gesicht verschwunden und hatte einer ernsten Miene Platz gemacht. Es war ihm wichtig, was er mir zu sagen hatte, und ich tat ihm den Gefallen und hörte zu.

»Hast du jemals darüber nachgedacht, die Perspektive zu wechseln, mein Kind? In meinen Augen bist du keinesfalls ein einfaches Mädchen, das das Leid einer anderen Welt auf ihren Schultern tragen muss«, sagte er und griff nach meiner Hand, in der noch immer das Kreuz lag.

Ich riss die Augen auf, als er sie öffnete und die Reliquie in seine Hand nahm. Augenblicklich fing seine Haut Feuer und loderte glühend auf. Ich zuckte zurück und hielt mir die Hand schützend vor die Augen.

Judas verzog schmerzerfüllt das Gesicht und presste die Wort mühsam hervor: »In meinen Augen bist du eine Dunkle von edelstem Blut, die die Vorzüge eines Vadumanten besitzt. Ein Wunderwerk der Natur, das nur darauf wartet, endlich zum Zuge zu kommen. Ein Mensch, der tun kann, was er will, weil Morgenstern-Blut in seinen Adern fließt.«

Die letzten Worte fielen ihm sichtlich schwer, und schließlich schleuderte er das Kreuz mit einem lauten Schrei und gewaltiger Kraft gegen die Wand, wo es Funken sprühend in den Stein einschlug. Seine Hand glühte noch immer, verfärbte sich aber nach und nach zu einer schwarzen Masse.

Wieder blickte er mich an und schaffte es, müde zu lächeln. »Es ist eine Frage der Perspektive, Catalea. Du musst nur entscheiden, welche Perspektive dir besser gefällt.«

9

Timur war in den Raum gestürmt, nachdem der Apostel das Kreuz mit einem lauten Donnern an die Wand geschleudert hatte. Er war so schnell aufgetaucht, dass ich nicht einmal gesehen hatte, wo er überhaupt hergekommen war, bereit, sich zwischen mich und eine mögliche Gefahr zu werfen. Seinen silbernen Stock, der jetzt viel länger wirkte als noch vorhin, hielt er fest umklammert. Im ersten Moment begriff ich gar nicht, dass er mit einem Angreifer gerechnet hatte, den er, ohne zu zögern, aus dem Weg geräumt hätte.

Eine Sekunde lang begegneten sich unsere Blicke. Alle Spannungen zwischen uns waren verschwunden, und er fragte mich stumm, ob alles in Ordnung sei. Für diesen einen Augenblick waren wir so vertraut miteinander, als würden wir uns schon ewig kennen, als wäre einfach klar, dass er sich um mich sorgte.

Es dauerte eine ganze Weile, bis einer von uns die aufgeladene Stille beendete. Dankenswerterweise übernahm Judas diesen Part und hob beschwichtigend die Hände.

»Meine Freunde, bitte, es ist alles in Ordnung. Catalea und ich haben uns lediglich unterhalten. Bitte seid meine Gäste. Vielleicht wollt ihr euch etwas frisch machen?«, fragte er und klatschte kurz in die Hände.

Nach einigen Sekunden trat ein Mann aus dem Korridor, den auch ich vorher durchquert hatte, sah zu Judas hinüber und nickte.

»Machiel, bring meine Gäste in eine der Suiten und sorge dafür, dass es ihnen an nichts fehlt«, sagte Judas und nickte uns auffordernd zu. »Geht schon, geht. Wir werden noch viel Zeit haben, um darüber zu sprechen, wie ihr euren Schlamassel lösen wollt.«

Schlamassel nannte er die Tatsache, dass man mir den Mord an einem Erben der sieben Häuser anhängen wollte und die Sache wahrscheinlich erst dann ein Ende finden würde, wenn sie mich umgebracht hatten.

Weil ich aber in diesem Augenblick nichts mehr wollte als eine heiße Dusche, ging ich nicht darauf ein, sondern folgte dem Mann zurück in den Korridor.

Timur nahm seinen Stock erst nach einigem Zögern herunter, ließ ihn irgendwo verschwinden und setzte sich ebenfalls in Bewegung. Er und seine Tricks kamen mir mittlerweile so rätselhaft vor, dass ich eigentlich gar keine Erklärung mehr haben wollte. Ich hatte gerade andere Sorgen.

Erstaunlicherweise verbargen sich hinter den vielen Türen des langen Korridors Räume von epochalem Ausmaß. Die Türen wirkten völlig normal, doch sie gaben den Zugang zu Orten frei, die dort eigentlich gar nicht sein konnten. Machiel, der Diener des Apostels, irrte sich zweimal in der Tür und ließ uns so unfreiwillig Teil einer Führung durch den seltsamen Korridor werden. Eine Tür aus dunklem Holz hatte ein schweres Schloss mit drei Schlüssellöchern und führte in eine gewaltige Halle, an deren Decke mehrere Kräne hingen, die schwere Kisten von links nach rechts verschoben, von Sattelschleppern auf Lkw, von Regalen in andere Regale und von einer Ecke in die andere.

Mit einem vehementen Kopfschütteln sperrte Machiel die drei Schlösser wieder ab, schlurfte weiter und schien dabei die Türen zu zählen. Dann hielt er vor einer blauen Stahltür, die in einen hell erleuchteten Gang führte, von dem wiederum weitere Türen abzweigten.

Nachdem er endlich die richtige Tür gefunden hatte, deutete er eine Verbeugung an, ließ uns ohne weitere Erklärung vor der geöffneten Tür stehen und verschwand hinter einer weiteren.

Hinter der Öffnung erstreckte sich ein riesiger Garten. Zunächst wagte ich es nicht einzutreten und starrte nur auf die ausgedehnte Gartenlandschaft mit unzähligen Blumen und einem Schotterweg, an dessen Ende auf einer winzigen Anhöhe ein kleines englisches Cottage mit einem Gartenzaun thronte.

In Timurs Miene spiegelte sich eine Mischung aus Abscheu und Erstaunen. Kopfschüttelnd trat er durch die Tür. »Dieser verdammte Ketzer«, sagte er und steckte die Hände in die Hosentaschen.

»Bitte?«, fragte ich und folgte ihm. Der Schotter knirschte tatsächlich unter meinen Füßen, und wenige Schritte weiter betrat ich saftiges Gras. Das hier war keine Illusion, das war wirklich echt.

»Das ist der Korridor der Portale«, sagte er trocken. »Und dieser verdammte Mistkerl hat die Portale gestohlen.«

»Wovon genau sprichst du, und wo sind wir hier überhaupt?«, fragte ich, nachdem ich die Tür etwas unsicher hinter uns geschlossen hatte.

»Der Korridor der Portale«, wiederholte Timur und sah in den Himmel, der genauso unendlich wirkte wie der echte Himmel. Er runzelte die Stirn, pflückte einen Grashalm und roch daran.

Ich hatte absolut keine Ahnung, was er meinte, und stemmte die Hände in die Hüften.

»Ja, das habe ich schon beim ersten Mal verstanden. Ich spreche deine Sprache nur leider nicht«, antwortete ich und rollte mit den Augen. Konnte er vielleicht in für mich verständlichen Sätzen sprechen?

»Der Korridor gilt als verschollen.« Er bedeutete mir, ihm zu folgen, und hielt mit langsamen Schritten auf das Haus zu. »Aber das hier muss er sein. Ich habe ihn vorher nie selbst gesehen, aber eine andere Erklärung gibt es nicht. Vor sehr langer Zeit waren Licht und Dunkel miteinander verbunden, und es gab eine ständige Verbindung zwischen allen Welten durch die Portale, die du hier siehst. Nachdem dein Vater das Licht verlassen hat, wurden die Portale geschlossen. Lange Zeit später fragte man sich, wo die Portale eigentlich geblieben waren. Diese Frage wäre dann wohl geklärt.«

Jetzt starrte auch ich in den Himmel. »Heißt das, das ist der echte Himmel?«, fragte ich ungläubig und drehte mich um meine eigene Achse.

Diese Landschaft wirkte völlig real: Bäume, ein großer Garten, Blumen, das Haus – lediglich die Tür, die mitten in der Landschaft stand, machte deutlich, dass hier etwas nicht so normal war, wie es im ersten Moment wirkte.

»Wir sind im Bracknell Forest«, sagte er.

Als ich den Blick von der Landschaft abwendete, um Timur wieder meine ganze Aufmerksamkeit zu schenken, bemerkte ich, dass er nicht nur das Gartentor völlig unbemerkt und lautlos durchquert hatte, sondern schon an der Tür des Cottages stand und die Arme vor der Brust verschränkte.

»Kannst du mir mal sagen, wie du das ständig machst?«, fragte ich und beeilte mich, ihn mit meinen Pumps auf dem Schotterweg einzuholen – ein absolut halsbrecherisches Unterfangen.

»Es gibt Dinge, die selbst die Tochter des Morgenstern besser nicht wissen sollte«, sagte er und sah mir amüsiert zu.

»Ich bin quasi deine Vorgesetzte«, meckerte ich.

»Ich bin ein Gefallener.«

»Mein Vater hat dich beauftragt.«

»Er hat mich nicht beauftragt.«

Beinahe wäre ich gestolpert, konnte mich aber gerade noch auf den Beinen halten.

Was wollte er damit sagen? War es möglich, dass Timur aus freien Stücken handelte? Ich war bisher davon ausgegangen, dass mein Vater ihm irgendeinen unermesslichen Schatz angeboten hatte, etwas wie die Wiederaufnahme in die Häuser, vielleicht sogar in sein Haus. Zwar schien ich ihm nicht sonderlich wichtig, doch einfach so töten oder gefangen nehmen würde er mich wohl auch nicht lassen – Prestigegründe!

Ich versuchte, mir nichts anmerken zu lassen, und wechselte schnell das Thema, bis ich die letzten Meter zwischen uns überbrückt hatte.

»Und wo sind wir hier? Black was?«, fragte ich und zupfte an meinem Kleid herum.

»Bracknell Forest. Das ist eine Grafschaft außerhalb von London«, sagte er und öffnete die Tür des Cottage.

»Und das kannst du woran erkennen?«

»Ich weiß es.«

»Woher?«

»Ich weiß es einfach!«, stöhnte er. »Und jetzt hör endlich auf, so viele Fragen zu stellen. Ich bin kein Lexikon.«

»Wenn du mir die Dinge einfach erklären würdest, dann müsste ich auch nicht so viele Fragen stellen. Und jetzt lass mich sofort durch, ich will unter die verdammte Dusche. Wenn dieses Haus keine verdammte Dusche haben sollte, werde ich sehr ungehalten«, raunte ich und stürmte an ihm vorbei.

Im Erdgeschoss des Hauses gab es nur einen großen Raum, der Wohnzimmer und Küche beherbergte. Getrennt wurden die beiden Bereiche durch eine Holztreppe, die ins Obergeschoss führte. Ich riss mir kurzerhand die Pumps von den

Füßen, seufzte auf, warf sie in die nächste Ecke und stapfte die Stufen hinauf.

Ich spürte Timurs fragenden Blick in meinem Rücken, störte mich aber nicht daran und erreichte den oberen Treppenabsatz. Neben wohlgemerkt einem einzigen Schlafzimmer gab es noch einen Wandschrank und ein großes Badezimmer mit einer Badewanne, zwei Waschbecken und einer großen Dusche. Ich glaube, dass ich nie glücklicher gewesen war, mich aus meinen Klamotten zu schälen. Ich drehte das Wasser so heiß, dass ich es kaum noch aushielt, und wartete so lange, bis alle Gedanken und Ängste fortgespült waren.

Meine Haut prickelte und war knallrot, als ich aus der Dusche und vor den Spiegel trat. Meine Haare hingen mir klatschnass im Gesicht, aber ich strich sie nicht zurück, weil ich keine Lust hatte, mich im Spiegel anzusehen. Ich hatte jetzt mehr Angst als jemals zuvor, dass ich in die Augen der Bestie blicken könnte.

Also trocknete ich mich rasch ab und wickelte mich in ein großes Handtuch. Dann öffnete ich vorsichtig die Tür und spähte hinaus.

Es war nichts zu sehen und nichts zu hören, aber das musste ja nichts bedeuten, weil ich nur zu gut wusste, dass Timur jederzeit und wie aus dem Nichts auftauchen könnte. Sollte er sich allerdings genau diesen Moment aussuchen, würde er zu spüren bekommen, dass auch Wesen wie er durchaus verwundbar waren.

Ungesehen huschte ich zum Wandschrank, riss ihn auf und wurde zum Glück nicht enttäuscht. Er war gut gefüllt mit den verschiedensten Kleidern. Nach einigem Suchen und Wühlen wurde ich schließlich fündig und zog mir die frischen Klamotten an. Erstaunlicherweise rochen sie so gut, als wären sie vor einer Stunde erst von der Wäscheleine genommen, gebügelt und hier hineingelegt worden.

Ein Klirren drang von unten die Treppe hinauf, und ich zuckte kurz zusammen, weil ich an den Wächter denken musste, den Timur vor der Bar ausgeschaltet hatte. Mein Herz schlug heftig gegen meine Brust, dann riss ich mich aber zusammen.

Ich versuchte jedes Geräusch zu vermeiden, während ich langsam die Treppe hinabstieg und vorsichtig ins Unterschoss spähte. Der Wohnbereich lag dunkel und verlassen da, doch als ich in die Küche blickte, wäre ich die letzten zwei Stufen beinahe hinuntergefallen.

Da stand Timur mit einem Geschirrtuch über der Schulter und aufgekrempelten Ärmeln am Herd und briet irgendetwas in einer Pfanne. Auf dem Tisch brannten nicht nur mehrere Kerzen, es standen auch ein einzelner Teller und zwei Gläser Wein darauf. Vielleicht war ich ja durch ein weiteres Portal gegangen, und das hier war gar nicht der echte arrogante, narzisstische und soziopathische Timur, sondern ein ganz anderer?

»Setz dich«, sagte er, noch bevor er sich umdrehte und mich gesehen haben konnte.

Ich fühlte mich wieder einmal ertappt und stolperte auf den schiefen Esstisch zu. Er war aus dicken, rauen Holzdielen gebaut, die ganz offensichtlich von unterschiedlichen Bäumen stammten, aber ich mochte das. Irgendwie erinnerte mich dieser unperfekte Tisch an mein Zuhause, für das ich jetzt erst ein Meer überqueren müsste, um es zu erreichen.

»Hast du etwa für uns gekocht?«, fragte ich und setzte mich noch immer etwas perplex an den Tisch.

Timur kam mit der Pfanne herüber und gab den Inhalt auf den einzigen Teller, den er direkt vor mir abstellte. Ganz köstlich duftende Pasta mit eindeutig selbst gemachtem Pesto und ein paar Pinienkernen stand heiß und dampfend vor mir.

»Für dich«, sagte er.

»Und was ist mit dir?«

»Ich esse nicht.«

Natürlich nicht. Ich blendete die Unterschiede zwischen einem Halbblut und einem Vollblut wie ihm einfach aus, vielleicht weil es einfacher war. Mein Körper gehörte ins Diesseits, seiner nicht. Er benötigte weder Nahrung noch Schlaf oder Regeneration – ich allerdings schon.

»Und warum stehen da zwei Gläser?«, fragte ich.

»Ich bin doch nicht verrückt und verzichte auf Alkohol. Der Apostel hat hier einen 1998er Domaine du Tariquet im Kühlschrank stehen. Hast du eine Ahnung davon, wie selten dieser Wein ist?«, fragte er und öffnete die Flasche gekonnt mit dem Kellnermesser.

»Du trinkst Weißwein?«, fragte ich ungläubig, während ich die unsagbar guten Nudeln probierte.

»Nur Chardonnay«, antwortete er, und ich hatte Mühe, meine Gabel nicht fallen zu lassen. Sollte es möglich sein, dass Timur kein arroganter, narzisstischer und soziopathischer Idiot war? Hatten wir etwa wirklich eine ähnliche Vorliebe? Das war doch absolut unmöglich. Falls aber doch, stieg er in meiner Achtung auf Olymp-Niveau.

Er schenkte ein Glas ein und lächelte verhalten. Als ich gerade danach greifen wollte, schnappte er es mir vor der Nase weg und sah mich missbilligend an.

»Du bist viel zu unkultiviert, um diesen Geschmack wertzuschätzen. *Ich* werde ihn testen«, sagte er.

Natürlich war es unmöglich, dass er eine liebenswerte Seite hatte. Er war genau so, wie ich ihn einschätzte, und möglicherweise noch viel schlimmer. Der Wunsch, ihm eins reinzuwürgen, war in diesem Augenblick so gewaltig, dass mir partout nichts einfallen wollte.

Als ich gerade aufgeben wollte, ließ ich die Gabel sinken und blickte ihn an. »War es eigentlich irgendwie seltsam, mit Kitty

Cartier in die Kiste zu steigen?«, fragte ich völlig emotionslos und stocherte uninteressiert in der Pasta herum.

Das Weinglas zerplatzte in seiner Hand, und der kultivierte und wahnsinnig teure Chardonnay tropfte auf den Boden. Seine Augen waren so finster, dass man die unterschiedlichen Farben kaum mehr erkennen konnte.

»Huch? Unangenehmes Thema?«, fragte ich und sah ihm dabei zu, wie er die Scherben mit einem Tritt in eine Ecke beförderte, sich umgehend ein neues Glas mit dem großartigen Chardonnay füllte und es in einem Zug austrank.

»Wow, das schaffe ja nicht mal ich«, kommentierte ich beeindruckt.

»Deine Welt ist völlig ungenügend. Glas – wer ist auf die Idee gekommen, ein Material zu erschaffen, das so empfindlich ist? Und diese Körper …« Er seufzte bitter und fuhr sich aufgebracht durchs Haar, das noch immer so perfekt saß wie in der ersten Minute unseres Kennenlernens.

Ich blieb hart. »Du wolltest gerade von deiner Liebschaft berichten.«

Er starrte mich noch eine kleine Ewigkeit an, bis er schließlich unwillig antwortete. »Diese Sache mit Kitty«, er betonte die *Sache* ganz besonders und sprach das Wort gedehnt und dumpf aus, »hat wenn überhaupt nur einen Wimpernschlag gedauert. Allerdings scheint unser damaliges Aufeinandertreffen sie derart beeindruckt zu haben, dass sie aus mir völlig unerklärlichen Gründen eine besondere Verbindung zwischen uns zu spüren scheint.«

»Das hast du schön gesagt«, stichelte ich und trank einen großen Schluck des Weins, für den ich leider zu unkultiviert war.

»In meinen Augen war es ganz sicher keine große Sache!«, betonte er und setzte sich ebenfalls an den Tisch.

»In deinen Augen ist ja meistens alles etwas anders gelagert, nicht wahr?«, fragte ich mit einem zufriedenen Lächeln. Das lag zum Teil daran, wie sich unser Gespräch gerade entwickelt hatte, aber leider auch an dem fantastischen Wein und der großartigen Pasta, die er mir vorgesetzt hatte.

»Hat es Euch geschmeckt, Prinzessin?«, fragte er schließlich und betrachtete den leeren Teller, den ich ein Stück von mir weggeschoben hatte.

»Ich muss zugeben, dass es gar nicht mal so schlecht geschmeckt hat, wie ich befürchtet habe.«

»Dafür, dass du angenommen hast, dass es schlecht schmecken würde, hast du es ziemlich gierig heruntergeschlungen.«

»Das lag nur daran, dass ich so lange nichts gegessen habe«, antwortete ich finster angesichts seines süffisanten Lächelns.

»Und an den hochwertigen Zutaten, die ich verwendet habe, nicht wahr? Aber auf gar keinen Fall an meinem Talent«, stellte er fest und nahm einen Schluck aus seinem neuen Glas, mit dem er jetzt beinahe übervorsichtig umging.

»Du bist doch viel schlauer als gedacht!«, antwortete ich.

»Vielen Dank.« Timur musterte mich einige Sekunden lang auf eine andere Art und Weise, als er es sonst tat. Offenbar wog er ab, was er sagen sollte, schwieg dann aber doch und trank einen weiteren Schluck Wein.

Ich sah in seinen Augen, dass er sich zurückhielt, und war nicht gewillt, diesen Moment einfach im Sand verlaufen zu lassen – auch wenn ich gar nicht genau wusste, worauf ich eigentlich hinauswollte.

»Also warst du nie mit Kitty zusammen?«, fragte ich und versuchte dabei, so ernsthaft wie möglich zu klingen.

Timur wartete ziemlich lange, schüttelte dann aber den Kopf.

»Nein, nicht so, wie du meinst – oder wie sie es meint. Ich war in meinem Leben nur ein einziges Mal in einer Art Beziehung, und das ist eine Ewigkeit her.«

Erstaunt über seine plötzliche Offenheit, wusste ich zunächst nicht, was ich darauf erwidern sollte. Ich hatte den ernsthaften Timur bisher nie kennengelernt, nur den selbstgefälligen und streitlustigen.

»Und ihr seid aber nicht mehr …?«

»Die Sache ist vorbei, und zwar endgültig. Ich habe damit vor sehr langer Zeit abgeschlossen.«

»Und ›lange‹ heißt in diesem Fall …?« Ich ließ das Ende des Satzes erneut absichtlich in der Luft hängen.

»Länger, als du lebst.«

»Warum habt ihr euch …?«

Dieses Mal unterbrach er mich. »Sie ist tot.«

Wir schwiegen eine ganze Weile, denn ich wagte es nicht, etwas dazu zu sagen, schließlich wusste ich nicht, was genau passiert war. Außerdem klang es nicht so, als wollte Timur gern darüber sprechen.

Nach einer Weile schüttelte er den Kopf und leerte sein Weinglas in einem Zug, dann sah er mich wieder direkt an und rang sich ein mildes Lächeln ab. »Das ist alles sehr lange her. Zu lang, um deshalb jetzt in Erinnerungen zu versinken. Sprechen wir lieber über dich. Wie sieht es denn mit deinem Liebesleben aus?«, fragte er und verschränkte die Arme vor der Brust.

»Meinem … was?«, stammelte ich völlig aus dem Konzept geraten und starrte Timur an, dessen Augen plötzlich nicht nur äußerst interessiert, sondern auch amüsiert aufblitzten.

Er hob die Flasche Wein an und deutete auf mein Glas. »Mehr Wein?«, fragte er.

Wortlos hielt ich ihm mein Glas entgegen und schüttelte völlig entgeistert den Kopf.

»Ich … ich weiß absolut nicht, was daran interessant sein soll … nicht der Rede wert«, stotterte ich.

»Deiner Reaktion entnehme ich, dass es offenbar ganze Abgründe gibt, die zu erforschen meine größte Freude sein werden.«

»Abgründe? Da gibt es absolut gar nichts.«

»Was verschweigst du?«, fragte er leise und beugte sich vor. »Irgendetwas Schmutziges? Was könnte es nur sein, dass du dich weigerst, darüber zu sprechen?«

»Ich werde ganz sicher nicht mein Liebesleben ausgerechnet vor dir ausbreiten.«

»Warum nicht?«

Weil du der wahrscheinlich attraktivste Typ bist, den ich in meinem gesamten Leben kennengelernt habe, dachte ich und verkniff mir ein unglückliches Seufzen. Was sollte ich ihm sagen? Vielleicht, dass ich mich ein paarmal tatsächlich in jemanden verliebt hatte, mein Vater, beziehungsweise Augusto, dem ich nicht völlig egal war, ihn aber jedes einzelne Mal vergrault hatte? Sollte ich ihm erzählen, dass es mir beim letzten Mal gereicht hatte, schon wieder verlassen zu werden, und dass ich Jan wissentlich in den Tod hatte rennen lassen? Wahrscheinlich würde Timur das nicht einmal wundern, er gehörte schließlich nicht gerade zu den Guten.

»Du willst nicht darüber sprechen.« Seine Stimme klang plötzlich gar nicht mehr anzüglich oder süffisant. Er wirkte völlig ernst, und seine Augen durchbohrten mich. Ich hatte das Gefühl, dass er in diesem Augenblick in mir lesen konnte wie in einem offenen Buch und genau wusste, was in mir vorging. »Ich werde dich nicht dazu zwingen, Catalea. Jeder von uns hat seine Geheimnisse, ich genauso wie du. Und wenn du sie mir nicht erzählen möchtest, so werde ich auch nicht mehr danach fragen«, flüsterte er beinahe.

Ich wollte es ihm erzählen, einfach alles, wollte ihm sagen, was mein Vater mir angetan hatte und was ich fühlte, aber es kam kein Wort über meine Lippen. Mein Mund blieb verschlossen, und nach einer Weile war der Moment verstrichen.

Timur wandte sich ab und stand auf. »Außerdem ist es sehr spät, und dein menschlicher Körper benötigt Schlaf, oder nicht?«

Beinahe dankbar, dass wir wieder ungefährliche Gewässer ansteuerten, ging ich sofort darauf ein und klang viel schnippischer, als ich es beabsichtigt hatte. Auf keinen Fall wollte ich in diesem Moment die Distanz zwischen uns wieder vergrößern.

»Ja, mein ungenügender Körper benötigt Schlaf.«

»So war das nicht gemeint«, antwortete er und verschränkte die Arme vor der Brust. »Und das weißt du auch.«

»Ich weiß. Aber du hast recht.«

Timur schenkte mir ein müdes Lächeln und sagte schließlich, dass er sich um alles Weitere kümmern würde und dass ich mir keine Gedanken machen solle, sondern erst einmal ausschlafen und mich von der letzten Nacht erholen könne.

Mir war das ehrlich gesagt nur recht. Kaum dass ich das Schlafzimmer betreten hatte, schien das Bett förmlich nach mir zu rufen. Die weiche Decke umarmte mich mit ihrer wohligen Wärme, und schon wenige Augenblicke später driftete ich in einen tiefen und traumlosen Schlaf ab.

Als ich Stunden später wieder aufwachte, war es noch immer dunkel. Ich überlegte eine ganze Weile, ob ich einfach liegen blieben sollte, um nie wieder aufzustehen, war mir dann aber sicher, kein Auge mehr zuzubekommen.

Ich suchte erst das Haus nach Timur ab, dann den Garten und schließlich das nähere Umfeld, konnte ihn aber nicht finden. Ich hätte natürlich noch weitergehen können, aber ich war in irgendeiner englischen Grafschaft im Nirgendwo, noch dazu mitten in der Nacht, und auch wenn ich die Tochter des Teufels war, schien mir das keine gute Idee zu sein.

Also lief ich den Schotterweg zurück zu der einsam in der Landschaft stehenden Tür und betrat den Korridor, der genauso verlassen dalag wie die letzten Male. Zum zweiten Mal machte ich mich auf den Weg in Judas' Schatzkammer oder was auch immer dieser Raum war.

Kurz bevor ich die Biegung erreichte, blieb ich aber stehen und betrachtete die vielen Türen, die allesamt Portale zu unbekannten Orten waren. Beinahe alle waren mit dicken Schlössern versehen, bis auf eine direkt vor mir. Sie hatte kein Schloss, nicht einmal ein Schlüsselloch, sondern nur einen Knauf.

Ich war von Natur aus nicht neugierig, denn sonst hätte ich schon viel früher mehr über meinen Vater und seine Arbeit erfahren. Jetzt hatte sich aber herausgestellt, dass ich mit meiner »Ich weiß von nichts«-Taktik vorerst nicht weiterkommen würde. Vielleicht war es auch der Wahnsinn, der sich allmählich in mir ausbreitete, oder einfach nur der Chardonnay – ich griff nach dem Knauf und öffnete die Tür.

Kalte Luft schlug mir entgegen, als ich in den Nachthimmel starrte, der allerdings viel heller war als der in Bracknell Forest. Hier waren keine Sterne zu sehen, sondern nur Wolken und eine dunkle Masse. Ich betrat den feuchten Boden hinter der Tür und realisierte erst nach einigen Schritten, dass ich mich in Köln befand, und zwar auf dem Dach des Hauses, in dem wir uns tatsächlich befanden. Diese Tür war ebenfalls ein Portal, es überbrückte aber nur wenige Stockwerke.

Die Kälte der frühmorgendlichen Stadt umfing mich, wirkte aber nicht beklemmend, sondern erfüllte mich mit einer Energie und Frische, die ich lange nicht gespürt hatte. Ich fühlte mich, als könnte ich jetzt mit einigem Abstand alles etwas klarer sehen, als läge mir die ganze Stadt zu Füßen und wartete darauf, von mir erobert zu werden.

Bald würde sich die Sonne über den Horizont erheben und die Stadt zum Leben erwachen, die Dunkelheit würde schwinden und sich erst wieder am Abend über die Stadt legen – es herrschte ein natürliches Gleichgewicht zwischen dem Licht und der Finsternis. Noch wurde die Stadt jedoch von den Lichtern der Straßenlaternen, Leuchtreklamen und den großen Scheinwerfern erhellt, die den Dom zu einem strahlenden Koloss machten, der seine zwei gewaltigen Türme dem Himmel entgegenreckte.

Der Klerus war keinen Deut besser als die Todeshändler, wie zum Beispiel Evangelista Scaletto, dieses schreckliche Miststück. Vielleicht trugen die Kleriker keine italienische Designermode und unsagbar teuren Schmuck oder liefen in Schuhen durch die Gegend, die mehr kosteten, als ein Normalsterblicher in einem Monat verdiente, aber in jedem von ihnen steckte ein gieriges Monster. Kleriker machten keinen Finger krumm, tranken Wein aus goldenen Karaffen und Kelchen, häuften kostbare Artefakte an und bauten Kathedralen, die dem Torhaus an Prunk und Protz in nichts nachstanden. Wären sie nicht durch das postparadiesische Kreationisten-Abkommen geschützt, würden sie nach ihrem Tod genauso in die Hölle kommen wie all die anderen Sünder. Licht und Dunkel – wer glaubte, dass die eine Seite besser war als die andere, hatte einfach nicht den Durchblick, hatte nicht genug gesehen.

Ich hörte Timurs Schritte und freute mich – nicht über sein Kommen, sondern weil meine Sinne schärfer wurden. Timurs Gang war nicht gerade laut und schwerfällig, sondern glich dem einer Raubkatze auf Beutezug, und trotzdem bemerkte ich ihn, lange bevor er in mein Sichtfeld trat.

Ich warf einen kurzen Blick über die Schulter, um ihm zu

signalisieren, dass ich ihn gesehen hatte, behielt meine ausdruckslose Miene aber bei, auch wenn ich in diesem Augenblick gern gelächelt hätte – nur ein einziges Mal wollte ich überlegen wirken.

Aus dem Augenwinkel erkannte ich allerdings ein erstauntes Lächeln auf seinen Lippen.

»Woher kommen plötzlich diese ungeahnten Fähigkeiten?«, fragte er neugierig, als er neben mich trat und die Arme vor der Brust verschränkte.

Auch er hatte seine Kleider ein weiteres Mal gewechselt und trug mittlerweile eine schwarze Hose zu schwarzen Boots und einem einfachen schwarzen T-Shirt. Zum ersten Mal sah ich jetzt seine Arme, von denen einer mit dunklen Mustern tätowiert war, die ich so schnell nicht deuten konnte. Ich wollte ihn allerdings nicht zu sehr anstarren, auch wenn ich den Rest der Nacht damit hätte verbringen können. Dieser Drang, ihn die ganze Zeit anzusehen, meine Blicke über ihn wandern zu lassen, war mir unerklärlich – wie ein Ziehen und Zerren in meinem Inneren, verbunden mit dem Wunsch, mich immer mehr an ihn zu ketten.

»Warst du es nicht, der gesagt hat, ich solle nutzen, wer ich bin?«, fragte ich.

Es war nicht so, dass ich plötzlich irgendwelche nützlichen Fähigkeiten entwickelt hätte, sondern ich fühlte mich einfach wohler in meiner Haut als vorher. Vielleicht lag es daran, dass es nicht länger eine Option war zu leugnen, wer ich war. Mir war bewusst, dass die Bestie in mir war und ich sie nicht loswerden konnte, also wollte ich nutzen, was sie mir gab, sie aber niemals freilassen.

»Mein Gang war wohl einfach etwas laut«, sagte Timur nachdenklich.

»Du warst sehr leise.«

»Ich könnte noch viel leiser sein, wenn ich wollte. Dann hättest du mich nicht kommen gehört.«

»Du kannst dir das gern einreden«, sagte ich mit einem Lächeln, blickte aber unverwandt auf die dunkle Stadt hinunter.

»Du solltest mich nie unterschätzen, Prinzessin.«

»Apropos, dieser Trick mit deinen Klamotten.« Ich deutete auf sein Outfit. »Kannst du mir den beibringen? Es wäre ziemlich praktisch, wenn ich da ein bisschen flexibler wäre«, sagte ich in der Hoffnung, mich nie wieder umziehen zu müssen.

»Glaubst du, dass du dazu bereit bist?«, fragte er.

»Natürlich bin ich das«, antwortete ich und drehte mich zu ihm um.

Er würdigte mich allerdings keines Blickes, hob nur die Brauen kurz an und schnippte sich einen imaginären Fussel vom Arm.

»Du solltest dich allerdings auch nie überschätzen, Prinzessin. Deine Blicke verraten dich.«

Ich schnaubte verächtlich und hätte ihn beinahe in die Rippen geboxt, wenn in diesem Augenblick das Haus unter meinen Füßen nicht gebebt hätte. Ich wäre beinahe gestürzt, wenn Timur mich nicht festgehalten hätte.

Sein Blick huschte zur Tür in unserem Rücken, und mit einem Mal hielt er wieder seinen silbernen Spazierstock in der Hand, den er zuvor nun wirklich nicht dabeigehabt hatte. Dann sah er mich an, fing mich wie in der letzten Nacht wieder mit diesem Blick ein, als er zum Apostel hereingestürmt kam. Es war wie ein stummes Versprechen, dass ich mich auf ihn verlassen könne, und tatsächlich tat ich das.

Die Erde bebte erneut, und ich dachte kurz darüber nach, was mit mir passieren würde, wenn das Haus einstürzte. Aber auch dann wäre Timur da.

Beim dritten Beben wackelte das Gebäude gefährlich, aber

ich schaffte es dieses Mal ohne Probleme, auf den Füßen zu bleiben. Ich war mir nicht sicher, ob es daran lag, dass Timur mich noch immer festhielt oder dass sich die Bestie in mir rührte. Manchmal wollte sie mich zornig machen, manchmal beschützen, manchmal war sie aber auch einfach nur ein Frühwarnsystem.

»Komm mit«, zischte Timur und zerrte mich zur Tür, ließ mich dann aber wieder los, als hätte er es sich anders überlegt. Ich hätte kein Problem damit gehabt, wenn er mich weiter festgehalten hätte.

Mit einem heftigen Ruck riss er die Tür auf und betrat schnellen Schrittes den Korridor dahinter. Noch ein Beben. Hier unten hörte es sich viel lauter an als oben auf dem Dach des Hauses, von dem uns nur das Portal getrennt hatte.

Ich hatte absolut keine Ahnung, was hier gerade passierte, war mir aber sicher, dass es kein Erdbeben sein konnte, denn dann wäre Timur nicht mit erhobenem Stock um die Ecken geschlichen, um sich zu vergewissern, dass keine Gefahr bestand, wenn ich ihm folgte.

Als wir Judas' kleines Museum betraten, hielt Timur inne und drehte sich zu mir um. Seine Haare hingen ihm wirr ins Gesicht.

»Hör mir jetzt genau zu«, sagte er eindringlich, während er kurz zum Vorhang am Ende des Raumes blickte und dann die Augen aufriss, als wüsste er plötzlich, was hier vorging. »Irgendetwas sehr Mächtiges wartet da draußen vor der Tür, und ich bin mir nicht sicher, ob ich dem gewachsen bin«, sagte er.

Ich wusste nicht, was ich sagen sollte, ich konnte mir ja nicht einmal ansatzweise vorstellen, an was er überhaupt dachte. Allerdings hatte ich Timur bislang noch nicht so aufgebracht erlebt. Er wirkte beinahe fahrig, seine Muskeln waren angespannt unter dem Shirt, und seine Augen blitzten gefährlich auf.

»Was ist denn los?«, fragte ich etwas hilflos.

»Wenn etwas passiert, wird Kitty dich wegbringen. Sie weiß Bescheid«, antwortete er, ohne auf meine Frage einzugehen.

»Hey! Sag mir sofort, was los ist.« Ich versuchte ihn aufzuhalten, aber er war mit seinen Gedanken schon in einer anderen Welt. Nur zu gern hätte ich diese Welt ein einziges Mal betreten, um hinter seine Fassade zu blicken. Ich war mir sicher, dass da so viel mehr war, als er mich sehen ließ.

»Du bleibst hier!«, knurrte Timur mit einer Stimme, die keinen Zweifel daran ließ, wie ernst es ihm war.

Da bebte die Erde ein weiteres Mal heftig. Er blickte auf seine Hand, die plötzlich die meine umklammert hatte, und löste sie dann.

10

Timur wandte sich um und setzte sich so schnell in Bewegung, dass seine Konturen im Raum verschwommen und er zu einer fließenden Linie wurde, die kurz aufblitzte und dann verschwunden war. Er durchquerte den Vorhang in den Club so schnell, dass nicht viel mehr als ein Luftzug von ihm blieb. Alle Grenzen zwischen Sein und Nichtsein schienen schlicht aufgehoben.

Ich wartete keine fünf Sekunden, bis ich ebenfalls zum Vorhang hechtete, was in den Turnschuhen, die ich im Wandschrank des Cottage gefunden hatte, deutlich besser funktionierte als in den Todespumps, die ich weggeworfen hatte.

Während ich mich mit dem Rücken gegen die Wand presste, schob ich den schweren Vorhang ein wenig zur Seite und spähte vorsichtig durch den Schlitz.

Mittlerweile war die dröhnende Musik im Club verstummt, und ich sah nicht nur Timur, sondern auch den Apostel und Kitty, die sich in einigen Metern vor der Eingangstür versammelt hatten. Hinter ihnen standen noch ein paar Gäste, die allerdings keinen sonderlich entschlossenen Eindruck machten, sich dem entgegenzustellen, was da vor der Tür wartete. Ich konnte es ihnen nicht verübeln, besonders als die Erde ein weiteres Mal erzitterte und die Tür sich gefährlich verformte. Ich erkannte die kreisrunde Zeichnung auf der Tür, die aus einem inneren und einem äußeren Zirkel bestand und in deren Mitte mehrere Schriftzeichen einen kleinen Stern bildeten.

Irgendjemand versuchte also seit geraumer Zeit in das Gebäude einzudringen, wurde aber von diesem Bannkreis daran gehindert.

»Gleich kommen sie! Gleich kommen sie!«, sagte Kitty in die Hände klatschend und sprang dabei auf und ab. Sie warf Timur über ihre Schulter ein strahlendes Lächeln zu, und ich hasste sie dafür ungemein. Ihr französischer Akzent war auf einmal erheblich weniger ausgeprägt als noch vorhin. Auch wenn Timur das Gegenteil behauptete, war ich mir absolut sicher, dass sie sich die Brüste beim Discounter hatte machen lassen.

»Mir wäre es eigentlich lieber, wenn der Bannkreis halten würde«, entgegnete Judas trocken und verschränkte die Arme vor der Brust.

Timur reagierte wie immer – gar nicht. Zumindest konnte ich keine Reaktion erkennen, weil er wie immer in seiner Salzsäulenmanier einfach nur dastand und abwartete.

Wieder donnerte irgendetwas gegen die Tür, die gefährlich nachgab. Die nächste Erschütterung ließ nur ein paar Sekunden auf sich warten und gab dem erlöschenden Bannkreis und der Tür den Rest. Mit einer gewaltigen Druckwelle wurde sie aus den Angeln gerissen und wie ein Geschoss durch den Raum geschleudert. Die Tür konnte Timur nur um wenige Zentimeter verfehlt haben, denn sein Haar bewegte sich durch den Luftzug – und dennoch blieb er völlig unbeeindruckt stehen und starrte in den finsteren Gang, durch den auch ich gekommen war, als ich das Gebäude betreten hatte.

Mein Herz pochte bis zum Hals, als die Tür nur wenige Meter neben mir an der Wand zerbarst. Vielleicht hätte ich mich ja doch lieber zurückziehen sollen, aber gerade jetzt musste ich hierbleiben, um zu sehen, was passierte.

Es dauerte noch eine ganze Weile, bis sich schnelle Schritte näherten und schließlich einige Gestalten im Korridor erschienen. Männer in dunklen Rüstungen betraten den Club, insgesamt sechs an der Zahl. Sie stellten sich in zwei Dreierreihen auf, drehten sich einmal um ihre eigene Achse und erstarrten dann zu bewegungslosen Säulen – das hatten sie wirklich noch besser drauf als Timur. Sie erinnerten mich ein bisschen an die Wachen vor dem Buckingham Palace in London, die immer so aussahen, als wären sie gar keine Menschen, sondern Wachsfiguren.

Ich wusste nicht, ob sie wirklich Rüstungen trugen, aber die dunkel glänzenden Anzüge verhüllten jeden Flecken Haut – bis auf ihre Köpfe. Sie alle hatten lange Haare, die am Hinterkopf zu einem Dutt gebunden waren, und starrten ausdruckslos ins Leere. Nur einer von ihnen hatte militärisch kurz geschorene Haare und schien ihr Anführer zu sein.

Timur hatte sich noch immer nicht bewegt, und auch der Apostel blieb zumindest äußerlich gelassen. Nur Kitty gluckste aufgeregt vor sich hin und spähte weiterhin in die Dunkelheit des Flurs, wobei sie sich immer wieder auf die Zehenspitzen stellte, so gut das eben mit ihren Super-High-Heels möglich war.

Als erneut Schritte zu hören waren, stieg die Anspannung. Auch wenn ich es nicht sehen konnte, spürte ich doch, dass in Timur etwas erwachte. Vielleicht war es seine Bestie, die sich bereit machte, aus dem Käfig gelassen zu werden. Oder war *er* das Biest, das sich nur als Mensch verkleidet hatte und gleich die Verkleidung ablegen würde?

Aus dem dunklen Gang trat langsam eine Person in das Licht des großen Raumes. Aber noch bevor ich sie erkennen konnte, schoss Kitty schon in einer atemberaubenden Geschwindigkeit vor und ließ ihren Arm vorschnellen, in dem sich eine Sichel befand. Der Neuankömmling wich jedoch gekonnt aus, drehte sich und wich auch den nächsten drei Hieben problemlos aus. Schließlich gelang es ihm sogar, Kitty mit einer einfachen

Handbewegung gegen eine der Säulen zu schleudern, an der sie mit einem heiseren Husten hinabglitt.

Das alles hatte höchstens ein paar Sekunden gedauert, und es war mehr als deutlich, dass Kitty trotz ihrer Vergangenheit den Kürzeren gezogen hatte.

Ich musste einige Male blinzeln. Vielleicht lag es an den zuckenden Lichtern, vielleicht weigerte sich auch mein Verstand, aber es dauerte eine ganze Weile, bis die Erkenntnis einsetzte. Dann jedoch musste ich mich beherrschen, um nicht aufzuspringen, sondern in meinem Versteck zu bleiben.

Das fiel mir allerdings ab dem Moment leichter, als mein Bruder den leblosen Kopf von Gustav, dem Mann vom Eingang, in die Höhe hielt und ihn dann in Kittys Richtung schleuderte. Sie saß noch immer auf dem Boden, das völlig zerzauste Haare hing ihr ins Gesicht.

Mit einem dumpfen Aufprall schlug der Kopf auf dem Boden auf. Dann herrschte für einen Moment Stille, bis sich Judas zu Wort meldete.

»Musste das sein, Augusto Morgenstern?«, fragte er kalt.

»Du solltest dir besseres Personal suchen, Apostel«, antwortete mein Bruder gelassen und sah Kitty dabei zu, wie sie aufstand und sich den Staub von ihrem Outfit klopfte.

»Weißt du eigentlich, was das gekostet hat?«, fragte sie, erwartete aber gar keine Antwort. Das erkannte ich vor allem daran, dass sie sich noch einmal bückte, den abgetrennten Kopf aufhob und ihn auf Augenhöhe hochhielt. Igitt, war das ekelhaft. »Eine wirklich ganz tolle Arbeit.« Sie nickte anerkennend, während sie Gustavs Kopf von links nach rechts drehte.

Wahrscheinlich war sogar Augusto kurz von ihrem Auftritt beeindruckt, doch dann wandte er sich wieder Judas zu. Dabei entging mir nicht, dass er Timur gänzlich ignorierte.

Augusto war selbstverständlich in voller Montur erschienen. Er trug einen schwarzen Gehrock, ein dunkles Hemd und anstelle einer Krawatte ein schwarzes Seidenhalstuch. Die schwarze Hose war aus Brokat und die glänzenden Stiefel waren auf Hochglanz poliert worden. Sein langes schwarzes Haar schimmerte in den bunten Lichtern, die den Club nach wie vor in wilden Zuckungen erhellten.

»Was willst du, Augusto?«, fragte Judas. »Du weißt genau, dass du hier keine Autorität besitzt. Dieser Ort ist neutral.«

»Meine Autorität umfasst das Jenseits und das Diesseits und endet erst an den Grenzen des Lichts«, blaffte Augusto, hatte sich aber sofort wieder im Griff. »Du hast niemals irgendeine Autorität besessen, Apostel. Du warst nur ein Spielzeug meines Vaters, genauso wie diese Wahnsinnige.« Er deutete auf Kitty, die Gustavs Kopf glücklicherweise zurück auf den Boden gelegt hatte.

»Ich frage dich noch einmal, Augusto: Was willst du?«

Judas hatte offensichtlich nicht vor, sich auf seine und Kittys Herabwürdigung einzulassen.

»Schön hast du es hier, Apostel, deines Standes würdig und angemessen«, antwortete Augusto hämisch.

Ich wusste, dass mein Bruder nur eine Rolle spielte und damit seine Autorität unterstreichen wollte. Eigentlich war er ganz anders – zumindest wenn er wollte. Natürlich war er der Erbe des Hauses Morgenstern und der Stellvertreter meines Vaters, aber er hatte auch eine liebenswerte Seite. Augusto hatte mir das meiste von dem beigebracht, was ich von der anderen Seite wusste, auch wenn das nicht viel war. Er hatte mir bei meinem ersten Seelenhandel geholfen, war bei mir geblieben und hatte dabei nicht so getan, als wäre er ein mieses Arschloch.

»Sag mal, hörst du schlecht? Der Apostel will wissen …« Zum ersten Mal mischte sich Timur ein, und seine Stimme klang dabei dunkel, aber dennoch kontrolliert und so entspannt es eben möglich war.

Augusto allerdings ließ ihn nicht einmal ausreden, sondern wirbelte herum und fuhr ihn in einem Tonfall an, in dem so viel Verachtung mitschwang, dass ich die Luft anhielt.

»Du unwürdiges Etwas wagst es nicht, den Sohn des Morgenstern anzusprechen«, spie er aus und deutete mit dem Zeigefinger auf Timur. »Du hast nicht nur dein eigenes Haus verraten, sondern das gesamte Dunkel mit dem, was du getan hast, du abstoßendes Element, du …«

Ich hatte absolut keine Ahnung, was er meinte, aber Timur lächelte nur müde, trat einige Schritte zurück und lehnte sich entspannt an eine der Säulen gleich neben Kitty, die noch immer versuchte, ihr Äußeres wiederherzustellen.

»Ich befasse mich nicht weiter mit diesem Abschaum«, schloss Augusto und verschränkte die Arme hinter dem Rücken.

»Willst du einen Schnaps?«, fragte Judas schließlich und deutete auf die Bar. Der Barkeeper zuckte kurz zusammen.

Welches Image hatte mein Bruder eigentlich außerhalb meines Lebens? Ich würde ihn danach fragen, sobald das hier zu Ende war, und ich befürchtete, dass mir die Antwort nicht gefallen würde.

»Ich bin auf der Suche nach meiner Schwester.« Wieder begann mein Herz laut zu pochen, und ich war mir absolut sicher, dass alle dort drüben das Galoppieren in meiner Brust hören konnten.

»Deine Schwester? Meinst du das Halbblut?«, fragte Judas und ging nun selbst zur Bar, um sich ein Glas mit irgendetwas zu nehmen.

»Stell dich nicht noch dümmer, als du es bist, Apostel. Ich weiß genau, dass du ihr Asyl angeboten hast. Deine Geheimnisse sind nicht so geheim, wie du vielleicht denkst«, sagte Augusto mit einem süffisanten Lächeln.

»Ich habe leider keine Ahnung, wo deine Schwester ist. Aber du solltest wirklich etwas trinken«, bekräftigte Judas noch ein weiteres Mal.

»Ich werde nicht noch einmal fragen.«

»Und ich werde nicht noch einmal antworten.« Judas wusste, dass er mit dem Feuer spielte, und jetzt würde er sich daran verbrennen.

Ähnlich schnell wie Timur schoss Augusto vor, umfasste den Hals des Apostels und hob ihn hoch, als wäre er ein kleines Kind.

Augenblicklich sprang Kitty ihm zu Hilfe, aber Augusto wirbelte Judas herum und hielt ihm einen Dolch an den Kopf. Kitty blieb abrupt stehen. Augusto wartete einige Sekunden und brach dann in schallendes Gelächter aus.

»Du hast dein Haustier gut dressiert, Apostel. Sie hat doch tatsächlich erkannt, was ich dir gerade an den Hals halte.«

Auch ich wusste ganz genau, welcher Dolch das war, denn Augusto hatte ihn mir an die hundert Mal gezeigt und damit geprahlt, als ich klein war.

»Das ist nicht fair«, jammerte Kitty wie ein kleines Mädchen, dem man die Barbie weggenommen hatte.

Der Dolch, den mein Bruder gerade gefährlich nah an den Hals des Apostels drückte, hatte einmal meinem Vater gehört, und angeblich konnte man mit ihm einen Dunklen so töten, dass er nicht wieder irgendwo im Dunkel aufschlagen würde, sondern verschwand – und zwar für immer. Er war danach wirklich tot, so tot ein Dämon eben sein konnte. Ich hatte keine Ahnung, ob und wie das möglich war, aber selbst wenn es nur eine Legende war, sorgte sie doch dafür, dass jeder den entsprechenden Respekt vor dieser Waffe hatte. Ich glaubte jedenfalls nicht daran und war mir sicher, dass mein Vater sich diese Geschichte ausgedacht hatte. Dennoch würde ich es nicht ausprobieren wollen.

Widerstrebend erhob ich mich langsam, atmete noch einmal tief durch, schob den Vorhang zur Seite und trat hinaus in den Club zu den anderen. Alle Anwesenden wandten mir umgehend ihre Blicke zu, und ich stand im Mittelpunkt des Geschehens.

»Lass ihn sofort runter, Augusto, er hat mir nur geholfen«, blaffte ich und klang dabei viel selbstbewusster, als ich gedacht hätte. Für eine Sekunde war ich sogar stolz auf mich und hoffte, dass ich einen möglichst unnachgiebigen Eindruck machte.

Noch während mein Bruder Judas weiterhin in der Luft hielt, drehte er den Kopf, und als sein Blick meinem begegnete, lächelte er zufrieden. Dann öffnete er seine Hand, Judas fiel zu Boden, und der Dolch verschwand irgendwo in seinem völlig übertriebenen Outfit, als hätte es ihn nie gegeben.

»Catalea«, sagte er wohlwollend und trat einige Schritte auf mich zu, breitete die Arme aus und lächelte.

Ich wäre ihm nur zu gern in die Arme gesprungen und in Tränen ausgebrochen, aber leider hatte ich die letzten paar Minuten hautnah miterlebt und gesehen und gehört, wie er sich aufgeführt hatte und wozu er imstande war, und dafür verachtete ich ihn in diesem Moment. Er hatte sich schon immer gerne aufgespielt, aber das hier war eindeutig zu viel gewesen.

»Du bist das Allerletzte!«, antwortete ich und blieb einige Meter vor ihm mit vor der Brust verschränkten Armen stehen.

Falls er sich davon beeindrucken oder aus der Ruhe bringen ließ, zeigte er es nicht, allerdings ließ er seine Arme sinken.

»Ich freue mich auch, dich wiederzusehen, Schwesterherz. Und ich bin sehr froh, dich endlich gefunden zu haben.«

»Und warum war es dir so wichtig, mich zu finden?«

»Also bitte, stell dich nicht so an. Was soll denn jetzt dieses Misstrauen? Ich bin dein Bruder, und als solcher ist es meine Pflicht, mich um dich zu kümmern, wenn du in Schwierigkeiten bist, oder nicht?«, antwortete Augusto gekränkt.

Vielleicht hatte er recht, und es war wirklich nur seine Absicht, mir zu helfen und mich aus meiner absolut ausweglosen Situation zu befreien. Immerhin war er ein sehr mächtiger und einflussreicher Mann.

Aber ist er einflussreicher als dein Vater?

Ich hatte die Stimme des Apostels nicht tatsächlich, sondern nur in meinen Gedanken gehört. Mein Blick schnellte zu ihm hinüber, und er nickte mir zu, während er sich etwas angeschlagen vom Boden erhob. Augusto hatte ihm ziemlich zugesetzt, und erst jetzt begriff ich, dass ich wieder nicht darauf geachtet hatte, ihn aus meinen Gedanken auszusperren. Allerdings war mir nicht klar gewesen, dass er nicht nur meine Gedanken lesen, sondern auch auf diesem Weg mit mir kommunizieren konnte.

Kaum sichtbar nickte ich in seine Richtung. Er gab sich die größte Mühe, mir ein aufmunterndes Lächeln zu schenken, allerdings gelang ihm das nur in einer Sparvariante.

Aber er hatte recht: Wenn schon mein Vater aus verschiedenen Gründen nicht in der Lage war, mir zu helfen, war es mein Bruder, sein Untergebener erst recht nicht. Durfte er mir überhaupt helfen? Würde das nicht ebenfalls zu politischen Verwicklungen führen? Allerdings entschied ich mich zunächst dafür mitzuspielen und setzte eine möglichst unschuldige Miene auf. Ich wusste, dass Augusto mir dann nichts abschlagen konnte.

»Ich bin so froh, dass du das sagst. Du hast ja keine Ahnung, wie die letzten vierundzwanzig Stunden für mich waren«, sagte ich verzweifelt.

»Ich kann es mir vorstellen, Schwesterherz. Wir werden dafür sorgen, dass so etwas nicht noch einmal passiert und dass du nicht nur gerecht, sondern auch deiner Herkunft entsprechend behandelt wirst«, schwadronierte er.

Dass er mich »Schwesterherz« nannte, hatte mich ohnehin schon stutzig gemacht, der Rest dann allerdings noch viel mehr. Er hatte mich noch nie so genannt.

»Und was genau hast du vor?«, fragte ich mehr als misstrauisch und wich einen Schritt zurück, als Augusto auf mich zutrat.

Er blieb verwundert stehen. Gerade noch hatte ich mich ihm doch völlig ergeben gezeigt.

»Ich bitte dich. Was soll ich vorhaben? Wir werden jetzt gemeinsam in unser Haus fahren. Du wirst dich stellen, und dann werden wir dafür sorgen, dass der wahre Mörder von Cabianca zur Rechenschaft gezogen wird.«

Das würde mir mit Sicherheit nicht helfen, sondern meine Überlebenschancen höchstwahrscheinlich deutlich verringern. Timur wusste es, Judas wusste es, sogar Kitty wusste es, und mittlerweile war es auch mir klar: Die anderen Häuser hatten nicht vor, für Aufklärung zu sorgen. Sie hatten einen Mörder – mich. Man würde mich so schnell vor ein Tribunal stellen, dass ich gar keine Chance haben würde, meine Unschuld zu beweisen, wenn ich jetzt in das Haus zurückkehrte. War Augusto wirklich so dämlich, dass er das nicht auch begriff?

»Ich werde nicht mitkommen«, sagte ich fest.

»Catalea, jetzt sei nicht dumm. Wir können das hier alles noch regeln, wenn du dich jetzt einfach den Wächtern stellst.«

»Ich denke, dass wir das nur regeln können, wenn ich den Wächtern den Mörder von Alessandro auf dem Silbertablett serviere.«

Augusto seufzte und schüttelte resigniert den Kopf. »Dieser Abschaum von vadumantischem Kommissar hat seinen Leichnam übrigens noch immer nicht freigegeben«, sagte er jetzt völlig aus dem Zusammenhang gerissen.

»Dieser Abschaum ist übrigens ebenfalls hinter mir her«, sagte ich spitz.

Wie er dieses Problem wohl lösen wollte? Mittlerweile breitete sich der Zorn in mir aus und versuchte, die Überhand zu gewinnen. Ich hatte Mühe, meinen Bruder nicht anzubrüllen, denn ein Sündenbock kam mir gerade recht.

»Wenn du in das Haus mitkommst, bist du doch ausreichend vor ihm geschützt. Wir verstecken dich, bis alles geklärt ist«, sagte Augusto mittlerweile sichtlich genervt.

»Ich komme nicht mit. Du als mein Bruder solltest wissen, was mit mir passieren wird. Sie werden mir keine Chance geben, alles zu erklären.«

»Natürlich werden sie das. Du bist eine Morgenstern. Du kannst dich nicht einfach dem System entziehen, das wird sich negativ auf unser Haus auswirken«, sagte er barsch.

»Wie schön, dass dir das Haus so wichtig ist, das Leben deiner Schwester aber nicht.«

»Catalea, es wäre mir mehr als unangenehm, wenn ich dich in Gewahrsam nehmen müsste.«

»Das würdest du also tun? Du würdest mich gegen meinen Willen mitnehmen?«

Ich sah, dass seine Leibgarde aus der Starre wieder zum Leben erwachte, sich aber noch nicht vom Fleck rührte. Mein Blick wanderte zu Timur, der nach wie vor unbeteiligt an einer Säule lehnte.

»Nur wenn es unbedingt nötig und zu deinem eigenen Wohl wäre«, antwortete Augusto und hob entschuldigend die Hände. »Aber ich vertraue darauf, dass du zur Vernunft kommst und mich begleitest, damit wir dem endlich ein Ende setzen können.«

In meinem Inneren tobte ein Kampf mit mir selbst, denn natürlich wäre ich am liebsten mitgegangen und hätte alles Weitere einfach ihm überlassen. Doch ich wusste, dass das mein Untergang sein würde. Warum auch immer, aber ich vertraute Timur mehr als Augusto, und dabei kannte ich ihn erst seit einem Tag.

»Dann wirst du mich hier rauszerren müssen«, warf ich ihm entgegen und verschränkte die Arme noch fester. Als ob er das sehen könnte, aber für mein eigenes Standing war es durchaus hilfreich, denn ich drückte den Rücken noch weiter durch und starrte ihn erhobenen Hauptes an.

»Catalea«, sagte Augusto jetzt mit sehr leiser Stimme, die ich nur zu gut kannte. Castor hatte sie auch benutzt, als er mir unterbreitet hatte, dass ich ab sofort als Todeshändlerin arbeiten musste. »Du wirst mich beglei…«

Doch dieses Mal konnte Augusto seinen Satz nicht vollenden. »Bist du eigentlich schwer von Begriff, oder hattest du einfach ein paar Gläser Absinth zu viel?«

Augustos Kopf schnellte zu Timur herum, und die Wut, die er ihm entgegenschleuderte, war förmlich greifbar.

»Ich habe dir gesagt, dass du mich gefälligst nicht ansprech…«

Augusto brüllte gefährlich laut, wurde aber ein zweites Mal abgewürgt, als Timur sich leichthin von der Säule abstieß und eine abschätzige Handbewegung machte.

»Du wiederholst dich. Ich bin durchaus dazu in der Lage, deinen Schwachsinn zu erkennen«, sagte Timur und setzte sich langsam in Bewegung.

Augusto schien von Timurs bodenloser Frechheit so überrollt zu sein, dass er ihn zunächst nur anstarren konnte, was dazu führte, dass Timur einfach weitermachte.

»Ich weiß ja nicht, wie dumm du wirklich bist, aber offenbar ist dir nicht klar, dass deine Schwester von den anderen Häusern gelyncht wird, wenn sie dich jetzt begleitet. Also sage ich es noch mal in aller Deutlichkeit: Catalea bleibt hier und steht unter meinem Schutz.«

Völlig unbeeindruckt schlenderte Timur zu mir herüber. Ich wusste nicht, ob ich lächeln oder mir in die Hose machen sollte, denn unter der Oberfläche meines Bruders brodelte es gefährlich. Die Luft war elektrisch aufgeladen, und ich erwartete jede Sekunde einen Blitz, in dem sich der Zorn der beiden entladen würde.

Ich zuckte zusammen, als Augusto schließlich einen Finger hob und ihn kurz im Kreis drehte. Zunächst dachte ich, dass er irgendetwas heraufbeschwören würde, ein dämonisches Irgendwas oder einen Feuer speienden Drachen. Tatsächlich bedeutete die Bewegung aber nur, dass seine Leibgarde an der Reihe war, ihre Aufgabe zu erfüllen, denn die sechs Männer in Rüstung setzten sich augenblicklich in Bewegung und stürmten auf Timur und mich zu. Dabei schienen sie immer größer zu werden.

Ich taumelte einige Schritte zurück, als ich realisierte, dass diese Kerle tatsächlich immer größer wurden, mehr und mehr an Masse gewannen und zu unförmigen Gestalten mutierten, die mich in ihren Händen zerquetschen könnten. Sie waren Gestaltwandler.

»Haaaaa.« Gleich zwei der seltsamen Riesen wurden von einem großen Geschoss nicht nur durch den Raum geschleudert, sondern so heftig an die Wand gedrückt, dass sie leblos liegen oder vielmehr kleben blieben. Kitty, das Geschoss, stieg von ihnen herunter und zog ihre spitzen Absätze aus den Gesichtern der Wachen, die jetzt zu ihrer eigentlichen Gestalt zurückkehrten und wieder normal groß wurden. Sie waren tot.

Ich hatte Kitty wirklich nicht unterschätzt, aber trotzdem

nicht vermutet, dass dieser schmale, zierliche Körper eine solche Kraft entwickeln konnte. Sie war schnell wie ein Blitz und schon wieder zum Absprung bereit, dabei aber nicht einmal angespannt, sondern trug ein breites Grinsen im Gesicht. Zum ersten Mal konnte ich nachvollziehen, warum mein Vater sie damals zur ersten Prinzipalin der Wächter gemacht hatte.

»Endlich töten!«, kreischte sie.

Sie schwang sich auf die Schultern einer dritten Leibwache und schlang ihre Beine um seinen Hals. Das Knacken der Wirbel, als sie seinen Kopf einmal um die eigene Achse drehte, ließ mich zusammenzucken und zauberte in ihr Gesicht einen Ausdruck völliger Verzückung. Sie schloss die Augen und warf den Kopf in den Nacken, während sie lauthals auflachte. Ihr Weg zum Glück bestand ganz offensichtlich darin, anderen Wesen den Garaus zu machen. Auf eine ziemlich abgedrehte Art und Weise bewunderte ich sie für ihre Leichtigkeit und die Stärke, die sie zugleich ausstrahlte.

Während sie ihrer Leidenschaft nachging, brach im restlichen Club die Hölle los. Nun mischte sich auch Judas ein, der sich auf einen weiteren Mann der Leibgarde warf und irgendetwas in den massigen Körper bohrte, damit aber wenig ausrichtete.

Die übrigen Gäste des Clubs, die sich vorher hinter ihm aufgebaut hatten, wurden unruhig. Ein weiterer Hüne pflügte durch die Männer und Frauen, und ich wollte etwas unternehmen, wusste aber nicht, was.

In diesem Moment umfasste Timur auch schon mein Handgelenk, blickte mich für eine halbe Sekunde an und machte mit mir im Schlepptau zwei gewaltige Sätze in Richtung Tür. Er wollte mich aus der Schussbahn bringen. Dann jedoch wurde er von irgendetwas getroffen, das durch die Luft gerauscht war wie eine Gewehrkugel, nur viel größer. Es war etwas Ähnliches wie die Wächterkette, die mich schon vor der Bar verfehlt hatte. Noch bevor Timur mit einem lauten Donnern gegen eine Säule geworfen wurde, ließ er mich los. Er ächzte, ging aber nicht zu Boden, sondern sprintete ohne mich augenblicklich wieder los, sodass unter dem Druck seiner Füße mehrere Kacheln an der Säule splitterten und brachen. Er stürmte in die Richtung, aus der das Geschoss gekommen war.

Erst als ich mich im Verhältnis zu anderen viel zu langsam umdrehte, sah ich Augusto, der noch zwei weitere Geschosse auf Timur abfeuerte und sich ebenfalls in einem Tempo bewegte, das das gewöhnliche Auge gar nicht wahrnehmen konnte. Warum es mir plötzlich gelang, wusste ich nicht, bis der Schmerz mich durchzuckte.

Ich fasste panisch an meine Brust. Die Bestie kratzte, biss, rumorte, wand sich in meinem Inneren und wollte endlich freigelassen werden. Sie wollte knurren, sie wollte Blut sehen, sie wollte sich auf die Gefahren stürzen und sie vernichten.

Ich umkrallte die losen Kacheln und beobachtete Timur wie gebannt, der sich jetzt so schnell um seine eigene Achse drehte, dass Augusto, der sich nun nur noch wenige Zentimeter neben ihm befunden hatte, so heftig von ihm getroffen wurde, dass er zurückflog gegen die Bar, von der nur noch Trümmer und Splitter übrig blieben.

Er schrie wutentbrannt auf, und ich konnte etwas um ihn herum aufleuchten sehen, das mich blendete, sodass ich den Kopf abwenden musste. Eine Aura, ein heller Schein, was immer es auch war, es war zu hell. Was auch immer er als Nächstes tun wollte, er kam nicht dazu, denn Timur stand schon neben ihm und verpasste meinem Bruder mit seinem Stock einen so gewaltigen Schlag, dass eine Druckwelle durch den Raum jagte und der Donnerschlag von den Wänden widerhallte. Die nächsten vier Schläge ließen die Grundmauern des Gebäudes erbeben, doch eine Wirkung konnte ich nicht erkennen. Gerade als ich mich wieder im Griff hatte und auf Timur zustürzen wollte, flog Kitty mit einem der Riesen an mir vorbei. Im Flug zog sie einen ihrer High Heels aus und rammte ihn dem Kerl in die Brust.

Ich hatte nur eine Sekunde lang zu Kitty gesehen, aber diese Zeit hatte ausgereicht, um zu verpassen, was Augusto mit Timur gemacht hatte, der jetzt ein zweites Mal an derselben Säule wie ein Geschoss einschlug und dieses Mal erheblich mehr Probleme hatte, wieder aufzustehen. Doch gerade als Augusto ihn wieder angreifen wollte, streckte Timur seinen Arm waagerecht aus und richtete seine Handfläche gegen meinen Bruder.

Ich wusste, was jetzt passieren würde, und ich wusste, dass Augusto keine Chance haben würde, sich zu wehren – und das, obwohl er der Sohn meines Vaters war.

»Zerbrechen!«, flüsterte Timur direkt neben mir den Bann.

Unmittelbar neben Augusto wurde aus dem Nichts eine Säule in Myriaden kleiner Splitter zerfetzt, Augusto aber gelang es auszuweichen. Er war nur noch wenige Meter von uns entfernt und hatte ein finsteres Grinsen im Gesicht, das mir Angst machte.

»Drehen, neigen!«, presste Timur hervor, und Augusto wechselte mit einem Mal die Richtung, rannte in der Luft senkrecht nach oben und krachte gegen die natürliche Grenze – die Betondecke.

»Wächterkette«, sagte Timur, als mein Bruder gerade erst auf den Boden gefallen war. Augusto zuckte zusammen und verharrte völlig bewegungslos.

Dann blieb für einige Sekunden die Zeit stehen.

Timur keuchte angestrengt, wischte sich den Schweiß aus der Stirn und wandte sich zu mir um. Er hatte eine tiefe Wunde, die sich von der Stirn bis über das Auge auf die Wange erstreckte und aus der dunkelrotes Blut sickerte. Seine Augen allerdings leuchteten heller als jemals zuvor und blitzten mich kampflustig an, während sich seine Brust schnell hob und senkte.

»Bist du verletzt?«, fragte er und grapschte nach meinem Oberarm, um mich hin und her zu drehen.

Ich machte mich von ihm los und hielt ihn jetzt meinerseits an seinen Armen fest. »Hey! Finger weg! Es geht mir gut.«

Er sah mich einen Moment nachdenklich an, als wisse er mit der Situation nicht umzugehen – immerhin hatte er sich gerade einen Kampf mit meinem Bruder geliefert, in dem es um mich gegangen war, doch dann sagte er: »Du musst gehen. Jetzt!«

Wie meinte er das? Wohin sollte ich jetzt bitte gehen? Er hatte sich gerade mit meinem möglicherweise letzten Verbündeten dermaßen gefetzt, dass der halbe Club in Trümmern lag und mein Bruder außer Gefecht war.

Wobei er das wahrscheinlich nicht mehr lange sein würde, denn er drehte und wand sich bereits. Ich vermutete, dass er jeden Moment wieder aufspringen würde, um Timur mit all seiner höllischen Gewalt erneut zu attackieren.

»Kitty! Jetzt!«, brüllte Timur.

»Was?!« Ich sah zuerst ihn an und dann Kitty, die sofort herbeigesprintet kam.

»Sie bringt dich weg. Ich komme nach«, sagte er.

Unsere Blicke trafen sich, und in diesem Moment war es mir so etwas von egal, ob Augusto sich befreien und uns umbringen würde, weil da gerade irgendetwas zwischen uns passierte.

Timur fuhr mit der Hand durch meine Haare, und ich erstarrte auf der Stelle. Er fischte einen großen Kachelsplitter aus meinen Strähnen. Allerdings nahm er seine Hand danach noch immer nicht weg, und ich hielt die Luft an. Er wollte irgendetwas sagen, wandte dann aber den Blick ab und schüttelte den Kopf.

Kitty zerrte mich viel zu grob am Handgelenk hoch und rannte dann mit mir weiter – auf die Betonwand zu. Sie begann laut zu lachen und wurde immer schneller.

Ich lief gar nicht wirklich, meine Füße flogen durch die Luft, und ich machte mich darauf gefasst, gleich an der Wand zu zerschellen. Ich versuchte, noch einen Blick auf Timur zu erhaschen, sah aber nur, dass Augusto sich befreit hatte und bereit war, die Welt in Stücke zu reißen.

Die Wand kam näher und näher, als ich sah, wie Kitty sich allmählich auflöste und ihr Körper zu dichtem schwarzem Dampf wurde. Funken blitzten auf, und schließlich hüllte der Dampf auch meinen Körper ein.

Aus den Augenwinkeln sah ich noch einen der Hünen, der versuchte, uns aufzuhalten, doch dann war da die Wand, und ich fühlte nichts mehr, weil mein Körper sich in Dampf auflöste und verschwand. Evaporation.

11

Kapitel 122
Erwerb erweiterter Fähigkeitsparameter

Nach Ihrer Fortbildung und Weiterqualifikation zum gehobenen Dienst steht es Ihnen von nun an frei, erweiterte Fähigkeiten der Dunkelheit zu erwerben. Die firmeninterne Aus- und Fortbildungsabteilung Ihres Totenausbilders ist Ihnen dabei behilflich. Eine repräsentative Erhebung hat ergeben, dass sich 90 % aller Seelen im gehobenen Dienst Fähigkeiten wünschen, die den Dunklen vorbehalten sind.

Die Evaporation gilt als Königin unter den Fähigkeiten der gehobenen Kasten, jedoch ist es nur den wenigsten vergönnt, diese außerordentlich komplexe Form der Materieverdampfung vorzunehmen. Buchen Sie jetzt den Intensivlehrgang Evaporation, und nach nur vier Jahrzehnten besteht eine 24%ige Chance, dass Sie die Kunst der Evaporation beherrschen. Seien Sie der König der Dunkelheit, und erwerben Sie diese sagenhafte Fähigkeit.

Oder soll es etwas weniger Anspruchsvolles sein? Wie wäre es dann mit der Okkupation von neuen irdischen Seelen? Arbeiten Sie in der Erstaufnahmestelle für frisch eingetroffene Seelen? Dann wissen Sie, wie ermüdend diese Arbeit beizeiten, wie schwer die Zuweisung und Anamnese der neuen Seelen sein kann. Nutzen Sie Okkupation, um Seelen in Reih und Glied zügig abzufertigen und Ihr Soll in erheblich kürzeren Zeitintervallen zu erfüllen.

Ihnen stehen Hunderte Zusatzfähigkeiten zur Verfügung, die Sie kostengünstig gegen Erholungstage als Zahlungsmethode tauschen können.

Nun haben Sie die einmalige Chance, einen Teil dieser attraktiven Fähigkeiten zu erwerben. Wenn Sie sich noch in diesem Jahrzehnt für vier Fähigkeiten entscheiden, können Sie diese zum Preis von dreien erwerben. Zögern Sie nicht, und wenden Sie sich sofort an Ihren zuständigen Totenarbeiter.

...

Aus: Ratgeber für die Toten. 783. Auflage
Verlag der Finsternis

Evaporation, dachte ich noch, und da knallte ich auch schon gegen meine geschlossene Küchentür.

»Aua!«, schrie ich und fiel jaulend zu Boden, während ich mir die Nase hielt. Für einen kurzen Moment war ich davon überzeugt, dass sie gebrochen war, aber der Schock war das Schlimmste an unserem Crash.

Als ich die Augen öffnete, sah ich Kittys Beine neben mir in die Höhe ragen. Ihre High Heels waren völlig blutverschmiert.

Sie blickte sich suchend um, fand das Feuerzeug im kleinen Regal neben der Spüle und zündete die große Kerze auf dem Küchentisch an.

»Ich finde die Kerze ja auch echt schön, aber mir ist gerade nicht nach Romantik«, sagte ich etwas benommen, während ich aufstand und mir weiter die schmerzende Nase rieb. Sie blutete nicht und schien auch noch gerade zu sein. Ich hatte also mehr als Glück gehabt.

»Wenn wir das Licht einschalten, sieht man von draußen, dass jemand zu Hause ist«, sagte Kitty, und jede Freude war aus ihrer Stimme gewichen.

Der Wahnsinn schien völlig verschwunden zu sein und hatte einer rauen Ernsthaftigkeit Platz gemacht, die so gar nicht zu dem französischen Akzent passen wollte. Das verwirrte mich so sehr, dass ich sie eine Weile einfach nur ansah, während sie langsam durch die Küche stakste und den Fußboden eingehend untersuchte.

»Wir können die Rollläden herunterlassen«, schlug ich vor, und Kitty nickte, noch immer den Blick auf den Boden gerichtet.

»Mach das«, sagte sie abwesend. »Hast du Kreide?« Wieder blickte sie sich suchend um.

Ich starrte sie fragend an, erhielt aber keine Antwort. Ich war ohnehin nicht in der Stimmung zu diskutieren, sondern konnte nur daran denken, ob es Timur am anderen Ende der Stadt gut ging. Ich hatte selbst gesehen, dass er nicht gerade hilflos war, aber Augusto war ein starker Gegner, den man auf keinen Fall unterschätzen durfte.

»Kreide!«, wiederholte sie und klang dieses Mal deutlich eindringlicher.

Ich überlegte kurz und nickte dann. An der Wand hing eine kleine Tafel aus einem Ein-Euro-Laden in der Innenstadt, und an einem Bindfaden baumelte ein winziges Stückchen Kreide, mit dem Mia und ich uns gegenseitig Nachrichten schrieben.

Ob sie noch immer im Haus war? Hatte sie schon davon gehört, was passiert war? Ich hoffte inständig, dass sie nicht ausgerechnet jetzt nach Hause käme, denn ich wollte sie auf keinen Fall in diese Sache mit hineinziehen.

»Kümmere dich um die Verdunklung, Schätzchen«, säuselte Kitty und riss die Kreide vom Faden.

Ich hatte keine Ahnung, was sie vorhatte, tat aber, was sie verlangte. Es war sicher das Beste, wenn uns erst einmal niemand hier sehen konnte. Ich hoffte, dass keine Wächter vor dem Haus standen und auf mich warteten. Mittlerweile hatte ich zwar gesehen, wozu Kitty in der Lage war, aber die Wächter hatten nun vermutlich mehr als eine Person auf mich angesetzt, nachdem Timur den einen schon außer Gefecht gesetzt hatte. Vielleicht waren jetzt schon ganze Horden hinter mir her, und dann könnte auch Kitty nichts mehr ausrichten – außer natürlich, sie würde die Wächter allesamt mit ihren Absätzen erdolchen.

Ich fing also in der Küche mit der Verdunklung an, wie Kitty es genannt hatte, ließ dann die Rollläden im Wohnzimmer und in Mias und meinem Schlafzimmer herunter. Tatsächlich fühlte ich mich etwas sicherer, als die Wohnung absolut finster dalag und nur noch vom Kerzenschein aus der Küche erhellt wurde.

Im Flur blieb ich kurz stehen und starrte mein Spiegelbild an. Die Person, die mir aus dem großen Spiegel mit Goldrand entgegenblickte, glich viel mehr der echten Catalea als die Kleid und Pumps tragende und Rotwein trinkende Todeshändlerin – auch wenn die Catalea im Spiegel ziemlich mitgenommen aussah. Ihre Haare standen in alle Richtungen ab, und sie hatte Dreck und Blut im Gesicht, das allerdings nicht von ihr, sondern von Timurs Fingern stammte.

Wieder dachte ich an ihn und hoffte inständig, dass er davongekommen war, dass er überlebt hatte und meinen Bruder ebenfalls am Leben gelassen hatte. Von Timur wusste ich, dass er nicht leichtfertig ein Leben beendete, bei Augusto hatte ich das auch immer gedacht, war mir jetzt aber nicht mehr so sicher.

Ich kehrte in die Küche zurück und starrte Kitty an, die auf dem Boden kniete und mit der Kreide einen gewaltigen Bannkreis gezeichnet hatte. Sie füllte ihn gerade mit einer Vielzahl von Runen und Schriftzeichen.

Nach einer Weile stand sie auf, betrachtete ihn, murmelte irgendetwas vor sich hin und nickte schließlich zufrieden.

»*Très bien!*«, sagte sie. »Fertig! Jetzt musst du ihn nur noch auslösen.« Sie deutete auf den Boden und nickte mir zu.

»Auslösen?«, fragte ich und knipste jetzt endlich das Licht an.

»Der Bannkreis wird erst aktiv, wenn er durch Blut ausgelöst wird. Und dein Blut ist erheblich mächtiger als meines«, sagte sie, öffnete eine der Schubladen, wühlte darin herum und reichte mir den Sparschäler.

»Ein kleiner Schnitt, ein Tropfen in die Mitte«, sagte sie. »Mehr musst du nicht tun.«

»Mit einem Sparschäler?«, fragte ich sichtlich schockiert.

Kitty verdrehte die Augen und schüttelte ihre blonde Mähne, die mittlerweile wieder viel zu perfekt aussah. Wahrscheinlich würde sie selbst nach einer Nuklearexplosion wunderschön aus dem Bombenkrater herausklettern und sich höchstens darüber ärgern, dass ihr ein Fingernagel beim Klettern abgebrochen war.

»Ich kenne mich mit diesem neumodischen vadumantischen Quatsch nicht aus«, sagte sie entschuldigend. »Es sieht irgendwie nach einem medizinischen Werkzeug aus.«

Ich antwortete nicht, sondern nahm den Eierpikser heraus, mit dem man vor dem Kochen unten in die Eier ein Loch machen sollte – warum auch immer. Ich kochte niemals Eier und benutzte den Pikser nur dann, wenn ich Eier ausblasen wollte – also ebenfalls nie.

Unter Kittys strengem Blick kehrte ich zum Bannkreis zurück und hielt meinen Finger über sein Zentrum.

»Einfach rein?«, fragte ich etwas hilflos und erhielt als Antwort nur ein stoisches Nicken und eine Handbewegung, die alles Mögliche bedeuten konnte.

Also holte ich tief Luft und pikste den Metalldorn in meine Fingerkuppe. Es tat zwar höllisch weh, Blut kam aber nicht, weshalb ich noch eine ganze Weile an meinem Finger herumquetschte, bis sich ein Tropfen bildete, der dann endlich in den innersten Zirkel des Bannkreises fiel.

Ich wartete darauf, dass ein helles Licht aufleuchtete, dass es zischte oder sonst irgendetwas passierte, aber der Blutstropfen blieb einfach nur da auf meinen Küchendielen, und es geschah rein gar nichts.

»Perfekt. Der Kreis ist aktiviert«, sagte Kitty zufrieden und tätschelte mir den Kopf wie einem kleinen Kind.

Ich tadelte mich selbst dafür, dass ich kurz gedacht hatte, dass sie vielleicht doch nicht völlig irre war – denn sie war es, und zwar durch und durch. Und das Schlimmste daran war: Jetzt befand sie sich hier in meiner Wohnung, abgeschottet durch einen von mir eigens ausgelösten Bannkreis allererster Güteklasse.

Vorerst hatte ich genug vom ewigen Nachdenken, ging hinüber zum Küchenschrank über der Spüle, holte zwei ziemlich blinde Gläser heraus und stellte sie auf den kleinen Küchentisch. Aus dem Kühlschrank folgte eine bereits offene Flasche, deren Korken ich gekonnt mit den Zähnen entfernte und deren Inhalt ich dann nicht ganz gerecht auf die zwei Gläser verteilte. In meinem war etwas mehr drin, und es war gefährlich voll.

»Was ist …?«, begann Kitty.

»Chardonnay. Kein Rotwein und kein Absinth, falls dir einfallen sollte, danach zu fragen«, sagte ich und hob das Glas an meine Lippen, ohne auf sie zu warten.

Ich trank mehr als die Hälfte in einem Zug und setzte mich dann auf einen der wackligen Stühle. Meine Freundin Lisa hatte mal gesagt, dass ich zu Alkoholismus neigte und dass allein Trinken eine gefährliche Sache sei – das sei unter Psychologen sofort ein Warnsignal. Sie studierte Psychologie auf Lehramt und tat häufiger so, als wäre sie die Chefpsychologin der Stadt, die sich dazu herabließ, mir bei meinen vielen Problemen zu helfen. Dabei trank ich gar nicht so oft allein. Zumindest hatte ich das eigentlich nie getan, bis mein Leben den Bach runtergegangen war. Seitdem hatte ich vielleicht hin und wieder auch allein ein Gläschen geleert – oder ein Fläschchen.

Was Lisa allerdings nicht in ihre Psychoanalyse mit einbezog, war die Tatsache, dass ich die Tochter des verdammten Teufels war und er mich dazu zwang, die Seelen von gerade Verstorbenen von der Straße zu kratzen und sie ins Jenseits zu schicken. Dass ich dabei mitunter Dinge und Todesarten sah, die nicht mal ein pensionierter Mordermittler auf dem Konto hatte, durfte mich natürlich nicht stören. Der Tod war nun einmal keine schöne Angelegenheit, aber eben das Geschäft der Familie.

Kitty stieß den anderen Stuhl mit dem Fuß an und sah dabei zu, wie er einige Sekunden schwankte und dann knarzend wieder zur Ruhe kam. Sie legte den Kopf auf die Seite, setzte sich ebenfalls an den Tisch und griff nach dem Weinglas.

»Ich habe nie Rotwein getrunken und erst recht keinen Absinth. Angeblich wird man von Absinth wahnsinnig«, flüsterte sie verschwörerisch.

Ach, so war das. Dann hatte sie den Absinth ja überhaupt nicht nötig, schließlich war sie schon durchgeknallt genug.

Ich lächelte unverbindlich und trank noch einen großen Schluck aus dem Glas. Dabei fiel mein Blick auf die kleine Tafel an der Wand, auf der noch immer eine Einkaufsliste stand, die ich für Mia geschrieben hatte. Natürlich hatte sie vergessen, die Dinge einzukaufen, obwohl der Supermarkt nur zwei Häuser weiter war.

Wahrscheinlich machte sie sich nicht einmal Sorgen um

mich, weil Augusto ihr gesagt hatte, dass er mich zurückholen und dann alles wieder gut werden würde. Sie glaubte an das System und ging darin völlig auf. Vielleicht glaubte sie ja aber auch, dass ich Alessandro Cabianca tatsächlich umgebracht hatte.

Wie war das noch? Auf dem Dolch, der wohlgemerkt aus der Domschatzkammer gestohlen worden war, hatte es nur Fingerabdrücke von einer Person gegeben, und diese Person war ich. Wie konnte man Fingerabdrücke eigentlich fälschen, oder war das unmöglich?

Ich dachte darüber nach, ob es vielleicht doch besser war, sich zu stellen – allerdings nicht den Wächtern und der Firma, sondern der Polizei. Vielleicht war es am klügsten, wenn ich mich auf meine menschliche Hälfte verließ und mit dem Holzfäller-Kommissar zusammenarbeitete.

»Du solltest ein paar Dinge zusammenpacken«, sagte Kitty, nachdem sie ein weiteres Mal am Glas genippt und angewidert das Gesicht verzogen hatte.

»Tut mir leid, wenn dir der Wein nicht schmeckt«, sagte ich ironisch.

»Ja, er ist wirklich abstoßend. Aber es macht nichts, dass du keinen Geschmack hast«, antwortete sie so ernst, dass ich mir sicher war, dass Ironie in Kittys Kommunikationsparametern nicht abgespeichert war.

»Ja …«, antwortete ich zögernd.

»So wie ich Timur kenne, wird er ein paar Tage verschwinden wollen«, sagte Kitty und schüttete den Rest ihres kostbaren Weins in den Ausguss.

War sie eigentlich völlig bescheuert? Das hätte ich doch noch getrunken!

»Los, los. Such ein paar Dinge zusammen, und dann brennen wir das Haus am besten nieder«, sagte sie gut gelaunt.

»Wir machen *was*?«, fragte ich fassungslos.

»Wir machen gar nichts, aber du packst jetzt ein paar Dinge zusammen«, erklärte sie und sah mich an, als wäre ich schwer von Begriff.

»Das meinte ich nicht. Was meinst du mit *niederbrennen*?«

»Wir sollten keinerlei Spuren hinterlassen. Also wird es das Beste sein, wenn wir das Haus niederbrennen. Hast du zufällig ein paar Flaschen Brandbeschleuniger oder Benzinkanister im Haus?«, fragte sie und öffnete schon wieder die Schublade, in der sie auch den Sparschäler gefunden hatte.

»Du setzt dich jetzt sofort auf diesen Stuhl und lässt gefälligst deine Finger von meinen Schränken. Brandbeschleuniger wirst du da sowieso nicht finden, denn leider lebt in diesem Haushalt keine Pyromanin. Ich weiß, das klingt ganz unglaublich, aber wir sind leider völlig normal«, fluchte ich und zeigte auf den Stuhl, auf dem Kitty gerade noch gesessen hatte.

Unglücklicherweise fiel ihre Antwort nicht ganz so aus, wie ich es gehofft hatte. Sie hob die Augenbrauen auf diese Art, wie es eigentlich nur Timur konnte, und bedachte mich mit einem abschätzigen Blick.

Dann holte sie Luft, um etwas zu erwidern, hielt jedoch inne und wandte ihren Blick Richtung Decke. Erst nach einigen Sekunden löste sie ihre Starre und tat, als wäre nichts gewesen.

»Na endlich!«, sagte sie und seufzte erleichtert. »Der Apostel ruft. *Au revoir*, meine Kleine!«

Augenblicklich durchquerte sie die Küche und zwinkerte mir noch über die Schulter zu, bevor sie sich in dunkel waberndem Dampf auflöste, der sich nur langsam verflüchtigte.

Völlig perplex blieb ich zurück und hatte nicht einmal die Möglichkeit zu antworten, geschweige denn, sie daran zu hindern, einfach zu verschwinden. Ich hatte nicht übel Lust, ihre Reste mit der Dunstabzugshaube einzusaugen.

Mit einem Mal war ich allein. Die Erkenntnis überspülte mich wie eine bretthharte Welle bei stürmischer See. Ich musste mich kurz am Küchentisch festhalten und starrte benommen auf den Bannkreis zu meinen Füßen. Die Stille, die plötzlich in der Wohnung herrschte, fühlte sich atemberaubend bedrückend an, und ich wäre am liebsten aufgesprungen und aus dem Haus gerannt. Das Tropfen des Wasserhahns klang so laut wie Donnerschläge und das Ticken der Uhr endgültig.

Was hatte Kitty gesagt, bevor sie verschwunden war? Ich solle ein paar Sachen zusammenpacken – und dann das Haus abfackeln. Den ersten Teil der Aufforderung könnte ich erfüllen, auch wenn ich gar nicht daran denken wollte, dass ich meine Heimat verlassen musste. Vielleicht musste ich auch nur ein paar Tage untertauchen, bis sich der Sturm etwas gelegt hatte.

Ich atmete mehrmals tief durch, nur um festzustellen, dass das absolut gar nichts brachte. Sollte es in Schocksituationen wirklich helfen, tief durchzuatmen?

Ich stand auf, fuhr mir fest durch die Haare und ging dann in mein Schlafzimmer, wo ich eine kleine Reisetasche unter dem Bett hervorkramte. Darunter hatte mittlerweile eine recht ansehnliche Population von Wollmäusen ein eigenes Imperium errichtet. Beim Packen ließ ich sämtliche Kleidungsstücke, die Castor mir geschenkt hatte, links liegen und nahm ausschließlich bequeme und praktische Sachen aus dem Schrank. Ich würde sicher keines meiner Arbeitsoutfits mitnehmen, wohin es auch gehen mochte. Ferragamo, Choo, Blahnik, Louboutin und Prada würden zu Hause bleiben, und vielleicht machte Kitty ihre Drohung ja noch wahr und sie brannte alles nieder.

Die Vorstellung, nie wieder auf hohen Hacken laufen zu müssen, ließ die ersten Glücksgefühle zurückkommen.

Mit einem schnellen Blick sah ich mich in meinem Zimmer um und überlegte, ob ich noch irgendetwas mitnehmen wollte. Doch dann wurde mir bewusst, dass es eigentlich nichts gab, das mir so viel bedeutete.

Erinnerungen an meine Kindheit? Hatte ich nicht. Dinge, die mich ausmachten? Gab es nicht. Ich hatte schließlich immer mit aller Kraft versucht, meine Herkunft und mein wahres Wesen zu verleugnen, also war das hier ein Raum, der absolut jeder Person gehören konnte. Nicht einmal jetzt, nach dem, was in den letzten Stunden passiert war, wusste ich, wer ich war und was mich ausmachte. Ich wusste nur, dass ich nichts wusste.

Ohne einen letzten Blick zurück drehte ich mich um und verließ mit der Reisetasche den Raum. Dabei hatte ich das seltsame Gefühl, mein altes Leben endgültig hinter mir zu lassen – so als gäbe es für mich keine Möglichkeit mehr zurückzukehren.

»Catalea.«

Seine Stimme klang so weich, dass ich sie im ersten Moment gar nicht erkannte. Aber da stand er, Timur, mitten in meiner Küche, in die ich gerade zurückkehrte, innerhalb des Bannkreises, den Kitty gezeichnet hatte und der mich beschützen sollte – genauso, wie Timur es die ganze Zeit über getan hatte.

Sein Haar hing ihm ziemlich zerzaust ins Gesicht, dafür waren seine Wunden und der Dreck einfach verschwunden. Er sah aus wie frisch aus dem Ei gepellt und hatte ein schiefes Grinsen auf den Lippen. Beinahe wäre ich ihm um den Hals gefallen, weil ich so unglaublich erleichtert war, dass er einfach in meiner Küche stand und ich ihn völlig unversehrt wiedersah. Doch ich hielt mich zurück und stemmte stattdessen die Hände in die Hüfte.

»Schön, dass du dich auch mal blicken lässt!«, sagte ich und gab mir dabei die größte Mühe, möglichst gefasst zu klingen. Dass ich mich nur wenige Minuten zuvor beinahe in einer Panikattacke verloren hätte, musste er ja nicht wissen. Gerade eben war noch die Rede von »Niederbrennen« gewesen, jetzt hatte ich mich glücklicherweise wieder im Griff.

Timurs Grinsen wurde ein bisschen breiter, er sagte aber nichts und betrachtete mich von oben bis unten.

»Ich freue mich auch ungemein, dich wieder in meiner Nähe zu haben, Prinzessin«, sagte er so süffisant, dass ich beinahe gelacht hätte. »Aber du hättest dich ruhig mal umziehen können«, sagte er und betrachtete abschätzig meine Klamotten, die noch immer von seinem Blut durchtränkt waren.

Die Tatsache, dass er aussah, als hätte er gerade ein komplettes Makeover hinter sich, machte es nicht gerade einfacher, ihm eine entsprechende Antwort an den Kopf zu werfen. Stattdessen starrte ich ihn einfach noch einen Moment an, bevor ich ins Badezimmer ging und die Tür so fest zuschlug, dass er hoffentlich zusammenzuckte.

Er rief noch einmal meinen Namen, ich reagierte aber nicht und drehte stattdessen die Dusche auf.

Eine Viertelstunde später betrat ich die Küche erneut. Ich war geduscht, hatte meine Haare zu einem festen Pferdeschwanz gebunden, ein leichtes Make-up aufgelegt und trug meinen schwarzen Lieblingshoodie zu einer ebenfalls schwarzen Jeans und dunklen Ankle Boots. Wenn er den düsteren, unnahbaren Typen raushängen ließ, würde ich einfach mitziehen.

Timur stand noch immer völlig unverändert im Inneren des Kreises und betrachtete die Einrichtung.

»Du hättest dich auch setzen können«, sagte ich etwas irritiert, während er seinen Blick über mich wandern ließ.

»Nein«, antwortete er trocken.

»War ja nur ein Angebot.«

»Nein, ich kann mich nicht setzen.«

»Und wieso nicht? Ist der Stuhl unter deiner Würde?«, fragte ich spitz und verspürte den unbändigen Wunsch, ihm eine reinzuhauen – das war längst überfällig.

»Du hast einen Bannkreis gewirkt. Kitty hat mich reingebracht, aber weiter als hierher komme ich nicht«, sagte er missmutig.

Ich überlegte einige Sekunden, dann begriff ich, wie sehr es ihn wurmen musste, dass er, der große, mächtige Timur, mir, der kleinen und völlig unfähigen Catalea, unterlegen war. Ganz langsam setzte ich mich an den Küchentisch und schlug die Beine übereinander.

»Moment mal, heißt das etwa, dass du jetzt so lange da stehen musst, bis ich dich hereinlasse?«, fragte ich und machte es mir möglichst ausladend auf dem absolut unbequemen Stuhl bequem.

Timurs Blick war mehr als vernichtend.

»Catalea …«, zischte er, verharrte aber völlig reglos im Inneren des Kreises.

Ich malte mir tausend Dinge aus, die ich jetzt tun könnte und die sicher ziemlich Spaß machen würden, beherrschte mich aber und grinste stattdessen nur breit.

»Ich weiß ja nicht einmal, wie ich dich reinlassen kann.«

»Das ist völlig egal. Tu es einfach«, presste Timur hervor und klang mittlerweile wirklich wütend.

»Ich weiß nicht wie!«, sagte ich noch einmal überdeutlich. »Ich kann ja schlecht einfach sagen: Komm rein!«

Exakt in der Sekunde, als ich es aussprach, fiel Timur aus seiner Starre und stolperte einen Schritt vorwärts, als hätte er die ganze Zeit über an Fäden gehangen, die ich jetzt durchgeschnitten hatte.

»Hast du eigentlich eine Ahnung …?«, begann er seine Predigt, doch ich schüttelte sofort den Kopf und würgte ihn damit ab.

Ich hatte gerade einfach nicht den Nerv für eine seiner Ansprachen, bei denen er mir erklärte, dass ich die Tochter meines Vaters sei und endlich ausnützen müsse, wer ich war … bla, bla, bla. Stattdessen ging ich zum Kühlschrank, holte die nächste Flasche Chardonnay mit Schraubverschluss und zwei Gläser, bevor ich ihn zu dem anderen Küchenstuhl schob und ihn darauf niederdrückte, was er erstaunlich einfach mit sich machen ließ. Dann schenkte ich uns beiden großzügig ein.

»Ich werde nicht …«, setzte er erneut an, aber ich schob ihm sein Glas hin und schüttelte den Kopf.

»Halt die Klappe und trink«, sagte ich in der Hoffnung, dass er danach endlich etwas lockerer wurde.

Er starrte mich zwar noch eine Weile an, seufzte dann aber und trank das Glas in einem Zug leer.

»Du scheinst die Sache mit der Körperlichkeit noch nicht zu verstehen, Prinzessin. Im Gegensatz zu dir ist dieser Körper nur Schein.«

»Ja, schon klar. Du schläfst nicht, und du musst weder essen noch trinken«, antwortete ich gelangweilt.

»Und Alkohol hat keine Wirkung auf mich«, sagte er trocken.

Na super, damit wäre dieser Plan auch wieder zunichtegemacht. Wahrscheinlich würde ich es nie schaffen, dass er lockerer wurde.

»Kannst du nicht *einmal* normal sein?«, fragte ich murrend.

»Ich betrachte mich im Rahmen meiner Grenzen durchaus als normal.«

»Du bist ein spießiger, chauvinistischer, narzisstischer, blasierter Freak«, antwortete ich und trank mein Glas nun ebenfalls aus.

»Danke.«

»Das war kein Kompliment!«, maulte ich mittlerweile angetrunken – ich hatte schließlich wieder einmal vergessen zu essen – und stützte den Kopf auf meine Hand.

»Es bringt uns nicht weiter, wenn du mir fortlaufend bescheinigst, wie unangenehm dir meine Gesellschaft ist.«

»Deine Gesellschaft ist mir nicht unangenehm! Das ist ja das Problem.«

Jeder Mensch hatte eine Grenze, die er im Hinblick auf seinen Alkoholkonsum besser nicht überschritt. Manche wurden anhänglich, andere aggressiv, und ich sagte einfach nur die Wahrheit. Mein Problem war – wie bei vielen –, dass ich die Grenze jedes Mal verpasste und in einem Affenzahn darüber hinwegstürmte.

»Mal bist du ein totales Schwein, und dann bist du wieder nett. Und alle sind hinter mir her und glauben mir nicht«, jammerte ich.

Timur hob die Augenbrauen und schob das Weinglas langsam von mir weg.

»Ich wäre bereit, mich in gewissen Punkten zu bessern.«

»Was ist dieses Prickeln?«, platzte es aus mir heraus, und sofort merkte ich, wie Timur sich versteifte.

Alkohol hin oder her, ich wusste plötzlich, dass ich nicht allein war mit dem, was ich spürte. War es möglich, dass sich auch ein gestandener Dunkler wie Timur der Anziehungskraft nicht entziehen konnte, die ich zwar zu leugnen versuchte, aber dennoch zwischen uns fühlte? Nur für einen Augenblick schloss ich die Augen, wurde aber gleich wieder von Timurs unnachgiebiger Stimme zurück in die Realität gezerrt.

»Ich …«, begann er, brach dann aber ab, bis ich die Augen wieder öffnete.

Er war da gewesen, dieser Moment, in dem ich kurz davorgestanden hatte, hinter die Fassade zu blicken, aber dann hatte Timur seine Mauer wieder hochgezogen und mich ausgeschlossen. Kein Prickeln und kein Brennnesselgefühl mehr. Der Alabaster seiner Miene war wieder hart wie Marmor und seine Miene undurchdringlich wie immer.

»Ist das alles, was du mitnimmst?«, fragte er und deutete auf die Reisetasche zu meinen Füßen.

»Ja.«

»Dann brechen wir jetzt auf«, sagte er und erhob sich. »Bewegung.« Er zerrte mich am Arm auf die Beine.

»Wo fahren wir überhaupt hin?«, fragte ich, während ich mich von ihm losmachte wie ein kleines Kind von seiner Mutter.

»An einen sicheren Ort«, sagte er.

»Ach, genauso sicher wie der letzte sichere Ort?«

Genau das Gleiche hatte er schließlich vom Haus des Apostels behauptet, und dort hatte uns mein Bruder nicht nur gefunden, sondern auch angegriffen. Ich hielt kurz inne und musterte Timur, der jetzt ziemlich dicht bei mir stand.

»Geht es dir gut?«, fragte ich, als er auf mich herabblickte.

»Wie sieht es denn aus?«

Ich ignorierte seine Gegenfrage. »Was ist mit Augusto?«

Timur zögerte kurz, was ich als äußerst schlechtes Zeichen deutete. »Es geht ihm gut«, begann er zögerlich. »Zumindest soweit ich das beurteilen konnte, als er verschwand. Ich glaube, dass ich ihm ziemlich zugesetzt habe. Aber wir sind hart im Nehmen«, sagte er und deutete auf sich selbst. »Siehst du doch, kein Kratzer.«

»Jetzt habe ich auch ihn zum Feind.« Ich konnte selbst kaum glauben, wie brüchig meine Stimme mit einem Mal klang.

»Dein Bruder ist auf deiner Seite, er ist nur viel zu verblendet von der Welt, in der er lebt, als dass er dir wirklich helfen könnte. Mich allerdings wird er jetzt nicht unbedingt mehr mögen als vorher. Kitty hatte seine komplette Leibgarde bis auf einen einzigen Gestaltwandler ausgeschaltet, der gemeinsam mit Augusto entkommen ist.«

»Ich habe ihn so noch nie erlebt«, sagte ich.

Timur hatte mittlerweile die Wohnungstür geöffnet und ging voraus. Meine Tasche ließ er mich natürlich selbst schleppen.

Wir durchquerten das Treppenhaus und verließen schließlich das Gebäude. Ich wollte gerade fragen, ob wir nicht vorsichtiger sein sollten, da blieb mir der Mund offen stehen. Überall um uns herum lagen reglose Körper auf dem Boden, zum Teil einfach auf dem Gehweg, zum Teil an Hauswände gelehnt und wieder andere hingen auf den Motorhauben von parkenden Autos.

Ich starrte Timur entsetzt an. Er verdrehte die Augen, lief einige Schritte zurück und schob mich dann weiter vorwärts.

»Jetzt schau doch nicht so dümmlich. Das steht dir nicht.«

»Warst du das etwa?«, fragte ich und deutete wild in der Gegend herum.

»Es hatten sich ein paar Wächter hier versammelt. Wahrscheinlich hat dein Bruder sie hergeschickt.«

»Und dann musst du sie alle umbringen?«, kreischte ich.

»Sie sind nicht tot. Sie sind lediglich aktuell etwas indisponiert«, erklärte Timur und führte mich in einem Slalom um die Körper der Wächter herum.

Ich hatte absolut keine Ahnung, wie er es geschafft hatte, eine solche Armee an Wächtern auszuschalten und dennoch blitzblank herausgeputzt bei mir in der Wohnung zu erscheinen. Wohlgemerkt nachdem er Minuten zuvor in eine blutige Auseinandersetzung mit dem Sohn des Teufels verwickelt gewesen war.

Ich schüttelte noch immer ungläubig den Kopf und sog scharf die Luft ein, als ich einen der Wächter zu meinen Füßen aus Versehen mit meiner Reisetasche am Kopf traf. Er beschwerte sich allerdings nicht, sondern blieb weiter indisponiert liegen.

Wir hielten vor einem Sportwagen, der Timurs anderem Auto sehr ähnlich sah. Ich starrte den springenden Jaguar an, der den Kühlergrill des Coupés zierte, und fragte: »Neues Auto?«

»Manchmal muss man Mut zur Veränderung haben«, erklärte er. »Wäre auch was für dich.«

»Ein neuer Jaguar?«

»Nein, Prinzessin. Der Mut zur Veränderung.«

Ich schnaubte, verstaute meine Reisetasche und stieg ein. Kurz überlegte ich, ob ich selbst mal fahren sollte, war mir aber sicher, dass Timur das niemals zulassen würde. Außerdem hatte ich Wein getrunken und keine Lust, den Luxusschlitten gegen den nächstbesten Baum zu setzen.

Der Motor heulte auf, Timur beschleunigte, und wir schossen aus der Parklücke und durch die Straßenzüge. Obwohl es mittlerweile früher Vormittag war, war absolut niemand auf der Straße zu sehen. Ich hatte keine Ahnung, wie Timur das schon wieder angestellt hatte, würde mich aber unterstehen, nach weiteren Details zu fragen. Erst als wir das Viertel verließen und auf den Autobahnzubringer fuhren, herrschte mit einem Mal wieder Leben auf den Straßen, und wir reihten uns in den frühmorgendlichen Berufsverkehr ein.

Ich machte es mir in meinem Sitz bequem und starrte aus dem Fenster. Köln war im Gegensatz zu anderen Städten ringförmig angelegt, was den seltsamen Umstand mit sich brachte, dass man beinahe von überall das Zentrum dieser Ringe sehen konnte – den Dom, der über die Stadt wachte.

Ich sah zu, wie wir uns immer weiter von ihm entfernten, und wusste nicht, wie lange ich ihn nicht mehr sehen würde. Vielleicht sogar für immer?

Mit dieser Frage schloss ich die Augen und schlief ein.

12

Er könnte es ja einfach mal versuchen und sehen, was passierte, wenn er die Scherben verspeiste. Wieder saß er in der Bar und wieder hatte er nicht darauf geachtet, diesen schrecklichen Körper im Zaum zu halten. Das Glas hatte geglüht, die Bardame hatte es wieder angefasst und augenblicklich vor Schreck fallen gelassen. Das war ihm schrecklich unangenehm, und er schämte sich entsetzlich dafür. Er hatte sich mit aller Höflichkeit entschuldigt und wieder war ihm versichert worden, dass es überhaupt kein Problem sei, dass er sich bitte weiterhin wohlfühlen solle. Er hatte daraufhin gesagt, dass er zur Strafe ja die Scherben essen könne, die Bardame hatte etwas verstört gelächelt und war dann verschwunden.

Nun war es aber so, dass es ihn tatsächlich reizte, genau das zu tun. Das größte Problem an seiner irdischen Existenz war die schreckliche Ineffizienz seines Körpers. Der alte Sack war für die menschlichen Körper verantwortlich, nicht er. Er selbst hätte diesen katastrophalen Exemplaren gerne ein Upgrade spendiert.

Eigentlich ging es ihn nichts an, wie menschliche Körper ausgestattet waren, allerdings war er dazu gezwungen, sie zu benutzen, wenn er sich innerhalb des Erdkreises aufhielt. Und das wiederum führte ihn zum eigentlichen Problem: Er war nicht für den Erdkreis geschaffen. Die Körper, die er in Besitz nahm, hielten der enormen Belastung häufig nicht stand. Er musste Unmengen Alkohol zu sich nehmen, um überhaupt etwas zu spüren.

Einmal hatte er es mit Brennspiritus versucht. Geschmeckt hatte er ihn zwar, allerdings hatte der Körper kurz darauf irreparable Fehlfunktionen aufgewiesen. Daraufhin hatte er der Seele des Mannes im Dunkel eine Entschädigung in Form von zusätzlichen Regenerationstagen zugestanden.

Wie mochte es sich anfühlen, wenn er die Scherben essen würde? Leider war er sich nicht sicher, ob auch das zu einem Totalschaden führte. Er kannte sich einfach nicht mehr gut genug mit den menschlichen Körpern und ihrem Funktionsumfang aus. Vielleicht würde er seine Tochter um eine kleine Auffrischung seines Wissens bitten.

Mit einem Mal kam ihm eine Idee, wie er sich anderweitig Unterhaltung verschaffen konnte.

Als ich meine Augen das nächste Mal öffnete, waren mehrere Stunden vergangen, aber noch immer saß ich auf dem Beifahrersitz des Jaguar Sportcoupés, und Timur war an meiner Seite.

Er trug mittlerweile eine schwarze Ray-Ban mit so dunklen Gläsern, dass ich mich fragte, ob er dadurch überhaupt etwas sehen konnte. So wie er an den anderen Autos vorbeizog und den Wagen durch den Verkehr dirigierte, schien er keine ernst zu nehmenden Probleme zu haben. Allerdings konnte ich nicht leugnen, dass ihn die Sonnenbrille noch attraktiver machte. Ich wollte gar nicht daran denken, wie zerknautscht und derangiert ich gerade im Gegensatz zu Timur aussehen musste.

Nachdem er bemerkt hatte, dass ich wach war, verlangsamte er das Tempo etwas und zog auf die rechte Spur, um mich während der Fahrt interessiert mustern zu können.

»Willkommen zurück, Prinzessin«, sagte er und lächelte.

»Kannst du eigentlich noch was erkennen?«, fragte ich müde und deutete auf die Autobahn vor uns.

»Zumindest die wichtigen Dinge«, sagte er und schaltete

wieder hoch, wahrscheinlich nur um mir zu beweisen, wie unglaublich gut er doch sehen konnte.

Es war völlig belanglos, ob sie aus dem Jenseits, dem Diesseits oder irgendwo anders herkamen – Männer waren immer gleich.

»Wo sind wir überhaupt?«, fragte ich und versuchte, mich anhand der Autobahnschilder zu orientieren, hatte aber keine Ahnung, wo sich Orte wie Eching oder Neufahrn befanden.

Ich zog mich mühsam am Haltegriff über der Beifahrertür nach oben in eine mehr oder weniger aufrechte Sitzposition.

»Gleich in München«, sagte er.

»*München?* Das ist nicht dein Ernst«, rief ich und hatte plötzlich gar keine Probleme mehr, mich in eine kerzengerade Position aufzurichten.

München war so ziemlich das schlimmste Ziel, das man in meiner Situation haben konnte. Neben Köln war München nicht nur eine weitere wichtige Torstadt, sondern im Gegensatz zum ziemlich bodenständigen Köln auch ein Paradies für die Designerfummel-Todeshändler und ihr ausschweifendes Leben. Ich hatte zum Beispiel absolut keine Ahnung, warum Evangelista Scaletto in Köln lebte, wenn sie sich doch auch nach München versetzen lassen könnte oder sogar direkt nach Italien. Noch schlimmer wäre es nämlich nur dort, am besten direkt in Rom, wo der Heilige Stuhl seinen Sitz hatte und wo auch die Firma eine ihrer größten Niederlassungen innerhalb des Erdkreises betrieb.

»Wir werden uns dort nicht lange aufhalten, sondern nur eine Pause für die Dauer einer Nacht einlegen«, erklärte Timur, und ich ließ mich schicksalsergeben in den Sitz zurücksinken.

Eigentlich war es mir völlig egal, wohin wir fuhren – jeder Ort war gleich, denn jeder Ort war nicht mein Zuhause.

Köln war nun wirklich nicht die schönste Stadt der Welt. Eigentlich war sie genau das Gegenteil, sie war hässlich, verbaut, dreckig und stank die meiste Zeit ganz grauenvoll. Aber ich wurde hier geboren, bin hier aufgewachsen und zur Schule gegangen und habe hier studiert. Jetzt war ich Hunderte Kilometer entfernt, und das nicht mal freiwillig.

»Wieso fahren wir überhaupt? Hätte Kitty uns nicht einfach evaporieren können?«, fragte ich und sah Münchens Fußballarena an mir vorbeiziehen. »Oder gab es beim Apostel kein Portal, das uns irgendwo hätte hinbringen können?«

»Evaporation hinterlässt nachverfolgbare Spuren. Ein guter Wächter ist in der Lage, diese Spuren zu lesen, und würde uns schneller finden, als wir unser Ziel erreichen könnten.« Er machte eine Pause. »Außerdem weiß niemand, wo ich dich hinbringe. Ich habe weder Kitty noch Judas etwas gesagt«, erklärte er. »Dieses Mal werde ich tatsächlich dafür sorgen, dass wir in Sicherheit sind.«

Ich sah ihn von der Seite an, aber Timur blieb zumindest äußerlich völlig gelassen und zeigte keine Regung. Offenbar war es ihm selbst unangenehm, dass er schon einmal behauptet hatte, dass wir in Sicherheit seien, dann aber ziemlich unsanft dieser Sicherheit beraubt und angegriffen wurden.

Er hatte sich darauf verlassen, dass es niemand wagen würde, den Apostel und seine Neutralität infrage zu stellen – außer vielleicht der Teufel und seine Nachkommen höchstpersönlich. Besagter Nachkomme hatte dann auch genau das getan.

Die Tatsache, dass ich München wirklich gar nicht ausstehen konnte, änderte natürlich nichts daran, dass es eine wunderschöne Stadt war, mit vielen prachtvollen Gebäuden entlang der wichtigen Achsen der Stadt. Es war eigentlich auch nicht die Stadt, die ich nicht leiden konnte, es waren die Leute, die in ihr lebten. Wobei ich nicht von den vielen Vadumanten spreche, sondern ausschließlich von den Gestalten der Nacht, den Todeshändlern, den Dunklen, die sich hier ausbreiteten wie die Ratten – natürlich Ratten, die Chanelkostüme trugen.

Es ist verdammt schwer zu erklären, wie es sich anfühlt, in eine Welt geboren zu werden, die alle als erstrebenswert betrachten, nur man selbst eben nicht. Wer will denn nicht über Unsummen von Geld verfügen und schon morgens Champagner trinken? Welche Frau träumt nicht davon, nur ein einziges Paar Louboutins im Schrank zu haben?

Als ich das erste Paar von meinem Onkel Castor, dem Handlanger meines Vaters, bekommen hatte, hatte ich äußerlich vielleicht so getan, als würden sie mir nicht gefallen, innerlich war ich beinahe ausgeflippt. Ich müsste wirklich lügen, wenn ich behaupten würde, dass es kein atemberaubendes Gefühl war, mit einer fünftausend Euro teuren Handtasche am Arm in einem Café zu sitzen, andere Menschen durch eine Chanel-Sonnenbrille zu betrachten und Prinzessin zu spielen.

Das alles war wunderbar, bis man das Theaterstück ein paarmal durchgespielt hatte und sich das erste Mal traute, hinter die Kulissen zu blicken. Sobald man nämlich begriffen hatte, dass sich die Welt der Dunklen nur um diese sündhaft teure Oberflächlichkeit drehte, erschien das alles nicht mehr so erstrebenswert.

Ich erinnerte mich an einen Nachmittag, den ich mit ein paar anderen Todeshändlerinnen in Düsseldorf verbracht hatte. Ihre Namen hatte ich unverzeihlicherweise längst vergessen. Ihnen war es einfach nur darum gegangen, einen Tag mit der Tochter des Morgenstern zu verbringen, damit sie es im Anschluss jedem auf die Nase binden konnten. Natürlich hatte ich mich in irgendein Etuikleid von Alexander McQueen gequetscht, Schuhe von Jimmy Choo mit einer Handtasche von

Chloé kombiniert und eine halbe Stunde lang absolute Panik gehabt, völlig overdressed zu sein – bis ich die anderen getroffen und realisiert hatte, dass ich am schlichtesten gekleidet war.

Klar waren diese Dinge alle wunderschön, und natürlich fühlte man sich in diesen Kleidern auch wunderschön – aber sie waren und blieben nur eine Verkleidung. Und wenn einem bewusst geworden war, dass man trotz der umwerfenden Kleider nie dazugehören würde, verlor die Sache nicht nur ihren Reiz, sie wurde unerträglich.

Timur lenkte den Jaguar mit nur einer Hand geschmeidig durch den Stadtverkehr und hielt schließlich vor einem prunkvollen und eleganten Gebäude, das einen ganzen Häuserblock für sich einnahm. Vor den Eingängen waren große Vordächer mit edlen Stoffbahnen an den Seiten, und sofort fühlte ich mich an das Kölner Torhaus erinnert.

»Auf dem Dach ist eine Bar, von der aus man einen fantastischen Blick über die Stadt hat. Außerdem gibt es da ziemlich guten Chardonnay«, sagte Timur und stieg mit einem Lächeln aus, als er meinen mehr als kritischen Blick bemerkte.

Manchmal fragte ich mich, ob er wirklich so dekadent war, oder ob er sich nur so gab, um mich wahnsinnig zu machen.

Missmutig griff ich nach dem Türgriff, da tauchte Timur vor dem Fenster auf und öffnete die Tür für mich.

Verwundert blickte ich ihn an und fühlte mich beinahe schlecht, weil ich ihn vor einer Sekunde verurteilt hatte und er jetzt den Gentleman raushängen ließ.

Hatte er sich eigentlich schon wieder umgezogen? Mittlerweile trug er einen feinen dunkelgrau melierten Pullover unter der bekannten Lederjacke und starrte mich auffordernd an – zumindest meinte ich das, denn durch die undurchdringlichen Gläser der Ray-Ban konnte ich seine Augen nicht erkennen.

Wollte ich etwa, dass er mich anstarrte? Vielleicht war das so, ja. Vielleicht wollte ich auch ganz andere Dinge, die ich mich nicht einmal zu denken traute.

»Komm, Prinzessin«, sagte er und drückte einem livrierten Pagen meine Tasche in die Hand, bevor er das Hotel durch die goldene Drehtür unter dem großen Vordach betrat.

Im Inneren sah er mich kurz abschätzend an, dann legte er mir seinen Arm lässig um den Nacken und zog mich an sich. Ich war viel zu erschrocken, um überhaupt reagieren zu können, aber Timur lieferte mir sogleich eine passende Erklärung.

»Wir sollten uns so unauffällig wie möglich verhalten, nicht wahr?«, hauchte er leise in mein Ohr.

Auch wenn ich mir absolut sicher war, dass sein Auftreten und seine Erscheinung alles andere als unauffällig waren, verkniff ich mir einen Kommentar und ließ mich bereitwillig von ihm durch die Lobby führen. Ehrlich gesagt gefiel es mir sogar ein winziges bisschen, wie uns alle anstarrten. Dabei war mir völlig egal, dass es wohl nur an ihm lag, dass wir alle Blicke auf uns zogen.

Die Lobby erschlug mich beinahe mit edelstem Marmor, teuren Ölgemälden, goldenen Lüstern und Blumenschmuck in gigantischen Vasen. Die Geräusche der Großstadt verstummten und wurden durch klassische Musik und gedämpfte Unterhaltungen ersetzt. Irgendwo bellte ein kleiner Hund. Weiter hinten öffnete sich die Lobby zu einem großen Saal mit einer schicken Bar.

Timur steuerte direkt auf die elegante Rezeption zu, die mit eleganten Blumenarrangements geschmückt war und hinter der nur superelegante Hotelmitarbeiter in Reih und Glied standen. Dort ließ er mich endlich los und beugte sich interessiert vor.

»Guten Abend und herzlich willkommen! Wie kann ich Ihnen behilflich sein?«, fragte eine junge Blondine, die zu der eleganten Truppe gehörte.

Sie erinnerte mich viel zu sehr an Kitty und erntete deshalb nur einen kalten Blick von mir. Ihre Frage war im Übrigen nicht an mich, sondern ausschließlich an Timur gerichtet, den sie anstarrte, als wäre er der Prinz von Schweden oder irgendeiner anderen Dynastie, die blonde, groß gewachsene Söhne hervorbrachte.

Sie konnte ihre Augen gar nicht mehr von ihm abwenden, und ich hatte das Gefühl, dass ihr Rouge sich wie ein hässlicher Pilz in ihrem Gesicht ausdehnte. Ihr Teint leuchtete vollends tomatenrot, als Timur sich lässig auf den Marmortresen lehnte.

Ich verschränkte die Arme vor der Brust und verdrehte so offensichtlich die Augen, dass es Blondchen einfach auffallen musste – tat es aber nicht. Sie starrte Timur so intensiv an, dass ihr jeden Moment die Augen aus den Höhlen fallen mussten.

Ich entschied, diese Situation jetzt einfach über mich ergehen zu lassen und sie zu ertragen, wie ich schon alles andere ertragen hatte.

Ich erwartete, dass Timur eine schwarze Kreditkarte hervorzaubern und sich ein Zimmer von Blondchen geben lassen würde, in das er sie gleich mitbestellen würde, aber er schaffte es wieder einmal, mich zu überraschen.

Mit einer schnellen Bewegung nahm er die dunkle Sonnenbrille ab und blickte Blondchen direkt in die Augen. Seine Pupillen erweiterten sich ruckartig, sodass die hellblaue und die braune Iris kaum noch zu erkennen waren, weil sie dem Schwarz der Pupillen Platz gemacht hatten.

»Meine Frau und ich nehmen eine Suite«, hauchte er.

Die Rezeptionistin wurde stocksteif und ihre zuvor so freundliche Miene ausdruckslos. Sie wirkte, als würde sie jeden Moment umfallen, weil sie das Gleichgewicht nicht mehr halten konnte.

»Selbstverständlich«, murmelte sie so leise, dass man sie kaum verstand.

»Mit Blick über die Stadt, etwas Geschmackvolles. Und eine Flasche Ihres besten Chardonnay, eisgekühlt«, zählte Timur weiter auf. Dann schnellten seine Pupillen auf Normalgröße zurück, und er verbarg sie sogleich wieder hinter den dunklen Gläsern der Ray-Ban.

»Selbstverständlich«, wiederholte die Frau ein weiteres Mal und legte eine Schlüsselkarte auf den Tresen. »Ich wünsche Ihnen einen schönen Aufenthalt in unserem Haus, Herr …«

»Von Vagener«, ergänzte Timur, schnappte sich die Karte und setzte sich wieder in Bewegung.

Ich staunte nicht schlecht und folgte ihm zu den Aufzügen, wo der Page bereits mit meiner billigen Reisetasche wartete. Er fuhr mit uns in den sechsten Stock und führte uns durch die langen Korridore zu einer breiten Flügeltür, an deren Flanken zwei große Vasen mit Blumenbouquets standen. Auf Blumen schienen sie hier ziemlich zu stehen.

»Darf ich Sie mit den Annehmlichkeiten Ihrer Suite vertraut machen?«, fragte der Page und öffnete die Tür mit einer weiteren Schlüsselkarte, die er uns im Anschluss mit seiner weiß behandschuhten Hand übergab.

»Vielen Dank. Wir sind bereits vertraut genug«, antwortete Timur, nahm dem verdutzten Mann die Reisetasche ab und ergriff meine Hand. »Meine Frau und ich wären jetzt gern allein, Sie verstehen«, sagte er, ohne eine Miene zu verziehen, und schob mich in die Suite.

Was der Page von uns dachte, hätte mich ehrlich gesagt schon interessiert, allerdings ließ ich mich vom Inneren der Suite ziemlich ablenken. Mir stockte erneut der Atem bei dem

Anblick, der sich mir bot, und ich musste Timur zugestehen, dass er Geschmack hatte – übrigens mehr als mein Vater, wenn man an die Ausstattung der Torhäuser dachte. Diese Suite war viel außergewöhnlicher als der Protz, über den der Verwalter in Köln herrschte.

Der Eingangsbereich öffnete sich zu einer gewaltigen Terrasse, auf der einige Fackeln brannten und die einen fantastischen Blick über die ganze Stadt bot. Ich schaffte es gerade noch, mich von der Terrasse loszureißen, und durchquerte den langen Flur, von dem ein gewaltiges Badezimmer und ein riesiges Schlafzimmer mit Himmelbett abzweigten. Schließlich mündete der Flur in einem riesigen Wohnzimmer, das sich mit einer Wendeltreppe versehen über zwei Etagen erstreckte.

Ich starrte durch die meterhohen Panoramafenster auf die Dächer der Stadt und wirbelte dann zu Timur herum. Allerdings war er damit beschäftigt, den Boden des Eingangsbereiches mit einem Bannkreis zu versehen, der um mehrere Ringe breiter war als jener, den Kitty in meiner Küche gezeichnet hatte.

Ich legte den Kopf auf die Seite und versuchte zu lesen, was er schrieb, verstand aber nur einen Bruchteil der Runen und Schriftzeichen. Sie bedeuteten irgendetwas mit Kreis und Schutz und noch irgendetwas mit Wasser. Es konnte aber genauso gut Stein heißen, meine Vokabelkenntnisse waren einfach viel zu schlecht.

Timur murmelte die Runen noch einmal leise vor sich hin, dann ritzte er seinen Finger ein und ließ einen Tropfen Blut in die Mitte des Kreises fallen, um ihn auszulösen.

»Wie viel zahlt man für so was hier?«, fragte ich und schlenderte wieder ins Wohnzimmer, dessen Zentrum ein offener Kamin bildete.

»Gar nichts«, antwortete er.

»Und wie viel hättest du zahlen müssen?«

»Ein, zwei, vielleicht drei Monatseinkommen eines Normalsterblichen. Ich bin mir da nicht so sicher. Diese Sache mit dem Geld habe ich nie verstanden, und ich bin wirklich lange aus der Übung«, sagte er, und ich konnte das unterdrückte Lächeln in seiner Stimme hören.

Ich nahm eines der Badezimmer in Beschlag, um mich bei einem langen Bad mit absolut allen verfügbaren Pflegeprodukten zu entspannen. Wahrscheinlich hätte ich auch noch den ein oder anderen weiteren Hotelgast mit in die Wanne nehmen können, so groß war sie. Aber so konnte ich mich ausbreiten und das heiße Wasser genießen.

Allerdings hatte das heiße Bad in der Einsamkeit nicht nur Vorteile. Wieder überkam mich eine Gedankenflut, das Biest begann, in seinem Käfig umherzutigern, und signalisierte mir, dass es auf der Lauer lag und darauf wartete, endlich zum Zug zu kommen.

Zum tausendsten Mal fragte ich mich, ob es richtig war, was ich tat. Ich war noch immer auf der Flucht und hatte keine Ahnung, wann und ob ich überhaupt jemals nach Köln zurückkehren konnte.

»Natürlich kannst du«, sagte die tiefe Stimme meines Vaters. »Du könntest dir aber auch einfach eine neue Heimat suchen, du könntest vom Dach springen und zu mir ins Dunkel kommen.«

Ich wäre beinahe aus der Wanne gesprungen, erinnerte mich dann aber, dass ich nackt war. Da ich keine Lust hatte, nackt und in einem Mantel aus Schaum kreischend vor meinem Vater im Badezimmer auf und ab zu laufen, beschränkte ich mich auf das panische Kreischen.

»Was machst du hier?«, schrie ich. »Nein, warte, ich will's gar nicht wissen! Verschwinde einfach wieder!«

Ich häufte Schaumberge so in der Wanne an, dass bis auf meinen Kopf nichts mehr von mir zu sehen war. Wenn ich gekonnt hätte, wäre ich ihm an die Gurgel gesprungen und hätte ihn umgebracht.

Mein Vater saß mit übereinandergeschlagenen Beinen auf dem Waschtisch und hatte einen Drink in der Hand. Das Unglaublichste an der Sache war sein Outfit, und zwar nicht nur seine Kleidung, er trug einen anderen Körper. Jetzt war er ein großer, schlanker Mann in den Vierzigern mit zurückgegelten Haaren, der einen violetten Trainingsanzug mit einem weißen Feinrippunterhemd darunter und dazu passenden Adiletten in einem kräftigen Lila trug. Seine Stimme allerdings war geblieben und unverwechselbar die seine.

Ich wusste gar nicht, in wie vielen Körpern ich den Teufel schon gesehen hatte, und kannte seine wahre Gestalt gar nicht. Er wechselte sie wie andere Leute ihre Unterwäsche.

»Timur!«, rief ich und sah in Richtung Badezimmertür.

»Der Vargas-Junge kann dich nicht hören. Ich habe den Raum entsprechend versiegelt«, erklärte mein Vater leichthin. »Aber ich bin erstaunt, dass du ihn jetzt zu dir rufen willst, wo du doch völlig unbekleidet bist.«

»Du störst dich ja auch nicht daran«, sagte ich schnippisch.

»Ich bin schließlich dein Vater, er ist nur dein Leibwächter. Oder muss ich mir Sorgen machen?«

»Keine Ahnung, ob du dir Sorgen machen musst, aber hinter dir ist ja nicht die halbe Hölle her.«

Er verzog das Gesicht und schnalzte mit der Zunge. »Catalea, mein Kind, hast du deine Memos nicht gelesen? Wir verwenden den Begriff Hölle nicht mehr. Allerhöchstens ist die ganze Firma hinter dir her. Mit der Hölle ist es das Gleiche wie bei dieser Eskimosache … oder Negerkuss. Das darf man auch nicht mehr sagen«, erklärte er und dachte kurz über seine eigenen Worte nach. Dann schüttelte er den Kopf, nippte an seinem Drink und sprach weiter. »Aber ich meine natürlich nicht deine zugegebenermaßen außerordentlich verfahrene Situation, sondern deinen Begleiter, der mir Sorgen bereiten könnte.«

Ich lag in der verdammten Badewanne eines verdammten Münchner Luxushotels, ich war nackt, ich war auf der Flucht, und mein Vater saß im Körper eines Zuhälters auf dem Waschbecken und wollte mit mir über meine Beziehung zu Timur plaudern? Ich fragte mich, ob es noch beschissener für mich laufen könnte, oder ob das Maximum jetzt erreicht war.

»Ach, Timur wäre auch nicht gut genug für mich? So wie Jan und die anderen, die du hast aussortieren lassen?«, fragte ich spitz.

»Na ja, also deine letzte Liebschaft habe nicht *ich* aussortiert, meine Liebe. Aber wenn ich die Wahl hätte, würde ich mir natürlich einen ranghöheren Gemahl für meine Tochter wünschen. Ein anderer Vorstand aus der Firma wäre angemessen. Hast du schon einmal über Castor nachgedacht?«, fragte er und betrachtete seine Fingernägel.

»Sag mal, spinnst du? Castor ist mein Onkel. Das wäre absolut widerlich!«, antwortete ich völlig entsetzt.

Allein die Vorstellung, dass Castor und ich … Okay, ich durfte nicht einmal darüber nachdenken, sonst wurde mir schlecht.

Der Teufel zuckte nur die Achseln und lächelte. »Timur also? Ist er dein …?«, fragte er und ließ den letzten Teil des Satzes in der Luft hängen.

»Gar nichts ist er! Er ist mein Leibwächter. Das hast du selbst gesagt.«

War er nicht. Ich wusste es selbst, aber das war jetzt nicht die Zeit, um mir darüber Gedanken zu machen. In diesem Moment war er genau das: nur mein Leibwächter.

»Was willst du hier überhaupt?«

»Nur nach meiner geliebten Tochter sehen«, erklärte mein Vater sein Auftreten.

»Das hast du nun getan. Du kannst verschwinden. Der Tag ist ja noch jung, mach was draus. Quäl' ein paar Seelen, töte ein paar Leute, was weiß ich denn …«, maulte ich ziemlich hilflos, immerhin war ich in der Badewanne gefangen.

»Das ist eine schöne Idee«, sagte er und stand auf. »Timur habe ich ausgesucht, weil er ein Niemand in der Firma ist. Er wird von allen gemieden, weißt du? Nicht einmal die Seelen wollen sich von ihm vertreten lassen. Er ist also perfekt für dich«, sagte er mit einem Lächeln und schlenderte zur Badezimmertür hinüber. »Ach, eine Kleinigkeit noch.« Er drehte sich um, und sein Blick durchbohrte mich. »Du bist dumm, wenn du es zurückhalten willst. Man kann es nutzen.«

Erst wollte ich ihn fragen, was genau er damit meinte, doch während er das Badezimmer durch die Tür verließ, wurde es mir klar. Schlagartig wurde mir kalt, trotz des heißen Wassers, in dem ich noch immer lag.

Ich wusste ganz genau, was er gemeint hatte: meine Bestie.

13

Ich hätte ihm natürlich eine böswillige Absicht unterstellen können, aber vielleicht war es ja tatsächlich nur ein Zufall, dass ich geradewegs auf die Türme der Münchner Frauenkirche schaute. Timur und ich saßen auf dem Dach des Hotels in einer bequemen Sitzlounge mit einem aufgespannten Schirm über uns, und das obwohl die Sonne schon lange untergegangen war. Das Hotel befand sich in unmittelbarer Nähe zum Münchner Dom, der wichtigsten Kathedrale der Stadt und natürlich Sitz des Klerus. Timur hatte darauf bestanden, genau diese Sitzlounge mit uneingeschränktem Blick auf die kolossalen Türme der Stadt zu wählen.

Ich lehnte mich zurück und nippte an dem Wein, den Timur für mich bestellt hatte. Der Kellner hatte zweimal nachgefragt, ob es wirklich dieser Wein sein solle und ob er in diesem Fall die Kreditkarte bitte schon vorab haben könne.

Timur hingegen saß ziemlich unbeteiligt neben mir und starrte in die Nacht hinaus.

Als ich aus dem Badezimmer gestürmt war, halb nackt und völlig nass, hatte er nur die Augen weit aufgerissen und mich angestarrt. Und natürlich hatte er nichts von alldem mitbekommen, was sich im Badezimmer abgespielt hatte. Er meinte, er habe weder etwas gehört noch etwas gesehen, und sein Gehör sei schließlich verdammt gut – immerhin könne er hören, worüber sich das Ehepaar im Nebenzimmer seit einer halben Stunde stritt. Ich hingegen sei nur in sämtlichen anderen Situationen unausstehlich laut und unbedarft, aus dem Badezimmer habe er allerdings wirklich nichts gehört.

Ein weiterer Beweis dafür, dass mein Vater zu den unglaublichsten Dingen fähig war, und natürlich auch dafür, dass Timur tief in seinem Inneren ein absolut unhöflicher Dreckskerl war.

»Wusstest du, dass dein Vater mal in dieser Kirche war?«, fragte er plötzlich und nickte zur Frauenkirche hinüber.

Ich drehte mich zu ihm um und hob meine Brauen. »Als ob mein Vater eine Kirche betreten könnte.«

»Er war da, bevor sie als Kirche geweiht wurde. Direkt im Atrium gibt es einen Fußabdruck, der von ihm stammt, und ganz gleich, was der Klerus versucht hat, der Abdruck bleibt einfach da und geht nicht weg«, erklärte er mit einem zufriedenen Lächeln.

»Wirklich?«

»Zumindest erzählt man sich das hier in der Stadt. Dein Vater hüllt sich natürlich in Schweigen, schließlich will er das Abkommen nicht gefährden«, sagte Timur und drehte sich so, dass er mich besser sehen konnte. »Was wollte dein Vater denn von dir?« Er klang tatsächlich interessiert.

Ach, nichts Besonderes. Er wollte mich nur ausquetschen, was zwischen uns beiden läuft, aber das weiß ich ja selbst nicht.

Gerade als ich antworten wollte, näherte sich ein Kellner. Timur hob so schnell die Hand und wirbelte sie herum, dass der Kellner sich der Hand entsprechend ebenfalls um die eigene Achse drehte, kurz taumelte und seinen Weg dann ungewollt in die entgegengesetzte Richtung fortsetzte. Währenddessen wandte Timur den Blick keine Sekunde von mir ab. Er konnte eben doch netter sein, als es immer den Anschein hatte.

Als er meine Verwunderung bemerkte, lächelte er kurz. »Mir ist gerade nicht nach anderer Unterhaltung als der mit dir«, sagte er. »Du wolltest etwas sagen?«

Damit schaffte er es tatsächlich, mir ein Lächeln zu entlocken. Mir gefiel es, wie wir gerade zueinander waren. Timur war aufmerksam, beinahe liebenswert in seiner Art.

»Es war meinem lieben Vater offenbar ein besonderes Bedürfnis, noch ein bisschen Salz in die Wunde zu streuen«, antwortete ich und trank einen Schluck Wein. Den Namen hatte ich längst vergessen, irgendein wahnsinnig langer und komplizierter französischer Name, den kein Mensch aussprechen konnte – aber Timur war ja auch kein Mensch.

»Du solltest immer hinterfragen, warum er so etwas tut.«

»Wahrscheinlich weil er ein Mistkerl ist – und der Teufel.«

»Ich denke nicht, dass dein Vater dich einfach so zum Spaß verletzen will. Der Teufel spielt vielleicht gerne Spielchen, aber alles, was er tut, hat einen Grund«, erklärte Timur und drehte das Glas mit der beinahe goldenen Flüssigkeit in seiner Hand. Er hatte unbedingt gleich die ganze Flasche ordern müssen.

»Ich weiß, was er will, und ich werde es ihm nicht geben«, antwortete ich patzig.

Er würde mich nicht dazu bringen, die Bestie freizulassen, unter keinen Umständen.

»Sei nicht so hart zu dir.«

Ich starrte ihn entgeistert an. »Das sagst gerade *du*? Wer verurteilt mich denn in einer Tour?«

Vielleicht hätte ich mir diese Antwort auch sparen können, doch sie war nun einmal aus mir herausgeplatzt. Aber war es nicht genauso? Mäkelte Timur nicht ständig an mir herum und ließ mich spüren, dass er mich für völlig unfähig hielt?

Er seufzte gedehnt und beugte sich vor, sodass uns plötzlich nur noch wenige Zentimeter trennten. Ich überlegte zurückzuweichen, verharrte aber stocksteif und wagte es nicht, mich zu bewegen.

Sofort war es wieder da, dieses Gefühl, das sich durch die letzten Tage zog wie ein unnachgiebiger roter Faden. Seine Augen kamen mir gefährlich nah, und kurz dachte ich, dass er vielleicht versuchen wollte, mir etwas einzuflüstern, aber dann öffnete er den Mund und begann, beinahe quälend langsam zu sprechen.

»Du bist die Tochter des Teufels, Catalea, und ich habe nicht gerade das beste Verhältnis zu deinem Daddy«, flüsterte er mit einem Lächeln. »Das heißt aber nicht, dass ich dich nicht trotzdem ganz«, er machte eine endlos lange Pause, »akzeptabel finde.«

Auch wenn mein Herz einen kleinen Satz machte, riss ich mich zusammen und biss mir auf die Unterlippe. Ich würde ihm nicht den Gefallen tun und jetzt die Fassung verlieren, nur weil er endlich ausgesprochen hatte, was ich eigentlich schon die ganze Zeit hatte hören wollen.

Ich versuchte es mit einem inneren Mantra, dass Timur immer ein mieser Kerl bleiben würde und seine Aussage rein gar nichts daran ändern könnte. Er war ein Dämon, so wie Castor, so wie Augusto, so wie mein Vater.

Aber verdammt, er war mir immer noch so gefährlich nah und blickte mich mit diesen atemberaubenden Augen an, die genauso unterschiedlich waren wie sein Charakter. In der einen Sekunde war er kontrolliert und unnahbar, in der nächsten rücksichtsvoll und nur auf mein Wohl bedacht, zu jeder Zeit aber über jeden Zweifel erhaben. Timur war der wahrscheinlich undurchsichtigste Mann, der mir jemals begegnet war, eine Eigenschaft, die ich sonst nicht ausstehen konnte. Ich wusste gern, woran ich war, doch dieses Mal war alles anders. Ich war versucht, alles andere zu vergessen und mich einfach in diesen Moment fallen zu lassen.

Meine Finger krallten sich unwillkürlich in das Loungekissen, auf dem ich es mir bequem gemacht hatte, denn Timur schien immer näher zu kommen. Jetzt war er so nah, dass ich ihn riechen konnte. Er verströmte einen undefinierbaren, aber unglaublich süßen Duft – vielleicht war es Zimt?

Eigentlich war es mir auch egal, denn mittlerweile war ich völlig in seinem Bann und mir zugleich sicher, dass es sich hier nicht um einen dämonischen Bann, sondern einen ganz gewöhnlichen zwischen einem Mann und einer Frau handelte.

Ein paar einzelne Strähnen fielen ihm ins Gesicht – er sah einfach unverschämt gut aus. Er wusste das, ich wusste das, und er wusste, dass ich das wusste. Auf seinem kantigen Kinn zeigten sich einige Bartstoppeln, und beinahe wäre ich mit meinem Finger die Konturen seines perfekt geschnittenen Gesichtes entlanggefahren.

Timur war so völlig anders als Jan und all die anderen Typen, in die ich mich verliebt hatte und die mein Vater dazu gebracht hatte, zu verschwinden – oder sogar zu sterben, so wie im letzten Fall, auch wenn er das natürlich ganz anders sah.

Was also fand ich an Timur so anziehend? Was unterschied Timur von den ganzen anderen Idioten, die nie genug Mumm gehabt hatten, um in meinem Leben zu bleiben?

Vielleicht war es ja genau das: Timur war es einfach scheißegal, wer alles hinter mir her war und wer mir das Leben zur Hölle machen wollte. Es interessierte ihn nicht, dass ich die Tochter des Morgenstern war. Er blieb die ganze Zeit über an meiner Seite, und in diesem Moment war er sogar verdammt nah an meiner Seite.

»Ich …« Mit trockenem Mund versuchte ich, die Unterhaltung wieder aufleben zu lassen, aber im Grunde wollte ich etwas ganz anderes.

Wieder blitzte Jan vor meinem inneren Auge auf, der sich einfach aus dem Staub gemacht hatte. Er hatte mich alleingelassen, weil dieser Mistkerl den Weg des geringsten Widerstands gehen wollte. Er hatte mich nie geliebt, sonst hätte er sich für mich und nicht für sich entschieden.

Jan hatte verdient, was passiert war. Er hatte seine gerechte Strafe dafür bekommen, dass er mich verlassen hatte – dafür hatte ich gesorgt. Ja, verdammt, ich hatte ihn umgebracht.

Die Bestie war kurz davor, ihre Fesseln zu sprengen und mich zu überwältigen. Sie riss und zerrte an mir, wusste, dass jetzt vielleicht ihr Moment gekommen war.

Ich musste auf der Stelle aufhören, über Jan nachzudenken. Mein Vater kümmerte sich jetzt um ihn, und irgendwann würde ich ihn wiedersehen.

Ich riss erstaunt die Augen auf und wusste nicht, worüber ich mehr erschrak: War es die Tatsache, dass ich plötzlich zu der Sache mit Jan stehen konnte, oder war es Timurs glühend heiße Hand in meinem Nacken, die mich an ihn zog? War es sein brennender Blick, in dem tausend unterschiedliche Dinge lagen, aber keine Spur von der Unnahbarkeit, die ich sonst andauernd spürte? Oder waren es seine Lippen, die sich wie glühende Kohlen auf meine legten und eine heiße Welle durch meinen gesamten Körper schickten?

Die plötzliche Hitze war überwältigend, und doch genoss ich sie. Sie fühlte sich genau richtig an, als würde sie perfekt zu mir passen. Sie umfing mich, füllte mich aus, und ich ergab mich ihr völlig. Endlich gab ich mich dem Verlangen hin, nachdem es mich schon viel zu lange gequält hatte. Seit unserer ersten Begegnung hatte ich mir dies in meinem Unterbewusstsein gewünscht. Der Wunsch hatte an mir gezerrt und mich an ihn gebunden.

Es dauerte einige Sekunden, bis ich bereit war zu reagieren, aber dann öffnete ich nicht nur meinen Mund, sondern viel mehr, als ich je gedacht hätte. Er hätte in diesem Augenblick einfach alles von mir nehmen können. Ich gab ihm meine Seele, ließ alle Vorsicht fahren. Er umgab mich wie eine schützende Mauer, drang in mich wie ein wärmender Strom. Das Gefühl, ihn zu küssen, war absolut überwältigend, so etwas hatte ich nie zuvor erlebt. Er schmeckte heiß und gewaltig und machtvoll. Seine Hand zog mich gierig näher an sich, und die Luft zwischen uns lud sich elektrisch auf.

Es war, als würde jemand das Licht ausknipsen oder den Film anhalten, in dem ich mich befand, als er urplötzlich in einer so rasenden Geschwindigkeit zurückwich, dass der Luftzug seiner Bewegung mein Haar aufwirbelte und unsere Gläser umwarf.

Er berührte mit einem Finger seine Lippen, als hätte er sich verbrannt, in dem vollen Bewusstsein, was gerade zwischen uns passiert war. Er wirkte, als hätte auch er noch nie jemanden zuvor auf diese Weise geküsst, wie er mich geküsst hatte. Auch er musste diese Verbindung gespürt haben. Ich war ein Planet und er in meiner Umlaufbahn, gefangen von meiner Anziehungskraft, ebenso unwiderruflich an mich gebunden wie ich an ihn. Zumindest glaubte ich das in diesem Moment.

Doch dann war seine Miene mit einem Mal wie versteinert, und er blickte mich wieder durch diese gläserne Wand an, mit der er sich vor allem und jedem abschottete – jetzt also wieder vor mir, wahrscheinlich mehr als je zuvor. Dabei hatte ich Sekunden zuvor endlich und zum ersten Mal den echten Timur erlebt.

Aber jetzt saß mir wieder nur diese Hülle gegenüber, in deren Innern er sich versteckte.

Ich verharrte noch immer völlig bewegungslos und konnte einfach nicht glauben, was gerade passiert war. Meine Gedanken überschlugen sich, ich sah Horrorszenarien, war kurz davor, einfach aufzustehen und zu gehen. War es etwa schon wieder passiert? Hatte mich ein Typ zurückgewiesen und einfach alleingelassen, so wie es in der Vergangenheit immer wieder passiert war? War ich etwa dafür bestimmt, stets aufs Neue weggestoßen zu werden und damit klarkommen zu müssen? Sollte das der Sinn meines Lebens sein: immer wieder nur zu hassen?

»Es ist nicht gut, wenn wir das tun«, sagte Timur mit brüchiger Stimme und setzte sich gerade hin.

Einige der anderen Gäste sahen zu uns herüber, nachdem die beiden Weingläser umgefallen waren. Ein Kellner kam angerannt, sammelte die Scherben ein und fragte, ob wir noch etwas bestellen wollten, aber ich schüttelte vehement den Kopf.

Zwar hätte ich gern noch etwas getrunken, allerdings war mir eher danach, mich allein irgendwo einzuschließen und mir maßlos die Kante zu geben.

Stattdessen straffte ich meine Schultern und richtete meine Haare. »Natürlich ist es nicht gut. Kein Problem«, sagte ich kalt und stand auf.

Ich war wacklig auf den Beinen, ballte die Hände aber zu Fäusten, um irgendwie selbstsicher zu wirken.

»Es ist nicht gut für dich, Catalea. Dabei geht es nicht um mich.«

Ich starrte ihn finster an, marschierte aber nicht gleich los (auch wenn es mir schwerfiel), sondern wartete ab, damit er ausreden konnte.

»Du hast keine Ahnung, wer oder was ich bin. Du bist die Tochter des Morgenstern, und ich bin etwas, das eigentlich niemals in deiner Nähe sein dürfte. Du weißt nicht, wie es wäre, wenn sie erfahren würden, dass du und ich …«, sagte er, ohne seinen Satz zu beenden, und ich erinnerte mich an meinen Bruder, der Timur keines Blickes gewürdigt hatte.

Was bitte konnte er schon getan haben, das so unverzeihlich und schlimm war, dass es sich auf mich auswirken könnte?

»Und was bitte bist du, dass ich nicht selbst entscheiden könnte, ob du in meine Nähe gehörst oder nicht?«, zischte ich leise, aber mein Tonfall vermittelte ihm deutlich, wie sehr er mich verletzt hatte.

Er zögerte viel zu lange, bis er antwortete: »Ich bin kompliziert.«

Ich stand wortlos auf und verschwand.

Wahrscheinlich hatte ich noch nie so schlecht geschlafen wie in dieser Nacht, sofern man das unruhige Herumwälzen überhaupt als Schlaf bezeichnen konnte. Am folgenden Morgen war ich, völlig in die Laken verknotet, aufgewacht und hatte mir in der Bar der Suite einen gewaltigen Kaffee gemacht. Ich hatte ganz kurz überlegt, einen Schuss harten Alkohol in den Kaffee zu kippen, aber dann wäre ich wie diese alternden Weiber in den amerikanischen Serien, die sich schon morgens eine halbe Flasche Wodka in den Tomatensaft kippten.

Von Timur fehlte jede Spur, aber er war ja schließlich unglaublich kompliziert und schlief nicht. So hatte ich immerhin die komplette Suite für mich und konnte so lange rumtrödeln, wie ich wollte. Falls Timur daran gelegen war, zeitig weiterzufahren, würde ich natürlich noch erheblich langsamer werden in allem, was ich tat.

Ich war nicht wirklich tief getroffen, ich war einfach nur unglaublich wütend auf diesen Mistkerl. Kurz hatte ich sogar darüber nachgedacht, die Suite in Schutt und Asche zu legen, aber ich wollte nicht noch mehr Probleme bekommen, als ich ohnehin schon hatte.

Ich stopfte meine Kleider in die Reisetasche und fuhr mit dem Lift in die Lobby, wo Timur bereits auf mich wartete. Er trug wieder seine schwarze Ray-Ban und ein bis oben durchgeknöpftes schwarzes Designerhemd mit hohem weißen Kentkragen, dessen Enden mit einer silbernen Kette verbunden waren. Zugeknöpft war schließlich der Zustand, den er am allerbesten beherrschte.

Als er mich kommen sah, stand er ohne ein Wort auf und durchquerte die Lobby in Richtung der großen Drehtür. Er ging einfach davon aus, dass ich ihm folgen würde. Das tat ich dann auch, allerdings gab ich mir die größte Mühe, so unverbindlich wie irgend möglich zu wirken.

Vor dem Hoteleingang stand schon der Jaguar bereit. Wir stiegen ein, und der Page verstaute meine Tasche im Kofferraum. Timur übernahm das selbstverständlich nicht, er hatte sich dazu entschieden, wieder ein Arschloch zu sein.

Wir bemühten uns beide, den anderen zu ignorieren und eine versteinerte Miene aufzusetzen. Ich war mir allerdings sicher, dass ich innerhalb der nächsten Stunde einen Krampf bekommen würde, wenn ich weiter die Mundwinkel derart nach unten zog.

Timur wartete natürlich nicht, bis ich mich angeschnallt hatte, sondern trat das Gaspedal gleich durch und schoss auf die Straße. Seine Hand lag oben auf dem Lenkrad, und ich musste unwillkürlich daran denken, wie heiß sie sich in meinem Nacken angefühlt hatte. Eigentlich hatte ich das genaue Gegenteil erwartet, nämlich dass sie kalt und rau sein würde. Als ich sie dann aber auf meiner Haut gespürt hatte, war sie glühend heiß und absolut lebendig gewesen, als steckte sie voller Energie, die freigelassen werden wollte.

Der Jaguar schoss an unzähligen Autos vorbei, als wir über die Autobahn Richtung Süden fuhren. Ich war natürlich neugierig, wohin es gehen sollte, war aber viel zu stolz, um nachzufragen. Ich wollte nie wieder mit ihm sprechen.

Auch als wir die Grenze zu Österreich passierten, sagte noch immer keiner von uns ein Wort. Wir durchquerten grüne Landschaften, kamen an Seen und Bergen vorbei, an Kühen und bunten Häusern, an noch mehr Bergen und Seen und noch mehr Kühen – und Köln rückte in immer weitere Ferne.

Erst als wir uns der Grenze zu Italien näherten, wurde ich allmählich unruhig und rutschte auf meinem Sitz hin und her.

Ja, München war nicht gerade meine Lieblingsstadt, aber Italien war schlimmer als jeder andere Ort, an den Timur mich hätte bringen können. Ausgerechnet Italien, das Land, in dem die meisten Dunklen auf der Erde lebten, in dem die katholische Kirche am mächtigsten war und in dem wir Todeshändler unseren irdischen Ursprung hatten – meine Heimat sozusagen.

Nachdem sich der Klerus in Rom breitgemacht hatte, wollte sich mein Vater natürlich nicht lumpen lassen und hatte ebenfalls ganz große Geschütze aufgefahren. Das römische Reich? So sollte es dann eben sein, für ihn stellte das kein Problem dar.

Die Torhäuser in Venedig und Florenz waren gewaltige Villen voller Prunk und Protz. Die Mailänder Burg war ein Komplex mit unzähligen Innenhöfen und einer riesigen Parkanlage mitten in der Stadt und wurde allein von der Firma genutzt. Ganz zu schweigen vom Palazzo Conti in Rom, dessen Katakomben Hunderte Administranten, Todeshändler und andere Dunkle beherbergten, die gerade im Diesseits zu tun hatten.

Das alles war aber nichts im Vergleich zum Palazzo Reale inmitten der Altstadt von Palermo auf Sizilien. Der Palast thronte auf einer Anhöhe wie ein König. Hier war mein Bruder Augusto die meiste Zeit anzutreffen, wenn er sich im Diesseits um die Belange der Familie kümmerte, und an diesem Ort wurden auch die wichtigen Entscheidungen getroffen, die uns auf der Erde betrafen.

Die Menschen in Italien wussten, dass es uns gab, sie wussten, dass wir über Sizilien, Mailand und Venedig herrschten, auch wenn sie uns nur selten zu Gesicht bekamen. Sie wussten, dass es uns auf der ganzen Welt gab, dass wir dennoch alle Italiener waren und teure Designerklamotten trugen, und vor allem war ihnen klar, dass sie sich besser von uns fernhielten.

Allerdings hatten sie keine Ahnung, was wir wirklich taten. Von Todeshändlern hatten sie nie gehört, sie kannten uns unter einem anderen Namen. Und das musste ich meinem Vater lassen: Er hatte sich damals wirklich Gedanken gemacht, wie wir im Diesseits der Moderne unter aller Augen unsere Arbeit machen konnten.

Die Menschen nannten uns in Italien einfach nur Cosa Nostra, im Rest der Welt hießen wir Mafia.

»Das kann nicht dein Ernst sein!«, keifte ich, als wir tatsächlich auf die italienische Grenze zusteuerten. »Italien? Ist das jetzt die Augusto-Taktik?«

Ich wurde völlig hysterisch und fuchtelte mit meinen Armen im begrenzten Raum des Sportwagens wild umher.

Timurs Reaktion war nicht ungewöhnlich, sondern wie immer nicht vorhanden. Er starrte auf die Straße, überholte einen weiteren Wagen und passierte die Grenze.

Jetzt waren wir im Land der Firma, eingekesselt von Tausenden Dunklen, Halbbluten und Wächtern, die nach mir suchten.

»Wo versteckt man eine Sache am besten?«, fragte er trocken.

»Unter dem Bett? Im Kleiderschrank? In der Zuckerdose?«, antwortete ich aufgebracht. Ganz sicher nicht in Italien.

»Und da du dich die nächsten Wochen vermutlich nicht in einer Zuckerdose aufhalten willst, wählen wir die klügere Variante. Man versteckt eine Sache am besten unmittelbar vor aller Augen, wo niemand suchen würde, weil es viel zu offensichtlich wäre«, erklärte er sichtlich genervt von der Tatsache, dass er mir das erklären musste.

Mal ehrlich, diese Taktik funktionierte vielleicht in schlechten Hollywood-Blockbustern, aber sicher nicht im echten Leben, weil die Leute eben doch direkt vor ihrer Nase nachsahen.

»Wie schön«, blaffte ich. »*Fantastico*, meine ich natürlich. *Bellissimo*.«

Ich hatte es stets vermieden, nach Italien zu reisen, was schade war, weil ich seit meiner Kindheit fließend Italienisch sprach. Mir hatte es gereicht, die Anzugträger in Deutschland immer um mich herumzuhaben, die Evangelistas, Alessandros, Madalenas und Giovannis dieser Welt.

»Du wirst sehen, dass deine völlig überzogene Reaktion mal wieder absolut unangebracht ist.«

»Ich könnte dir eine andere Sache sagen, die ziemlich unangebracht war.« Ich konnte seine Augen hinter den dunklen Gläsern der Ray-Ban zwar nicht erkennen, bemerkte aber, dass er tatsächlich zusammengezuckt war. »Aber lass uns einfach so tun, als wäre alles in bester Ordnung, so wie immer. Fahr die Principessa in ihren Untergang.«

»Cata…«, begann er, aber ich hatte genug davon.

»Halt die Klappe«, fauchte ich, und das tat er dann auch.

Die restliche Fahrt über schwiegen wir. Mit jedem Kilometer, den wir weiter ins Landesinnere fuhren, wuchs mein Unbehagen. Nach zwei weiteren Stunden steuerten wir auf die oberitalienischen Berge zu, vorbei am Lago di Como, vorbei an Brescia und schließlich in die Täler, in dessen Zentrum der Lago d'Iseo lag. Timur folgte der Straße, die den See umrundete, bis in den kleinen Ort Sulzano, wo er den Wagen in einem Hinterhof parkte und ausstieg.

Ich folgte ihm in der nachmittäglichen Hitze durch den kleinen Ort hinunter zum Ufer des Sees, der so groß war, dass er einem schnell wie ein Ozean erschien. Am Ufer bestiegen wir eine kleine Fähre, die uns nach Monte Isola bringen würde.

Im Herzen des Lago d'Iseo lag mit der Monte Isola die größte Binneninsel Südeuropas. Sie war nicht viel mehr als ein einzelner hoch aufragender Berg inmitten des riesigen Sees, und man konnte sie nur per Schiff erreichen. An den Ausläufern des Berges lagen einige kleinere Orte am Seeufer, die aussahen, als klammerten sie sich an den Berg, um nicht ins Wasser zu fallen. Die kleinen Orte schienen sich an Trägheit und Schönheit allesamt überbieten zu wollen. Alte orange und gelb getünchte Häuser mit wunderschönen verschlafenen Gärten bestimmten das Bild und hießen die wenigen Besucher willkommen.

Wir verließen die Fähre, allerdings nur um gleich wieder in ein kleineres Boot zu steigen, das von einem alten und wirklich verdammt braun gebrannten Italiener gesteuert wurde. Er bekam von Timur ein paar Geldscheine zugesteckt, nahm mir dafür die Reisetasche ab und sagte auf Italienisch, dass wir uns setzen sollten. Ich tat es, Timur blieb stehen.

Als sich das Boot in Bewegung setzte, nahm er schließlich doch auf dem schmalen Holzbrett Platz – nicht weil er sein Gleichgewicht bei voller Fahrt nicht hätte halten können, vielmehr weil es ziemlich seltsam gewirkt hätte, wenn er genau das gekonnt hätte.

»Was ist das?«, fragte ich und war damit schon wieder diejenige, die das Schweigen brach.

Ich deutete auf eine zweite Insel, die hinter der Monte Isola zum Vorschein gekommen war – nicht viel mehr als ein winziger Fleck mitten im See, ohne ein Boot unerreichbar. Von der einen Seite des Sees war das winzige Eiland beinahe nicht zu sehen gewesen.

»Isola di San Paolo«, erklärte Timur in wunderschönem Italienisch. Die Art, wie er die Worte aussprach, verursachte mir eine Gänsehaut. »Die Insel besteht eigentlich nur aus dem Palazzo, der auf einem kleinen Felsen steht, und dem dazugehörigen Garten im hinteren Teil der Insel«, erklärte er, als wir näher kamen und die winzige Insel mit dem Boot einmal umrundeten.

Tatsächlich sah es so aus, als stände das große Haus mitten im Wasser. Die Mauern fielen senkrecht ab und endeten im Blau des Sees.

Das Boot steuerte eine kleine Mauer an, die weit ins Wasser hineinragte und als Anleger für Boote diente. Vielleicht war das ja doch kein schlechter Ort, um sich eine Weile zu verstecken, und vielleicht war es sogar ganz gut, hier ein paar Tage zur Ruhe zu kommen und die letzte Zeit einfach zu vergessen. Dazu müsste sich einzig und allein Timur noch in Luft auflösen.

Das Boot machte fest, Timur stieg aus, und ich folgte ihm auf die schmale Mauer, an dessen Ende eine Frau wartete. Sie trug ein meerblaues Kleid, das ihren Körper locker umspielte und immer wieder vom Wind umhergewirbelt wurde. Sie war mindestens zehn Jahre älter als ich und sah trotzdem aus wie eine Göttin. Irgendwo hatte ich mal gelesen, dass Italienerinnen erst ab Mitte dreißig wirklich ihre ganze Schönheit erreichten – ich hatte das immer für einen PR-Gag der Zeitschrift für reife Frauen gehalten, in der ich den Artikel gefunden hatte. Doch vor mir stand der Beweis, dass es keinesfalls ein Gag war. Ihr langes braun glänzendes gelocktes Haar hatte sie mit einem Tuch, das zum Kleid passte, locker zusammengebunden, und sie besaß strahlend grüne Augen und einen so sinnlichen Mund, dass ich sie einfach missmutig anstarren musste. Ihre Haut war goldbraun, nicht wie ein langweiliger Cappuccino, sondern eher wie die Haut von Kleopatra herself, und ihre Figur ließ mich blass vor Neid werden. Ihr Lächeln war nicht nur bezaubernd, sondern auch so einnehmend, dass wohl jeder Mann ihr sofort verfallen musste – sogar Timur.

Sie breitete die Arme aus und – so unglaublich das auch klang – schloss Timur in eine feste Umarmung, die er mehrere Sekunden lang erwiderte. Ich blieb ziemlich perplex stehen, konnte nicht hören, was genau sie einander zuflüsterten, aber die Frau sah einige Male zu mir herüber und musterte mich interessiert.

Schließlich ließen sie einander endlich wieder los. Timur warf mir einen abschätzigen Blick über die Schulter zu, dann nahm er einige Schritte Anlauf, stieß sich von der Mauer ab und sprang mindestens fünfzehn Meter weit und über die Mauer, die die kleine Insel umgab – dann war er verschwunden.

Ich blieb allein mit der Frau zurück, die mir nun ein herzliches Lächeln zuwarf.

»Catalea also«, sagte sie mit einer so warmen und liebenswerten Stimme, dass ich mich plötzlich schlecht fühlte.

Man hörte sofort, dass sie durch und durch Italienerin war, denn ihre Eleganz und Anmut beruhten nicht auf teuren Designerkleidern oder auf ihrem Reichtum – sie schaffte es, ganz ohne Hilfsmittel zu strahlen.

»Weißt du, er muss das manchmal machen«, sagte sie und deutete auf die Mauer, hinter der Timur gerade verschwunden war. »Er spielt sich manchmal ein bisschen auf. Wir zwei nehmen einfach die Tür und ersparen uns den Stress«, sagte sie und lächelte weiter.

War diese Frau etwa die einzige Person auf der Welt, die mich verstand und die begriff, wie schrecklich Timur sein konnte?

»Ich bin Isabella, Isabella Beretta. Ich freue mich, dich kennenzulernen.« Sie machte eine einladende Geste in Richtung einer schweren Holztür, die am Ende des kleinen Anlegers offen stand. »Und herzlich willkommen am Lago d'Iseo.«

14

Das Haus von Isabella war ein unglaublich prachtvoller Bau, aber völlig anders als die Torhäuser und Palazzi, die mein Vater errichtet hatte. Wie die Hausherrin selbst schaffte es auch das Gebäude, ohne viel Protzereien hochherrschaftlich und dennoch voller Leben zu wirken.

Isabella hatte einen Arm um meine Schulter gelegt und führte mich in das Innere der hohen Mauern, die die Insel beinahe völlig umgaben. Hinter der schweren Holztür am Ende des Anlegers verbarg sich ein prächtiger Garten mit vielen hohen, alten Bäumen, die einigen steinernen Sitzgruppen reichlich Schatten spendeten.

Ganz gleich, welchen Weg man nahm, am Ende führten sie alle zu dem wunderschönen Haus, das sich über zwei Etagen erstreckte und sich zum Garten hin beinahe vollständig öffnete. Eigentlich besaß es gar keine Wände zum Garten hin, lediglich gewaltige Holzläden, die sich abends schließen ließen.

Die Dämmerung setzte allmählich ein. Das warme Licht aus dem Inneren des Hauses strömte in den Garten und tauchte ihn in ein malerisches Halbdunkel, in dem nur das Wasserplätschern des Sees zu hören war.

Dieser Ort war ganz wunderbar, und ich überlegte kurz, ob Isabella vielleicht einmal in einer ähnlichen Situation wie ich gewesen war. War sie auf der Flucht hierhergekommen und hatte sich einfach entschieden, für immer zu bleiben? Falls das so war, könnte ich womöglich ihre Nachfolgerin werden und diese Insel ebenfalls niemals mehr verlassen. Ich könnte mein

Geld damit verdienen, lustige Bücher aus der Sicht der Teufelstochter zu schreiben. Das würde sich doch bestimmt wahnsinnig gut in aller Welt verkaufen, oder?

»Hattest du eine lange Reise?«, fragte Isabella, als wir gerade die schiefen und beinahe provisorisch wirkenden Stufen zur Terrasse des Hauses hinaufstiegen.

Auch wenn sie sehr nett wirkte, fühlte ich mich noch immer etwas unwohl. Denn ehrlich gesagt hatte ich keine Ahnung, wer sie eigentlich war und in welcher Beziehung sie zu Timur stand. Konnte ich überhaupt frei mit ihr sprechen, oder hatte sie absolut nichts mit meiner Welt zu tun, und ich musste entscheidende Dinge verschweigen?

Ich setzte also ein möglichst unverbindliches Lächeln auf und bewegte den Kopf in einer Mischung aus Nicken und Kopfschütteln, was so ziemlich alles bedeuten konnte.

Wo verdammt noch mal war Timur? Er musste genau gewusst haben, dass ich nicht mit einer Fremden allein bleiben wollte, und dennoch war er einfach so verschwunden. Außerdem hatte er gesagt, dass wir momentan niemandem trauen durften. Warum brachte er mich dann zu dieser Frau in dieses Haus, und warum vertraute er ausgerechnet ihr?

Isabella schien zu merken, dass ich unsicher war, wie ich mit ihr umgehen sollte, lächelte aber freundlich weiter.

Wir betraten das Haus, und sie deutete auf eine alte Holztreppe, die ins Obergeschoss führte.

»Du kannst dich gern erst einmal auf deinem Zimmer frisch machen, und zum Abendessen sehen wir uns wieder. Ich werde dafür sorgen, dass Timur uns Gesellschaft leistet«, erklärte sie. »Einfach die Treppe hinauf und die erste Tür links.«

»Danke«, antwortete ich kurz angebunden und machte mich sogleich auf den Weg.

Kaum dass ich die Tür hinter mir ins Schloss geworfen hatte, atmete ich tief durch. Ich wusste nicht genau, wie oft ich Luft holte und wie lange ich mit dem Rücken an die Tür gelehnt einfach nur dastand. Meine Fingernägel krallte ich in das Holz, in dem verzweifelten Versuch, Haltung zu bewahren. Doch ich wusste, es würde mir nicht gelingen.

Die Gefühle brachen nun mit aller Macht über mich herein und waren so überwältigend, dass ich sie kaum ertragen konnte. Erst gaben meine Beine nach, dann mein ganzer Körper, und schließlich brach ich einfach haltlos in Tränen aus.

Die Tatsache, dass mein eigener Vater mich in diese Situation gebracht hatte, die Hatz auf mich durch die Wächter, die Polizei, die Flucht durch halb Europa – all das hatte es nicht geschafft, meine Dämme niederzureißen und mich zum Weinen zu bringen. Timur aber war es in nur einer einzigen Sekunde gelungen, mit diesem einen Moment, den es zwischen uns gegeben hatte, der intensiver gewesen war als alles, was ich in den fünfundzwanzig Jahren vorher erlebt hatte. Wie hatte er das nur gemacht? Zum ersten Mal war ich damit ein Teil von der Welt gewesen, in die ich schon immer gehören sollte.

Ich lehnte an der Tür und rutschte langsam an ihr herunter, bis der hölzerne Fußboden mich ausbremste.

Ich war an einem Punkt, an dem ich endgültig und für immer genug hatte. Mein Leben lang war in der Liebe bei mir die Hölle los gewesen. Jedes Mal wenn ich glaubte, die Liebe gefunden zu haben, hatte mir mein Vater einen Strich durch die Rechnung gemacht. Und jetzt, wo zum ersten Mal einer auf dem Zettel gestanden hatte, der zumindest kein Mensch und damit weit höher auf der Beliebtheitsskala meiner Familie gestanden haben musste als alle Männer vor ihm, war schon alles vorbei, bevor es überhaupt angefangen hatte.

Ich wischte mir mit beiden Händen die Tränen aus den Augen und hörte abrupt auf zu schluchzen. Schluss damit!

Wer war ich denn, dass ich einem verfluchten Mann nachtrauerte? Den letzten hatte ich einfach um die Ecke gebracht, und jetzt heulte ich wie ein einfaches Nullachtfünfzehn-Mädchen? Ich war Catalea Morgenstern, und ich heulte nicht, niemals.

In diesem Moment schwor ich mir, dass es das erste und das letzte Mal gewesen sei, dass mich ein Mann derart erniedrigt hatte.

Ich war immer damit klargekommen, dass ich höchstwahrscheinlich nie den Richtigen finden würde. Also würde mir auch jetzt nicht irgendein dahergelaufener Totenanwalt meine Ideale kaputtmachen. Er sei ein Niemand, hatte mein Vater gesagt.

Ich raffte mich auf und starrte in den Spiegel, der direkt neben der Tür an der Wand hing. Das Elend, das mir entgegenblickte, brauchte dringend eine Generalüberholung, und so zog ich mich aus und sprang unter die Dusche im angrenzenden Badezimmer.

Das Wasser drehte ich so heiß wie möglich, ohne mich daran zu verbrennen. Ich blieb eine Ewigkeit darunter stehen, bis ich mir die Catalea von eben völlig abgewaschen hatte.

Als ich fertig war, schlüpfte ich in eine ärmellose schwarze Seidenbluse, die ich aus Versehen eingepackt hatte, und in die schwarze Jeans, dich vorher schon getragen hatte. Dann legte ich ein leichtes Make-up mit einem ziemlich breiten Lidstrich auf.

Timur sollte sehen, dass er mich nicht im Geringsten getroffen hatte, dass ich jetzt stärker war als vorher und er mir niemals wehtun könnte, weil ich ihn nicht lassen würde.

Ich betrachtete mich noch einmal im Spiegel, und da war sie wieder, die Catalea, die es schaffte, alles zu ertragen, die Nacht für Nacht in ein Haus voller Snobs hinabstieg, die Rotwein trank und die im Zweifel auch gegen ihren eigenen Bruder kämpfte.

Irgendwann würden sie erkennen, dass sie ihr unrecht getan hatten, und dann würde sie ihr Leben ändern und verschwinden. Aber bis dahin galt es noch einiges zu erledigen.

Mit einem leisen Klicken öffnete ich die Tür und stieg die Stufen der hölzernen Treppe wieder hinab. Links vom Treppenabsatz konnte ich in ein großes und zum Garten hin offenes Wohnzimmer schauen, das von vielen Kerzenleuchtern erhellt war. Die Möbel darin waren sehr alt und passten eigentlich nicht zusammen. Das gefiel mir. Der Raum war gemütlich und lud dazu ein, es sich auf einem der Sofas bequem zu machen.

Zu meiner Rechten erstreckte sich eine lange Wand aus Natursteinen, an die sich die Treppe schmiegte, bis hin zu einem schmalen Vorsprung, hinter dem ich Stimmen hörte. Und wenn ich mich nicht irrte, befanden sich dort Isabella und Timur, die jetzt laut auflachten – beide!

Für einen Moment wurde mir warm rund ums Brechzentrum, und ich hätte mich am liebsten in die nächstbeste Vase übergeben, hielt mich aber zurück. Denn es störte mich selbstverständlich nicht, dass die beiden Spaß zusammen hatten. Timur konnte sich amüsieren, mit wem er wollte, mir war das völlig egal. Dass wir nie gemeinsam lachten, war nur ein weiteres Zeichen dafür, dass wir absolut nicht kompatibel waren und es sinnlos wäre, sich weiter an Gefühlen zu versuchen, die ohnehin nicht vorhanden waren.

Möglichst stilvoll, möglichst lässig und möglichst unbeeindruckt umrundete ich den Vorsprung und betrat eine großzügige Wohnküche. Gleich vorn am Vorsprung befand sich eine riesige Kochzeile, vorwiegend aus Naturstein, mit einem uralt anmutenden Herd, in dessen Inneren ein Feuer brannte. Eine ebenfalls aus Natursteinen gebaute Theke ragte in den Raum hinein. Darauf stand eine große Blumenvase mit wunderschönen Wildblumen, die ich auch im Garten schon gesehen hatte.

Als ich den Raum betrat, verstummte das Lachen, und Isabella und Timur blickten mich an. Die beiden saßen an einem riesigen Holztisch mit tiefen Furchen und Astlöchern und einer zweiten Vase darauf, die ebenfalls mit Wildblumen gefüllt war. Über dem Tisch hing eine dunkle Lampe, die warmes goldenes Licht spendete.

Timur und Isabella saßen über Eck, und sie hatte ihre Hand auf Timurs gelegt. Als mein Blick darauf fiel, zog sie sie weg und stand mit einem Lächeln auf den Lippen auf. Die Vertrautheit der beiden versetzte mir einen heftigen Stich.

Ich starrte ihn an und fing seinen Blick auf, aus dem ich kaum mehr etwas lesen konnte. Wo war unsere Verbundenheit hin, die ich nur eine Nacht zuvor gespürt hatte und die mich völlig erfüllt und endlich glücklich gemacht hatte? Alles war vergessen gewesen, alles, was ich zurückgelassen und aufgegeben hatte und was mich einmal ausgemacht hatte. Timur war es gelungen, dass ich den Verlust ertragen konnte, denn er war plötzlich an die Stelle dieser Dinge getreten.

Doch jetzt schlug mir nur Kälte entgegen, und ich konnte nicht sagen, wie viel davon echt und wie viel nur vorsichtige Zurückhaltung war. Schließlich wusste ich, dass auch ihn die letzte Nacht nicht unberührt gelassen hatte.

Ich bemühte mich um Gelassenheit, schaffte es aber kaum. Es wirkte so, als kannten Timur und Isabella sich schon eine Ewigkeit und waren weit mehr als nur entfernte Bekannte. Das war also der Grund, warum Timur »nicht konnte«, wie er gesagt hatte: Es gab offenbar schon jemand anderen – und ausgerechnet zu dieser einen Frau auf der ganzen Welt hatte dieser miese Sadist mich geschleppt.

Bei dieser Frau sollte ich mich jetzt verstecken? War das

wirklich sein Ernst? Wie grausam konnte man eigentlich sein? Vielleicht würde ich ihn irgendwann vor einen Lieferwagen laufen lassen, wenn sich die Gelegenheit ergab.

»Catalea, schön, dass du da bist. Setz dich zu uns«, sagte Isabella und klopfte auf die Tischplatte.

Ich starrte sie noch einige Sekunden lang an, umrundete dann den gewaltigen Massivholztisch, um schließlich – wohlgemerkt mit einem Stuhl Abstand zu den beiden – daran Platz zu nehmen. Er fühlte sich rau an unter meinen Händen und war mit Sicherheit ziemlich alt.

Sie sahen mir mein Unbehagen offensichtlich nicht an, denn Isabella lächelte immer weiter ihr zauberhaftes Lächeln, und Timur ignorierte mich, so gut er eben konnte. Ich fühlte mich wie im falschen Film, aus dem ich verdammt noch mal einfach nur entkommen wollte.

»Möchtest du Wein?«, fragte Isabella und schob mir ein Glas herüber, das nicht einmal zu einem Viertel gefüllt war. »Ich habe auf Monte Isola einen kleinen Hang, auf dem ich selbst Wein anbaue. Danach reift er in meinem Keller hier auf San Paolo.«

Das interessierte mich nicht wirklich. »Danke«, sagte ich und legte meine Hand auf den unteren Teil des Stiels, trank jedoch nicht.

»Es ist schön, dass du dich dazu entschieden hast, zu mir zu kommen, Catalea. Das ist natürlich eine große Ehre für mich, auch wenn die Berettas seit Hunderten Jahren nichts mehr mit der Firma zu tun haben.«

Hatte sie gerade gesagt, dass ich mich dazu entschieden hätte? Glaubte sie das wirklich? Moment mal, aber da gab es wohl eine Winzigkeit klarzustellen.

»*Scusi*, wenn ich da etwas missverstanden habe, aber ich habe mich nicht dazu entschieden herzukommen«, sagte ich.

Timur hob den Kopf und starrte mich missmutig an.

Sollte er nur starren, ich würde sicher nicht so tun, als wäre ich aus freien Stücken hier.

»Wie meinst du …?«, fragte Isabella jetzt sichtlich verwirrt und warf Timur einen fragenden Blick zu.

»Timur hat mich hergebracht. Ich weiß ja nicht mal, wer du bist«, antwortete ich trocken und legte jetzt auch die zweite Hand an den Stiel des Glases.

Isabella hob die Augenbrauen und starrte Timur mit offenem Mund an.

Dann entglitten ihr ziemlich viele, ziemlich fiese italienische Schimpfworte, von denen ich manche noch nie gehört hatte und die mit Sicherheit irgendwo auf der Welt verboten waren.

Aber hey, richtig so! Sollte sie es doch für mich übernehmen und ihn fertigmachen. Ich würde genüsslich zusehen und mich amüsieren.

Ich hob mein Glas und prostete Timur zu, der einen unglaublich gequälten Gesichtsausdruck hatte, und trank den Wein in einem Zug leer.

»Bist du wahnsinnig? Was fällt dir eigentlich ein, sie einfach so herzubringen?« Wieder folgten ein paar Flüche. »Du bist ein Idiot, weißt du das eigentlich? Du solltest dich schämen.«

»Wir waren in den letzten Stunden unserer Reise etwas ungesprächig …«, begann Timur eine ziemlich zerknirschte Erklärung, aber Isabella schnitt ihm das Wort ab.

»Still!« Kaum dass sie ihm das Wort verboten hatte, wandte sie sich mir zu und war wieder wie ausgewechselt. Sie lächelte herzlich und griff sogar nach meiner Hand, die ich ihr nur widerwillig überließ.

»Bitte verzeih mir. Ich konnte ja nicht ahnen, dass du keine Ahnung hast«, erklärte sie.

Hatte ich übrigens noch immer nicht, und mittlerweile wurde meine Verwirrung nur noch größer und größer.

»Mein Name ist Isabella Beretta, meiner Familie gehört diese Insel seit langer Zeit.«

Wieder starrte sie Timur für einige Sekunden wütend an. Der fuhr sich mit den Händen durchs Gesicht und stöhnte entnervt auf, dann schob er seinen Stuhl ziemlich unsanft zurück und polterte hinüber in die Küche, wo er sich ohne ersichtlichen Grund an der Spüle zu schaffen machte. Ein Timur Vargas war es vielleicht gewohnt, von anderen Dunklen niedergemacht zu werden, aber von einer Frau wie Isabella bestimmt nicht.

»Ich weiß gar nicht, wo ich beginnen soll, wenn ich ehrlich bin«, sagte sie und trank einen ziemlich großen Schluck aus ihrem Glas.

»Vielleicht wäre der Anfang eine ganz gute Idee«, antwortete ich trocken.

Isabellas Lächeln wirkte nun etwas gequält. »Timur ist seit sehr langer Zeit mit meiner Familie verbunden.«

»Seit achthundert Jahren«, rief Timur aus der Küche hinüber, sah uns aber nicht an, sondern starrte weiterhin in die Spüle.

»Damals hat er mit meiner Urahnin zusammengearbeitet«, erklärte sie, stockte aber und sah jetzt zu Timur hinüber.

»Maria und ich haben nicht nur zusammengearbeitet«, erklärte er und kam nun wieder zu uns. Er setzte sich nicht, sondern lehnte sich an die Steintheke, welche die Küche vom Essbereich abgrenzte, und verschränkte die Arme vor der Brust. »Wir hatten eine besondere Verbindung zueinander. Wir haben uns aufeinander verlassen, wir haben zusammen die Gesetze der Häuser gebrochen, wir wurden beide verstoßen.« Er sah mich nun direkt an, fing meinen Blick ein und hielt ihn fest.

»Ich habe dir ja gesagt, dass es da einmal jemanden gab … vor sehr, sehr langer Zeit … dass ich eine Frau geliebt habe.«

»Aber du hast doch gesagt, dass sie tot …« Ich brachte den Satz nicht zu Ende, sondern hielt inne und fragte mich, ob es gefühllos war, jetzt darüber zu sprechen.

»Ja, es ist lange vorbei. Maria war unglaublich talentiert in dem, was sie tat, und vielleicht sogar eine der mächtigsten Dunklen ihrer Zeit. Wir hatten Träume, wir hatten Ziele, wir wollten etwas verändern in den Häusern. Zumindest bis sie sich dazu entschieden hat, hinzuschmeißen, all das einfach aufzugeben und zu verschwinden. Das war der einfachere Weg.«

Den letzten Satz hatte er ausgespuckt wie Gift.

»Maria ist irgendwann nach der Sache mit Timur an den See gekommen. Damit sie nicht gefunden werden konnte, hat sie mitten im See einen gewaltigen Bannkreis errichtet. Sie hat Runen aus Fels geschaffen und darauf ein Haus gebaut. Bis heute ist die Isola di San Paolo unverändert und noch immer von Dunklen und Klerikern gleichermaßen nicht aufzuspüren. Nicht einmal der Teufel höchstpersönlich hat eine Ahnung von diesem Ort«, erklärte Isabella.

Ich sah auf die großen Steinplatten zu meinen Füßen, die den Boden bedeckten, und die feinen Linien, die sie durchzogen. Mein Blick huschte weiter zu der großen und jetzt geöffneten Fensterfront mit Blick auf den Garten mit seinen Wegen und Bäumen. Jetzt gerade waren Küche und Garten eins, nachts ließ sich die Wand schließen. Von der erhöhten Position des Hauses erkannte ich nun, dass alles auf dieser Insel – jeder Fels, jede Pflanze, jedes Fleckchen Grün – keinesfalls zufällig, sondern in perfekter Harmonie angeordnet war und zusammen mit dem Blut eines irgendjemand einen gewaltigen Bannkreis ergab, der diesen Ort zum wahrscheinlich sichersten auf der ganzen Welt machte.

»Maria war feige«, entgegnete Timur, und ich konnte hören, dass er ihre Entscheidung, sich an diesen Ort zurückzuziehen, alles andere als gut fand.

»Was ist mit ihr passiert?«, fragte ich.

»Maria bekam Kinder. Ich weiß nicht, mit wem. Als diese auf sich selbst aufpassen konnten, verließ Maria die Insel und kam nicht zurück. Wir wissen nicht, was mit ihr passiert ist, wir haben es nie herausgefunden. Maria ist einfach nicht zurückgekehrt«, erklärte Isabella und warf Timur einen undurchsichtigen Blick zu.

Timur starrte einfach in die Ferne, daher fuhr sie fort: »Ihre Kinder haben nach ihr gesucht, aber sie waren einfache Halbblute. In ihren Adern floss nur wenig dunkles Blut, sie hatten also keine Mittel und Wege, nach ihr zu suchen. Dann aber wurden *sie* gefunden, und zwar von Timur, der ebenfalls seit vielen Jahrzehnten auf der Suche nach Maria war.«

Isabella stand vom Tisch auf, ging ein paar Schritte durch den Raum und blieb wieder mitten im Raum stehen, sie schien verunsichert.

Die Situation wirkte befremdlich auf mich, vielleicht weil sie über jemanden sprachen, den ich nicht kannte, vielleicht weil dieser Jemand Timur vor sehr langer Zeit einmal viel bedeutet hatte.

Nun schaltete sich Timur wieder ein: »Ich habe Marias Kinder und damit Isabellas Vorfahren zurück nach San Paolo gebracht und ihnen klargemacht, dass sie Maria nicht finden würden. Wenn ich es nicht schaffte, würde es ihnen auch nicht gelingen. Ich konnte sie weder im Jenseits noch im Diesseits finden. Selbst nachdem sie den Bannkreis verlassen hatte, blieb sie verschwunden. Maria wäre zurückgekommen, wenn sie gekonnt hätte, aber sie kam nicht.«

»Wahrscheinlich war es eine glückliche Fügung, dass Timur

damals auf Marias Kinder gestoßen ist, denn so konnten sie einander helfen. Timur blieb eine Weile hier und lehrte sie und später Marias Enkel, was ihr Blut bedeutet und damit richtig umzugehen, denn auch wenn sie nur Halbblute waren, waren sie dazu in der Lage, ihr Blut einzusetzen. Und das wurde zu einer Tradition, denn in jeder Generation kam Timur zurück und unterrichtete Marias Nachfahren von Kindesbeinen an.«

»Isabella kenne ich, seit sie ein kleines, nerviges, nichtsnutziges vadumantisches Kind war«, sagte er und bedeutete ihr, sich wieder hinzusetzen.

»Wie immer höchst charmant«, sagte sie mit einem süffisanten Grinsen, wandte sich von ihm ab und kam zu mir an den Tisch zurück. »Du kennst ihn ja … Sein größtes Talent ist es, genau die falschen Dinge zur falschen Zeit zu sagen.«

Ihre Geschichte klang absolut seltsam. Timur hatte also nicht nur Isabella ausgebildet, die augenscheinlich älter wirkte als er, sondern auch viele Generationen vor ihr, die schon lange tot waren.

»Er hat auch noch andere Talente, die man ihm dringend ausprügeln müsste«, sagte ich und lächelte ihn gehässig an.

Er starrte unbeeindruckt zurück. »Ich fände es sehr interessant, von dir verprügelt zu werden. Wenn du überhaupt einen Treffer landen könntest …«, konterte er, aber da hatte ich schon mein leeres Weinglas gepackt und nach ihm geworfen.

Er zuckte nicht einmal mit der Wimper, sondern fing das Glas einfach in der Luft auf, hielt es eine Sekunde mit seinen langen Fingern fest, damit ich sehen konnte, dass es unversehrt war, und schleuderte es dann mit einer gewaltigen Kraft hinaus auf den See. Die kleine Wasserfontäne einige Hundert Meter entfernt deutete nur eine Spur seiner Kraft an.

Ich legte den Kopf auf die Seite und lächelte ihn an. Sollte er nur glauben, dass er mich beeindruckte. Ich wusste doch, dass er längst nicht so stark war, wie er immer tat.

Tatsächlich erwiderte er mein Lächeln und zog die Brauen nach oben.

»Ich werde dir die wichtigsten Dinge beibringen, um zu überleben«, sagte er schließlich und sorgte so dafür, dass mein Lächeln erstarb.

Hatte er gerade gesagt, dass er mich ausbilden würde?

»Du wirst *was*?«

Ich ärgerte mich zu Tode, dass ich mein verfluchtes Weinglas aufgegeben hatte. Aus der Flasche zu trinken, wäre würdelos und ein weiterer Grund, einen Psychologen aufzusuchen – der wahrscheinlich an mir verzweifeln würde.

Hallo, ich bin Catalea! Alle Welt jagt mich, und der Mann, der endlich mal der Richtige sein könnte, hat mich zurückgestoßen, weil er denkt, dass ich dann Probleme bekomme, weil er in seiner Vergangenheit irgendetwas angestellt hat, das ihn zum allseits Geächteten gemacht hat. Ach ja, und ich bin natürlich die Tochter des Teufels.

»Wir können uns hier nicht ewig verstecken. Wenn wir diesen Ort verlassen, wird uns das Schicksal ereilen wie damals Maria, und das werde ich verhindern«, sagte er verbittert.

Maria, die Frau, die er damals geliebt hatte, steckte ihm noch immer in den Knochen. Gleichzeitig schien es so, als hätte er tatsächlich damit abgeschlossen, denn wenn er von ihr sprach, fehlte dieses Flirren in der Luft, das ich gespürt hatte, als wir auf dem Dach des Hotels gewesen waren.

»Aber ich kann nichts. Absolut gar nichts«, rief ich aufgebraucht und warf die Arme in die Luft. »Wann verstehst du das endlich? Ich bin doch auch nur ein Halbblut.«

Natürlich war mir mittlerweile klar, wie schnell sich Timur bewegen konnte, dennoch hatte ich nicht damit gerechnet, dass er innerhalb eines Wimpernschlags neben mir stehen würde. Er wirbelte meinen Stuhl herum und zerrte mich auf die Füße, so schnell, dass mir schwindelig wurde. Dann starrte er mich unnachgiebig an.

»Wann wirst du endlich begreifen, dass du die Tochter des Morgenstern bist? Du bist so gut wie allmächtig, wenn du es nur zulassen würdest.«

Die Berührung ließ erneut glühend heiße Funken zwischen uns auflodern, und augenblicklich schoss ein Stromstoß durch meinen Körper, sodass ich beinahe aufgeseufzt hätte. Eine einfache Berührung von ihm war besser als ein ganzes Leben mit irgendeinem Kerl wie Jan. Es war unbeschreiblich, was Timur mit mir und meinem Körper anstellen konnte.

In seinen Augen sah ich, dass er es auch spürte. Der Stromschlag hatte ihn gleichermaßen erfasst.

Nur einen Atemzug später zog er seine Hand rasch wieder zurück, und eine entsetzliche Stille erfüllte meinen Körper.

»Du musst es zulassen, Catalea. Bitte«, flüsterte er so leise, dass ich ihn kaum verstand, obwohl er direkt neben mir stand.

»Vielleicht will ich es aber nicht zulassen«, antwortete ich und konnte die Wunde, die er in meinem Inneren hinterlassen hatte, einfach nicht verleugnen.

»Dann wirst du sterben.«

»Dann werde ich sterben«, fauchte ich mit plötzlich erhobener Stimme.

Wir starrten uns an, wollten eigentlich beide etwas ganz anderes tun, waren aber viel zu sehr in unserem Stolz gefangen.

»Catalea, ich werde dich nicht sterben lassen«, presste er zwischen zusammengebissenen Zähnen hervor.

Seine Augen blitzten gefährlich auf. Wahrscheinlich hätte er mich am liebsten dem Weinglas hinterhergeworfen. Ich hätte bestimmt eine noch viel schönere Fontäne ergeben.

»Ich kann …«

Gerade als ich erneut dazu ansetzen wollte, was ich alles nicht konnte, schnippte Isabella mit den Fingern, und sämtliche Lichter, alle Kerzen, Lampen und auch die Fackeln im Garten erloschen. Augenblicklich herrschte gespenstische Finsternis auf dem gesamten Anwesen, und nur der Mond erhellte einen Rest des Gartens, der nicht unter den großen Bäumen verborgen lag.

Für einige Sekunden hielt ich den Atem an. Meine Augen nutzten sofort mein neu gewonnenes Talent und stellten auf Nachtsicht um. Sie waren völlig in ihrem Element, und ich konnte wieder klarer sehen als bei Licht. Ich sah jede Fuge in den alten Steinen, jede Rune, die darin eingeritzt war, und auch den Funken, der entstand, als Isabella erneut schnippte und die Lichter wieder aufflackerten – einschließlich aller Kerzen, die sich wie aus dem Nichts entzündeten.

Sie senkte die Hand, und eine ganze Weile sagte keiner von uns etwas. Wir schwiegen, bis Isabella selbst zu sprechen begann.

»Ich bin nur noch zu einem Bruchteil eine Dunkle. Mein Blut ist völlig verwässert, ich bin die Nachfahrin von irgendeiner Frau, die Maria hieß und keiner besonders hohen Kaste angehörte, und dennoch bin ich zu einer ganzen Menge imstande. Das habe ich von Timur gelernt«, erklärte sie mit einem milden Lächeln und nickte mir zu. »In der Dunkelheit zu sehen beherrsche ich übrigens nicht. Selbst mit dem größten Trainingsaufwand würde ich das nie schaffen. Du kannst es einfach so.«

»Woher weißt du …»

»Ich weiß es einfach. Wie du dich hier umsiehst. Das spricht Bände.«

»Aber …«

»Stell dir vor, was du alles könntest, wenn du nur wolltest, Catalea.«

»Ja, man kann das Licht ja auch einfach anlassen, dann braucht man diese Wahnsinnsgabe nämlich nicht«, sagte ich trocken.

Isabella schaute mich irritiert an, Timur schlug sich eine Hand vors Gesicht, ich verdrehte die Augen.

»Ja, schon gut, ich habe es verstanden«, schob ich schnell nach, verschränkte aber die Arme so fest vor der Brust, dass es beinahe wehtat. »Das ist aber nicht so einfach. Mein Bruder hat versucht, mir die wichtigsten Dinge beizubringen, es hat aber nicht geklappt.«

»Dein Bruder ist wahrscheinlich der dümmste Idiot, der jemals den Erdkreis betreten hat«, antwortete Timur.

»Dann kenne ich ja schon zwei von der Sorte.«

»Immer zu Diensten, Prinzessin.«

»Wie ich sehe, sind wir uns einig«, rief Isabella erfreut und klatschte in die Hände.

Sie hatte ja keine Ahnung. Ich war vielleicht die Tochter meines Vaters, und vielleicht hatte ich es geschafft, einige angeborene Fähigkeiten abzurufen und meine Gedanken gegen den Apostel abzuschirmen, aber in allen anderen Dingen war ich wirklich ziemlich unbegabt. Diesen Umstand sollten sie und Timur aber erst viel später begreifen.

15

Kapitel 48 – Schöner Wohnen

Eine repräsentative Erhebung hat ergeben, dass leider lediglich 1,245 % aller Seelen bei Erreichen dieses Kapitels einen Zustand des Glücks erreicht haben. Lassen Sie uns gemeinsam an einer Verbesserung arbeiten.

Sehr geehrte Seele, wir danken Ihnen, dass Sie es bis hierher geschafft haben, dass Sie die Erstaufnahmezeit zu Ihrer und zu unserer Zufriedenheit überstanden haben und nun in den Dienst eines Hauses eingetreten sind. Durch Ihre administrative Tätigkeit in Abschnitt 13 B Sektion 4361 steht Ihnen nun ein Wohnquartier in nächster Nähe zu. Herzlichen Glückwunsch. Eine repräsentative Erhebung hat ergeben, dass 85 % aller Seelen eine dauerhafte Unterbringungslösung bevorzugen.

Bitte wenden Sie sich an Ihre Totensubventionierungsstelle, um einen blauen Wohnberechtigungsschein mit Doppeldurchschlag zu erhalten, den Sie dann beim Seelenberechtigungsamt einreichen und so eine Wohngenehmigung erwirken können. Mit einer doppelten Ausführung dieser Genehmigung sowie weiterer Bewerbungsunterlagen können Sie sich im Anschluss an einen Totenverteiler wenden, der Ihnen ein entsprechendes Wohnquartier in den Subblöcken Alpha bis Theta zuweisen wird.

Als Unterbringungen stehen Ihnen folgende Möglichkeiten zur Verfügung:

1) Geschmackvolle Unterbringung in einer Parzellen-Einzel-Seelen-Aufbewahrung.

Diese Räumlichkeiten mit einer Durchschnittsgröße von einem Quadrat stehen Ihnen bei erfolgreicher Wohngenehmigung zur Verfügung. Privatsphäre wird hier großgeschrieben. Durch den Verzicht auf Fenster besteht die Möglichkeit, ein weiteres halbes Quadrat zum Wohnraum hinzuzugewinnen. Kontaktieren Sie hierzu unmittelbar Ihren Totenverteiler. (Bitte beachten Sie, dass auf eine Parzellen-Einzel-Seelen-Aufbewahrung momentan ca. zweiundneunzigtausend Bewerbungen kommen.)

2) Praktische und kommunikative Unterbringung in der Massenunterkunft für berufstätige Seelen.

Nutzen Sie die lebendige und kommunikative Unterbringung in den attraktiven Tausend-Seelen-Unterkünften. In einem Schlafsaal mit neunhundertneunundneunzig anderen Seelen kommt die Unterhaltung nie zu kurz. Sie können neue Kontakte knüpfen und finden immer ein offenes Ohr für Ihre Sorgen. Wenden Sie sich bei Interesse direkt an Ihren Totenverteiler. (Bitte beachten Sie, dass die Betten im Schichtschlaf mit jeweils zwei anderen Seelen geteilt werden.)

Eine repräsentative Erhebung hat ergeben, dass 98 % aller Seelen eine dritte Unterbringungsvariante erfragen. Diese ist nicht vorgesehen.

…

Aus: Ratgeber für die Toten. 783. Auflage
Verlag der Finsternis

Es waren vermutlich die grausamsten sieben Wochen, die ich jemals durchlebt hatte. Die Isola di San Paolo war zeitweise, vor allem aber zwangsweise mein Zuhause geworden.

Tagsüber schlief ich beinahe die ganze Zeit, abends standen wir auf und trainierten. Das heißt: *Ich* stand erst abends auf, was die anderen den ganzen Tag über machten, wusste ich ehrlich gesagt nicht. Timur bestand darauf, dass wir nachts trainierten, um nicht mehr Aufmerksamkeit als notwendig auf uns zu ziehen. Auch wenn eigentlich niemand von Monte Isola herüber zu uns kam, wollten wir doch nichts riskieren.

Die ersten zwei Wochen passierte absolut nichts. Ich lernte lediglich, was wahrhaftiger Hass und wahrhaftiger Schmerz bedeuteten. Timur brachte es fertig, mich noch mehr zu quälen, als er es ohnehin schon immer getan hatte.

Sämtlicher Zauber schien verflogen, während er mich körperlich bis zur absoluten Erschöpfung trieb, worin ich absolut keinen Sinn sah. Er ließ mich stundenlang rennen, die Insel schwimmend umrunden und auf Bäume klettern.

Wir sprachen nicht über das, was geschehen war, vermieden das unsichere Terrain, er wich sogar meinen Blicken aus, aber wir wussten beide, dass da noch immer etwas zwischen uns war, das nicht mehr verschwinden würde. Jedes Mal wenn wir einander näherkamen, blitzte es auf. Mein ganzer Körper begann zu kribbeln, sodass es mir schwerfiel, mich auf meine nicht vorhandenen Fähigkeiten zu konzentrieren. Das harte Training half mir dabei.

Dennoch dachte ich immer wieder darüber nach, einfach zu verschwinden und notfalls Schutz in einem Kloster zu suchen. Aber der Klerus wäre sicher nicht allzu erfreut darüber, wenn herauskäme, dass die neue Nonne der Antichrist war.

Isabella half mir, wo sie nur konnte. Sie kochte, wusch meine Wäsche und versuchte, mir Mut zu machen, versagte aber leider völlig im letzten Punkt.

Nach der ersten Woche hatten Timur und ich einen so heftigen Streit, dass ich ihm eine Ohrfeige verpasste und auf mein Zimmer verschwand. Die zwei darauffolgenden Nächte tauchte er nicht auf der Insel auf, und ich dachte schon, dass er es aufgegeben hätte, mich zu trainieren. Und auch wenn ich mir nichts sehnlicher wünschte, hatte ich doch Angst, dass er nicht zurückkommen würde. Ich lief nachts durch den Garten, starrte auf den See hinaus und fragte mich, ob er hier irgendwo war.

Das, was zwischen uns gewesen war, hatte nicht ich, sondern er kaputtgemacht. Er hatte mich von sich gestoßen, das Band zwischen uns einfach zerschnitten und so getan, als hätte es nie existiert.

Es war wie immer: Ich musste damit klarkommen, dass ich offenbar kein Recht dazu hatte, glücklich zu werden. Wie bei den Malen zuvor musste ich jetzt weitermachen und vergessen, was gewesen war. Das konnte ich ausnahmsweise ziemlich gut, denn Übung machte schließlich den Meister.

Nach drei Nächten kehrte Timur zurück. Wir setzten unser Training schweigend fort und taten einfach so, als wäre alles völlig normal. Und auch wenn ich mich niemals dazu herabgelassen hätte, ihn zu fragen, interessierte es mich doch brennend, warum wir aus seiner Sicht keine wie auch immer geartete Beziehung eingehen konnten. Natürlich wollte ich nicht richtig mit ihm zusammen sein, das kam absolut nicht infrage! Es war einfach eine rein hypothetische Überlegung. Allerdings blieb auch die Antwort reine Spekulation, denn ich wagte es nicht, Isabella oder gar Timur zu fragen. Sollte er doch elendig an seinem Geheimnis ersticken und mich bis an mein Ende im Dunklen lassen, es wäre mir völlig egal.

Nach der dritten Woche begann Timur damit, mir die Okkupation zu erklären, oder vielmehr: Er versuchte es.

Wir ließen einen alten Mann von der Monte Isola herüberkommen, an dem ich mich ausprobieren sollte. Ich fühlte mich unglaublich schlecht dabei, ihm meinen Willen einzuflüstern, merkte dann aber schnell, dass meine Sorge völlig unbegründet war. Ich war weit davon entfernt, diesem armen Mann irgendetwas aufzuzwingen. Egal wie sehr ich es auch versuchte, er blinzelte nur und reagierte nicht auf meine kläglichen Versuche, seinen Verstand zu kontrollieren.

Auch wenn ich natürlich gewusst hatte, dass ich versagen würde, war es ehrlich gesagt doch ziemlich auslaugend, ständig als völlig unfähig dazustehen. Ich wollte nicht länger die sein, die von A nach B geschoben wurde, die immer wieder alles versuchen musste, um endlich ihrer Rolle gerecht zu werden. Ich entwickelte mich zu einer cholerischen Zicke, die häufig ausrastete, wenn mal wieder etwas nicht so klappte, wie es sollte.

Das war unserem Miteinander auf der Insel keineswegs zuträglich, und so kam es immer öfter vor, dass zwischen Timur und mir stundenlanges Schweigen herrschte, bis ich mich wieder in meinem Zimmer verschanzte.

In den folgenden Wochen erlernte ich so ziemlich jede Technik, die einem Dunklen im Diesseits von Nutzen sein konnte – zumindest den theoretischen Teil, denn in der Praxis versagte ich selbstverständlich auf ganzer Linie.

Nach sieben Wochen, in denen ich beinahe gar nichts zustande gebracht hatte, dachte ich zum ersten Mal wieder ernsthaft darüber nach, mich doch den Wächtern zu stellen und ihnen wie auch immer zu beweisen, dass ich unschuldig war. Mir war klar, dass ich Timur und Isabella nichts davon erzählen dürfte und mich heimlich davonmachen müsste, um einen möglichst großen Vorsprung zu bekommen.

An einem Tag in der achten Woche ließ ich mich völlig niedergeschlagen auf den Boden sinken und stützte den Kopf in die Hände. Der Boden im Garten war kalt und das Gras fühlte sich schon lange nicht mehr weich, sondern kratzig und unangenehm an. Wieder einmal hatte ich versucht, die Lichter zum Erlöschen zu bringen. Mehr als ein Windhauch, der eine Kerze ausgeblasen hatte, war dabei jedoch nicht herausgekommen – wobei das vielleicht auch nur eine Windböe gewesen war, und ich hatte absolut gar nichts geleistet.

»Das ist doch Scheiße!«, fluchte ich wieder einmal.

Es war mitten in der Nacht. Meine Stimme hallte von den Wänden des Hauses wider und erstarb dann in der völligen Stille.

Timur stand einige Meter von mir entfernt und musterte mich wieder einmal voller Missachtung und Unverständnis. Ich hasste es so sehr, wenn er das tat, wenn er einfach nur dastand und nichts sagte. Er hatte das Talent, so viel Verachtung in einen Blick zu legen, dass dies viel grausamer war, als wüste Beschimpfungen von ihm zu ertragen.

»Guck woandershin«, brüllte ich, doch er starrte mich weiter an und schüttelte nur den Kopf.

»Wir hätten diese Probleme nicht, wenn du endlich anfangen würdest, dir zu vertrauen«, gab er genervt zurück, und da platzte mir endgültig der Kragen.

Ich hatte keine Ahnung, warum es ausgerechnet dieser Moment war, in dem ich nicht mehr an mich halten konnte, aber ich sprang auf und schrie ihn mit aller Stimmgewalt, die ich aufbringen konnte, an. Ich kreischte und brüllte – es war mir völlig egal, was er von mir dachte, denn ich wollte nur noch loswerden, was seit Wochen in meinem Inneren brodelte.

»Ich soll mir vertrauen? Hast du eigentlich mal darüber nachgedacht, was du von mir verlangst?«, keifte ich aufgebracht. »Wer vertraut hier nicht?«

»Es geht hier ausschließlich um dich und nicht …«

»Es geht hier nicht um mich, Timur, und das weißt du ganz genau. Wir sind jetzt seit zwei Monaten hier und tun noch immer so, als wäre in München nichts passiert, als wäre da rein gar nichts zwischen uns beiden.«

Er starrte mich weiter aus diesen unergründlichen Augen an, zuckte nicht einmal mit der Wimper.

»Aber das funktioniert bei mir leider nicht. Im Gegensatz zu dir bin ich nämlich kein gefühlskalter Klotz, der alles verdrängt, was mit der Vergangenheit zu tun hat. Es tut mir wirklich leid, dass du offenbar ein ganz schreckliches Trauma wegen deiner kleinen Maria hast ...«

Schon während ich es aussprach, wusste ich, dass ich zu weit gegangen war. Bei Timurs Reaktion zuckte ich dennoch heftig zusammen. Seine Stimme war so laut und donnernd, dass ich das Gefühl hatte, der Boden unter meinen Füßen würde erbeben. Jeder am Rande des Sees musste ihn hören, sofern er nicht taub war.

»Lass Maria aus dem Spiel! Du hast doch keine Ahnung! Ich habe dir gesagt, dass die Sache für mich vorbei ist. Maria ist tot, und wenn sie es nicht ist, dann hat sie mich vor mehreren Hundert Jahren verlassen!«

Seine Augen glommen auf, und zum ersten Mal konnte ich hinter die Fassade des menschlichen Körpers blicken und einen Teil des echten Timurs sehen, einen Teil des Dämons, der sich dahinter verbarg.

»Ich habe keine Ahnung? Mag sein, Maria hat damit aber nichts zu tun. Ich habe vor allem keine Ahnung, was *ich* dir bedeute«, schrie ich mit geballten Fäusten, aber nur halb so laut zurück.

Es war mir egal, wer oder was er war, jetzt musste er sich endlich dieser Unterhaltung stellen.

»*Du* hast mich geküsst. Du warst das, nicht ich! Und du tust so, als wäre das nie passiert. Du ignorierst mich, du lässt mich links liegen, du tust mir weh!«, brüllte ich und schaffte es nicht mehr, ein lautes Schluchzen zu unterdrücken.

Ich zitterte heftig und schaffte es nicht länger, mich zusammenzureißen, sosehr ich es auch wollte. Die Bestie brüllte in meinem Inneren und versuchte mit allen Mitteln, ihrem Käfig zu entkommen. Ich würde ihm den Gefallen nicht tun, auf keinen Fall würde ich ihm Tür und Tor öffnen.

»Das war ein Ausrutscher!«, sagte Timur kalt, und ich fühlte, wie der Käfig erste Risse bekam und die Bestie ihre Krallen in mein Innerstes grub.

Es tat weh, es versetzte mir einen gewaltigen Stich, und ich griff mir an die Brust. Ich musste die Bestie sofort zurückdrängen, also atmete ich tief ein und versuchte, mich irgendwie darauf zu konzentrieren, wieder die Kontrolle zu erlangen.

»Komm endlich damit klar und vergiss, was passiert ist.«

Seine Worte gaben mir den Rest. Es war zu spät. Der Zorn, die Emotionen, das alles war zu viel. Der Käfig explodierte in meinem Inneren, und die Bestie war frei.

Sie krallte sich gierig in mein Fleisch und breitete sich rasend schnell in mir aus, wie eine Infektion, von meinem Herzen in den Rest meines Körpers bis in meine Beine, die Arme, Hände und Fingerspitzen. Sie füllte mich vollends aus, floss durch mich hindurch wie mein eigenes Blut.

Mein Herz raste und stolperte einige Male heftig, bis die Erkenntnis mich beinahe überwältigte. Das hier war etwas völlig anderes als eine feindliche Übernahme. Tränen schossen in meine Augen und rollten mir ungebremst über die Wangen, als meine Gefühle auf einmal verrücktspielten. Glück, Trauer, Hass und himmelhoch jauchzende Freude wechselten sich ab.

Die Zeit blieb einfach stehen, und dann fühlte es sich an, als platzte die Blase, in der ich mein Leben lang zugebracht hatte. Ich sah, roch und fühlte die Welt so, wie es mir bestimmt war, und nicht, wie mein menschlicher Körper es mir vorschrieb. Ich spürte die Erde zu meinen Füßen, jeden Lufthauch, jedes Staubkorn, jede Schwingung, die mich umgab.

Die Bestie hatte nie vorgehabt, mich zu kontrollieren, sie wollte einzig und allein bei mir sein, bei dem Rest ihrer Existenz. Sie wollte sich vollständig fühlen, aber ich hatte sie immer daran gehindert. In diesem Moment begriff ich, dass die Bestie gar keine Bestie war, sondern nur das letzte Puzzleteil, das mich vervollständigte.

Timur starrte mich noch immer wütend an, schien auf eine Reaktion zu warten, und nun war ich bereit dazu. Er würde bekommen, was er verdiente, und Bekanntschaft mit der Bestie machen.

Das demütigende Training war völlig überflüssig gewesen, denn jetzt wusste ich ganz instinktiv, was ich tun konnte, tun musste und tun wollte. Es fühlte sich ungefähr so an, als wäre mir auf einmal eingefallen, dass ich ja fließend Mandarin sprach. Alles war ganz einfach da.

Mit einem Lächeln hob ich nur zwei Finger meiner rechten Hand und dirigierte sie ein winziges bisschen zur Seite. Was dann geschah, glich mehr einer Explosion als einer tatsächlichen Bewegung.

Timur wurde wie von Geisterhand nach links geschleudert und prallte so heftig gegen einen Baum, dass dieser einfach umstürzte und ein paar Büsche unter sich begrub.

Timur riss die Augen auf und starrte mich völlig entgeistert an, während er taumelnd wieder auf die Beine kam. Seine Kleider waren völlig zerfetzt, doch das schien ihn herzlich wenig zu interessieren.

Er kniff die Augen zusammen und zeigte mir die Zähne. Dann schoss er so schnell vor, dass die alte Catalea ihn nicht einmal hätte kommen sehen. Die neue Catalea allerdings stieß sich vom Boden ab und befand sich plötzlich mehrere Meter über dem Haus in der Luft.

Ich drehte mich um die eigene Achse und formte mit der

Hand ein Geschoss aus Nichts, das ich Timur entgegenschleuderte, noch bevor er es überhaupt schaffte, sich ebenfalls vom Inselboden abzustoßen.

Er mochte zwar außergewöhnlich schnell und stark sein, aber ich war die Tochter des Teufels und erwischte ihn ein zweites Mal, sodass er in den Felsboden der Insel einschlug und in einem kleinen Krater liegen blieb.

In einem Affenzahn stürzte ich mich auf ihn und landete mit den Füßen rechts und links neben seinem Körper im Staub der Felsreste.

Unsere Blicke trafen sich und ließen einander nicht los. Ich wusste, dass mir mein Zorn noch immer anzusehen war. Zwar wirkte er völlig erstaunt, aber in seinem jetzt dreck- und blutverschmierten Gesicht zeigte sich ein schiefes Grinsen.

»Ich bin beeindruckt«, presste Timur angestrengt hervor und musterte mich, wie ich keuchend über ihm stand und nicht übel Lust hatte, ihn bis auf den Grund des Sees zu prügeln.

»Halt die Klappe!«, schrie ich. »Du bist ein Arschloch.«

»Du hast es geschafft, obwohl du es nicht schaffen wolltest.« Er sprach ruhig, aber voller Bewunderung. »Jetzt bist du die Tochter deines Vaters.«

Es wurde nicht besser, nur weil er es so aussprach, als wäre es eine positive Entwicklung. Er tat so, als wäre es etwas Gutes, das war es aber ganz sicher nicht.

Jetzt war es zu spät. Jetzt war die Zeit vorbei, in der ich sagen konnte, dass ich ein Mensch war. Jetzt hatte ich mich in mein Schicksal gefügt, musste es annehmen und würde es erfüllen.

Durch den unkontrollierten Ausbruch meiner Emotionen hatte ich der Bestie Tür und Tor geöffnet und ihr erlaubt, dass sie mich nun und schlussendlich ausfüllte. Gleichzeitig hatte ich erkannt, dass genau das mir mein Leben lang gefehlt hatte.

Weit hinten in meinem Kopf hörte ich meinen Vater fröhlich glucksen. Er freute sich diebisch darüber, dass ich endgültig gescheitert war.

Aber wenn ich ehrlich war, interessierte mich das im Moment gar nicht. Mein Zorn konzentrierte sich auf die Person, die unmittelbar vor mir in einem Krater lag und grinste.

»Du hast mich geküsst«, schrie ich und spürte, wie mir die Tränen kamen. Ich hatte das Gefühl, nicht nur innerlich, sondern auch äußerlich zu glühen und feuerrot anzulaufen.

Timur sah mich dennoch gefasst und ruhig an, ließ mich nicht aus den Augen und nickte dann.

»Ja«, meinte er völlig gelassen und brachte mich so aus dem Konzept.

»Was …?«, fragte ich völlig verunsichert und hatte auf einmal Mühe, aufrecht stehen zu bleiben.

»Ja, ich habe dich geküsst. Du hast recht. Und wenn man bedenkt, dass deine Mutter ein Mensch ist, war es ein ziemlich guter Kuss, oder?«

»Du bist ein so verdammter Dreckskerl, wei…«

»Weißt du das eigentlich? Ja, weiß ich. Du lässt ja keine Gelegenheit aus, mir das mitzuteilen.«

»Warum hast du das getan?«

»Dich geküsst?«

»Mich geküsst«, fauchte ich.

»Weil du wahrscheinlich die einzige Frau bist, die es in tausend Jahren geschafft hat, mich um den Verstand zu bringen. Wenn ich mit dir zusammen bin, ist es anders als mit jeder anderen«, erklärte er leichthin und funkelte mich aus diesen Augen an, die mich wiederum um den Verstand brachten.

Als die Bedeutung seiner Worte in meinen Hirnwindungen widerhallte und tatsächlich meinen Verstand erreichte, wäre ich beinahe umgefallen.

»Aber, aber …«, stotterte ich, schaffte es jedoch irgendwie, mich zu fangen. »Du Arsch! Arsch, Arsch, Arsch!«, schrie ich.

Seine Reaktion bestand darin, dass er seine blutverkrusteten Brauen bis zum Haaransatz hochzog.

»Ich denke, du hast nun deutlich gemacht, dass ich ein Arsch bin«, erklärte er.

»Du bist nicht nur ein Arsch, du bist auch ein mieses Drecksschwein. Du küsst mich und lässt mich dann zwei Monate lang einfach links liegen. Weißt du eigentlich, wie schlimm das für mich ist?«, fragte ich und trat nun einen Schritt zurück, sodass er sich aufrichten konnte.

Bis eben hatte er einfach dagelegen, sich auf die Ellbogen gestützt und mich angestarrt. Jetzt stand er ächzend auf und versuchte, seine Designerklamotten sauber zu klopfen, was anhand ihres Zustands wohl mehr ein Witz sein sollte als ein tatsächlicher Versuch, noch irgendetwas davon zu retten. Eine gewaltige Portion Staub und Dreck rieselte aus seinen Haaren, als er sich kurz schüttelte.

»Ich denke, dass es für dich ähnlich schlimm ist wie für mich«, antwortete er.

Unter anderen Umständen hätte es mir jetzt wahrscheinlich leidgetan, dass ich ihn so übel zugerichtet hatte, aber ich war noch immer unglaublich wütend auf ihn. Dieses Gespräch war mehr als überfällig, und jetzt sprach er einfach so darüber, als wäre es das Normalste der Welt.

»Catalea, du hast keine Ahnung, wer ich bin und was ich getan habe. Du darfst einfach nicht mit mir zusammen sein. Du und ich … das kann nicht gutgehen. Es geht einfach nicht. Wann begreifst du das endlich?«

»Mein Gott, Timur!« Tatsächlich zuckte er bei der Erwähnung von Gott kurz zusammen. »Was ist denn verdammt noch mal passiert? Was hast du verbrochen, das so schlimm sein kann, dass du nun der Anti-Antichrist bist?«, fragte ich und warf die Hände in die Luft.

Ich hatte endgültig genug und wollte keine Ausreden mehr hören.

»Ich bin ein Reiter, verstehst du? Ich bin einer der Ketzer«, flüsterte er plötzlich so leise, dass ich die Bedeutung seiner Worte zunächst gar nicht verstand. Als die Information mich dann aber erreichte, blieb mir die Luft weg.

Weg war die neue Macht, die neue Kraft, die sich in mir ausgebreitet hatte. Sie verpuffte einfach, als ich begriff, was er mir da gerade gestand. Er war einer der vier Reiter der Apokalypse.

16

Er senkte den Kopf und blickte lächelnd zu Boden. Das war eine absolut unsinnige Angewohnheit, das war ihm schon bewusst, aber manche Marotten wurde man einfach nicht los, nicht einmal er. Wenn Priester und alle anderen braven Schäfchen zum Allmächtigen sprachen, richteten sie ihren Blick schließlich auch gen Himmel und schickten ihre Gebete und Fürbitten nach oben. Irgendwann hatte er es sich einfach angewöhnt, nach unten zu blicken, wenn er einen Ruf aus dem Dunkel hörte. Was bitte war denn so schlimm daran?

Jetzt war wieder so ein Moment. Allerdings vernahm er keinen Ruf, sondern spürte ein Prickeln, das sich zu seiner großen Zufriedenheit in seinem Hinterkopf ausbreitete.

Gleich zwei Dinge auf einmal waren soeben geschehen. Zum einen war seine wundervolle Tochter endlich zu sich gekommen und hatte Gebrauch von ihren Fähigkeiten gemacht, und zum anderen hatte sie erfahren, wer der Vargas-Junge tatsächlich war.

Es ärgerte ihn zwar, dass sie es wie auch immer geschafft hatten, sich ihm zu entziehen und unterzutauchen, aber die Verbindung zu seinem eigenen Fleisch und Blut war stärker als jede Zauberei.

Wahrscheinlich fragte sich seine Tochter gerade, warum ihr Vater ausgerechnet diesen Jungen zu ihrem Aufpasser gemacht hatte. Aber das war schon immer seine Art gewesen: Entweder entsorgte er seine Widersacher, oder er machte sie zu seinen Verbündeten, wenn sie ihm noch nützlich sein konnten.

Dieses Mädchen … Wie war ihr Name noch gleich gewesen? Martha, Mathilda … nein, Maria? Er konnte sich nun wirklich nicht mehr daran erinnern, er musste sich ohnehin viel zu viele Namen merken. Es war wirklich nicht immer leicht, so viele Mäuler zu stopfen. Auf jeden Fall hatte er dieses Mädchen sofort umgebracht, als sie nach ihrer Flucht wieder aufgetaucht war. Auch sie hatte es irgendwie geschafft, sich viele Jahre vor ihm zu verstecken, aber letztendlich hatte er sie doch noch erwischt, diese kleine Kröte.

Den Vargas-Jungen allerdings hatte er sich geschnappt und im Tausch gegen sein Leben für eine sehr lange Zeit an sich gebunden. Er erledigte hin und wieder ein paar Dinge für ihn, von denen niemand etwas erfahren sollte, die aber getan werden mussten – so wie jetzt.

»Herr Schneider, ist alles in Ordnung?«, fragte die Blondine im Krankenschwesterdress in einer Lautstärke, die ihn aufschrecken ließ.

Warum brüllte diese Schnepfe denn so rum?

»Was?«, fragte er völlig verdattert.

»Sie starren so auf den Boden, Herr Schneider! Ist uns wieder etwas heruntergefallen?«, brüllte sie schon wieder und suchte den Fußboden des Zimmers ab.

»Mir ist gar nichts runtergefallen.« Ein weiterer Beweis, wie absolut dämlich seine Angewohnheit war, ständig nach unten zu blicken, wenn irgendetwas Wichtiges passierte. Das war nun wirklich das allerletzte Mal – Schluss damit.

»Sie müssen sich doch nicht schämen, Herr Schneider. Oder stimmt etwas mit Ihrem Urinbeutel nicht?«, fragte die Schwester und machte sich an irgendetwas zu schaffen, das am Bett hing, in dem er saß.

In dieser Sekunde entschied er zwei Dinge: Erstens würde diese verfluchte Krankenschwester im Feuer schmoren, und zweitens würde er nie wieder der Illusion erliegen, dass es ganz nett sein könnte, sich ein paar Stunden lang in einem Seniorenheim wie diesem, dem Haus Glockenengel vier, pflegen zu lassen.

Herr Schneider starb, als der Teufel seinen Körper nach nur sieben Minuten wieder verließ. Als Nächstes würde er sich einen weiblichen Körper suchen, ihm war nach einem Kleid.

»Du bist …«, begann ich stotternd, gab den Versuch, einen vernünftig artikulierten Satz herauszubringen, aber auf, weil ich stammelnd in einer Sackgasse enden würde.

»Ja, Catalea. Ich bin einer der Reiter«, antwortete er. »Bist du jetzt endlich zufrieden, wo du es weißt?«

Es war völlig egal, wie tief man in der Firma drinsteckte, wie lange man schon dabei war oder ob man das kleinste der kleinen Rädchen in der hintersten Ecke der Verwaltung war – jeder kannte die vier Reiter. Sogar die meisten normalen Menschen hatten schon von ihnen gehört, weil irgendein Idiot ihre Geschichte mal aufgeschrieben hatte – zwar ziemlich radikal abgewandelt, aber immerhin stimmten ihre Namen.

Die Geschichte erzählte von vier Reitern, die nach dem Öffnen der sieben Siegel den Untergang brachten. Ganz so war es dann aber doch nicht gewesen, denn die sieben Siegel gab es nicht. Es gab nur die sieben Fürsten der Häuser und die musste man nicht öffnen, sondern sich ihrer entledigen. Dazu allerdings waren die vier Reiter nicht in der Lage gewesen, im Gegenteil, sie waren sogar ziemlich aufsehenerregend gescheitert.

Die Tatsache, dass Timur einer von ihnen sein sollte, schien mir allerdings absolut unbegreiflich.

»Und warum bist du dann hier und nicht tot?«, fragte ich völlig entgeistert und starrte ihn an.

»Weil ich einen Deal mit deinem Vater gemacht habe. Ich

erledige Dinge für ihn«, erklärte Timur und trat jetzt einen Schritt auf mich zu, ich wich zurück, und als er einen weiteren Schritt tat, taumelte ich ein wenig, als ich erneut zurückwich.

Die Reiter waren eigentlich einmal vier Wächter gewesen, die sich vor sehr langer Zeit entschieden hatten, dass sie ihre Macht und ihren Einfluss außerhalb der Häuser nicht zum Wohle des Systems, sondern für etwas anderes nutzen wollten. Ihrer Meinung nach war die Firma ein System, das die Mächtigen noch mächtiger machte und die Schwachen ausklammerte. Die Reiter waren Idealisten gewesen, Rebellen, Abtrünnige. Sie hatten versucht, die Sieben zu stürzen.

Das alles war in den Anfangsjahren der Firma passiert, und ich wollte gar nicht daran denken, was das in Bezug auf Timurs Alter bedeutete. Immerhin hatte er sich ganz gut gehalten.

Die vier Reiter hatten weitere Abtrünnige um sich versammelt, Dämonen, Gefallene und Angehörige der anderen Seite. Tatsächlich hatten bisher nur sie es geschafft, Teile des Lichts und der Dunkelheit zu vereinen. Sie waren in einen Krieg gegen die Häuser gezogen, aus dem mein Vater und die anderen Fürsten als Sieger hervorgingen. Die Reiter waren kolossal gescheitert, hatten auf ganzer Linie versagt und die Macht, gegen die sie ankämpfen wollten, völlig unterschätzt. Vier Wächter waren nicht imstande, sieben übermächtige Häuser zu bezwingen.

Zwei Reiter wurden gleich in den ersten Stunden der Schlacht getötet, ein Reiter konnte entkommen, und der vierte war gar nicht dabei gewesen. Er hatte damals die Schlüsselrolle eingenommen, denn er sollte den Thron in Abwesenheit des Morgenstern einnehmen. Das hat er aber nie getan, im Gegenteil, er war einfach verschwunden, ohne dass seine Identität jemals aufgedeckt werden konnte.

Niemand wusste, wer der vierte Reiter war, und mein Vater

hatte dafür gesorgt, dass keine Ressourcen darauf verschwendet wurden, ihn zu suchen. Er hatte schließlich genug damit zu tun gehabt, seinen Einfluss wieder zu festigen und die Grundfesten der Firma für immer zu sichern.

Ich musterte Timur, der behauptete, einer der Reiter gewesen zu sein. Stimmte das? War er der vierte Reiter, der die Herrschaft übernehmen sollte?

»Dein Vater wusste, dass ich derjenige war, der gefehlt hatte.« Er fuhr sich mit der Hand durchs Gesicht und blickte lächelnd zu Boden. »Dein Vater weiß alles. Er wusste immer alles und wird auch immer alles wissen. Er ist nicht ohne Grund, wer er ist. Er hat mir die Wahl gelassen. Entweder konnte ich sterben wie die anderen Reiter, oder ich sollte sein Diener werden bis an mein Ende. Ich musste Maria finden, denn sie hatte es als Einzige der Reiter geschafft zu entkommen. Maria hatte sich längst abgesetzt. Sie war verschwunden und hatte ihren eigenen Weg gefunden, die Reiter am Leben zu erhalten. Sie bekam Kinder im Verborgenen und zog erst dann wieder los. Sie wollte, dass ihre Gedanken weiterlebten, sollte ihr etwas zustoßen. Und das musste dann ja auch passiert sein. Also ging ich den Pakt mit dem Teufel ein und wurde zu seinem Handlanger in der Verkleidung eines gefallenen Totenanwalts. Meine Mutter hatte mich ja schon aus dem Haus Vargas herausgeworfen, als ich ein Wächter geworden war, daher konnte mir das jetzt auch egal sein.«

Es hatte bis jetzt gedauert, bis ich begriff, dass Maria natürlich auch eine der vier Reiter gewesen war und offensichtlich die Einzige, die es geschafft hatte zu entkommen.

»Aber warum kannst du frei herumlaufen? Nur mein Vater kann doch nicht …«

»Es weiß niemand außer deinem Vater, Isabella und deinem hässlichen Bruder«, sagte er mit so viel Verachtung in der Stimme, dass ich jetzt auch verstand, warum Timur in Augustos Augen ein sehr dunkelrotes Tuch war. Im Haus des Apostels hatte er unglaublich aggressiv auf Timurs Anwesenheit reagiert.

Ich wusste nicht, was ich sagen sollte. Alle Worte hatten sich einfach in Luft aufgelöst. Zum zweiten Mal innerhalb weniger Minuten sah die Welt plötzlich völlig anders aus. Sein Geständnis war so gewaltig und schwer, dass es mich zu Boden drückte. Mein Vater hatte Timur in der Hand, noch viel mehr als mich. Die Hölle würde losbrechen, wenn die sieben Häuser erfuhren, dass er einmal die meistgesuchte Person des Dunkels gewesen war und eigentlich noch immer ist.

»Du bist gar kein Anwalt …«, nuschelte ich abwesend und sah jetzt ebenfalls zu Boden, der plötzlich unwahrscheinlich verführerisch aussah.

Meine Knie knickten langsam ein, und ich setzte mich einfach in den Staub. Es dauerte keine Sekunde, da kniete Timur schon vor mir und hob mein Kinn mit dem Zeigefinger an.

»Hast du wirklich geglaubt, dass ich ein langweiliger Totenanwalt sein könnte?«, fragte er und lächelte vorsichtig.

Er hatte natürlich recht, aber ich war so dämlich und verkopft gewesen, dass ich mir darüber keine Gedanken gemacht hatte. Allein seine Ausstrahlung war die eines Prinzen, vielleicht die eines Gefallenen, aber auch die eines Prinzen. Prinz und Prinzessin? Wie ekelhaft kitschig und grausam zugleich konnte es eigentlich noch werden.

Ich schüttelte den Kopf und brachte ebenfalls ein Lächeln zustande, das sich auf meinen Zügen aber ziemlich schwertat.

»Du bist dennoch ein Arschloch.«

»Das ist mein Job«, gab er zurück.

Sein Geständnis bedeutete die Welt, und zugleich bedeutete es rein gar nichts. Ich war nicht länger die schwache und hilflose Catalea, die sich ihrem Vater immer fügte.

Mein Vater hatte einen Fehler gemacht. Er hatte mich in meine Rolle gedrängt, ohne zu bedenken, wozu das führen würde. Er hätte bei seiner Gleichgültigkeit mir gegenüber bleiben sollen, hätte mich nie zu einer Todeshändlerin machen dürfen. Mit dieser Entscheidung hatte er sich in das eigene Fleisch geschnitten. Ich war in den letzten Wochen stark geworden, hatte begriffen, dass ich auch allein zurechtkam, weit weg von zu Hause. Ich wusste nun genau, was ich wollte – vor allem würde ich nicht länger seine Marionette sein.

»Es bedeutet mir nichts«, sagte ich mit wackliger Stimme und blickte ihm direkt in seine verschiedenfarbigen Augen, die jedes Mal ein bisschen anders auszusehen schienen, wenn ich sie genauer betrachtete.

»Was bedeutet …?«

Dieses Mal unterbrach ich ihn. »Es ist mir völlig egal, wer oder was du warst, und es ist mir auch egal, wer du jetzt bist. Ich bin Catalea Morgenstern, und es interessiert mich einen Dreck, was mein Vater davon hält, was auch immer wir tun.«

Er hob die Augenbrauen. »Was tun wir denn?«

Ich lächelte, dann schoss ich auf ihn zu und warf ihn um. Ich wartete nur eine Sekunde, um den verwunderten Ausdruck in seinem Gesicht zu genießen, dann presste ich meine Lippen auf seine.

Zunächst war Timur noch angespannt, doch dann umfing er mich mit seinen festen Armen und erwiderte den Kuss so heftig, dass ich mir auf die Lippe biss. Das störte mich ganz und gar nicht, denn ich wollte ihn hier und jetzt, und zwar ganz.

Ich seufzte, als mein Shirt nach oben rutschte und meine Haut seine berührte. Innerhalb weniger Sekunden hatte ich die Oberhand verloren, und Timur presste sich gierig an mich.

Er war viel stärker und gewaltiger, als seine Erscheinung es vermuten ließ. Wie schon bei unserem ersten Kuss überwältigte er mich allein mit seiner Präsenz, die mich überrollte wie eine gewaltige Welle.

Es waren nicht seine scharfen Zähne, die an meiner Unterlippe zogen, und auch nicht seine Arme, die mich heftig nach hinten drängten – es war allein seine Bestie, die an mir zerrte und riss, die mir den Verstand vernebelte und mich zu seinem willenlosen Spielzeug machte.

Ich keuchte, als seine Hand meinen Nacken umfasste und mich zurücklegte, als wäre ich nur ein dünnes Streichholz. Seine feurig heißen Lippen bahnten sich ihren Weg über meinen Hals, wollten nicht nachgeben, wollten mehr, wollten mich verschlingen. Ich konnte die Leidenschaft förmlich riechen und mit Händen greifen, war aber nicht daran interessiert aufzuhören.

Wieder waren seine Lippen auf meinen, und ich schaffte es für den Bruchteil einer Sekunde, meine Augen zu öffnen und in seine zu blicken, die sich zu wilden, raubtierhaften Schlitzen verengt hatten. Ich wusste, dass er nicht länger Mensch, sondern nur noch Dämon war, der mich verschlingen wollte. Aber das war mir egal, ich wollte mehr von ihm. Ich wollte ihn ganz und zwar sofort.

Schnell wie ein Raubtier sprang Timur auf und zerrte mich mit sich. Ohne große Anstrengung schaffte ich es, mit ihm Schritt zu halten.

Ich brachte nicht viel mehr als ein Stöhnen heraus, als er mich wenige Sekunden später im Haus so fest an die Wand drückte, dass nicht nur der Putz, sondern auch zwei Bilder von den Wänden fielen und mit einem Klirren auf dem Boden landeten.

Er packte meine Hüfte, und ich umschlang ihn mit den Beinen. Ich wollte ihm noch näher kommen, während er die Treppe hinaufstürmte und dabei eine Vase, zwei Tische und eine Lampe umwarf.

Ich lachte leise, als wir sein Zimmer erreichten, in dem ich bisher noch nicht ein einziges Mal gewesen war. Ich würde es mir später ansehen – jetzt war ich leider anderweitig beschäftigt.

»Es macht erheblich mehr Spaß, wenn dein Körper nicht mehr so zerbrechlich ist«, knurrte Timur irgendwo an meinem Ohr.

Ich hatte völlig die Orientierung verloren und ließ ihn einfach gewähren.

»Wahrscheinlich war das der einzige Grund dafür, dass du mich wochenlang malträtiert hast«, antwortete ich und schaffte es in einer einzigen Bewegung, die Reste seines Hemdes wegzureißen.

Sein Körper war einfach perfekt, geradezu teuflisch gut – fest und muskulös, mit feinen Konturen. Ein Teil davon steckte aber leider in einer noch viel zu intakten Hose.

Timur riss mir mein Shirt über den Kopf und zerrte an meinem BH. Es störte ihn nicht im Geringsten, als die Nähte aufplatzten, sondern er wirkte nur zufrieden, dass er endlich weg war. Dann beugte er sich über mich, küsste und liebkoste mich. Er trieb mich in den Wahnsinn, weil er seine Zunge über meinen Körper wandern ließ, hinunter zu meiner Hose.

Ich hatte keine Ahnung, wie er es geschafft hatte, aber viel zu spät bemerkte ich, dass ich sie nicht mehr trug und nicht nur völlig nackt, sondern ihm auch völlig ausgeliefert war. Er sollte tun, was immer er tun wollte, er konnte alles von mir haben.

Er war unnachgiebig und hart, als er sich in mich drängte und über mich hinwegfegte wie ein heftiger Sturm. Ich keuchte auf, und ein Schauder durchlief mich vom Kopf bis zu den Zehenspitzen. Der Kuss zuvor war absolut harmlos gegen das, was mit meinem Körper geschah, als er mich ganz ausfüllte. Seine Lippen waren überall und seine Stöße heftig und gewaltig. Sie trieben mich in den Wahnsinn, machten aus mir einen Teil von ihm.

Meine Fingernägel gruben sich in die Haut auf seinem Rücken und hinterließen mit Sicherheit tiefe Furchen, aber das wilde Tier in ihm schien sich daran nicht zu stören. Sein Blick war jetzt der eines Räubers, der mich gerade nahm. Endlich taten wir, was wir beide die ganze Zeit schon wollten.

Der Schweiß tropfte von seiner Brust auf mich herunter. Ich hatte keine Ahnung, ob das Bett oder das Haus überhaupt noch standen. Mir fehlte jegliches Gefühl für Raum und Zeit, weil ich völlig gefangen war in dem schnellen und harten Rhythmus, den er vorgab.

Der Moment, als sich meine Lust ein letztes Mal steigerte, ließ mich beinahe das Bewusstsein verlieren. Zumindest dachte ich das, bis Timur sich aufbäumte und wir gemeinsam heftig atmend auf das Laken sanken.

»Ich glaube, du hast da was kaputt gemacht«, sagte ich und starrte auf die Tür, die halb aus den Angeln gerissen war.

Timur schaffte es erst nach einigen Sekunden, den Kopf zu heben und in die Richtung zu blicken, in die ich deutete. Nach einem kurzen Augenblick ließ er den Kopf wieder in die Kissen sinken und nuschelte irgendwas vor sich hin.

»Wie bitte?«

»Isabella hat genug Geld«, wiederholte er noch einmal deutlicher. »Die Tür hat sowieso gequietscht.«

Als Isabella zwei Stunden später mit einem Boot wieder auf die Insel kam, war sie ziemlich irritiert angesichts des Zustands ihres Hauses. Timur erklärte ihr, dass ich es geschafft hätte, meine Fähigkeiten zu nutzen, und dass bei einem kleinen Übungskampf ein paar Dinge zu Bruch gegangen seien. Da zeigte sie sich nachsichtig, während ich so unverbindlich wie eine Immobilienmaklerin lächelte und mich schrecklich fühlte.

Sie umarmte mich gleich mehrfach, und trotz einer ziemlich langen – wohlgemerkt gemeinsamen – Dusche hatte ich das Gefühl, dass sie riechen konnte, was passiert war.

Aber Isabella war etwas anderes viel wichtiger. Eigentlich war sie nur für ein paar Erledigungen zur Monte Isola gefahren, hatte dort aber die Bekanntschaft einer »blonden Hure« gemacht, wie sie sagte.

»Du hast ja keine Ahnung. Sie sah aus, als wäre sie gerade aus dem Moulin Rouge ausgebrochen.«

»Kitty?« Ich blickte Timur fragend an.

»Kitty«, antwortete er und wandte sich wieder an Isabella. »Was hat sie gesagt?«

»Sie meinte, dass sie seit Wochen auf der Suche nach euch sei, dass sie wichtige Informationen für euch habe und dringend mit euch sprechen müsse. Aber natürlich habe ich sie nicht auf die Insel gelassen.«

Der Bannkreis hinderte Kitty daran, San Paolo zu betreten, auch wenn sie die Kunst des Verdampfens beherrschte. Doch allein die Tatsache, dass sie uns bis an den Lago gefolgt war, zeugte von ihrem Wächterblut und dem Talent, jede noch so feine Spur zu wittern.

Ich wurde sofort hellhörig und richtete mich kerzengerade auf. »Wir müssen sie sofort herholen. Wenn sie Informationen für uns hat, könnte das wirklich wichtig sein«, sagte ich an Isabella gewandt, die zum ersten Mal ein finsteres Gesicht machte.

»Seit vielen Hundert Jahren hat kein einziger dahergelaufener Dunkler diesen Bannkreis betreten, und das wird sich auch nicht ändern, nur weil diese Französin in Reizwäsche mit euch reden will.«

Ich hoffte zwar, dass es nur eine Metapher war, konnte mir aber lebhaft vorstellen, dass Kitty wirklich Reizwäsche getragen hatte.

»Aber Isabella, vielleicht geht es um meine Zukunft und …«

»Sie wird diese Insel nicht betreten. Wenn du mit ihr sprechen willst, musst du zu ihr fahren.« Sie wandte sich ihren Einkäufen zu. »Es gibt hier Regeln, und daran muss sich auch die Tochter des Morgenstern halten«, sagte sie streng.

Ich verdrehte die Augen, und Timur zuckte die Achseln.

»Dann werden wir uns auf den Weg machen.« Er wirkte nicht mehr so kurz angebunden wie sonst immer, sondern beinahe entschuldigend.

»Viel Erfolg«, wünschte Isabella, drehte sich aber nicht mehr zu uns um, als wir den Raum verließen.

Wir durchquerten den Garten und hielten auf die schwere Holztür zu, die zum Bootsanleger führte.

»Dieser Ort ist ihr heilig, das musst du verstehen. Sie ist hier in Sicherheit und will, dass das auch so bleibt. Auch wenn sie weiß, dass in ihr noch dunkles Blut steckt, möchte sie mit deinem Vater und der Firma nichts zu tun haben.«

»Das kann ich ja verstehen, aber Kitty ist so was Ähnliches wie eine Freundin. Zumindest in sehr abgewandelter Form«, maulte ich, denn immerhin hatte sie mich mehr oder weniger gerettet und aus der Schusslinie gebracht, als der Club des Apostels von meinem Bruder überrannt worden war.

»Isabellas Familie hat all die Jahrhunderte nur überlebt, weil sie sich strikt an ihre selbst auferlegten Regeln gehalten hat. Sie dürfen jetzt nicht damit aufhören. Wenn Isabella einmal stirbt, werden ihre Kinder zurück auf die Insel kommen und das Erbe antreten.«

Timur stieg in ein kleines Motorboot, das an der Mauer vertäut lag und ruhig auf dem Wasser schaukelte. In abblätternder

Schrift stand ein Name darauf, den ich aber nicht richtig entziffern konnte. Am Ende erkannte ich nur ein »ella«, wie bei Isabella.

Ich ergriff die Hand, die er mir entgegenstreckte, um mir ins Boot zu helfen, und nahm auf dem schmalen Holzbrett neben ihm Platz.

Timur brauchte einige Versuche, bis er den Außenborder gestartet bekam, dann aber ratterte der kleine Motor genügsam vor sich hin und das Boot setzte sich gemächlich in Bewegung. Nachdem wir uns einige Meter von der Mauer entfernt hatten, drehte Timur den Gashebel weiter auf und das Boot beschleunigte sein Tempo – von schnell konnte aber absolut nicht die Rede sein. Meine Gedanken wanderten wieder zu Isabella und ihrer Familie.

»Isabella hat Kinder?« Das erstaunte mich, daher nahm ich das Thema wieder auf. Ich war gar nicht auf die Idee gekommen, dass sie vielleicht Mutter sein könnte, aber natürlich, das ergab Sinn. Irgendwoher mussten diese mütterlichen Gefühle gegenüber Timur doch kommen.

»Ihr Mann ist früh gestorben, deshalb lebt sie mittlerweile ganz allein auf San Paolo. Ihre Tochter Flavia studiert in Mailand, ihr Sohn hat gerade geheiratet und lebt in Neapel. Ich kenne die beiden gut und habe sie in ihrer Kindheit trainiert«, erzählte Timur.

Ich betrachtete ihn, während er das Boot über den See steuerte. Seine blonden Haare wurden vom Wind umhergewirbelt, aber ganz gleich, ob er in einem Sturm stand, einen perfekt sitzenden Anzug trug oder aus einem Krater kletterte, in den ich ihn geschleudert hatte, sein Äußeres blieb immer besonders, sodass er fremd und gleichzeitig unglaublich schön wirkte.

»Das ist meine Art, mich gegen deinen Vater aufzulehnen, verstehst du? Auch wenn ich Maria nicht retten konnte, sorge ich trotzdem dafür, dass ihre Familie überlebt. Ich will, dass die Nachkommen einer der Reiterinnen immer da sind, immer bereit zu kämpfen. Der Morgenstern wird es nie schaffen, ihre Linie völlig auszumerzen, dafür sind sie viel zu schlau. Und auch wenn er gar nicht weiß, dass sie existieren, reicht es mir völlig, dass ich es weiß.« Er starrte in die Ferne, über die spiegelglatte Oberfläche des Sees.

Es steckte so viel mehr in ihm als die kalte Oberflächlichkeit, die man zunächst wahrnahm, wenn man Timur betrachtete. Wahrscheinlich würde man Jahrzehnte brauchen, um alles von ihm zu entdecken. Ich war mir nicht sicher, wie es mittlerweile mit meiner Sterblichkeit aussah, aber vielleicht würde ich ja die Gelegenheit bekommen, die Tiefen von Timurs Persönlichkeit zu entdecken.

Ich wusste nicht genau, warum ich es tat, aber ich legte meine Hand auf seine, und er machte keine Anstalten, sich dagegen zu wehren. Vielleicht war genau das der Moment, an dem ich mich endgültig in ihn verliebte, auch wenn ich das damals niemals zugegeben hätte.

17

»Wie alt bist du eigentlich?«, fragte ich, als Timur das Boot an eine kleine Mauer lenkte und es dort mit einem Seil festmachte, in dem er es in einem absolut unmenschlich anmutenden Knoten um zwei Haken wickelte. Er hatte mindestens zwanzig Schlaufen gebunden, sie völlig durcheinander miteinander verknotet und am Ende war ein Kunstwerk dabei herausgekommen.

Der Blick, den er mir schenkte, glich dem einer älteren Dame, die ich nach ihrem Gewicht gefragt hatte. Er wirkte zutiefst beleidigt, sprang auf den Anleger und sah mir dabei zu, wie ich – im Gegensatz zu ihm völlig menschlich – mit ächzenden Lauten auf die Hafenmauer hüpfte, die Hände vom Dreck sauber klopfte und einmal laut schnaufte.

»Wieso ist das wichtig?«, fragte er.

»Ich weiß nicht. Ich wüsste einfach gern, ob es irgendwie eklig ist, wenn ich mit dir schlafe«, antwortete ich trocken.

»Was sollte daran eklig sein?«

»In China gibt es eine Delikatesse«, erklärte ich hochtrabend, »die heißt tausendjährige Eier und …«

»Mein menschlicher Körper sollte deinen Erwartungen entsprechen«, unterbrach er mich. Offenbar wusste er genau, worauf ich gerade hinauswollte.

»Donatella Versace tut auch so, als hätte sie einen zwanzigjährigen Körper, und müsste eigentlich schon lange tot sein«, gab ich zurück und folgte ihm durch den Hafen, vorbei an einigen Häusern und hinein in ein Geflecht aus kleinen Gassen.

»Wer ist Donatella Versace?«, fragte er irritiert.
»Google sie!«
»Google?«
»Oh Gott, ich glaube, du hast zu viel Zeit in der Hölle verbracht«, raunte ich und verdrehte die Augen.

Er fuhr alle paar Stunden mit einem neuen Auto vor, logierte in den besten Hotels des Planeten und trug Designeranzüge, für die man gleich mehrere Kreditkarten brauchte, hatte aber keine Ahnung von den wichtigen Dingen eines irdischen Lebens. War ein Leben ohne Google überhaupt möglich? Und wie war es mit Facebook und Twitter? Dann durchzuckte mich ein erschreckender Gedanke: Vielleicht hatte er keine Ahnung von Zalando?

»Deshalb bin ich dir ja auch zu alt.«

»Das habe ich nicht gesagt. Ich will nur wissen, wie alt du bist«, antwortete ich und folgte Timur durch einen schiefen Torbogen in einen gemütlichen Hinterhof, in dem fünf Tische mit weißen Decken unter roten Sonnenschirmen standen. Unter einem der Schirme saß eine Person, die hier so wenig hinpasste wie Timur in ein Zalando-Outlet.

Kitty Cartier trug nicht nur schwarze Lack-Heels, sondern auch eine schwarze Spitzencorsage mit passendem Faltenrock, der knapp über den halterlosen Strümpfen endete. Ihr Gesicht wurde durch eine gigantische Sonnenbrille halb verdeckt – sie reichte von knapp unter dem Haaransatz bis Millimeter über ihre knallroten Lippen.

Plötzlich konnte ich verstehen, was Isabella mit ihrer doch recht negativen Beschreibung von Kitty gemeint hatte.

»Das ist nicht ihr Ernst, oder?«, fragte ich und hielt kurz inne, während Timur gelassen weiter auf Kittys Tisch zuschlenderte.

»Viertausenddreihundertachtundzwanzig.«

»Was?«, fragte ich, während ich den armen älteren Herren bemitleidete, der an dem Tisch neben Kitty saß und hoffentlich nicht wegen ihr so schwer atmete.

»Mein Alter«, sagte er und zwinkerte mir über die Schulter hinweg zu.

Selbstverständlich setzte Timur sich auf den einzigen freien Stuhl an Kittys Tisch, ohne weiter auf mich zu achten.

Natürlich hatte sich nichts zwischen uns geändert. Timur war noch immer der gleiche Mistkerl wie vorher, was aber auch nicht verwunderlich war, wenn man bedachte, dass seine Manieren seit über viertausend Jahren zu wünschen übrig ließen.

Also verschwendete ich ebenfalls keinen Gedanken an meine Manieren, ging zu einem der Nachbartische, packte einen schweren gusseisernen Gartenstuhl und schleifte ihn lautstark quietschend einmal quer durch den Innenhof an den richtigen Tisch.

Timur und Kitty warfen mir irritierte Blicke zu, aber ich winkte ab.

»Bitte, lasst euch von mir nicht stören. Macht nur weiter«, sagte ich spitz.

Selbstverständlich verstanden sie meine Ironie nicht, oder sie wollten sie nicht verstehen, denn sie wandten sich wieder einander zu und redeten über irgendetwas, das mit Judas zu tun hatte.

»Geht es ihm gut?«, fragte ich und machte es mir mit einiger Verspätung ebenfalls bequem.

»Ich bitte dich. Er ist der Apostel, chérie«, tadelte Kitty mich mit feinstem französischen Akzent.

Wie unglaublich ich sie doch vermisst hatte.

»Er musste vielleicht ein bisschen aufräumen, die ein oder andere Gliedmaße wiederherstellen, aber sonst geht es ihm ganz *fantastique*!«, erklärte Kitty und zog an einer ewig langen Zigarettenspitze, in der eine strahlend weiße Zigarette klemmte. »Er lässt dich grüßen und besteht darauf, dass du ihn bald wieder beehrst«, schob sie leicht zerknirscht hinterher.

Es schien ihr nicht zu passen, dass Judas mich mochte. Ich hatte häufig an ihn gedacht, schließlich hatte er sich einfach so auf meine Seite gestellt, und das, obwohl er von sich behauptete, der einzig Neutrale zu sein, den es zwischen Licht und Dunkel gebe.

»*Quoi qu'il en soit*, wie auch immer, deshalb habe ich nicht die Reise in dieses abstoßende Land auf mich genommen«, brachte Kitty angewidert hervor.

Ich war erstaunt, dass wir uns in dieser Hinsicht ähnlich waren – auch Kitty hatte mit der Firma und dem Land, dem sie entsprang, nichts am Hut. Sie verachtete meinen Vater sicher noch um einiges mehr als ich, schließlich hatte er sie einfach vor die Tür gesetzt, nachdem er in ihr zunächst den hellsten Stern am Firmament gesehen hatte.

»Ich habe eine Ewigkeit nach euch gesucht und mich durch die halbe Welt evaporiert, nur um dann herauszufinden, dass ihr Dilettanten es offenbar versäumt habt, den Bannkreis so anzupassen, dass ich euch erreichen kann.«

Tatsächlich hatten wir das nicht versäumt, aber es beeindruckte mich durchaus, dass sie es geschafft hatte, uns zu finden.

»Dann hör doch endlich auf, deine Burleske hier abzuziehen, und sag uns, was so wichtig ist«, maulte ich und verschränkte die Arme vor der Brust.

Als Antwort starrte Kitty erst mich und dann Timur an, in der Erwartung, dass er mich zurechtweisen würde, aber er blieb völlig regungslos sitzen.

Wieso hatte es eigentlich nicht von Anfang an so laufen können? Mir lagen noch ungefähr hundert Dinge auf der Zunge, die ich ihr gern gesagt hätte, aber ich wollte auch nicht zu gemein sein, schließlich hatte sie viel auf sich genommen, um uns nicht nur zu finden, sondern uns auch zu helfen.

Es dauerte noch eine gefühlte Ewigkeit, aber dann ließ Kitty sich herab zu antworten.

»Der Apostel hat mich gebeten, mich etwas umzuhören, in ein paar Wespennester zu stechen und zu schauen, ob etwas passiert. Und es ist etwas passiert. Die Häuser haben eine kleine Gruppen von besonders vertrauenswürdigen Wächtern damit beauftragt, dich zu finden und einem Tribunal vorzuführen. Aber keine Sorge, sie sind weit davon entfernt, auch nur eine Spur zu haben. Allerdings habe ich herausgefunden, dass Davide einer dieser Wächter ist. Und Davide entstammt einer Wächtergeneration, die ich ausgebildet habe.« Sie zog ein weiteres Mal an der Zigarette. »Davide und ich haben hin und wieder noch Kontakt, wenn man so will. Er hält mich auf dem Laufenden, was in der Firma passiert, teilt mit mir wichtige Informationen und sorgt dafür, dass unwichtige Informationen im Nichts verschwinden, bevor sie die Firma erreichen. Ihr versteht?«

So unausstehlich sie auch war, musste ich Kitty doch zugestehen, dass sie ein absolut gerissenes Miststück war, die ihre Ressourcen nicht nur akribisch genau kontrollierte, sondern auch wusste, wie sie sie am effizientesten einsetzen konnte. Ich hätte nicht gedacht, dass sie noch über einen Spitzel in den Reihen der Wächter verfügte, von denen nicht einmal die Sieben so genau wussten, was sie eigentlich taten.

»Sprich weiter.« Timur zeigte sich unbeeindruckt.

»Davide hat Informationen für dich, Catalea. Er ist zu einem Treffen bereit. Entweder kommst du in das Dunkel, oder ihr trefft euch in Köln«, erklärte sie. »Allerdings wird er diese Informationen ausschließlich dir anvertrauen. Er betrachtet es als Geste des Respekts, dass du persönlich bei ihm vorsprichst.«

»Kein Problem, Timur kann mir ja kurz die Kehle durchschneiden und zack, bin ich im Dunkel. Das ist eine schöne Idee«, antwortete ich trocken.

Kitty wusste genau, dass ich das Dunkel als Halbblut nicht betreten konnte, außer natürlich wenn ich starb, und Köln war im Moment auch nicht das sicherste Pflaster für mich.

»In Köln ist es wahrscheinlich gefährlicher als im Dunkel«, sagte Kitty.

»Prima, dann gehen wir nach Köln«, erklärte Timur.

»Geht ihr?«, fragte Kitty.

»Gehen wir?«, fragte ich.

»Gehen wir«, wiederholte Timur. »Ich denke, dass wir uns lange genug versteckt haben und jetzt mal ein bisschen Bewegung in die Sache bringen sollten. Wenn wir wirklich etwas herausfinden, haben wir die Sache bald hinter uns.«

»Ich kann aber nicht auf sie aufpassen«, sagte Kitty sofort und deutete auf mich, während sie sich die Sonnenbrille aus dem Gesicht riss.

»Niemand muss auf sie aufpassen, Catherine. Sie ist die Tochter des Teufels und selbst dazu in der Lage.«

Da war ich mir ehrlich gesagt nicht so sicher, denn ich hatte es bisher nur ein einziges Mal geschafft, meine Bestie zu nutzen. Während Timur mit Leichtigkeit aus einem Boot springen konnte, war ich noch immer an meinen vadumantischen Körper gefesselt, der mir nicht viel erlaubte – trotz des wochenlangen unerbittlichen Trainings, das mir Timur dankenswerterweise zugedacht hatte.

»Na, ihr wisst schon, was ihr tut«, meinte Kitty leichthin und drückte ihre Zigarette in Ermangelung eines Aschenbechers einfach in ihrer Handfläche aus, nachdem sie sich kurz umgeschaut hatte. Sie stand auf und warf einen Fünfhunderteuroschein auf den Tisch.

»Stimmt so!«, rief sie einem Kellner zu, der gerade aus dem Inneren des Hauses kam. »Meldet euch, wenn ihr so weit seid. Ich kümmere mich dann um die Formalitäten. *Au revoir!*« Sie verabschiedete sich von uns, und noch während sie im Torbogen stand, durch den wir den Innenhof betreten hatten, löste sie sich in dunkel wabernden Rauch auf.

Ich seufzte, als Timur versuchte, dem Kellner auf Italienisch zu erklären, dass er den Schein einfach behalten könne, auch wenn Kitty nur ein Glas Chianti getrunken habe.

Warum konnten Dunkle nicht einfach ganz normal sein? Warum mussten sie so völlig wahnsinnig wie Kitty sein?

»Schieb es auf die Gesellschaft«, meinte Timur und stand auf.

»Wie bitte?«

»Du hast dich doch gefragt, warum Kitty so ist, wie sie ist, oder nicht?«

»Liest du etwa meine Gedanken?«, keifte ich.

»Nein«, antwortete Timur trocken. »Ich frage mich das Gleiche.«

»Ich dachte, du könntest sie vielleicht verstehen.«

»Wieso sollte ich?«, fragte er und führte mich durch das Gassengeflecht zurück zum Wasser, wo unser kleines Boot lag.

»Na ja, du bist doch selbst auch nicht ganz sauber«, sagte ich und schenkte ihm mein schönstes Lächeln, während er ausführlich versuchte, mich mit Blicken zu vernichten.

Als wir einige Stunden später mitten in der Nacht auf der Isola di San Paolo am langen Esstisch saßen, schüttelte Isabella mittlerweile zum zwanzigsten Mal den Kopf. Sie war alles andere als begeistert von der Idee, nach Köln zurückzukehren –

genauso wie ich im Übrigen auch –, aber Timur ließ sich nicht davon abbringen.

Isabella schlug vor, dass er die Lage in Köln allein auskundschaften und mich auf San Paolo lassen könne. Timur entgegnete ihr, dass der Wächter nur mit mir sprechen wolle.

Warum hatte noch niemand darüber nachgedacht, dass es sich dabei auch um eine Falle der Wächter handeln könnte? Schließlich gab es absolut keinen Grund, Kitty alle wichtigen Informationen zu geben – sie war doch seine Verbindungsperson. War es nicht auch für den Wächter Davide viel riskanter, sich irgendwo mit mir zu treffen?

»Dann werde ich euch begleiten«, beschloss Isabella schließlich und stand auf, um den Tisch abzuräumen.

Wir hatten gemeinsam gegessen. Sie hatte ein sagenhaft köstliches Pastagericht mit scharfer Tomatensoße und frischem Fisch gekocht.

»Das wirst du ganz sicher nicht tun«, entgegnete Timur und erhob sich ebenfalls.

»Glücklicherweise hast du das nicht zu bestimmen, mein Lieber.«

»Ich bin dafür verantwortlich, dass deiner Familie nichts passiert«, knurrte er, und ich merkte sofort, wie ernst es ihm war.

Er würde auf keinen Fall zulassen, dass Isabella etwas geschah. Eher würde er sein eigenes Leben geben, als sie zu opfern.

»Ich werde Flavia nach San Paolo bitten. Sie wird die Insel so lang bewachen.«

»Das wird sie nicht.« Timur klang mittlerweile merklich ungehalten.

»Catalea, meine Kleine …« Sie umrundete den Tisch, ging neben mir in die Hocke und griff nach meinen Händen.

Isabella lächelte müde und küsste eine meiner Handflächen, was eine wirklich seltsame, aber auch rührende Geste war. Ich wusste, dass Isabella auch mich mittlerweile in den Kreis der Personen aufgenommen hatte, von denen sie glaubte, sich um sie kümmern zu müssen. Aber auch ich hatte sie in den letzten zwei Monaten, die ich in diesem Kleinod verbracht hatte, in mein Herz geschlossen. Sie war zu einem Teil meiner Familie geworden, hatte vieles miterlebt, wusste, wie es mir ging, wie ich mich fühlte, wie es in meinem Innersten aussah.

»Wenn du dich wirklich dazu entscheidest, die Bühne zu betreten, werden wir noch etwas an deinem Auftreten ändern müssen, das weißt du, nicht wahr?«, fragte sie und natürlich hatte auch ich darüber schon nachgedacht.

Ich hatte die Bestie befreit, hatte sie einen Teil von mir werden lassen und damit akzeptiert, dass ich jetzt dazugehörte. Nachdem ich mein Leben lang nur eine Spielfigur am Rande des Feldes gewesen war, würde ich mich jetzt selbst ins Spiel bringen. Ich konnte die Spielregeln also nicht länger ignorieren, sondern würde sie so wie alle anderen auch befolgen müssen und das tun, was von mir erwartet wurde. Allerdings würde ich das Spiel so interpretieren, wie es mir gefiel.

Ich nickte und lächelte. »Ich weiß.«

»Dann müssen wir nach Mailand fahren, bevor es nach Köln geht. Ich habe ein paar Freunde in der Stadt, die dir sicher bei der entsprechenden Ausstattung behilflich sein werden.«

Auch wenn es mir jetzt schon allein vor den Schuhen graute, wusste ich doch, dass es notwendig war. Ich hatte mich dazu entschieden, in die Schlacht zu ziehen, und ein Soldat brauchte eine Uniform.

Ich drehte mich zu Timur um, der uns mit verschränkten Armen und einer gewaltigen Zornesfalte zwischen den Augen anstarrte.

Ich schmunzelte bei seinem Anblick und wurde dann wieder ernst.

»Isabella kommt mit«, sagte ich mit einer Überzeugung, die keinen Widerspruch duldete.

Wie auch immer ich es mit nur einem Satz geschafft hatte, aber es geschah das Unglaubliche. Timur verdrehte zwar die Augen, und ich merkte, dass es ihm ganz und gar nicht gefiel, aber er nickte.

Isabella war – wie auch er – zu einem Teil meines Lebens geworden, und ich freute mich, dass sie uns begleiten wollte. Mir war egal, ob es aus Überzeugung oder wegen ihrer mütterlichen Gefühlen mir gegenüber geschah. Mit ihr an meiner Seite fühlte ich mich wohler, und in den kommenden Tagen konnte ich absolut jede Unterstützung gebrauchen.

Es war mir nicht nur ein Rätsel, es war mir ein absolutes Mysterium, dass wir in einem nagelneuen Maserati saßen, aber wir taten es.

Wo Timur vor beinahe genau zwei Monaten den Jaguar geparkt hatte, hatte nun ein stahlgrauer Maserati gestanden – ein Viersitzer, sodass auch Isabella Platz fand.

Erst hatte ich völlig entgeistert aufschreien wollen, aber dann hatte ich es einfach schweigend akzeptiert und war eingestiegen. Vielleicht gehörte es ja zu seinen geheimnisvollen Talenten, neue Autos aus dem Nichts auftauchen zu lassen.

Wir erreichten Mailand nach einer etwa zweistündigen Fahrt, durchquerten die Innenstadt und parkten den Wagen in einem Parkhaus.

Ich fragte mich, ob er noch da sein würde, wenn wir hierher zurückkamen, oder ob dann vielleicht ein Lamborghini seinen Platz eingenommen hätte.

Zwar hatte Timur darauf bestanden, dass wir Isabella nicht

brauchten, aber als sie uns jetzt durch die Via Monte Napoleone, Mailands Prachtstraße, lotste, war er wahrscheinlich froh, dass sie uns begleitete. Hier reihte sich eine Nobelboutique an die nächste und überall türmten sich die teuersten Kleider, Schuhe und Accessoires in den Fenstern.

Und ich war mittendrin – in Jeans und Sneakers.

Isabella führte mich von Geschäft zu Geschäft, kaufte dies und das und hatte schon nach dem Versace-Store einen fünfstelligen Betrag erreicht. Nach Prada, Ferragamo, Louboutin und Hermès hatten wir eine sechsstellige Zahl geknackt.

Ich hätte niemals gedacht, dass es dermaßen einfach war, solche Unsummen auszugeben. Im La Rinascente, dem teuersten Kaufhaus der Stadt, direkt gegenüber des Doms, ließen wir noch einmal ein gewaltiges Vermögen.

Viele der Kleider probierte ich übrigens nicht einmal an. Isabella kaufte sie einfach – mit Timurs Kreditkarte wohlgemerkt, die mittlerweile glühen musste. Aber wahrscheinlich hielt er es mit dem Geld wie mit den Autos: Es tauchte einfach auf.

Lediglich in der unglaublich pompösen Óscar-de-la-Renta-Boutique nahm ich mir etwas mehr Zeit, denn die Kleider dort waren wirklich sagenhaft schön. Ich entdeckte ein Kleid, das etwas ganz Besonderes war, weil es sich um eines der letzten von ihm persönlich vor seinem Tod entworfenen Exemplare handelte, das noch nicht verkauft war.

Zunächst war der Verkäufer nicht einmal auf die Idee gekommen, es mir anzubieten, aber als Isabella in herrischem Ton befahl, es mir umgehend zur Anprobe bereit zu machen, setzte sich eine kleine Armee von Verkäufern in Bewegung, um die Vitrine zu öffnen und das Kleid in eine Kabine zu bringen.

Wenige Minuten später betrachtete ich mich im Spiegel und konnte gar nicht glauben, dass mein Körper geradezu perfekt in dieses Kleid hineinpasste.

Es war eigentlich ganz schlicht, pechschwarz und aus edelster changierender Seide. Es hatte einen engen Halsausschnitt, lag an meinem Oberkörper noch hauteng an, wurde nach unten hin aber weiter und endete in einem opulenten Rock. Als wäre das nicht schon eindrucksvoll genug, war das gesamte Kleid von einer zweiten Schicht schwarzen Tülls überzogen, der mit roten Kristallen besetzt war und aus dem dunklen Stoff ein strahlend schimmerndes Meisterwerk machte.

Isabella gab mir kurzerhand ein paar Louboutins aus einer Tüte.

Ich war noch immer Catalea Morgenstern, aber eben eine andere Catalea als noch vor zwei Monaten. Ich war nicht die Catalea, zu der mein Vater mich hatte machen wollen. Ich war die Catalea, die ich sein wollte, eine Catalea, die ihn womöglich noch in den Wahnsinn treiben würde. Ich war die Teufelin.

Es waren keine Jeans und Sneakers, aber wenn ich nun tun würde, was ich tun wollte, musste ich mich an die Regeln halten. Und dazu gehörten nun mal auch die passenden Klamotten, von denen Isabella glücklicherweise mehr Ahnung hatte als ich.

»Wir kaufen es!«, sagte Isabella und deutete auf mich.

»Aber es ist …«, stotterte der Verkäufer.

»Das ist mir egal. Wir kaufen es.«

So wie ich Isabella kennengelernt hatte, hätte ich nie vermutet, dass sie sich in den Sphären zurechtfände, in denen wir uns gerade bewegten, aber sie war eine absolut unersetzliche Hilfe, die mit vielen der Verkäufer sogar per Du war und die aktuellen Kollektionen der jeweiligen Designer zum Teil in- und auswendig kannte.

Erst war ich ziemlich genervt, aber nach dem dritten Glas Champagner, den es in jeder Boutique obligatorisch gab, war mir alles egal, und ich ließ mich gut gelaunt durch die einzelnen Läden führen.

Zumindest bis Timur laut seufzte und genervt zu Isabella sagte: »Isabella, es reicht. Ich habe keine Ahnung, wie wir das ganze Zeug ins Auto bekommen sollen. Außerdem sind auch meine Mittel nicht unerschöpflich.«

»Das stimmt, aber erschöpft sind sie noch lange nicht, mein Lieber«, gab sie zurück, nickte aber, als Timur uns aus dem letzten Geschäft hinausführte.

Ich überredete ihn, noch eine kleine Pause in einer Aperitivo Bar einzulegen. Auch wenn ich Italien aufgrund seiner engen Verbindung zu meinem Vater verabscheute, hielt ich die Aperitifkultur doch für etwas ganz Wundervolles. Ab dem Nachmittag bevölkerten die Italiener die kleinen Bars, tranken Campari und Negroni, ließen den Arbeitstag ausklingen und läuteten den Abend ein. Zu jedem Aperitif bekam man feine Köstlichkeiten gereicht, und wenn man sich durch zwei, drei Bars getrunken hatte, konnte man auch auf das Abendessen verzichten. Eigentlich war genau das mein Plan gewesen, aber Mister »Ich erlaube dir keinen Spaß, absolut niemals« bestand darauf, dass wir uns nach nur einem Drink auf den Weg machten.

Als wir das Parkhaus erreichten und der Maserati noch immer dort parkte, presste ich mir erschrocken die Hand auf die Brust.

Timur wirbelte herum, und wie aus dem Nichts hielt er wieder seinen silbernen Spazierstock in der Hand.

»Was?«, fauchte er, bereit, Isabella und mich gegen jeden Angreifer zu verteidigen.

Völlig entsetzt deutete ich auf den Wagen und lächelte. »Das Auto! Es ist immer noch dasselbe!«

Es dauerte mehrere Sekunden, bis Timur den Stock hinter seinem Rücken verschwinden ließ und mich dann finster anstarrte.

»Mach das nie wieder«, knurrte er.

»Was denn? Ich war wirklich erschrocken.«

»Du solltest dich lieber um wichtigere Dinge kümmern.«

»Was könnte das zum Beispiel sein?«, fragte ich und stieg ein.

»Du könntest zumindest versuchen, so zu tun, als hättest du ein bisschen Stil«, antwortete Timur, rückte die schwarze Ray-Ban auf seiner Nase zurecht und startete den Motor, nachdem auch Isabella in den Wagen gestiegen war.

Ich riss den Mund wütend auf und wollte gerade mit einer Beleidigungstirade beginnen, als sich Isabella vom Rücksitz einschaltete. »Es ist schön zu sehen, dass ihr euch schon jetzt wie ein altes Ehepaar benehmt, obwohl ihr doch erst frisch …«

»Wir sind gar nichts!«

Ich starrte Timur entsetzt an, denn wir hatten gerade den gleichen Satz völlig synchron und sogar in der gleichen hysterischen Tonlage gesagt.

»Also wir sind überhaupt nicht …«

»Als ob ich mit diesem ungehobelten …«

»Wir gehören zwei unterschiedlichen Kasten …«

»Ausgerechnet dieser Typ, das ist ja …«

»Es ist schon in Ordnung«, unterbrach Isabella uns und schüttelte den Kopf. »Ich habe nichts gesagt.«

Als ob er unsere Worte noch einmal fett unterstreichen wollte, trat Timur das Gaspedal so heftig durch, dass ich beinahe schmerzhaft in den Sitz gepresst wurde. Die Häuser der Stadt zogen viel zu schnell an uns vorbei, aber Timur hatte kein Problem damit, den Verkehr im Auge zu behalten. Bei einem Autounfall würde ich jedenfalls nicht sterben, da war ich mir ziemlich sicher.

Es war gar nicht so schlecht, einen viertausend Jahre alten Dämon als Fahrer zu haben, der weder Google noch Zalando kannte, dafür aber wahrscheinlich jede Luxusautomarke, die die Menschheit jemals hervorgebracht hatte.

18

Kapitel 756 – Aneignung neuer Konsumgüter

Eine repräsentative Umfrage hat ergeben, dass sich 94 % aller Seelen nicht vom Konsum abwenden möchten. Seit sie sich im Dunkel befinden, tragen sie die gleiche Kleidung, in der sie aus dem Leben getreten sind. Ausgenommen sind selbstverständlich Nudisten, exotische Tänzer sowie Angehörige spezieller Berufsgruppen, die beim Eintritt ihres Todes unbekleidet waren. Ihnen wurde die Standardkleidung 3/15 Doppelgrau zur Verfügung gestellt.

Konsum ist Ihnen im Dunkel untersagt. Es besteht leider keine Möglichkeit, neue Kleider zu erwerben, nachdem Sie den Erdkreis verlassen haben.

Eine repräsentative Umfrage hat ergeben, dass es 76 % aller Seelen leichterfällt, dies zu akzeptieren, wenn sie erfahren, dass der Konsum auch im Licht nicht mehr möglich ist.

Gern möchten wir Ihnen an dieser Stelle aber unsere neu eingerichtete und attraktiv ausgestattete Tausch- und Transferplattform e-höll vorstellen. Der Zugriff ist in einem der Informationszentren möglich, nach einer einmaligen Anmeldung bei dem für Sie zuständigen Totenarbeiter. Nach einer Bearbeitungszeit von zwei Dekaden erhalten Sie einen persönlichen Account zugewiesen, mit dem Sie fortan e-höll völlig kostenfrei nutzen können.

Da Sie nur einen Satz Kleider besitzen dürfen, steht die Kaufen-Funktion leider nur reinrassigen Dunklen zur Verfügung. Sie dürfen allerdings Ihre Kleider zum freien Tausch anbieten.

Haben Sie genug von Ihrer eintönigen Gefängniskleidung? Finden Sie auf e-höll einen Tauschpartner aus einer anderen Epoche und schlüpfen Sie in Kleider aus dem siebzehnten Jahrhundert. Oder steht Ihnen der Sinn mehr nach etwas Freizügigem? In der Rubrik »Schwimmunfälle« finden Sie eine ansprechende Auswahl an Badekleidern, die Sie sich selbstverständlich ertauschen dürfen. Tauschen Sie beliebig oft Ihre Kleidung und werden Sie so zu einer ganz neuen Seele. Melden Sie sich noch heute für die Tauschplattform e-höll an. Ein neues Jahrtausend in der Dunkelheit wartet auf Sie – in neuen Kleidern.

…

Aus: Ratgeber für die Toten. 783. Auflage
Verlag der Finsternis

»Wo warst du?!«

Ich schrie so laut auf, dass Timur auf die Bremse trat und der Maserati heftig schlingerte und die Reifen quietschten.

»Und du undankbarer Abschaum wirst dafür bezahlen.« Mein Vater stach Timur mit dem Zeigefinger in den Nacken. »Und wer ist das überhaupt?«, fragte er und deutete auf Isabella, die sich am Griff über ihrem Kopf festklammerte.

Nach einer Pause irgendwo in Österreich hatten Isabella und ich die Plätze getauscht, und ich hatte es mir auf dem Rücksitz des Autos bequem gemacht. Zumindest bis zu dem Augenblick, als mein Vater in der Gestalt eines alternden Fußballtorwarts in Trikot und mit Handschuhen neben mir aufgetaucht war.

»Bist du eigentlich völlig irre? Was fällt dir ein? Du hättest uns beinahe umgebracht!«, schrie ich und schlug nach ihm.

»Ach, so schnell geht das nicht«, schrie er zurück. »Wo warst du?«, fragte er noch einmal, und dieses Mal donnerte seine

Stimme so heftig durch den Wagen, dass die Scheiben vibrierten.

»Timur hat das getan, was du von ihm verlangt hast. Er hat mich in Sicherheit gebracht, und wir haben uns versteckt«, fauchte ich. »Also wenn du jemanden dafür verantwortlich machen willst, dann dich selbst.«

»Ich habe mir Sorgen gemacht.«

»Als ob du dir jemals Sorgen um mich gemacht hättest.«

»Vielleicht nicht. Aber ich habe versucht, mir Sorgen zu machen.«

»Es geht mir gut, du kannst wieder verschwinden.«

Mein Vater zog sich die Fußballhandschuhe aus und betrachtete seine Hände, als würde er sie zum ersten Mal sehen. Vielleicht tat er das auch, ich hatte schließlich keine Ahnung, wie lange er diesen Körper bereits besetzte.

Er warf die Handschuhe in den Fußraum und lehnte sich in den Sitz zurück, um mich besser betrachten zu können.

Auch wenn er nichts gesagt hätte, wäre mir sofort klar gewesen, dass er mein Vater war. Sein Blick war einfach unverwechselbar, abschätzig, immer von oben herab, aber auch amüsiert. Er schien sich aus absolut allem einen Spaß zu machen, und er wirkte meist so zufrieden, als liefe die ganze Welt genau nach seinem Plan.

»Ich bin dennoch interessiert, wie du es geschafft hast, dich vor deinem eigenen Vater zu verstecken.«

»Ich wüsste auch gern, warum der Himmel blau ist«, antwortete ich trocken.

Der Teufel lachte lauthals. Sogar dieser Moment schien ihm zu gefallen, auch wenn er offensichtlich nicht die Zügel in der Hand hielt. Oder war das nur mein Eindruck? Wenn er Timur aufforderte, würde dieser es ihm sofort verraten, er würde ihm wahrscheinlich *alles* sofort sagen, schließlich war er für den

Rest seines Lebens an ihn gebunden, und das konnte unter Umständen noch ziemlich lang sein.

»Du gefällst mir immer besser, meine Tochter. Du lernst sehr schnell, du entwickelst dich«, stellte mein Vater fest und musterte mich dabei noch immer eingehend. »Auch wenn ich nicht wusste, wo du warst, habe ich mitbekommen, dass du endlich angenommen hast, wer du bist, und dass etwas in dir darauf wartet, zum Einsatz zu kommen«, sagte er mit leiser Stimme.

Die Befriedigung war ihm deutlich anzuhören. Endlich hatte ich das getan, wozu er mich mein ganzes Leben zwingen wollte. Endlich war ich den Handel eingegangen. Mein Vater steckte vielleicht im Körper eines einfachen Menschen, und er hatte Spaß daran, sich so auszudrücken, als wäre das Leben ein großer, bunter Spaß, aber der größte Fehler, den man begehen konnte, war es, ihn zu unterschätzen. Mein Vater war das gefährlichste und tödlichste Wesen, das jemals gelebt hatte. Man durfte nie vergessen, dass er dem Allmächtigen persönlich die Stirn bot, Tag für Tag.

»Ich gebe mir die größte Mühe«, antwortete ich sarkastisch und verschränkte die Arme vor der Brust.

Ich war froh, dass Timur sich zurückhielt und Isabella ebenfalls schwieg. So konnte ich den Kampf austragen, denn ich war die Einzige, die eine Chance hatte, ihn zu bestehen.

»Ich werde dich im Auge behalten«, sagte mein Vater schließlich und schenkte mir ein falsches Lächeln.

Ich parierte mit einem zuckersüßen Lächeln, denn in dieser Disziplin war ich großartig. Es schien ihm zu gefallen, denn er hob die Hand, schnippte mit den Fingern und war in derselben Sekunde verschwunden. Zurück blieben von ihm nur die stinkigen Torwarthandschuhe, die noch immer auf dem Boden lagen.

Es dauerte eine Ewigkeit, bis das Schweigen im Wagen endlich gebrochen wurde, und Isabellas Stimme war wie ausgewechselt. Mit einem Mal klang sie nicht mehr selbstsicher, warm und weich, sondern beinahe zittrig und heiser.

»War das …?«

»Der Morgenstern«, antwortete Timur und tätschelte ihre Hand.

Ich hatte gar nicht darüber nachgedacht, dass diese Begegnung für Isabella außergewöhnlich sein könnte, aber ich war wahrscheinlich auch die einzige Person weltweit, auf die mein Vater keinen besonderen Eindruck mehr machte.

Ich hatte völlig vergessen, wie er auf andere wirkte, was mit ihnen geschah, sobald er den Raum betrat, wie sich die Luft, die Temperatur, die Gedanken veränderten. Alles wurde eng, auf eine allmächtige und gleichzeitig beklemmende Art. Die Menschen bekamen Panik, fühlten das Raubtier in seinem Inneren und begriffen, dass er anders war, dass er gefährlich war.

Auf mich zeigte das keine Wirkung, und inwieweit es Timur beeinflusste, vermochte ich nicht zu sagen. Er war viel zu kontrolliert, als dass er es jemals zeigen würde.

Ich beugte mich etwas vor und sah, wie sich die noch immer leichenblasse Isabella mit einer zusammengefalteten Landkarte Luft zufächerte und tief durchatmete. Es war faszinierend, wie unglaublich unterschiedlich die Wirkung meines Vaters doch sein konnte.

Ein kurzer Seitenblick auf Timur bestätigte meine Vermutung: Absolut nichts an ihm deutete auf die letzten Minuten hin. Er schien völlig unbeeindruckt, versteinert wie immer, wenn er sich auf etwas konzentrierte.

»Ist er wirklich weg?«, fragte Isabella, wagte es aber nicht, sich umzudrehen.

»Er ist weg«, sagte ich, griff nach den Handschuhen, ließ das Fenster herunter und warf sie auf die Autobahn. Das war vielleicht fahrlässig, aber in solchen Situationen musste man Prioritäten setzen.

Als wir wenige Stunden später anhielten – mittlerweile wieder in Deutschland –, kaufte Timur drei Prepaidhandys an der Raststätte und nannte mir eine Telefonnummer, an die ich eine SMS schicken sollte.

Offensichtlich gehörte diese Nummer Kitty, denn schon nach wenigen Minuten kam eine Antwort auf Französisch, von der ich kein Wort verstand. Timur übersetzte, dass sie ein Treffen für den nächsten Abend vereinbart habe. Sie habe einen Bannkreis errichtet und erwarte uns über der Stadt.

»In der Stadt«, korrigierte ich ihn und ließ mich wieder in meinen Sitz fallen.

»Da steht ›über der Stadt‹«, widersprach Timur.

»Dann beherrscht Kitty leider die moderne Grammatik nicht.«

Sie beherrschte ziemlich viele Dinge nicht, aber sie hatte es immerhin geschafft, ein Treffen zu arrangieren, bei dem wir womöglich Informationen erhalten würden, die bewiesen, dass ich nichts mit dem Mord an Alessandro Cabianca zu tun hatte.

Wie lange lag diese Nacht mittlerweile zurück? Die Erinnerungen daran waren nur noch verschwommen, und zwischenzeitlich hatte ich beinahe aus den Augen verloren, worum es hier eigentlich ging. Jemand versuchte mich für einen Mord verantwortlich zu machen.

»Wir sind gleich da.« Timur ordnete sich in die rechte Spur ein und fuhr von der Autobahn ab.

Ich blickte erstaunt aus dem Fenster und erhaschte gerade noch einen Blick auf das vorbeifliegende Autobahnschild, auf dem »Heidelberg« gestanden hatte.

»Aber …«, begann ich, wurde aber direkt von Timur unterbrochen.

»Wir fahren nicht direkt in die Stadt. Ich bin mir ziemlich sicher, dass die Wächter ihre Netze ausgeworfen haben, die vibrieren werden, sobald du dich der Stadt näherst.«

»Woher willst du das wissen?«

»Weil ich es genauso machen würde. Sie haben sich auf mich ebenso eingestellt wie auf dich.«

Irgendwann einmal war Timur der Erbe des Hauses Vargas gewesen, dann hatte er diese hohe Stellung aufgegeben, um Wächter zu werden, und schließlich ein Deserteur. Im Laufe der Jahrtausende war er die lange Leiter des Erfolges immer weiter nach unten geklettert, und mittlerweile war er genau wie ich ein gesuchter Schwerverbrecher.

Hatte ich ihm eigentlich jemals dafür gedankt, dass er diese unglaubliche Last auf sich genommen hatte? Gut, er war höchstwahrscheinlich von meinem Vater dazu gezwungen worden, aber irgendwann hatte Timur begonnen, aus freien Stücken zu handeln. Hatte ich mich jemals verständnisvoll gezeigt, dass er auch den letzten Rest seiner Würde aufgegeben hatte, indem er jetzt auch noch zum gesuchten Verräter geworden war, ohne auch nur darüber nachzudenken, was das für ihn bedeuten würde?

Wir hielten vor einem kleinen Bauernhaus vor den Toren der Stadt, das ziemlich verfallen aussah und von einem wackeligen Bauzahn umgeben war. Der Garten – oder das, was einmal der Garten gewesen war – war völlig überwuchert von hohen Büschen und Sträuchern. Fenster waren eingeschlagen, Ziegel vom Dach lagen auf dem schmalen Weg vor dem Gebäude. Lediglich die Tür schien in einem guten Zustand zu sein, und dennoch beäugte ich die Szenerie äußerst unzufrieden, als

Timur tatsächlich den Wagen verließ, sich ein paar Tüten und Taschen aus dem Kofferraum schnappte und sich am Zaun zu schaffen machte.

Isabella und ich folgten ihm, wobei sie erheblich gelassener wirkte, als ich mich fühlte.

»Sorry, aber was genau machen wir ausgerechnet hier?«, fragte ich. »Ich kann ja verstehen, dass wir nicht direkt nach Köln fahren, aber können wir nicht irgendwo anders hin? Also ich meine: Hier?!« Ich deutete mit so viel Unverständnis wie möglich auf die Bruchbude.

»Du scheinst dich in deine Rolle ja schon ziemlich gut einzufinden«, antwortete Timur, schob den Zaun beiseite und setzte seinen Weg zum Haus fort.

»Was willst du denn damit sagen?«, keifte ich, schnappte mir wie schon Isabella ein paar Tüten und stolperte den beiden hinterher, wobei ich mich unglücklicherweise in einem Gestrüpp verfing und beinahe hinfiel.

»Teure Klamotten, keine kleinen Bauernhäuser mit Patina mehr … Du wirst immer besser.«

»Willst du damit sagen, dass ich ein Snob geworden bin?«

»Ich sage gar nichts. Du benimmst dich nur so.«

»Wer fährt denn hier den Fuhrpark von Elton John auf?«, rief ich und befreite mich von den Pflanzen, die es offenbar auf mich abgesehen hatten.

»Elton John fährt meines Wissens Rolls-Royce, aber ich nehme die Anregung gerne mit für den nächsten Wagen«, sagte er und legte seine Hand an die Holztür.

Isabella hielt die ganze Zeit die Klappe, blieb jetzt stehen und lauschte, ob irgendetwas im Inneren des Hauses zu hören war.

Timur hingegen schob seine Hand ein paar Zentimeter weiter über das Holz, verharrte dort, wartete, schob sie weiter und klopfte schlussendlich dreimal dagegen.

Als sich die Tür öffnete, begriff ich, wie dämlich ich gewesen war. Machiel erschien im dämmrigen Licht, das aus dem Inneren des Korridors in den verwilderten Vorgarten schien. Der Diener des Apostels betrachtete uns eine Weile stumm, dann öffnete er die Tür weiter, um uns Einlass zu gewähren.

Dieses Bauernhaus war ein Ausgang des Korridors der Portale, jenes Portalsystems, das Judas irgendwann einmal gestohlen hatte und das Türen ins Nichts und ins Überall öffnete. Egal, wo man sich befand, es war immer möglich, einen Zugang zu dem langen Korridor zu finden, der sich in seinem Haus in Köln verbarg.

Timur hatte mir erklärt, dass sich der Korridor selbst ebenfalls nicht dort befand, sondern nur durch ein weiteres Portal von dort erreichbar war. Wo genau Judas den Korridor versteckt hatte, wusste nur er selbst, schließlich hatte er es auch geschafft, die Portale zu stehlen, ohne dass es eine der beiden Seiten bemerkt hatte.

Als Machiel die Tür hinter uns schloss, freute ich mich wahnsinnig, ihn und Judas wiederzusehen. Der Korridor fühlte sich beinahe vertraut an. Ich erkannte die Tür wieder, die zu dem kleinen Cottage in England führte, in dem ich meine erste Nacht auf der Flucht verbracht hatte.

»Willkommen zurück«, sagte Machiel mit seiner warmen und weichen Stimme.

»Danke!«, sagte ich überschwänglich, während Timur nur zurückhaltend nickte.

»Der Apostel erwartet euch.« Machiel deutete mit ausgestrecktem Arm in Richtung des kleinen Museums, das am Ende des Ganges lag. »Ich kümmere mich um das Gepäck.«

Timur stellte die Taschen ab. »Vielen Dank, Machiel.«

Es war wirklich erstaunlich, was in dieser Welt möglich war. Der Raum am Ende des Korridors sah völlig anders aus als noch vor einigen Wochen. Die Wände waren pechschwarz gestrichen, und im Abstand von etwa einem Meter hingen jetzt große Kerzenleuchter in kleinen Nischen an der Wand, die mit schwarzen Kerzen bestückt waren und den Raum in ein diffuses Licht tauchten. In der Mitte lag ein großer Teppich, auf dem eine lange Tafel mit acht Stühlen stand. Judas saß an deren Ende, sonst war der Raum völlig leer.

»War der Innenarchitekt da?«, fragte ich und lächelte, als Judas mich erblickte.

»Ich habe spontan umdekoriert, als ich hörte, dass du kommst. Ich wollte dich nicht wieder in Versuchung bringen, alles anzufassen.«

Der Apostel erwiderte mein Lächeln. Ihm war nicht die leiseste Spur des vergangenen Kampfes anzumerken. Judas sah frisch und attraktiv aus wie eh und je. Sein langes dunkles Haar glänzte seidig, und sein purpurroter Bademantel wirkte wie frisch geschneidert.

»Ich würde euch ja einen Platz anbieten, aber …« Er hielt inne, als er Isabella bemerkte, und erhob sich von seinem Stuhl.

»Entschuldigen Sie bitte vielmals meine Unhöflichkeit«, sagte er und trat einen Schritt auf sie zu. »Mein Name ist Judas Ischariot, und mit welcher bezaubernden Grazie habe ich das Vergnügen?«

»Isabella Beretta«, antwortete sie und ließ sich die Hand küssen.

»Welch wundervoller Name. Sie kommen aus der Heimat?«

Sie nickte. »Aus Italien.«

Ich blickte stumm zwischen den beiden hin und her. Hatte hier gerade jemand den Datingmodus angeschaltet und die Kuschelrockplatte von '92 aufgelegt, oder hatte ich nur einfach irgendetwas verpasst?

Timur unterbrach die Begrüßungszeremonie ungehalten. »Aber?«

»Bitte was?«, fragte Judas und wirbelte wieder herum.

»Du würdest uns ja gerne einen Platz anbieten, aber …?«, versuchte er es noch einmal und warf Isabella einen kalten Blick zu, sodass sie verlegen einen Schritt zurücktrat und die Hände vor dem Körper faltete.

»Natürlich, natürlich. Entschuldigt. Davide wurde abgezogen und in das Dunkel beordert. Ich habe gerade mit Catherine gesprochen …«

»Das Treffen muss noch heute Nacht stattfinden.«

Wir hörten die französische Stimme, noch bevor der Vorhang zum Nachtclub zur Seite geschoben wurde und Kitty hindurchtrat. Sie trug ein knallrotes Minikleid, das ihren Hintern nicht ganz bedeckte. Rote Leder-Peeptoes und ebenso rote Lippen machten das Outfit perfekt. Ich hatte noch nie so unendlich lange Beine gesehen.

Als wir allesamt nicht reagierten, schob sie hinterher: »Macht euch bereit. In einer Stunde brechen wir auf.«

Ich war mir relativ sicher, dass wir alle nicht wegen der Terminänderung, sondern wegen ihres Outfits erschrocken waren.

Während der Apostel Isabella auf ein Glas Wein einlud, wurden Timur und ich – natürlich von dem plötzlich aufgetauchten Machiel – wieder in das kleine Cottage gebracht, das heute allerdings nicht einmal halb so schön wirkte wie noch vor zwei Monaten.

Im Bracknell Forest regnete es, und wir mussten mit einem gewaltigen Regenschirm zum Haus laufen. Allerdings war das eigentlich gar nicht so schlecht, wie es sich anhörte, denn nachdem die Tür des Portals hinter uns ins Schloss gefallen war, waren Timur und ich zum ersten Mal seit Langem wieder allein.

Das Klicken des Schlosses schien einen Knoten zu lösen. Ich hatte das Gefühl, dass die Anspannung von uns abfiel, und es war beinahe schön, mit Timur eng beieinander unter dem Regenschirm zum Cottage zu eilen.

Als wir das warme Haus erreichten, waren wir trotz des Schirmes ziemlich nass geworden.

»Ich hasse Regen!«, fluchte Timur. »Er ist kalt, er ist nass, er ist so irdisch.«

Er schüttelte die Tropfen aus seinen Haaren und kickte seine Schuhe von den Füßen in eine Ecke.

Wann genau war es eigentlich passiert, dass er vor mir nicht länger eine Rolle spielte? Ich glaubte zumindest, dass er in diesen Momenten der echte Timur war, denn er zog jetzt einfach sein Shirt über den Kopf und stand auf einmal mit nacktem Oberkörper vor mir.

Sofort blitzten die Bilder in meinen Gedanken auf, wie er keuchend über mir lag, wie er mich küsste, wie meine Lippen brannten, wie mein ganzer Körper von dem Raubtier, das er war, genommen wurde.

Er riss mich aus meinen Gedanken. »Starrst du mich etwa an?«

»Was? Ich? Wieso sollte ich denn starren?«, fragte ich überrumpelt zurück. »Es ist ja nicht so, dass ich noch nie einen …«

»Starr nur. Mir gefällt es, wie du mich ansiehst.«

Seine Stimme wurde ganz leise, beinahe bedrohlich, und meine Haut prickelte schon wieder.

Natürlich wollte ich ihn anstarren, eigentlich wollte ich noch viel mehr als das. Ich wollte, dass er mir sofort die Kleider vom Leib riss und mich nahm.

Er trat einige Schritte auf mich zu und umfasste mein Gesicht mit seinen feingliedrigen Händen. Als seine Haut die meine berührte, war die Verbindung zwischen uns sofort wiederhergestellt, als hätte jemand einfach den Stecker in die Dose gesteckt. Der Strom floss wieder und zuckte gierig durch meinen Körper.

Timur küsste mich, nicht drängend, sondern beinahe vorsichtig, erst zweimal auf die Lippen, dann auf die Wange. Schließlich schloss er mich in seine nackten Arme und presste mich an seine Brust, die so glühend heiß war, dass sämtliche Kälte und Nässe vergessen waren.

»Was ist das hier eigentlich?«, fragte ich nach einer Weile, in der wir einfach nur dagestanden hatten.

Ich atmete seinen Duft tief ein, diesen fremden Geruch, der mich immer wieder an Zimt erinnerte.

»Was …?«, fragte er und klang dabei schrecklich träge.

»Das«, antwortete ich und drückte mich fester an ihn.

»Es ist, was immer du willst.«

»Das ist nicht das, was ich hören wollte.«

»Und was willst du hören?«

Ich musste mir eingestehen, dass ich das selbst nicht wusste. Ich hatte nie zuvor etwas Ähnliches erlebt und eine solche Verbindung zu jemandem gespürt, von der ich nicht wusste, ob sie wirklich echt war oder ob sie nur von unserem Blut ausging, das uns beide verband.

»Vor allem will ich, dass alles andere endlich aufhört«, flüsterte ich, obwohl ich gar nicht flüstern wollte.

»Es wird enden. Vergiss nie, wer du bist, Catalea«, sagte Timur mit fester Stimme zum hundertsten Mal, aber ich wusste ja, dass er recht hatte.

»Ich bin die Tochter des Morgenstern«, antwortete ich ergeben.

»Nein, du bist viel mehr als das. Du wirst die Catalea sein, die du sein willst. Du bist nicht länger nur die Tochter deines Vaters. Du hast geschafft, was ich niemals schaffen werde. Du hast dich beinahe aus den Fängen deines Vaters befreit, jetzt musst du nur noch Taten folgen lassen.«

»Wenn das hier vorbei ist, gehen wir weg, ja?« Ich wusste nicht, woher dieser Gedanke plötzlich kam. Aber Timur hatte recht, ich konnte alles sein, was ich wollte. Ich hatte keine Ahnung, wie mächtig ich eigentlich war, aber mit einem Fingerschnipp hatte ich Timur besiegt, der sich gegen ein Heer aus Wächtern behaupten konnte. Warum sollte es nicht möglich sein, einfach mit ihm auf der Isola di San Paolo zu leben?

»Alles, was du willst. Ich habe schon lange nichts mehr zu verlieren.«

»Warum ausgerechnet ich?«, fragte ich und machte mich ein Stück weit von ihm los.

»Keine Ahnung, vielleicht finde ich deinen Hintern ja scharf.« Er fuhr mit der Hand über meine Kehrseite.

Ich schlug nach ihm, lachte aber.

»Sag schon, warum ich?«, forderte ich ihn noch einmal auf.

Er zögerte ziemlich lange, bis er antwortete und mir dabei tief in die Augen sah. »Weil du die Erste bist, die freiwillig gegen Windmühlen kämpft und dabei so unnachgiebig ist, wie ich es einmal war«, erklärte er und küsste mich noch einmal. Dabei wanderte seine Hand allerdings nicht mehr nur über meine Rückseite, sondern bahnte sich ihren Weg nach vorn.

Später begriff ich, dass Kitty doch nicht so dämlich war, wie ich sie gerne hätte. Sie hatte ganz eindeutig »über der Stadt« und nicht »in der Stadt« geschrieben, weil wir uns weit über der Stadt befanden.

Das Treffen mit dem Wächter sollte im Colonius stattfinden. Der Fernsehturm der Stadt ragte inmitten des Kölner Grüngürtels, unweit der Innenstadt, in den Nachthimmel auf. Dass er seit den späten Neunzigerjahren für Besucher gesperrt war, machte ihn zum perfekten Ort, um unbeobachtet ein Gespräch zu führen, das ausschließlich für unsere Ohren bestimmt war.

Wir befanden uns im alten Restaurant auf der oberen der beiden Besucherebenen des Turmes und warteten in der absoluten Dunkelheit auf Davide, der mit Kitty evaporieren würde. Wir hatten uns für den klassischen Weg entschieden, waren mit einem nagelneuen Porsche vorgefahren und hatten dann den Lift ins oberste Stockwerk genommen.

Ich hatte mich zunächst gewundert, dass der Aufzug überhaupt noch funktionierte, aber Timur hatte erklärt, dass es noch eine technische Betriebsetage gebe, die regelmäßig von Technikern gewartet wurde.

Er hatte sich eingehend mit dem Turm beschäftigt, bevor wir hergekommen waren. Als Kitty ihm nämlich den Treffpunkt genannt hatte, hatte er es zunächst vehement abgelehnt herzukommen.

Dieser Ort sei ja wohl perfekt dafür, ihn anzugreifen, sie säßen in der Falle, wenn die Wächter ihn umstellten, und hätten keine Chance zu entkommen, meinte er.

Kitty hatte ihn ein paar Minuten angebrüllt und mit französischen Flüchen belegt. Sie sei schließlich keine Anfängerin und habe für entsprechende Sicherheit gesorgt. Nur weil er beinahe den Untergang der Hölle verursacht habe, solle er sich bloß nichts darauf einbilden. Mittlerweile sei er schließlich nicht viel mehr als ein dämlicher Babysitter.

Timur hatte ihr wieder seinen Stock an die Kehle gehalten, Kitty hatte mit den Absätzen ihrer Pumps gedroht, sie hatten sich einige Sekunden lang finster angestarrt, und schließlich war Kitty verschwunden.

Jetzt konnte ich nur noch daran denken, wie modrig es hier oben roch. Kein Wunder, schließlich war hier sicher jahrelang nicht gelüftet worden. Auf der alten Restauranteinrichtung lag fingerdicker Staub, gemischt mit Schmutz und Taubendreck, die es irgendwie geschafft hatten, hier hineinzukommen.

Meine Füße steckten in schwarzen Stilettos, meine Beine in einer schwarzen Strumpfhose und der Rest meines Körpers in einem schwarzen Etuikleid von Prada, das sich tatsächlich ganz gut anfühlte. Timur stand einen Schritt hinter mir, wie ein Leibwächter, jederzeit bereit einzuschreiten. Er trug wieder seinen silbern glänzenden Anzug mit dem hohen Stehkragen.

Die Stadt lag hell erleuchtet unter uns und wirkte ganz friedlich. Die meisten Leute schliefen und hatten keine Ahnung, was Tag für Tag und Nacht für Nacht in ihrer Nachbarschaft passierte. Leute starben, und Armeen von Todeshändlern zogen aus, um sie in das Dunkel zu holen. Dabei befolgten sie die Regeln und Gesetze, achteten darauf, den Klerikern nicht zu nahe zu kommen, und hielten das fragile Gleichgewicht aufrecht, das zwischen dem Licht und der Dunkelheit herrschte.

Ich spürte es, bevor es passierte. Wahrscheinlich standen meine Sinne unter Hochspannung, denn noch bevor ich den Dampf sah, richtete sich mein Blick auf den Ort, an dem er Sekunden später zu wabern begann.

»Bist du be…?«, wollte Timur fragen, aber ich war es längst.

»Bin ich«, unterbrach ich ihn.

Ich war bereit, hier und jetzt etwas zu ändern. Ich hatte endgültig genug davon, die Gejagte zu sein, über die sich alle lustig machten. Ich würde jetzt selbst zur Jägerin werden und die Person zur Strecke bringen, die es wagte, mir Alessandros Tod anzuhängen.

Aus den schwarzen Dunstwolken bildeten sich Konturen heraus, und nach kurzer Zeit erkannte ich nicht nur Kitty, die einen schwarzen Mantel trug, sondern auch eine zweite Person, einen Mann, in etwa so groß wie Timur, aber viel kräftiger. Er hatte schwarzes Haar, breite Schultern und trug eine lederne Rüstung, wie sie für Wächter üblich war. Die anderen Wächter, die hinter mir her gewesen waren, hatten eine ähnliche getragen.

Der Dampf verflüchtigte sich, und Kitty ließ Davides Arm los, den sie vorher fest umfasst hatte, um ihn ebenfalls verdampfen zu können.

Der hochgewachsene Mann musterte mich von oben bis unten und versuchte einzuschätzen, wer sein Gegenüber war, aber ich stand einfach nur da, mit verschränkten Armen und versteinerter Miene. Timur war in dieser Hinsicht ein ganz fantastischer Lehrmeister.

Nach einer kleinen Ewigkeit senkte Davide den Kopf und sprach mit tiefer, aber sanfter Stimme. »Principessa.«

Ich war ehrlich erstaunt, ließ es mir aber nicht anmerken und nickte nur, als er den Kopf wieder hob und unsere Blicke sich trafen.

»Davide, nicht wahr?«, fragte ich, und er nickte. »Ich danke dir sehr für das, was du tust.«

»Meine Loyalität gilt meiner Herrin«, sagte er.

Kitty verdrehte die Augen und winkte ab. »Ich habe dir tausendmal gesagt, dass ich das nicht mehr bin, *merde*, verdammt!«

Timur trat einen Schritt vor und musterte Davide abschätzig. Das war nicht weiter schlimm, denn Davide ließ Timur die gleiche Behandlung zuteilwerden.

»Was hast du uns zu sagen?«, fragte Timur schließlich, aber Davide antwortete nicht.

»Davide, du bist an den Ermittlungen beteiligt, ist das richtig?«, versuchte ich es.

»Nicht mehr, ich wurde abgezogen. Aber bisher war ich daran beteiligt.«

»Und? Wie sehen die Ergebnisse aus?«

»Die Indizien sprechen dafür, dass Ihr den Erben des Hauses Cabianca ermordet habt«, erklärte er. »Weitere Ermittlungen scheinen dem Wächterkreis nicht erstrebenswert.«

Und da war die Information, auf die mich Timur schon lange vorbereitet hatte. Man wollte gar keinen anderen Täter finden, schließlich war ich der perfekte Sündenbock. Alle hassten das Haus Luzifer. Niemanden störte es, wenn ausgerechnet die Tochter des Teufels einen Mord beging. Das würde das Haus schließlich nur schwächen, warum also nicht?

»Aber?«, fragte ich unbeeindruckt weiter.

»Es gibt kein Aber. Der Wächterkreis ist sich sicher, dass Ihr schuldig seid. Allerdings haben wir die Information erhalten, dass unmittelbar vor dem Mord ein Anruf bei der Kölner Polizei eingegangen ist, der einen tätlichen Angriff im Rheinauhafen gemeldet hat. Der Anrufer blieb anonym, war aber offenbar ein männlicher Vadumant. In meinen Augen lässt diese Information darauf schließen, dass jemand von dem Mord zumindest gewusst haben muss.«

»Na also!«, rief ich. »Das ist doch der Beweis für meine Unschuld.«

»Zunächst ist dies ein Hinweis auf einen möglichen Mitwisser. Allerdings könnte dieser Hinweis auch zu der Vermutung führen, dass etwas an dem Tathergang nicht stimmt. Diese Information wurde jedoch aus den Ermittlungen des Wächterkreises ausgeschlossen«, sagte er.

»Was? Wieso das denn?«

»Vadumantische Belange sind nicht Teil der Wächterermittlungen.«

»Auch nicht, wenn sie meine Unschuld beweisen?«

»Das tun sie nicht. Sollten aber Ansatzpunkt für weitere Nachfor…« Er hielt inne und sah Kitty an. »Es tut mir leid. Die Zeit drängt. Das Dunkel ruft, und ich möchte nicht in die Verlegenheit geraten, erklären zu müssen, wo ich gewesen bin.«

»Du weißt nicht, wer der Anrufer war?«

»Nein.«

»Es gibt keine Hinweise auf seine Herkunft?«

»Nein.«

»Warum ist er …?«

»Principessa, bitte entschuldigt mich. Ich muss nun gehen.«

Kitty nickte, umfasste wieder seinen ungeheuer breiten Arm, und schon im nächsten Augenblick lösten sich beide Gestalten in wabernden schwarzen Dampf auf.

Dieses Treffen war absolut sinnlos gewesen. Die Tatsache, jetzt unverrichteter Dinge wieder zu verschwinden, ließ mich unglaublich wütend werden.

»Das kann doch wohl nicht alles sein!«, schrie ich und stampfte mit meinem Absatz auf den Boden der Aufzugkabine, die daraufhin gefährlich vibrierte.

»Das ist ein erster Hinweis.«

»Das ist gar nichts! Wegen dieser Information sind wir zurückgekommen? Warum ist er für diesen Mist nicht nach Italien gekommen?«

»Wächter werden überwacht. Er konnte hier für zehn Minuten vom Radar verschwinden, in Italien wäre das nicht möglich gewesen. Sie würden Fragen stellen, wo er war.«

Die Aufzugkabine öffnete sich und entließ uns wieder auf Erdniveau. Auch im Eingangsbereich des Turms brannte kein Licht. Es war absolut unnötig gewesen, dass ich mich so zurechtgemacht hatte.

Ich stieß die Tür nach draußen auf und konnte nicht glauben, dass mir das zum mittlerweile zweiten Mal passierte.

Ich sah Blaulichter, und dann hörte ich die Stimme. »Stehen bleiben.«

Kommissar Holzfäller war angerückt.

19

Timurs Gesicht verzog sich zu einer zutiefst leidenden Grimasse, als wäre er gerade zu acht Jahren Kartoffelschälen verdonnert worden. Er konnte offenbar nicht glauben, dass er nicht vorausgesehen hatte, wer vor den Türen des Turmes auf uns gewartet hatte.

Drei Polizeiwagen mit Blaulicht standen in einem Halbkreis um die Türen herum. Vier uniformierte und zwei Beamte in Zivil richteten ihre Waffen auf uns. Einer von ihnen senkte sie allerdings und kam mit zielstrebigen Schritten auf mich zumarschiert, während ich ergeben meine Hände in die Luft hob.

Kommissar Holzfäller Schiller trug wieder einen dunkelbraunen Norwegerpullover, und sein Bart war mittlerweile so dicht, dass darin auch eine kleine Vogelfamilie leben könnte.

»Frau Morgenstern, hiermit verhafte ich Sie wegen Mordes und Sie, Herr … Dings, wegen Beihilfe«, sagte er und bedeutete seiner Kollegin, sich um Timur zu kümmern.

»Von Vagener«, sagte Timur genervt. »Meine Mandantin hat das Recht …«

»Ihre Mandantin ist nicht Ihre Mandantin, denn es gibt Sie gar nicht. Ein Anwalt mit Ihrem Namen hat keine Zulassung in Deutschland.«

»Ich bin ja auch Italiener.«

Beinahe hätte ich gelacht, wenn die Situation nicht gewesen wäre, wie sie nun mal war.

»Ich denke nicht, dass Sie Italiener sind. Aber selbst wenn … Sie könnten auch Chilene sein, Sie sind festgenommen.« Schiller schob meinen Arm hinter meinen Rücken, um mir Handschellen anzulegen.

»Jetzt werden Sie aber kleinlich, Commissario«, sagte Timur.

Sollte es etwa möglich sein, dass er eine Spur von Humor entwickelte? Nein, das war absolut ausgeschlossen, eher würde die Hölle zufrieren, als dass Timur von Vagener – oder wie auch immer er sich gerade nannte – etwas Unterhaltsames sagte.

Die Handschellen klickten schmerzhaft um meine Handgelenke, und ich seufzte. Ich war die Tochter des Teufels und nun schon zum zweiten Mal ungerechtfertigt in Polizeigewahrsam. Ich dachte kurz darüber nach, in Tränen auszubrechen, denn das wäre in meiner Situation doch nachvollziehbar, aber dann begriff ich, was ich da gerade gedacht hatte.

Ich war die Tochter des Teufels.

Ich horchte in mich hinein und versuchte zu fühlen, ob da etwas war.

Und natürlich war da etwas. Längst nicht mehr so aggressiv und wild, aber in meinem Inneren schlummerte noch immer die Bestie und wartete darauf, dass ich sie brauchte. Sie versuchte sich nicht länger zu befreien, denn sie war frei. Wir existierten nebeneinander, sie gehorchte mir, wartete ab, zögerte jedoch nicht.

»Herr Schiller …«, sagte ich und zählte die Sekunden, bis er sich zu mir herumdrehte und meinem Blick begegnete.

In der Sekunde, als seine Augen die meinen fanden, schnappte die Falle zu. Es war ganz leicht. Ich musste mich nicht einmal groß darauf konzentrieren, ihn in meinen Bann zu ziehen. Die Bestie streckte sich ganz gemächlich nach ihm aus und wickelte ihn um den Finger.

Der Kommissar war mit einem Mal wie in Trance. Seine Mimik erschlaffte, und er starrte mich mit leeren Augen an.

Ich hatte das alles schon einmal gesehen, bei der Blondine im Luxushotel. Allerdings war jetzt ich diejenige, die jemanden wie an unsichtbaren Fäden lenkte. Ich okkupierte Kommissar Schiller.

»Am Tag des Mordes erhielten Sie einen Anruf«, flüsterte ich mit schnellen Worten.

»Ja«, antwortete Schiller ausdruckslos, während Timur Handschellen angelegt bekam.

»Warum sind Sie dem nicht nachgegangen?«

»Sind wir. Der Mann wurde von uns ermittelt und hat sich dann selbst der Polizei gestellt. Er wurde vernommen und hat ausgesagt, ebenfalls einen anonymen Tipp erhalten zu haben. Er hatte einen Brief mit der genauen Uhrzeit und dem Ort dabei. Eine Analyse der Handschrift hat ergeben, dass er den Brief nicht selbst geschrieben hatte, die Handschrift aber wahrscheinlich einer Frau gehörte. Es gab keinen Grund, den Mann weiter zu verdächtigen. Wir vermuten, dass es sich um Ihre Handschrift handelt«, ratterte Holzfällerchen herunter.

»Ich will mit ihm sprechen.« Ich achtete darauf, dass der Blickkontakt auf keinen Fall abriss.

»Ich werde ein Treffen arrangieren.«

»Und nun werden Sie Ihr Handy nehmen, einen Blick darauf werfen und feststellen, dass es neue Hinweise gibt, denen Sie nachgehen müssen. Das werden Sie dann Ihren Kollegen mitteilen, ebenso wie die Tatsache, dass ich aus Ihrer Sicht nicht länger tatverdächtig bin.«

»Das werde ich.« Er kramte in seiner Hosentasche nach seinem Smartphone.

»Ach, und die Handschellen müssten Sie bitte auch noch entfernen«, sagte ich. »Und sagen Sie, Kommissar, wie genau haben Sie mich hier gefunden?«

Er blickte mich völlig entgeistert an und schien selbst darüber nachdenken zu müssen, dann fiel es ihm offenbar wieder ein.

»Nach Ihrer Flucht haben wir die erkennungsdienstlichen Bilder über die sozialen Netzwerke verbreitet. Eine offene Fahndung. Eine Anwohnerin hat Sie beim Betreten des Turmes beobachtet«, erklärte er und schloss meine Handschellen auf.

Ich konnte es nicht fassen! Ausgerechnet Facebook und Google wurden mir jetzt zum Verhängnis?

Mein Blick wanderte zu Timur, der nicht einmal wusste, was Google und Facebook waren. Immerhin hatte auch er Handschellen angelegt bekommen.

Er sah mich mit einer Mischung aus Erstaunen und Hochachtung an, als er erkannte, dass Kommissar Holzfäller noch immer an meinen Lippen hing.

»Marek?«, fragte die Kollegin in Zivil, die Timur gerade zum Einsatzfahrzeug führen wollte, und deutete auf mich, während ich mir die schmerzenden Handgelenke rieb.

»Ja?«, antwortete der Kommissar plötzlich aus seiner Trance gerissen.

»Die Verdächtige …?«, antwortete die Frau und ließ das Ende ihrer Frage in der Luft hängen.

Jetzt würde sich zeigen, ob meine kleine Unterhaltung mit dem Kommissar wirklich erfolgreich gewesen war. Ich hielt für ein paar Sekunden die Luft an, aber Schiller schüttelte den Kopf und winkte ab.

»Fehlalarm. Ich habe eben aktuelle Informationen erhalten, die es unmöglich machen, den Tatverdacht aufrechtzuerhalten.« Er klang, als wäre er von dieser Tatsache felsenfest überzeugt.

Seine Kollegin starrte ihn ein paar Augenblicke lang an, nickte dann aber.

Ich konnte es nicht glauben, wie einfach das hier gerade war. Sie fragte ja nicht einmal nach oder zweifelte diese wie auch immer gearteten Informationen an. Stattdessen schloss sie Timurs Handschellen auf und ging frustriert zum Auto zurück.

Eine Entschuldigung wäre angebracht gewesen, aber sie wirkte ehrlich niedergeschlagen, dass sich ihr Fahndungserfolg offenbar in Luft aufgelöst hatte.

Kommissar Schiller verstaute die Handschellen in einem kleinen Lederetui an seinem Gürtel und wollte sich ebenfalls zum Gehen umwenden. Doch zuvor baute ich noch ein weiteres Mal Blickkontakt zu ihm auf.

Kaum dass ich das Band zwischen uns wieder für eine Sekunde gespannt hatte, setzte ich noch eine Erinnerung nach. »Wir kommen morgen Abend auf die Wache, Herr Kommissar. Sie kümmern sich um den Zeugen?«

Er wäre beinahe umgekippt, als sein Körper träge und willenlos wurde. Ganz knapp schaffte er es noch, auf den Beinen zu bleiben, und nickte ergeben.

»Danke, Commissario!«, sagte ich so zuckersüß, dass mir selbst beinahe schlecht wurde.

Dann drehte ich mich zu Timur um, der mit verschränkten Armen und versteinerter Miene einige Meter hinter mir stand und mich beobachtete.

Ein paar Haarsträhnen hatten sich aus seiner ordentlichen Frisur gelöst und hingen ihm jetzt wild im Gesicht, was mir erheblich besser gefiel, als wenn er den gestriegelten Snob raushängen ließ.

Der Kommissar stieg als Letzter wieder in einen der Einsatzwagen und schloss die Tür hinter sich. Dann fuhr die ganze Kolonne los – ohne Blaulicht wohlgemerkt.

Ich konnte noch erkennen, wie die Frau in Zivil wild mit

den Händen gestikulierte, und hoffte sehr, dass Schiller sich irgendetwas einfallen lassen würde und der Schwindel nicht sofort aufflog.

»Ich bin beeindruckt, Prinzessin«, sagte Timur und betrachtete mich nicht länger interessiert, sondern mit ganz anderen Augen. Seine Blicke wanderten über meinen Körper, als sähe er erst jetzt die neue Catalea, die ich mittlerweile geworden war.

»Er verliert vielleicht seinen Job, wenn rauskommt, dass er wegen mir gelogen hat«, motzte ich und drehte mich um.

Der Porsche stand noch immer in einer der verwaisten Parkbuchten des Turmparkplatzes. Im Gegensatz zu allen anderen Luxuskarossen, die Timur bisher vorgefahren hatte, war der Porsche nicht anthrazit oder silberfarben, sondern in einem satten Blau lackiert, was so überhaupt nicht zu seinem Fahrer passen wollte.

»Warte!«, rief Timur, und tatsächlich hielt ich inne, auch wenn ich unzufrieden aufstöhnte.

Im Grunde hatte ich jedoch kein Recht, wütend auf ihn zu sein, denn er hatte absolut nichts getan. Er hatte mich ja nicht dazu gedrängt, den Kommissar zu okkupieren. Das war ganz allein meine Entscheidung gewesen.

Timur stellte sich direkt vor mich und nahm meine Hände in seine. Er schenkte mir ein mildes Lächeln, das so viel Wärme ausstrahlte, dass sein Gesicht völlig verändert wirkte.

»Im Gegensatz zu allen anderen Dunklen kostet es dich etwas, wenn du deine Fähigkeiten einsetzt und dich wie die Tochter des Teufels verhältst«, erklärte er sanft. »Ein Dunkler interessiert sich nicht dafür, wie er in das Leben eines Vadumanten eingreift, für ihn ist es keine große Sache. Für dich hingegen schon. Du wirst jedes Mal einen Preis zahlen, wenn du etwas tust, das Einfluss auf eine Person nimmt. Dadurch bleibst du noch immer menschlich, Catalea. Du hast ein Gewissen. Das ist dein Preis!«

Seine Finger strichen über meine Wange. Er schien mich genau zu beobachten und abzuwägen, ob ich verstand, was er mir sagen wollte.

»Dann wäre es vielleicht einfacher, wenn ich kein Mensch mehr wäre«, schnaubte ich.

»Ich denke, dass dich das von allen anderen unterscheidet. Du hast dich immer geweigert, genau das aufzugeben. Du bist anders als die anderen Halbblute.«

Sofort dachte ich an Evangelista Scaletto, die wie ich ebenfalls ein Halbblut war und sogar Erbin des Hauses Scaletto. Ihr war ihre Menschlichkeit wahrscheinlich völlig gleichgültig, oder? Sie interessierte ja nicht einmal, was mit anderen Dunklen geschah, solange alles zu ihrem eigenen Vorteil geschah. Sie war innerhalb der Firma mächtig und unter den Dunklen angesehen, aber wollte ich so sein wie sie?

»Willst du mir damit sagen, dass du mich wahnsinnig gern hast?«, fragte ich und sah zu, wie Timur die Ernsthaftigkeit aus dem Gesicht fiel. Wieder einmal zog er seine Augenbrauen sagenhaft weit nach oben und starrte mich an.

»Ich käme nicht einmal im Traum darauf, dir so etwas oder etwas Ähnliches zu sagen. Du vergisst, wer ich bin.«

Er setzte eine so unglaublich überhebliche Miene auf, dass ich mir ziemlich sicher war, dass sogar ein Timur nicht so ekelhaft sein konnte.

»Du findest mich wahnsinnig toll …«, begann ich zu singen. »Du willst mich für dich allein. Du findest mich unglaublich …«

Mir war bewusst, dass er es niemals zugeben würde. Das war nicht seine Art, nein, eigentlich viel mehr – es war wider seine Natur.

»Ich finde überhaupt …«, stammelte er, aber ich wartete gar nicht ab, was er sagen wollte, sondern unterbrach ihn gleich wieder.

»Jaja, ich weiß ja. Du bist nur ein einfacher Totenanwalt, der am Rockzipfel der Tochter des Morgenstern klebt«, sagte ich leichthin, beugte mich vor und küsste ihn auf die Wange.

»Da fällt mir gerade ein, dass im Wagen leider kein Platz mehr für eine zweite Person ist«, sagte er und stieg schnell ein.

»Hey!«, rief ich aufgebracht, als er den Motor aufheulen ließ und die Lichter aufflammten.

Ich wollte die Beifahrertür öffnen, aber sie war verschlossen. Unmittelbar vor mir setzte sich der Porsche in Bewegung und schoss vom Parkplatz. Kurz vor der Straße bremste er allerdings abrupt ab, und die Beifahrertür wurde geöffnet.

»Na los, Prinzessin, der Chauffeur wartet nicht ewig«, rief Timur, und ich hasste ihn wieder genauso sehr wie immer. Vielleicht sogar noch ein bisschen mehr, denn er hatte mich soeben dazu gezwungen, auf diesen abstoßend hochhackigen Schuhen über den holprigen Parkplatz zu hechten, um das Auto noch zu erreichen. Das würde ein Nachspiel haben.

Als ich am nächsten Morgen die Augen aufschlug, war ich völlig allein in dem kleinen Schlafzimmer des Cottages in Bracknell Forest. Ehrlich gesagt hatte ich auch mit nichts anderem gerechnet.

Timur hatte mehrfach betont, dass er weder Essen noch Schlaf benötige, weil sein Körper nicht wirklich menschlich sei. Und trotzdem hatte er sich neben mich gelegt, als ich ins Bett geschlüpft war. Es hatte leise geknarzt, als ich mich unter den riesigen Deckenberg geschoben hatte, und es hatte ein weiteres Mal Laut gegeben, als Timur sich zu mir gelegt hatte.

Ich hatte ihn nicht darum gebeten, und er hatte mich auch

nicht danach gefragt, sondern sich einfach neben mich gelegt und nach einigem Zögern mit seinen Fingern gedankenverloren in meinem Haar gespielt.

Ich hatte gemerkt, dass ihn etwas beschäftigte, war mir aber nicht sicher, was es war. Vielleicht hatte er an den Anrufer gedacht, der der Kölner Polizei einen Hinweis gegeben hatte, vielleicht waren es andere, viel größere Gedanken gewesen, oder er hatte überlegt, was geschehen würde, wenn diese Sache vorbei wäre.

Auch ich machte mir Gedanken. Was käme als Nächstes? Würde ich weitermachen? Würde ich in Köln bleiben und Todeshändlerin sein, bis mein Vater mir irgendwann eine andere Position innerhalb der Firma zuordnen würde? Oder würde ich mit ihm in das Dunkel gehen müssen? Könnte ich das überhaupt? Was würde dann aus Timur werden? Wäre er weiterhin sein Handlanger, oder könnte ich es schaffen, dass er ihn endlich freilassen würde?

Ich stand langsam auf und realisierte erst jetzt, dass es schon Mittag war und ich den halben Tag geschlafen hatte. Wahrscheinlich hatte ich genau das gebraucht, denn ich fühlte mich frisch und ausgeruht.

Ich hatte das Cottage noch nie bei Tageslicht gesehen und machte mich auf eine kleine Erkundungstour, nachdem ich eine halbe Stunde lang kochend heiß geduscht hatte.

Von Timur gab es keine Spur, nicht einmal im Erdgeschoss. Ehrlich gesagt hatte ich darauf gehofft, dass er mir wieder etwas gekocht hätte, aber auch die Küche war verwaist, und so schnappte ich mir nur einen Apfel und durchquerte das gemütliche Wohnzimmer zur doppelflügligen Glastür, die in den wunderschönen Garten hinausführte.

Ich konnte sehr gut verstehen, warum jemand ein Portal zu diesem Ort errichtet hatte. Das wundervolle Häuschen lag völlig ruhig inmitten der leicht hügligen unberührten Landschaft, versteckt in den Wäldern des Bracknell Forest.

Ich setzte mich auf eine wacklige Bank weiter hinten im Garten und betrachtete das schiefe, weiß getünchte Cottage mit dem einfachen Strohdach und den kleinen weißen Fenstern. Vielleicht musste es ja gar nicht die Isola di San Paolo sein, vielleicht reichte mir auch die Tür an diesen Ort, die ich hin und wieder hinter mir abschließen konnte und die nicht nur alle anderen Menschen, sondern auch die Dunkelheit aussperrte.

Nachdem ich den Apfel gegessen hatte, ging ich zurück ins Haus und rief noch einmal nach Timur, aber er antwortete nicht. Ich öffnete die Haustür und blickte den Weg hinunter zur Portaltür, die mitten in der Landschaft stand.

Warum hatte er mich allein gelassen? Erst legte er sich zu mir, spielte mit meinen Haaren, und dann verschwand er einfach ohne eine Nachricht? Ich würde Timur noch einige Lektionen in Zwischenmenschlichkeit erteilen müssen. Angesäuert stapfte ich den Kiesweg entlang, durchquerte das Gartentor und hielt geradewegs auf die Tür in den Korridor zu. Ich drehte den Knauf, riss sie auf und erstarrte.

Meine Bestie schoss aus der Tiefe in mein Bewusstsein wie ein Blitz vom Himmel. Sofort war sie vollends da, fuhr ihre Krallen aus und knurrte bedrohlich. Sie war bereit zuzuschlagen, zu vernichten und alles zu tun, um zu überleben.

Mein Blick veränderte sich im gleichen Augenblick. Ich sah jedes Staubkorn, hörte, wie das Wasser in den Wänden durch Rohre floss, und ich roch alles – auch das viele Blut.

Ein Schauder jagte mir über den Rücken, meine Nackenhaare stellten sich auf, und ich war in absoluter Alarmbereitschaft.

Der Korridor lag verlassen da. Ich bemerkte nur einige Brocken Putz, die auf den Boden gerieselt waren. Drei der ohnehin nur sehr mäßig funktionierenden Lampen hingen verbogen an den Wänden, und aus einem der heraushängenden Kabel sprühten immer wieder Funken.

Ich überlegte, die Tür wieder zu schließen und sie von der anderen Seite unbrauchbar zu machen, aber dafür war es jetzt zu spät. Die alte Catalea hätte genau das getan, sie hätte sich versteckt und wäre untergetaucht. Die neue Catalea ging weiter.

In einer unendlich langsamen Bewegung zog ich mir die Schuhe aus, stellte sie auf den Boden und schlich völlig lautlos und barfuß durch den Korridor. Mein menschliches Ich hätte sicher gedacht, dass ich barfuß viel verwundbarer war, doch die Bestie machte sich daraus nichts. Ihr war es egal, denn schließlich war sie eine Bestie. Instinktiv pirschte ich mich an und näherte mich der Biegung am Ende des Gangs, dann spähte ich unerträglich langsam um die Ecke.

Der Raum dahinter lag in Trümmern. Teile der Decke waren eingestürzt, der Tisch und die Stühle waren völlig zerstört, der Samtvorhang zum Club war zerrissen, und die bunten Lichter flackerten nicht mehr. Es war dunkel und schrecklich still. Bilder und Möbelstücke waren zertrümmert, Lampen hingen an Kabeln vom intakten Teil der Decke herunter, und auf dem Boden lagen Körper – tote Körper. Zwei der Toten waren Dunkle, einer offensichtlich ein Kleriker.

Ich vergaß immer wieder, dass Judas seinen Club zu einem neutralen Ort erklärt hatte und dass hier jeder willkommen war.

Völlig nüchtern betrachtete ich die Leichen am Boden. Ich verspürte weder Angst noch Entsetzen, meine Bestie hatte die

Kontrolle übernommen und schützte mich, so gut sie konnte. Das Gefühl glich dem eines Traumes, von dem man wusste, dass es ein Traum war. Mir war bewusst, dass ich Angst haben und erschüttert sein sollte – doch da war einfach eine kalte, rationale Mauer.

Was war hier geschehen? Was konnte passiert sein, dass der Club so aussah, und wo verdammt noch mal war Timur?

Als ich meinen Blick ein weiteres Mal durch den Raum schweifen ließ, erkannte ich zwei Körper, und deren Anblick zwang meine Bestie in die Knie, drängte sie zurück in mein Innerstes und ließ mich taumeln.

Ich stürzte auf die beiden Personen zu, die unter einem gewaltigen Teil des Tisches in einer Lache aus noch frischem Blut auf dem Boden lagen.

In Judas' Brust steckte ein Tischbein, das so groß war, dass selbst der Körper eines Dunklen, wie er einer war, nicht damit fertigwerden konnte. Hier kam jede Hilfe zu spät. Direkt an seiner Seite lag der zweite Körper, der noch so viel weniger aushalten konnte als Judas.

Ein gewaltiges, alles verzehrendes Schluchzen bahnte sich einen Weg durch meine Kehle, und mir kamen heiße Tränen, als ich in Isabellas weit aufgerissene Augen starrte. Der Schmerz in meiner Brust überwältigte mich völlig, verdrängte plötzlich die Mauer der Bestie, und ich konnte gar nicht begreifen, was passiert war. Der Gedanke, dass irgendjemand Isabella die Kehle durchgeschnitten hatte, war gar nicht möglich. Dieser Gedanke war unerträglich, und dennoch sah ich genau das gerade vor mir.

Die Bestie wollte sich wieder in mir ausbreiten und mich vor diesen Gedanken bewahren, aber der unerträgliche Schmerz war viel zu groß, als dass noch Platz für die Bestie gewesen wäre.

Ich griff mit zittrigen Händen nach Isabellas Fingern, rutschte aber ab, weil auch sie im Blut gelegen hatten.

»Timur!!!«, schrie ich in völliger Verzweiflung und schluchzte immer bitterlicher.

Mittlerweile waren meine Hände ebenfalls voller Blut, und ich versuchte krampfhaft, sie an meiner Hose abzuwischen.

Was war hier geschehen? Wer hatte Isabella umgebracht? Wer war hier gewesen, während ich seelenruhig in meinem Bett gelegen hatte, und wo verdammt war Timur?

Ich hörte ein Ächzen und wirbelte herum, noch immer zitternd, aber bereit, der Bestie Tür und Tor zu öffnen und ihr ihren Willen zu lassen. Fieberhaft suchten meine Augen nach der Quelle des Lautes, bis ich erkannte, wer da gestöhnt hatte.

In einer Ecke des Raums hing Kitty von der Decke, ein Kabel war um ihren Hals gewickelt.

Ich stürmte zu ihr, überlegte nicht lange und handelte völlig instinktiv. Meine Finger wirbelten herum und durchtrennten das Kabel, als wären sie scharfe Klingen.

Mit einem lauten Aufprall knallte Kitty zu Boden.

»Aua!«, schrie sie und rieb sich den Rücken.

Sofort kniete ich neben ihr, wollte ihr helfen, hielt jedoch inne, als ich in ihr Gesicht sah. Ich zuckte zurück und starrte sie entsetzt an.

»Deine Augen«, keuchte ich.

An der Stelle, wo Kittys Augen gewesen waren, klafften zwei tiefe Wunden, die sich allerdings schon zu schließen schienen. Abgesehen von aller Abscheulichkeit, war das einfach unfassbar eklig.

»Das wächst nach«, sagte sie leichthin und zerrte sich das Kabel vom Hals. »Diese Hurensöhne haben mir mit meinen sündhaft teuren Manolo Blahniks die Augen ausgestochen.«

Sie wandte den Kopf in meine Richtung, ohne mich sehen zu können. Himmel.

Ich sagte einige Augenblicke nichts. Mir fehlten die Worte, und auch Kitty schwieg ziemlich lange, während sie sich den Hals rieb, auf dem das Kabel dunkelrote Striemen hinterlassen hatte.

Schließlich senkte sie den Kopf und seufzte. »Ist er tot?«, fragte sie und klang dabei zum ersten Mal, seit ich sie kannte, völlig ernst, als versuchte sie gerade, sämtliche Emotionen zu unterdrücken.

»Ja«, antwortete ich.

Natürlich meinte sie die einzige Person, die sie jemals wirklich ernst genommen hatte, die sie aufgenommen hatte, nachdem sie von meinem Vater verstoßen worden war. Sie meinte Judas, der nur wenige Meter weiter gepfählt auf dem Boden lag.

Sie nickte ergeben und senkte wieder den Blick. Ich hatte keine Ahnung, was in ihr vorging, zu welchen Gefühlen sie überhaupt fähig war oder was sie nun tun würde. Ich wusste allerdings sehr gut, was in mir vorging und was ich tun wollte.

Ich würde die Person umbringen, die Isabella und Judas das angetan hatte. Ich würde sie vernichten und dafür sorgen, dass sie nicht im Dunkel endete. Ich würde sie aus sämtlichen Welten tilgen.

»Wo ist Timur?«, fragte Kitty.

»Ich hatte gehofft, dass du mir das sagen kannst.«

»Ich habe nur zwei Männer gesehen, dann haben sie mir das Augenlicht genommen und mich aufgeknüpft. Danach habe ich das Bewusstsein verloren. Ich weiß, dass da noch mehr waren, aber ich kann dir nicht sagen, wie viele und was sie mit Timur gemacht haben.«

Ich spürte einen Stich in mein Herz, aber ich zwang den Gedanken beiseite, dass es Timur ähnlich ergangen sein könnte wie Judas und Isabella.

»Catherine …«

Ich wirbelte herum und starrte Machiel an, der zwar ziemlich mitgenommen aussah, aber ansonsten unverletzt war. Er humpelte zu uns und warf mir einen besorgten Blick zu. Seine sonst so sanfte und kontrollierte Art zu sprechen war verschwunden, und seine Stimme klang aufgebracht.

»Principessa, seid Ihr wohlauf?«, fragte er.

»Alles in Ordnung. Weißt du, wo Timur ist?«, fragte ich und bekam sofort ein schlechtes Gewissen, weil ich nicht einmal gefragt hatte, ob es Machiel gut ging. Allerdings machte er einen robusten Eindruck, und momentan war Timur das Wichtigste.

»Der Apostel hat mich damit beauftragt, die Portale zu sichern. Ich bin gerade erst zurückgekehrt«, erklärte er und schüttelte den Kopf, während sein Blick zu Judas wanderte.

Zwar wusste ich nicht, wie vertraut ihre Beziehung gewesen war oder wie lang Machiel schon an Judas' Seite gearbeitet hatte, aber ich konnte ihm den Schmerz an seinem Gesicht ablesen. Er hatte seinen Herrn verloren, ebenso wie Kitty, die sich noch immer den Hals rieb, auch wenn die Rötung bereits verschwunden war.

»Kannst du etwas für mich tun, Machiel?« Plötzlich wurde ich von einer Energiewelle überflutet.

»Selbstverständlich.«

»Kümmer dich bitte um Kitty. Sorg dafür, dass sie sich schnell wieder erholt. Ich brauche sie«, bat ich und machte mich schnellen Schrittes auf den Weg zurück in den Korridor.

»*Merci*, dass du mich gefragt hast«, rief sie mir hinterher, aber ich ignorierte sie.

Ich hatte jetzt keine Zeit, mich mit ihren Spielchen zu beschäftigen. Meine Gedanken wurden nur von einem einzigen

Wunsch geleitet, der das Adrenalin durch meine Adern pumpte und die Bestie in meinem Inneren immer wilder werden ließ.

Ich trat durch die Portaltür, sprintete zum Cottage und suchte alles zusammen, was ich brauchte. Der Gedanke war so mächtig, dass ich beinahe vergessen hätte, mir das Blut vom Körper zu waschen. Ich zog mir ein schwarzes Kleid an, stieg in ein paar Pumps und band mir die Haare zusammen, dann machte ich mich wieder auf den Weg zum Korridor.

Das Haus hatte für mich seinen Frieden verloren. Es war nicht länger das kleine Cottage fernab der Dunkelheit, denn ich selbst hatte sie hierhergebracht. Sie steckte in meinen Gedanken und in dem Blut, das durch den Ausguss der Dusche geflossen war. Die abgrundtiefe Dunkelheit steckte vor allem in dem Verlangen, das mich antrieb – in dem unbändigen Wunsch nach Rache.

20

Ich war schwarz wie die Nacht, trug nicht nur eine Sonnenbrille, sondern auch einen knielangen schwarzen Mantel über meinem Kleid, als ich das Polizeipräsidium betrat und ohne ein weiteres Wort am Pförtner vorbeimarschierte. Er sah mir zwar nach, hielt mich aber aus einem mir unerfindlichen Grund nicht auf. Das Geräusch der Pumps auf dem blank polierten Boden hallte von den Wänden wider, und die Neonröhren spiegelten sich in den dunklen Gläsern meiner Sonnenbrille, die ich nun trug – nicht weil mich das Licht tatsächlich blendete, sondern weil Timur immer eine Ray-Ban trug, wenn er sich unter Menschen bewegte.

Vielleicht war es nicht das Richtige, was ich hier gerade tat, aber was sonst hätte ich tun sollen? Ich wusste nicht, wo Timur war, und der Mann, von dem der Kommissar gesprochen hatte, war jetzt der einzige Strohhalm, nach dem ich noch greifen konnte. Ich musste etwas unternehmen, denn einfach nur planlos und panisch die halbe Welt nach Timur abzusuchen, erschien mir nicht gerade als die beste Möglichkeit. Also schritt ich jetzt zielstrebig durch das Kölner Polizeipräsidium.

Den richtigen Weg hatte ich mir beim letzten Mal mehr oder weniger eingeprägt. Aber auch sonst hätte ich gewusst, wie ich zum Kommissar gelangte, als hätte ich irgendwo in meinem Hinterkopf einen Tracker eingebaut, der die ganze Zeit piepste und mich in die richtigen Gänge lotste.

Kitty hatte zwar angeboten, mich zu begleiten, aber in ihrem Zustand war es keine große Hilfe, sie auch noch am Bein zu haben. Ich hatte mir ein Taxi bestellt und war hergekommen, hatte ihr aber gesagt, dass ich ein Prepaidhandy griffbereit hätte, sollte etwas passieren. Niemals hätte ich gedacht, dass ich ihr eines Tages anbieten würde, dass sie mich anrufen könne, wenn es Probleme gebe. Vor zwei Monaten war es noch andersrum gewesen.

Auch wenn ich gerade durch das Polizeirevier marschierte, als wäre ich die Patin höchstpersönlich, hatte ich noch immer keine Ahnung, was eigentlich wirklich geschehen war und wer oder was den Club des Apostels in Schutt und Asche gelegt hatte. Ebenso wenig wusste ich, wer Isabella und Judas umgebracht hatte, wo Timur sich aufhielt oder ob er überhaupt noch lebte und vor wem ich mich in Acht nehmen musste. Ich wusste einzig und allein, dass ich jetzt auf mich allein gestellt war und dass ich nicht mehr viel Zeit hatte, alles in Ordnung zu bringen.

Außerdem hatte ich keine Idee, wie ich Isabellas Kinder von ihrem Tod unterrichten sollte. Ich kannte sie nicht mal, hatte keinen Kontakt zu ihnen, nein, ich wusste wirklich absolut nichts …

Aber Grübeleien würden mich nur daran hindern, jetzt weiterzumachen, und ich *musste* weitermachen. Ich durfte nicht daran denken, dass Timur vielleicht tot sein könnte, dass er einmal einen Kampf nicht gewinnen könnte, denn dann würde ich absolut handlungsunfähig werden. Dann bestand die Gefahr, dass ich keinen einzigen Schritt mehr gehen und zu rein gar nichts mehr fähig sein würde.

Was genau das für mich und ihn bedeutete, wagte ich ebenfalls nicht zu hinterfragen. Plötzlich war da etwas zwischen uns, das mich so sehr an ihn kettete, eine Verbindung, sodass ich mich wie gelähmt fühlte, wenn er nicht länger da war.

Ich war mir ziemlich sicher, dass absolut niemand dazu imstande war zu begreifen, welches Band sich nach dem ersten

Kuss zwischen uns gebildet hatte. Ich konnte ihn fühlen und wusste irgendwie, dass er noch immer da war.

Schon der erste Kuss hatte all das ausgelöst, hatte mich unwiederbringlich an ihn gebunden und mich zu seinem Gegenstück gemacht. Jetzt gehörte ich ihm, und er gehörte mir. Und auch wenn keiner von uns das bisher ausgesprochen hatte, waren wir beide uns dieser Tatsache doch sehr wohl bewusst.

»Wo ist er?«, fragte ich so kalt, dass sämtliche Gespräche verstummten, als ich ein Großraumbüro betrat, in dem Kommissar Schiller an einem kleinen Schreibtisch saß und in einem Berg Akten wühlte.

Er blickte nur langsam auf und schien Mühe zu haben, mich zuzuordnen. Dann jedoch sprang er von seinem Stuhl auf und nickte einigen Kollegen zu, die innegehalten und mich voller Unverständnis angestarrt hatten.

Ich trug noch immer meine Sonnenbrille und hatte auch nicht vor, sie abzunehmen. Sie alle mussten mich für eine schwarze Witwe oder tatsächlich für eine Patin halten, aber das war mir reichlich egal.

»Frau Morgenstern, wie schön, dass Sie da sind«, versuchte Schiller es mit völlig deplatzierter Höflichkeit und bot mir einen wackligen Stuhl aus den Siebzigern vor seinem Schreibtisch an.

Ich starrte ihn nur an und dachte nicht einmal daran, auf dem Stuhl Platz zu nehmen.

»Ich will wissen, wo er ist«, wiederholte ich, dieses Mal allerdings deutlich leiser und mit erheblich mehr Nachdruck.

Der Kommissar starrte mich kurz an, schien nach einer Erklärung dafür zu suchen, warum er mir hörig war, nickte dann aber ergeben und deutete auf den Flur hinter mir, aus dem ich gekommen war.

Ich folgte dem Kommissar, nachdem wir den Raum verlassen hatten, an einigen Büros vorbei zu einer Tür, die mir ziemlich bekannt vorkam, denn ich selbst hatte in dem Raum dahinter bereits auf einem Stuhl gesessen und war von ihm verhört worden.

Als ich heute Abend losgezogen war, hatte ich erwartet, dass der folgende Moment besonders für mich werden würde, dass ich einmal tief Luft holen müsste, bevor ich den Raum betrat – aber so war es nicht. Ich fühlte ehrlich gesagt rein gar nichts. Ich musste das hier tun, es war eine weitere Aufgabe, die meine Familie mir aufbürdete.

Als Kommissar Schiller die Tür öffnete, nahm ich meine Sonnenbrille ab und blickte ihn nur eine Sekunde lang an, schon hatte ich ihn wieder eingefangen und flüsterte dem Mann meinen Willen ein.

»Danke. Sie können gehen«, sagte ich kaum hörbar, und er nickte völlig in Trance.

Das schlechte Gewissen dem Kommissar gegenüber wich einem unbändigen Zorn, der sich jetzt in meinem Inneren ausbreitete, als ich den Mann am Tisch sitzen sah. In diesem Augenblick war er die einzige Person, die ich für alles verantwortlich machen konnte, was mir widerfahren war. Dennoch schaffte ich es, gelassen abzuwarten. Selbst als die Tür hinter mir geschlossen wurde und wir allein waren, rührte ich mich nicht, sondern blickte ihn nur an.

Er mochte in den Vierzigern sein, trug ein knittriges, blauweiß kariertes Hemd und eine braune Stoffhose mit billigen Discounterschuhen, die er schon ein paar Jahre zu lang besaß. Er machte einen leicht verlotterten Eindruck, wirkte irgendwie abwesend auf mich und nahm mich gar nicht richtig wahr.

Er sah auf seine Hände, die er auf dem Tisch gefaltet hatte, und rührte sich nicht – selbst dann nicht, als ich mich in Bewegung setzte und meine Absätze laut auf dem Linoleum des Bodens klickten.

»Guten Abend«, sagte ich völlig emotionslos und positionierte mich so, dass ich dem Mann genau gegenüberstand. Ich wusste nicht einmal, wie er hieß, weil Kommissar Schiller vergessen hatte, es mir mitzuteilen. Aber das konnte ich ja nun ändern.

Als der Mann schließlich aufsah und sein Blick den meinen traf, warf ich die Falle aus.

Ich taumelte beinahe zurück, als sie mit gewaltiger Wucht zurückgeworfen wurde. Es fühlte sich an, als träfe mich ein dumpfer Schlag mitten auf die Brust.

Ich versuchte es gleich ein weiteres Mal, intensivierte den Blickkontakt, aber auch dieses Mal passierte nichts, außer dass ich fast zurück gegen die verspiegelte Wand geworfen wurde. Um nicht das Gleichgewicht zu verlieren, hielt ich mich rasch an der Tischplatte fest. Mein Einflüsterungsversuch zeigte absolut keine Wirkung auf diesen Mann, und der Zorn loderte ungebremst in mir auf.

»Wie heißen Sie überhaupt?«, fragte ich ungehalten und fasste mir an die schmerzende Brust.

»Das darf ich nicht sagen«, antwortete er so schnell, dass ich ihn verwundert musterte. Mit einem Mal schien der Fremde zum Leben und aus seiner Starre erwacht zu sein.

»Was soll das heißen?«, fragte ich. »Wissen Sie, wer ich bin?«

Als Antwort bekam ich nur ein Nicken, dann sah er wieder auf seine Hände, und ich fürchtete schon, dass es das mit unserer Unterhaltung gewesen war.

»Dann sagen Sie mir jetzt Ihren Namen«, fauchte ich. »Sonst werde ich Sie hier und jetzt umbringen.«

Meine Stimme klang kalt und berechnend, so wie ich es gehofft hatte. Das entsprach meiner Natur nicht einmal im Ansatz, aber in der Not fraß der Teufel Fliegen, übrigens im wahrsten Sinne des Wortes.

»Man hat mir gesagt, dass Sie mir drohen würden, aber Sie

werden mir nichts tun. Das hat man mir versprochen. Sie seien nicht in der Lage, mir etwas zu tun.«

»Wer hat das versprochen?« Ich schrie so laut, dass mich jeder außerhalb dieses Raumes im Präsidium hören konnte.

»Das darf ich nicht sagen«, wiederholte er. Er blieb ganz ruhig, und ich versuchte, es ihm mit aller Macht gleichzutun, mich zusammenzureißen und die Fassung nicht zu verlieren.

»Haben Sie die Polizei angerufen und ihr gesagt, dass ich jemanden umgebracht habe?«, fragte ich.

Als er erneut seinen Blick hob, erkannte ich schließlich das Leiden in seinen Augen. Da waren weder Boshaftigkeit noch Wut, und er schien alles andere als befriedigt, dass ich mit mir ringen musste. In dem Moment begriff ich, dass ich mit dem Falschen sprach, dass ich hier nicht an der richtigen Adresse war. Er hatte vielleicht angerufen, aber dieser Mann war nicht für die Scheiße verantwortlich, die mir widerfahren war. Entweder war er dafür bezahlt worden, oder jemand hatte ihn gezwungen, ihn okkupiert oder bedroht.

Ich straffte meine Schultern und zwang meine Stimme zur Ruhe. »Ich weiß, dass das nicht Ihre Idee war. Und ich weiß auch, dass Sie nichts dafürkönnen, aber Sie müssen mir jetzt helfen. Meine Freunde wurden wegen dieser Sache getötet. Es geht hier nicht mehr nur um mich, verstehen Sie?«, sagte ich jetzt beinahe flehentlich und beugte mich über den Tisch.

Und tatsächlich schien das mit einem Mal erheblich mehr Eindruck auf ihn zu machen als die Androhung von Gewalt. Aber welche Optionen hatte ich denn, als einfach alles Menschenmögliche zu versuchen? Er war der Einzige, der mir jetzt helfen konnte. Ich musste hier und jetzt einfach weiterkommen, brauchte etwas Neues, wo ich ansetzen konnte.

»Wer auch immer das getan hat, ist noch nicht fertig. Sie haben meinen Freund und werden ihn töten.«

Es erstaunte mich weniger, dass ich ausgesprochen hatte, dass ich mit Timurs Ermordung rechnete, als dass ich ihn meinen Freund genannt hatte. Wie auch immer wir wirklich zueinander standen – mein ganz normaler Freund würde er wohl nie sein, mit dem ich nach Arbeitsschluss noch schnell in den Supermarkt an der Ecke huschte, um ein paar Erledigungen zu machen, und dann auf dem Sofa einen Film schaute.

Wieder starrte mich der Mann aus traurigen Augen an, als wüsste er das alles schon und als wäre ihm bewusst, wie sehr ich leiden musste. Er schien zu bedauern, dass er mir einfach nicht helfen konnte.

»Ich kann nicht«, sagte er verzweifelt und knetete sich nervös die Finger.

»Sie könnten einen Mord verhindern«, wiederholte ich eindringlich.

»Ich *kann* nicht«, sagte er noch einmal. »Sie hat etwas mit mir gemacht, mit meinem Kopf.«

Wer hatte etwas mit ihm gemacht?

Mir fiel der Zettel ein, dem der genaue Tag, die Uhrzeit und der Ort des Mordes zu entnehmen waren. Was hatte Schiller gesagt? Er habe die Handschrift analysieren lassen und der Zettel sei offenbar von einer Frau geschrieben worden.

»Wen meinen Sie mit ›sie‹? Die Frau, von der Sie den Zettel haben?«, fragte ich.

Er begann zu zittern, und der Schweiß trat ihm auf die Stirn, erst ein leichter Glanz, dann richtige Schweißperlen. Er wollte etwas sagen, öffnete sogar den Mund, konnte aber nicht.

Das Begreifen ließ die Bestie in mir erwachen. Sie war bereit, meinem Willen zu gehorchen und zu tun, was immer ich von ihr verlangte.

»Sie hat Sie mit einem Bannkreis belegt«, erklärte ich und wartete keine Antwort ab, denn ich würde keine bekommen.

Stattdessen richtete ich meine flache Hand auf ihn und beobachtete, wie die Schweißperlen größer und größer wurden. Ich konnte die Mauer, die ihn umgab und mich abgestoßen hatte, jetzt fühlen und legte meine Hand dagegen.

Sekundenlang passierte nichts, doch dann begann der Mann unkontrolliert zu zittern und klammerte sich an die Tischplatte.

Meine Hand spannte sich an, und ich bekam ihn endlich zu fassen, zumindest seinen Geist. Ich bohrte das Band in ihn hinein, sah, dass er Qualen litt, konnte aber nicht aufhören. Ich musste weitermachen und die Wahrheit herausfinden.

Es war meine Pflicht, diesen Mann bis zum Äußersten zu treiben, ihn zu quälen, bis ich wusste, was ich wissen wollte. Mein Hass wurde größer und größer, und plötzlich fühlte sich das, was ich tat, richtig an.

Er wurde steif wie ein Brett und weiß wie die Wand. Seine Kleider waren komplett durchgeschwitzt und aus seiner Nase tropfte Blut. Die Person, die mir alles genommen hatte, rückte plötzlich in greifbare Nähe, verbarg sich hinter diesem armen Menschen und wiegte sich in Sicherheit, dass mich ihr Bannkreis aufhalten würde.

Es fühlte sich gut an, und ich genoss es, wie er sich unter meiner Hand wand, wie sein Widerstand bröckelte, wie die Bestie meinem Willen gehorchte.

Ich spürte den Bannkreis, mit dem der Mann belegt war, erst reißen, dann brechen und fühlte, wie er befreit wurde, aber ich war noch lange nicht am Ziel. Ich würde immer weitergehen, würde mir holen, was ich brauchte, würde alles bekommen, würde Timur finden und ihm sagen, was ich für ihn empfand.

Kaum dass Timurs Name in meinen Gedanken aufgeblitzt war, riss ich meine Hand zurück und starrte sie an, als gehörte sie nicht zu mir. Panik flammte in mir auf und die Erkenntnis, dass ich beinahe die Kontrolle verloren hatte.

Ich stürzte zu dem Mann hin, der augenblicklich zusammengebrochen war und jetzt auf dem Boden lag. Er zitterte und blutete noch immer aus der Nase. Ich hockte mich zu ihm und legte seinen Kopf auf meine Knie. Die Situation war so befremdlich, dass ich plötzlich selbst zu zittern begann.

»Oh Gott … es tut mir leid«, stammelte ich.

Wieder dachte ich an Timur, der selbst in seiner Abwesenheit einen solchen Einfluss auf mich ausübte, dass ich wieder zur Vernunft gekommen war. Schließlich war es Timur gewesen, der gesagt hatte, dass ich mich von allen anderen unterschied, weil ich ein Gewissen besaß, weil ich jedes Mal einen Preis dafür zahlte, wenn ich die Fähigkeiten meiner Familie nutzte. Er war derjenige, der von Anfang an an mich geglaubt hatte, der gewusst hatte, dass ich zu mehr imstande war und der mir zugetraut hatte, dass ich etwas verändern könnte, wenn ich es nur wollte. Ich war nicht irgendeine weitere skrupellose Dunkle, die einfach tat, wonach ihr der Sinn stand.

Der Mann hustete, aber die Farbe kehrte allmählich in sein Gesicht zurück.

»Schon …« Ein heftiger Hustenanfall. »… in Ordnung.«

»Es tut mir wirklich leid«, sagte ich noch einmal, als der Mann sich keuchend wieder aufsetzte und meine Hand tätschelte.

Es war völlig absurd, dass ich ihn gerade eben noch bedroht hatte und jetzt mit ihm auf dem Boden des Verhörzimmers hockte.

»Eine blonde Frau. Sie hat mir den Zettel gegeben und gesagt, dass ich die Polizei anrufen soll.«

Erschrocken riss ich die Augen auf, und mir wurde schlecht. Das konnte nicht sein, das war einfach nicht möglich. Ich versuchte krampfhaft, das Puzzle zusammenzusetzen, aber es wollte mir einfach nicht gelingen.

»Eine blonde Frau?«

»Ja, sie war sehr schön und sehr teuer gekleidet. Mit einem Akzent.«

Mein Herz donnerte in meiner Brust. Steckte Kitty hinter alldem? War sie für das alles verantwortlich? Warum hätte sie das tun sollen? Und was hatte sie mit Timur gemacht?

»Sie hatte zwei Männer dabei«, erklärte der Mann weiter.

»Und Sie würden sie wiedererkennen?«

»Ja, auf jeden Fall. Davon gibt es nicht so viele.«

»Von schönen Blondinen mit französischem Akzent?«, fragte ich und lachte bitter auf. Ich hätte nicht gedacht, dass es noch schlimmer werden konnte, aber Timur hatte mich schließlich gewarnt. In diesen Zeiten durfte ich niemandem vertrauen, nicht einmal unserer letzten Verbündeten, die noch lebte.

Der Mann sah mich fragend an. »Französisch? Nein, das war anders. Ich glaube, es war ... Spanisch ... oder vielleicht eher Italienisch«, stotterte er verlegen. »Sie trug einen ziemlich großen Diamanten an einer Kette.«

Das Fallen des Groschens musste ohrenbetäubend laut gewesen sein. Ich erwischte mich dabei, wie ich den Mann mit weit offenem Mund anstarrte und ihn erst nach einigen Sekunden wieder schloss, als es mir auffiel.

Ich wusste nicht genau, was größer war: die Erleichterung, dass er nicht von Kitty gesprochen hatte, oder der Schock, dass Evangelista Scaletto mich in die Falle gelockt hatte.

Es gab absolut keine andere schöne blonde italienische Frau, die einen gewaltigen Edelstein an einer Kette durch die Gegend trug. Und eigentlich war es sogar logisch, dass ausgerechnet sie hinter alldem steckte.

Das Haus Scaletto kämpfte seit Jahrhunderten gegen meinen Vater und wollte die Kontrolle über die Firma an sich reißen. Scrivano Scaletto war seit jeher der größte Widersacher meines Vaters, wollte seinen Job und ihn endlich loswerden.

Der Weg dorthin führte allerdings über ziemlich verschlungene Pfade. Man musste den Teufel Stück für Stück schwächen, sein Haus in Ungnade fallen lassen. Mit seiner Tochter anzufangen war nur ein erster Schritt, und weitere würden folgen.

Ich richtete mich auf und sah den Mann an, der gerade versuchte, sein schütteres Haar glatt zu streichen.

»Ich danke Ihnen«, sagte ich.

»Nein, ich danke Ihnen.«

»Haben Sie Familie außerhalb? Freunde? Bekannte?«, fragte ich und reichte ihm ein Taschentuch, das er dankend annahm, um sein Gesicht zu säubern.

»Einen Cousin in Berlin«, antwortete er.

»Fahren Sie ein paar Tage hin, bleiben Sie dort.«

Er starrte mich entgeistert an, wollte etwas sagen, hielt den Mund aber geschlossen.

Er hatte keine Ahnung, was Evangelista ihm angetan hatte, aber er wusste, dass es gefährlich war hierzubleiben, jetzt wo er geredet hatte.

Ich öffnete meine Handtasche und zog das Geld heraus, das Kitty mir im letzten Moment mitgegeben hatte. Ein ganzes Bündel Hunderter hatte sie aus ihrem Kleid hervorgezaubert – warum auch nicht? Das gehörte ja schließlich zur ganz gewöhnlichen Standardausstattung einer jeden Frau: Puder, ein paar Tampons, Lipgloss, Taschentücher, eine kleine Packung Desinfektionsgel und zwanzigtausend Euro in Hundertern.

»Hier, nehmen Sie das. Notfalls bleiben Sie eine Weile in einem Hotel.« Ich reichte ihm knapp die Hälfte des Geldes.

Er starrte auf die vielen Scheine und nickte heftig, wollte noch etwas sagen, doch da klingelte es in meiner Handtasche. Ich fischte das billige Handy heraus und drückte den grünen Hörer.

»Ja?«, raunte ich aufgebracht und noch immer ziemlich durch den Wind. Eigentlich konnte es nur Kitty sein.

»Hier ist Machiel.«

»Oh, hallo!« Jetzt war es mir peinlich, dass ich das Gespräch nicht zumindest neutral angenommen hatte.

»Ich warte vor dem Polizeipräsidium auf Sie. Die dunkle Limousine.«

»Ähm, okay. Ist etwas passiert?«

»Nein, nein. Wir haben uns nur dazu entschieden, den Club vorerst aufzugeben und in eines der sicheren Häuser des Apostels zu wechseln.« Er klang plötzlich bitter, als er über Judas sprach.

»Ach so, ja, selbstverständlich. Ich bin gleich da«, antwortete ich und legte auf.

Dann nickte ich dem Mann zu und verließ das Gebäude so schnell, wie ich es betreten hatte. Weder der Pförtner noch Kommissar Schiller hielten mich auf. Die Leute wichen vor mir zurück, wandten die Blicke ab, sahen zu Boden und wirkten beinahe eingeschüchtert.

Erst dachte ich an Timur, an seine unglaubliche Präsenz, mit der er es immer wieder schaffte, Menschen in seinen Bann zu ziehen. Aber dann begriff ich, dass es bei mir nicht so wie bei Timur war, eigentlich waren die Reaktionen auf mich sogar völlig anders. Ihm verfielen die Menschen, und sie himmelten ihn an. Bei mir spürten sie, dass es gefährlich war, in meine Nähe zu kommen. Sie erkannten, dass etwas nicht stimmte, dass in mir ein Raubtier lauerte.

Die Vadumanten reagierten auf mich wie auf meinen Vater. Für sie war ich der Teufel.

21

Kaum dass ich die Wagentür hinter mir geschlossen hatte, begann mein Herz, heftig zu rasen, und ich sank so tief in den Sitz, dass Machiel denken konnte, dass ich auf der Stelle ohnmächtig geworden war. Mit letzter Kraft riss ich die Pumps von meinen Füßen und warf sie neben mich auf die Rückbank.

Vielleicht war es dumm, ihm zu vertrauen, aber ich hatte keinen Funken Lebensenergie mehr in meinem Körper. Konnte ich in meiner Situation überhaupt noch jemandem trauen? War ich nicht völlig allein? In dieser Sekunde war es mir beinahe egal, denn ich war einfach viel zu erschöpft.

Für einen kurzen Augenblick schloss ich die Augen und atmete tief durch. Allmählich sickerte durch, was ich gerade getan und erfahren hatte. Noch immer wusste ich nicht genau, was mein neues Wissen zu bedeuten hatte und vor allem, was es nach sich ziehen musste.

Ich hatte schon immer gewusst, dass Evangelista Scaletto die Hure Babylon war. Ihr größter Wunsch war es offensichtlich, nicht nur möglichst unnatürlich auszusehen, sondern auch der Antichrist zu werden, und rein charakterlich befand sie sich auf einem ganz fantastischen Weg dorthin. Sie war das wahrscheinlich niederträchtigste, abstoßendste, mieseste, grausamste Dreckstück mit Extensions, das mir jemals begegnet war. Und nun lag es allein an mir, sie aufzuhalten und an ihren falschen Haaren vor ein Tribunal der Häuser zu zerren. Das größte Problem daran war, dass ich absolut keine Ahnung hatte, wie ich das schaffen sollte.

»Ist alles in Ordnung?«, fragte Machiel und blickte in den Rückspiegel. Wie immer klang er gefasst und ruhig, auch wenn er mich besorgt musterte, während er den Wagen durch die Dunkelheit lenkte.

»Alles okay.«

Meiner kratzigen Stimme war jedoch anzuhören, wie erschöpft ich war. Das Sprechen fiel mir schwer, und ich hatte Mühe, die Häuser zu fokussieren, die draußen auf der Straße vorbeizogen. Da war nicht viel mehr als eine dunkle Masse, helle Flächen und aufblitzende Lichter. Ob sie von vorbeifahrenden Autos oder von Häusern stammten, konnte ich nicht erkennen.

Es hatte mich unglaublich viel Kraft gekostet, Evangelistas Bannkreis zu brechen. Sie hatte ihr gesamtes Leben Zeit gehabt, die Techniken zu erlernen und zu verfeinern, um einen solchen Bann zu verhängen. Ich hingegen hatte vor ein paar Tagen überhaupt erst damit begonnen, diese Fähigkeiten auszutesten – das meiste geschah völlig instinktiv.

Ich war vielleicht die Tochter des Teufels, allerdings war ich noch völlig ungeübt. Timur hatte mir zwar das Handwerkszeug beigebracht, die Theorie war aber nicht das Problem. Ich war nicht daran gewöhnt, mit solchen Kräften und Mächten umzugehen, sie strengten mich ungeheuer an.

»Wir sind gleich da«, sagte Machiel beruhigend, und noch einmal versuchte ich das Häusermeer vor den Wagenfenstern in unterschiedliche Gebäude aufzuteilen, versagte aber und schloss stattdessen müde die Augen.

Es konnten Sekunden, aber auch Minuten oder Stunden verstrichen sein, als die Tür geöffnet wurde und ich aufschreckte.

Machiel blickte mich an und lächelte, als ich mich am Sitzpolster festkrallte und versuchte, die Orientierung wiederzufinden.

Es dauerte eine Ewigkeit, bis ich begriff, dass wir zum Anfang allen Übels zurückgekehrt waren, und sofort überkam mich ein ungutes Gefühl, das mich beinahe lähmte. Die gelben Straßenlaternen, die Betonplatten auf dem Boden und die Stille, die hier abends herrschte. Dazu die Tatsache, dass ich wieder hierhergefahren worden war, machte diesen Augenblick beinahe unerträglich.

»Was machen wir hier?«, fragte ich und starrte auf den Boden des Rheinauhafens, als wäre er nicht aus Beton, sondern aus Säure. Ich versuchte mich zu orientieren, suchte die Stelle, an der Alessandro Cabianca umgebracht worden war, konnte mich aber nicht mehr an den exakten Ort erinnern.

»Der Apostel besitzt ein Penthouse dort oben«, antwortete Machiel und deutete auf das Kranhaus, das direkt vor uns in den Nachthimmel aufragte.

Die drei Kranhäuser gehörten zu den ungewöhnlichsten Gebäuden der Stadt. Wie ein auf dem Kopf stehendes L schien der horizontale Gebäudeteil in gewaltiger Höhe zu schweben und ragte beinahe bis über den Rhein. Sie waren ein Wahrzeichen der Stadt.

»Ausgerechnet hier?«, fragte ich und schnappte mir meine Pumps, zog sie aber nicht an.

Machiel warf die Tür hinter mir zu und ging nicht weiter darauf ein, dass ich barfuß auf den Eingang des Hochhauses zulief.

In den meisten Apartments brannte Licht. Das Penthouse lag jedoch zu weit oben, als dass ich es hätte erkennen können.

Wir betraten das Gebäude, nachdem Machiel einen Zahlencode über ein Tastenfeld eingegeben hatte, und fuhren mit dem gläsernen Aufzug durch den Pfeiler, der die vorgelagerte Seite des Hauses hielt.

Das Penthouse des Gebäudes war nicht nur ein Penthouse,

es war ein bombastisches Riesenpenthouse und bestand aus einem gewaltigen halb offenen Atrium, das in einen noch viel größeren Wohnraum überging, der rundum von Glas umgeben war. Beinahe nahtlos schloss sich am anderen Ende des Wohnraumes eine große Dachterrasse an, die unmittelbar über dem Fluss zu enden schien.

Die Einrichtung passte in meinen Augen allerdings so gar nicht zu Judas. Sie war puristisch, fast völlig clean, viel Weiß, ausschließlich klare Linien und polierter Edelstahl. Ein gewaltiges weißes Sofa war der einzige Einrichtungsgegenstand, der aus Stoff bestand – keine Gardinen, keine Teppiche, kein Nippes.

»Er war nie hier«, flötete eine vertraute französische Stimme.

Kitty kam aus dem rückwärtigen Teil des Penthouses, das in dem Teil des Gebäudes lag, in dem die Wände zumindest teilweise aus mehr als einfachem Glas bestanden. Dort mussten sich weitere Zimmer befinden, wie Bäder und Schlafräume.

»Er hat es nur gekauft, weil es ursprünglich Castor Tirani kaufen wollte.«

»Castor wollte diese Wohnung kaufen?«, fragte ich Kitty, die schon wieder perfekt zurechtgemacht war und damit tausendmal besser aussah, als ich mich fühlte.

Ihre blonden Haare fielen in weichen Wellen über ihre Schultern. Die Striemen an ihrem Hals waren verschwunden, und ihre glitzernden Augen dafür wieder an Ort und Stelle, als wäre nie etwas vorgefallen.

Ich musterte sie erstaunt, beeindruckt und erschrocken zugleich von ihren offensichtlichen Heilfähigkeiten und ihrem unerschöpflichen Make-up-Vorrat.

»Du weißt doch selbst, dass Tirani dein Aufpasser ist.« Sie schlenderte zur Küchenzeile, auf der eine einzelne Rotweinflasche und ein halb ausgetrunkenes Glas standen. Sie griff schwungvoll danach und stürzte es in einem Zug herunter. Dabei wirkte sie beinahe euphorisch und ausgelassen. »Er hat einfach was Repräsentatives in deiner Nähe gesucht, Kleines.«

»Und Judas?«

»Hat sie ihm vor der Nase weggekauft. Judas mochte solche Scherze«, antwortete sie, und plötzlich wurde ihr Blick trüb.

Sie goss sich ein weiteres Glas Rotwein ein, das sie ebenfalls in einem Zug leerte – und das alles, ohne ihren Blick ein einziges Mal auf das Glas zu richten. Das war wirklich beeindruckend.

Die meiste Zeit konnte sie es verbergen, aber ich wusste nur zu genau, wie sehr es sie zerfraß, dass Judas nicht mehr da war. Sie schob es ganz einfach in die hinterste Ecke ihres Bewusstseins. Das funktionierte meistens ziemlich gut, ich musste es schließlich wissen. Diese Taktik hatte erst bei Jan hervorragend funktioniert, und jetzt ging ich mit meinen Gedanken an Isabella und Timur genauso um: einfach völlig ausblenden und weitermachen wie vorher.

»Wie auch immer …«, sagte Kitty schließlich und warf mir einen Blick zu, den ich nicht deuten konnte. »Ich habe interessante Nachrichten von Davide.«

»Ich habe mit Sicherheit interessantere Nachrichten«, entgegnete ich trocken und verschränkte die Arme vor der Brust.

Kitty tat es mir gleich und nickte mir auffordernd zu. »*C'est bon*! Leg los, Kleines.«

»Evangelista Scaletto hat den Mord an Alessandro Cabianca inszeniert und mir in die Schuhe geschoben.«

Jetzt, da ich es zum ersten Mal laut ausgesprochen hatte, klang es noch viel unglaublicher als vorher. Wie konnte sie etwas so Grausames tun, um ihr Ziel zu erreichen?

»Ja, das klingt einleuchtend«, meinte Kitty unbeeindruckt und betrachtete ihre Fingernägel.

»Einleuchtend?«, fragte ich ungläubig.

»Scrivano Scaletto giert seit Jahrtausenden nach der Macht in der Firma. Er will die sieben Häuser anführen, da ist es doch einleuchtend, dass er es nun über Umwege versucht«, erklärte sie.

»Ich verstehe nur nicht, warum er es ausgerechnet jetzt tut. Das ergibt doch überhaupt keinen Sinn. Er hätte es seit tausend Jahren versuchen können, und ausgerechnet jetzt macht er den entscheidenden Schritt?«

»Weil der Teufel durch dich angreifbar geworden ist. Du bist unerfahren, schlecht ausgebildet und so weiter. Das macht es ihm leicht.«

»Danke, du findest immer genau die richtigen Worte zur richtigen Zeit.«

»Nichts zu danken. Und jetzt hör dir endlich meine tollen Nachrichten an.« Sie winkte ab, und mit einem Mal lächelte sie fröhlich.

Auch wenn ich gedacht hatte, dass das gar nicht möglich war: Sie strahlte tatsächlich ausgelassen und stützte sich mit beiden Ellbogen auf der Marmorküchenzeile auf.

»Morgen bei Einbruch der Dämmerung wird die irdische Beisetzung vom Cabianca-Erben stattfinden«, sagte sie und sah mich an, als erwarte sie einen Freudensprung oder etwas Ähnliches.

»Okay …« Ich blickte sie nur fragend an.

»Verstehst du denn nicht? Sie werden alle da sein, nicht nur die Erben der anderen Häuser, sondern auch die sieben Fürsten höchstpersönlich.«

»Moment mal, nach über zwei Monaten wird Alessandro erst beigesetzt? Und warum überhaupt? Ist ihnen das wichtig?«

Es war wirklich ungewöhnlich, dass ein Dunkler beerdigt und dann so eine Show darum gemacht wurde.

»Sein Körper wurde erst gestern von der Polizei freigegeben, nachdem du dich um den Kommissar gekümmert hast«, erklärte sie mit einem aufreizenden und ziemlich verstörenden Augenzwinkern. »Er war ein Halbblut und zur Hälfte an den Erdkreis gebunden. In einem solchen Fall ist nicht nur der Übergang der Seele in das Dunkel etwas Besonderes, sondern auch die irdische Beisetzung, schließlich bleibt ein Teil von ihm zurück. Und natürlich kommen sie alle. Er war ja ein Erbe, da erscheint die komplette Entourage. Das wird ein großes, widerlich schönes Klassentreffen.«

Ein Klassentreffen der Hölle wohlgemerkt. Sollte ich jemals ein Buch über das Erlebte schreiben, würde ich es genauso nennen.

»Ich verstehe nur nicht, warum das so wichtig für mich sein soll. Ich habe doch keine persönliche Einladung erhalten, oder?«, fragte ich verständnislos.

Kitty starrte mich zunächst nur an und verdrehte dann die Augen. »Was gibt es daran denn nicht zu verstehen? Sie sind alle zusammen auf einem Haufen. Wir könnten sie alle auf einmal töten.«

Meine Augen wurden immer größer, und ich war mir nicht sicher, ob sie das tatsächlich ernst meinte.

»Warum sollten wir sie alle töten?«

»Okay …«, raunte Kitty und hob beschwichtigend die Hände. »Okay, okay, okay. Wir töten sie nicht alle. Wir töten nur Evangelista Scaletto, weil diese kleine Teufelshure meinen Meister auf dem Gewissen hat.«

Das konnte einfach nicht wahr sein. Auch wenn man hin und wieder das Gefühl hatte, dass es klare Momente bei ihr gab, war Kitty offenbar doch durch und durch dem Wahnsinn verfallen.

Sobald das hier vorbei war, würde ich ihr einen guten Therapeuten empfehlen – einen sehr jungen Therapeuten, denn er würde sicher einige Jahrzehnte brauchen, um diverse Traumata, Neurosen und wie auch immer geartete Persönlichkeitsstörungen aufzuarbeiten. Vielleicht sollte ich auch dem armen Mann, den Evangelista missbraucht hatte, einen Psychologen sponsern.

Die Synapsen in meinem Hinterkopf klickten so laut, dass sogar Kitty es gehört haben musste.

»Alle sind da? Also wirklich alle? Mein Vater, Evangelista und alle anderen der Sieben?«, fragte ich so schnell nach, dass ich beinahe über meine eigenen Worte stolperte.

»Ja, alle sind da.«

Das komplette Tribunal wäre also beisammen, ohne dass ich irgendetwas dafür unternehmen müsste.

»Morgen Abend?«, fragte ich noch einmal.

»*Oui!* Morgen Abend. Spreche ich Französisch, oder bist du nur schwer von Begriff?«

»Dann musst du sofort los und den Mann aufhalten, der mir das alles verraten hat. Ich habe ihn nach Berlin geschickt, verdammt. Du musst zu ihm! Nein, du musst zuerst ins Polizeipräsidium, dir seine Adresse besorgen und danach musst du ihn an einen sicheren Ort bringen. Morgen Abend bringst du ihn dann direkt zur Beerdigung, schaffst du das?«

»Habe ich den Moment verpasst, an dem ich zu deinem Handlanger geworden bin?«, fragte Kitty schnippisch.

»Bitte, Kitty! Das ist unglaublich wichtig. Er ist der Kronzeuge. Wie konnte ich nur auf die Idee kommen, ihn wegzuschicken?«

Das war wirklich unglaublich dämlich gewesen, aber das war eben die Folge, wenn alle Sender die guten Polizeiserien einstellten. Woher sollte ich meine kriminalistische Bildung denn sonst bekommen?

»Na gut. Ich werde dir helfen. Schließlich geht es um Timur«, lenkte sie schließlich ein und lächelte so anzüglich, dass mir kurz schlecht wurde.

Ich hatte noch immer keine Ahnung, was genau zwischen den beiden gelaufen war und was für schreckliche Dinge sie miteinander getrieben hatten. Aber ganz eindeutig war »miteinander getrieben« die richtige Formulierung für das, was sie getan hatten.

»Dafür bist du mir übrigens was schuldig, und ich vergesse es nie, wenn Leute in meiner Schuld stehen. Zu gegebener Zeit werde ich einen Gefallen von dir einfordern.«

»Welchen Gefallen könnte *ich* dir schon tun?«, antwortete ich und schmunzelte.

Tatsächlich gab es nichts, was sie von mir begehren könnte.

Kitty zwinkerte mir nur zu, während sie sich schon in wabernden Dampf auflöste.

»Doch nicht jetzt, Dummerchen. Wenn du die Teufelin bist.«

Mein Lächeln erstarb, während sie vollends verschwand.

Das Bett in einem der Gästezimmer des Penthouses war bequem und weich, aber dennoch bekam ich kein Auge zu. Machiel hatte mir einen Lavendeltee gekocht, und wir hatten gemeinsam noch eine Weile auf dem großen Sofa gesessen, bis ich mich zurückgezogen hatte.

Die Gedanken in meinem Kopf kamen einfach nicht zur Ruhe, überschlugen sich immer und immer wieder. Hatte Evangelista Judas und Isabella getötet? Warum war das überhaupt nötig gewesen, wenn ich doch diejenige war, die sie stürzen wollte? Wie sollte ich es Isabellas Kindern sagen? Was sollte jetzt aus Machiel werden, und wo verdammt noch mal war Timur? Wäre er getötet worden, hätte ich seine Leiche doch im Club finden müssen, wie die anderen, aber dort war er nicht gewesen. Die Ungewissheit war tausendmal schlimmer als jedes Wissen.

Tränen bahnten sich ihren Weg über meine Wangen, und dennoch gestattete ich es mir nicht zu schluchzen. Ich weinte lautlos, lag einfach nur da und umklammerte die Bettdecke.

In weniger als einem Tag würde alles vorbei sein, auf die eine oder andere Weise. Ich würde alles in die Waagschale werfen, was ich zu bieten hatte, aber ob das reichen würde, wusste ich nicht.

Ich versuchte, die Tränen endlich zum Versiegen zu bringen, indem ich die Augen schloss und an etwas anderes dachte, an das Cottage im Bracknell Forest zum Beispiel. Aber sofort sah ich Timur vor mir, wie er in der Küche am Herd stand und mir etwas zu essen kochte, wie er Wein in ein Glas goss, wie er mich ansah. Dieser Blick, diese Augen, die alles durchbohren konnten, die ihn so einzigartig machten.

Ich hatte das Gefühl, ihn neben mir im Bett spüren zu können, hatte seinen Geruch in der Nase, diese verführerische Süße, die mir mittlerweile so vertraut war. Ich sah seine schweißbedeckte breite Brust, die über mir aufragte, hörte sein tiefes, grollendes Knurren, während wir Sex hatten. Ich fühlte ihn, als wäre er jetzt gerade hier. Ich konnte seine Hitze spüren und seine Bestie wahrnehmen, die ihre Krallen wetzte.

Das Band zwischen uns war noch nicht gerissen. Es existierte noch immer, und auch wenn ich keine Ahnung hatte, wo er sich gerade befand, war ich mir dennoch sicher, dass er am Leben war.

Nur quälend langsam war ich überhaupt dazu in der Lage, die Augen zu öffnen. Ich versuchte, mich zu orientieren und das graue Tageslicht einfach wegzublinzeln. Der Himmel war wolkenverhangen, und in der Ferne, weit hinten am Horizont, erkannte ich dichte graue Regenschleier.

Als mir die letzten vierundzwanzig Stunden wieder einfielen, wurde mein Körper plötzlich schwer wie Blei, und der letzte Rest Energie löste sich in nichts auf. Ich würde nie wieder aufstehen, sondern einfach hier liegen bleiben und mit dem Bett eine Symbiose eingehen. Ich würde meine Meinung allerhöchstens ändern, falls Machiel mir einen zwölffachen Espresso intravenös spritzte – vielleicht mit einem kleinen Chardonnay-Shot.

Nachdem ich einige Minuten lang wütend die Decke angestarrt hatte, griff ich nach dem unbenutzten Kissen neben mir, presste es auf mein Gesicht und schrie, so laut ich konnte. Danach wollte ich es erst wegnehmen, dann entschied ich mich aber dazu, noch eine Runde weiterzuschreien, zu kreischen, zu brüllen und noch einmal zu schreien. Erst als meine Stimmbänder über die Klippe sprangen, setzte ich mich auf, schüttelte den Kopf und stieg aus dem Bett.

Ich bewunderte die Warmwasserversorgung des Hauses, denn es hatte hier sicherlich noch nie jemand so lange und so heiß geduscht wie ich. Erst als meine Haut ganz rot und taub war, war ich bereit, wieder unter die Lebenden zu treten – auch wenn ich mir gar nicht so sicher war, ob Machiel tatsächlich lebte. Ich hatte keine Ahnung, wer er eigentlich war, ob er ein Dunkler oder ein Halbblut war – oder vielleicht etwas ganz anderes.

Tatsächlich war er aber in der Küche und schien dort auf mich gewartet zu haben, denn er war gerade dabei, ein Frühstück vorzubereiten. Es war bereits Mittag, und ich bezweifelte, dass er so lang geschlafen hatte wie ich – falls er überhaupt schlief.

»Guten Morgen«, sagte er höflich und musterte mich, als ich

verquollen, mit nassen Haaren und nur in einen Frotteebademantel gehüllt das Badezimmer verließ. »Ich habe mir erlaubt, die Kleider, die du bei dir hattest, aus dem Cottage herbringen zu lassen. Ich habe sie schon gestern in den Kleiderschrank deines Zimmer geräumt«, erklärte er und lächelte.

»Danke und guten Morgen«, sagte ich etwas kleinlaut.

Machiel war einer dieser Charaktere, die im Laufe ihres Lebens wahrscheinlich viel zu wenig Wertschätzung und Dankbarkeit erfuhren. Ich nahm mir vor, das zu ändern, denn schließlich half er mir nicht zum ersten Mal. Natürlich war es Judas gewesen, der mir das Cottage angeboten hatte, aber Machiel hatte alles für Timur und mich vorbereitet und für uns gesorgt. Er hatte sich um *mich* gesorgt.

Allerdings müsste das ein kleines bisschen warten, denn nun hatte ich noch etwas vor, und ich wollte es endlich hinter mich bringen. Es war an der Zeit, meinen Namen reinzuwaschen oder mir viel eher zum ersten Mal einen Namen zu machen.

Das würde nicht leicht werden, denn dafür musste ich nicht nur Evangelistas Namen zerstören, sondern auch das Haus ihrer Familie in den Dreck ziehen.

Nach einem kurzen Frühstück betrat ich wieder das Gästezimmer, öffnete den großen Kleiderschrank und betrachtete die vielen Kleider und Accessoires, die wir in Mailand gekauft hatten – die Isabella für mich gekauft hatte.

Mit aller Kraft drängte ich die Tränen zurück, die schon wieder heiß in meinen Augen brannten, und zog eines der Kleider heraus.

Es war so weit, ich würde mir eine Rüstung überwerfen und in den Krieg ziehen. Vielleicht war der von Kitty prophezeite Moment schon jetzt gekommen, der Moment, in dem ich zur Teufelin wurde.

22

Kapitel 345 – Verlust des Handbuchs der Toten

Eine repräsentative Erhebung hat ergeben, dass 7 % aller Seelen ihr Handbuch der Toten im Laufe eines Lebens nach dem Tod verlieren. Bitte beachten Sie, dass in einem solchen Falle eine erneute Schutzgebühr fällig wird. Diese können Sie selbstverständlich auch in Form von Regenerationstagen bezahlen. Zur genauen Preisermittlung wenden Sie sich bitte an Ihren Totenarbeiter oder an einen Volunteer im Informationszentrum.

Sollte Ihnen das Buch abhandengekommen sein, wenden Sie sich bitte umgehend an das Fundbüro siebter Höllenkreis und zeigen Sie den Verlust bei einem der Mitarbeiter an. Für den Wiedererwerb werden Sie gebeten, einen Materialbeschaffungsantrag blau in der Unterbeschaffungsbehörde vierter Höllenkreis West zu erbitten und mit diesem erneut einen Mitarbeiter des Fundbüros aufzusuchen, um die Anzeige des Verlustes abstempeln zu lassen. Im Anschluss können Sie einen persönlichen Termin bei der Zentrale für Totenbildung vereinbaren, der Ihnen innerhalb der nächsten acht Dekaden ermöglicht werden sollte. Nachdem Sie dort den Materialbeschaffungsantrag mit dem entsprechenden Stempel vorgelegt haben, erhalten Sie den Materialbeschaffungsantrag rosa zwei, der es Ihnen nun ermöglicht, bei der Unterbeschaffungsbehörde vierter Höllenkreis West ein neues Handbuch der Toten zu bestellen. Die Auslieferung wird – je nach Verfügbarkeit – schnellstmöglich, aber spätestens nach dreihundert Jahren ausgeführt. Bei weiteren Fragen zum Verlust und dem Neuerwerb des Handbuchs der Toten wenden Sie sich bitte an die Zentrale für Totenbildung und erwerben Sie das Handbuch für Materialbeschaffung über den Antrag 17/3451 sb4.

…

Aus: Ratgeber für die Toten. 783. Auflage
Verlag der Finsternis

Es war seltsam, aber zum ersten Mal in meinem Leben fühlte ich mich genau richtig.

Ich stand am Rande der Menge auf einer kleinen Anhöhe und verschaffte mir einen Überblick. Obwohl ich jetzt genau in ihrer Mitte war, spürte ich keine Nervosität. Ich war ganz gefasst, denn ich war mir meiner selbst noch nie so sicher gewesen.

Ich trug das makellos sitzende pechschwarze Seidenkleid von Óscar de la Renta, das mir so gut passte, als wäre ich darin geboren worden. Meine Füße steckten in schwarzen Louboutin-Stilettos aus Lackleder, in der Ellenbeuge hing eine ebenso nachtschwarze Birkin Bag, und mein Gesicht wurde durch eine gewaltige dunkelbraune Hermès-Sonnenbrille weitestgehend verdeckt. Darüber trug ich allerdings noch einen Hut mit schwarzem Spitzenschleier, um auf Nummer sicher zu gehen.

Außerdem hatte ich natürlich sämtliche Schutzwälle hochgefahren. Und dennoch war ich die Teufelin.

Sie alle waren gekommen, doch niemand erkannte mich. Ich war nicht länger die Catalea, die sie glaubten zu kennen – von nun an war ich eine andere Catalea. Ich war die Tochter des Morgenstern, und hier und heute würde ich dafür sorgen, dass sich einige Dinge änderten, auch wenn sie das alle noch nicht wussten.

Den ganzen Tag über war ich sämtliche Schritte immer und

immer wieder durchgegangen. Jetzt dämmerte es bereits. Bald würde die Sonne untergehen und die Stadt in Dunkelheit versinken – dann würde es beginnen.

Wir waren auf Melaten, dem größten Friedhof der Stadt, der selbstverständlich keiner Konfession angehörte, denn sonst hätte das Abkommen eine solche Ansammlung Dunkler nicht erlaubt.

Ich hätte vermutet, dass Alessandro auf Sizilien beigesetzt würde, wenn er denn ein irdisches Begräbnis erhalten musste. Aber Machiel hatte mir erklärt, es sei üblich, ihn dort beizusetzen, wo er gestorben sei.

Wir befanden uns direkt auf dem Hauptweg des Friedhofs, wo keine einfachen Gräber standen, sondern wo sich eine gewaltige Gruft an die nächste reihte. Hier standen zum Teil mehrere Meter hohe Monolithen, die das Familiengrab irgendeiner Kölner Dynastie schmückten.

Der Trauerzug wurde von unzähligen Wächtern abgesichert, die sich wachsam umblickten und das Geschehen im Auge behielten. Bisher hatten sie mich allerdings nicht entdeckt.

Es folgten einige Dutzend Todeshändler, die keine Plätze in den ersten Reihen ergattern konnten. Diese Plätze waren den wahrhaftigen Dunklen vorbehalten, den Mitgliedern der hochrangigen Kasten, die aus dem Dunkel oder aus anderen Torstädten, aus Italien und fernen Ländern gekommen waren, um dem Erben des Hauses Cabianca die letzte Ehre zu erweisen.

Doch auch für sie interessierte ich mich nicht wirklich, denn meine Aufmerksamkeit galt ausschließlich der ersten Reihe, dem VIP-Bereich sozusagen, denn dort standen nicht nur die Erben der Häuser – unter ihnen auch mein Bruder Augusto, gleich neben dem Miststück Evangelista –, dort standen auch die Sieben höchstpersönlich, die ich noch nie gemeinsam gesehen hatte.

In erster Reihe stand nicht nur mein Vater, der ausnahmsweise mal den Körper eines Anzugträgers in Besitz genommen hatte, sondern auch mein Onkel Castor Tirani, Vito Alba, Herr des Hauses Alba, Ludovika Milea, Alessandros Vater Flavio Cabianca, Scrivano Scaletto und die Frau, die seltsamerweise den Großteil meiner Aufmerksamkeit auf sich zog: die Herrin des Hauses Vargas und Timurs Mutter, Madalena Vargas.

Vito Alba und Ludovika Milea waren die unscheinbarsten Personen – wenn man es denn unscheinbar nennen konnte, in sündhaft teuren schwarzen Kleidern auf einem Friedhof zu erscheinen.

Castor trug wie immer einen schwarzen Gehrock aus Seidenbrokat, ebenso wie Evangelistas Vater Scrivano Scaletto. Flavio Cabianca schien sichtlich angeschlagen, auch wenn ich das von einem Dunklen seines Ranges nicht erwartet hätte.

Mussten sie nicht jederzeit gefasst und überlegen sein? War das vielleicht der Grund, warum mein Vater und nicht ein anderer der Sieben die Firma führte? Weil es für ihn niemals etwas Wichtigeres geben würde, als die Macht in den Händen zu halten? Ihn würde es sicher nicht sonderlich stören, sollte ich gleich getötet werden – und so unwahrscheinlich war das tatsächlich nicht.

Wieder wanderte mein Blick zu Madalena Vargas, die sich gerade mit Castor unterhielt. Sie trug ein bodenlanges Kleid aus schwarzer Spitze mit einem Schleier, der ihren Kopf jedoch nicht zur Gänze bedeckte. Ihre hellblonden Haare schimmerten unter der Spitze durch, ebenso wie ihre blassweiße Haut unter den schwarzen Spitzenhandschuhen zu erahnen war, die ihre Arme vollständig bedeckten.

Im Torhaus hatte ich schnell die wichtigsten Geschichten über die verschiedenen Häuser erfahren. Klatsch und Tratsch waren eine der Lieblingsbeschäftigungen der Todeshändler:

Milea galt als das Haus, das die Regeln nicht immer ganz ernst nahm, das Haus Scaletto war fest entschlossen, endlich die Führung zu beanspruchen, und natürlich gab es Hunderte Gerüchte über das Haus Luzifer. Allein das Haus Vargas wurde so gut wie nie in den Geschichten erwähnt. Ich wusste nur, dass Madalena Vargas eine hoch angesehene Dunkle war, die ihr Haus von Beginn an mit strenger Hand geführt hat und dem Haus Morgenstern immer treu ergeben war.

Ich verließ die Anhöhe und fühlte ein Knistern, als ich mich der Menge näherte. Es war riskant, aber wahrscheinlich wäre es noch viel riskanter, abseits stehen zu bleiben und so die Aufmerksamkeit auf mich zu ziehen.

Ich roch süßliches Parfüm, hörte die Stimmen der Todeshändler, spürte die Attitüde, tauchte zum ersten Mal wieder ein in die Dunkelheit, in die mein Vater mich vor Monaten gezwungen hatte. Mittlerweile kam es mir vor, als wären seitdem schon Jahre vergangen.

Hier und da erkannte ich einige Gesichter, begegnete vertrauten Blicken, wurde aber einfach ignoriert. Das war nicht verwunderlich, schließlich war ich ihnen schon immer egal gewesen. Sie hatten sich nur für die alte Catalea Morgenstern interessiert, und die sah in ihren Augen völlig anders aus.

Ich schaffte es, mich völlig unbemerkt durch die Masse zu schieben, vorbei an den niederen Kasten, immer weiter nach vorne in das Zentrum der Macht.

Wie einfach diese Welt doch funktionierte, von der ich immer gedacht hatte, dass ich ihre Geheimnisse niemals ergründen könnte. Sie waren genauso verblendet wie jeder normale Mensch. Da gab es nicht den geringsten Unterschied, außer dass ihre Dekadenz sie unglaublich berechenbar und angreifbar machte.

In der dritten Reihe, nur wenige Meter von meinem Vater entfernt, blieb ich schließlich stehen und tastete in meiner Handtasche nach dem Handy. Als ich es gefunden hatte, drückte ich nur noch auf den Senden-Knopf und hoffte, dass die fertig getippte SMS ankommen würde. Davon hing immerhin der Erfolg meines Plans ab, sofern man ihn denn als solchen bezeichnen konnte.

Plötzlich kehrte Ruhe ein, und ich brauchte einige Sekunden, um den Grund dafür auszumachen. Schließlich entdeckte ich Scrivano Scaletto, der sich von den anderen Sieben abwandte, kurz mit seiner Tochter sprach und sich dann zu den anwesenden Trauergästen drehte, die mittlerweile einen Halbkreis um das Zentrum gebildet hatten.

»Wir waren das Licht, wir sind das Dunkel, wir werden das Danach«, sprach er, und sogleich antwortete ihm die Menge. Er war einer der sieben Vorstände der Firma, einer der Fürsten, er ergriff das Wort wie selbstverständlich und mein Vater ließ ihn gewähren.

»Bis in die Ewigkeit, Amen.«

Ganz automatisch hatte ich die Worte mitgemurmelt und war in der Menge einfach eine von ihnen geworden. Ich hatte dem Mann die Ehre erwiesen, der mich für einen Mord zur Verantwortung ziehen wollte, den seine eigene Tochter begangen hatte.

Die Luft prickelte um mich herum, und jeder von uns spürte die Macht, die von der Finsternis ausging. Die halbe Hölle war hier – kein Wunder, dass die Luft statisch aufgeladen war.

»Ihr Geschöpfe des Dunkel seid heute erschienen, um einem der Unseren die letzte Ehre im Erdkreis zu erweisen. Seine Seele ihm gegeben, seine Seele ihm genommen. Alessandro Cabiancas Sünden sind gemessen. Er ging in das Dunkel«, sprach Scrivano mit Ehrfurcht einflößender Stimme noch einmal die Formel des Seelenhandels, den wohlgemerkt ich durchgeführt hatte.

Wieder antwortete ihm die Menge im Chor: »Amen.«

»Alessandro Cabianca, du musstest diese Welt, in die du hineingeboren wurdest, durch einen niederträchtigen, hinterhältigen Mord verlassen.« Mit einem Mal klang seine Stimme ganz anders, zornig und so toxisch, als wollte er die Menge nur durch seine Worte vergiften. »Du wurdest gemeuchelt von einer der Unseren.«

In diesem Moment warfen einige der Anwesenden meinem Vater undefinierbare Blicke zu. Er hatte es sich doch tatsächlich auf einem Grabstein bequem gemacht und die Beine übereinandergeschlagen, während er interessiert die Fingernägel seines Leihkörpers betrachtete. Er schien überhaupt nur hier zu sein, weil das Protokoll es nun mal so vorsah.

Ob er wusste, dass ich hier war? Für gewöhnlich wusste mein Vater leider alles, sosehr man sich auch Mühe gab, Dinge vor ihm zu verheimlichen.

Ich richtete meinen Blick wieder auf Scrivano Scaletto, der seiner Tochter so unglaublich ähnlich sah mit seinen langen blonden Haaren und dem wie in Marmor gemeißelten Gesicht, so wunderschön und unnachgiebig. Warum ausgerechnet er mit einer Menschenfrau eine Erbin gezeugt und keine Vollbluttochter hatte, war mir ein Rätsel.

Ich starrte ihn durch Schleier und Brille hindurch an, versuchte hinter seine Stirn zu blicken, hatte im Grunde aber nicht den Hauch einer Ahnung, wer er war oder was ihn ausmachte.

»Du wurdest aus dem Leben gerissen von …«

Warum ich ausgerechnet diesen Augenblick wählte, wusste ich nicht. Aber war es nicht immer so, dass ein winziger Tropfen ausreichte, der das Fass zum Überlaufen brachte? Und in diesem Fall wäre mein Name der Tropfen gewesen.

Ich wollte einfach nicht erlauben, dass dieser widerliche Dreckskerl es wagte, meinen Namen auszusprechen, und mir die Verantwortung für etwas zuschusterte, das seine Tochter getan hatte. Es stand ihm in keiner Weise zu, über mich zu urteilen.

»Von jemand anderem, als du ihn benennen willst«, vollendete ich seinen Satz so kalt und herrisch, dass er tatsächlich verstummte.

Dann geschah etwas Seltsames. Innerhalb einer Sekunde richtete sich die Menge neu aus, und ich stand im Zentrum des Geschehens. Alle Augenpaare waren auf mich gerichtet und versuchten, den Schleier zu durchdringen, der noch immer mein Gesicht verhüllte.

Ich tat ihnen den Gefallen und riss ihn mir vom Kopf. Noch während er zu Boden segelte, ging ein heftiges Raunen durch die Menge.

Ich genoss diese Sekunden der Erkenntnis, in denen sie begriffen, dass ich es war, dass ich es gewagt hatte, in ihre Mitte zu treten.

Aus den Augenwinkeln sah ich die ersten Wächter losstürmen, die mich sofort erkannt hatten, während viele andere ein paar Sekunden länger brauchten, um zu realisieren, dass die Tochter des Morgenstern unter ihnen war – und offensichtlich nicht länger das unsichere kleine Mädchen war, das sie kannten.

Irgendwo aus der Tiefe meines Inneren schoss die Bestie so schnell in mich hinein, dass mir eine Sekunde lang schwindelig wurde, doch dann war sie mehr ein Teil von mir als jemals zuvor. Ich konnte sie an meiner Seite spüren, wie eine Raubkatze, die mir auf Schritt und Tritt folgte und mein ständiger Begleiter war.

»Wir haben einige Dinge zu klären«, sagte ich, ging auf Scrivano Scaletto zu und teilte die Masse wie Moses das Rote Meer.

Doch so leicht machten sie es mir dann doch nicht. Die ersten zwei Wächter sprangen einfach über die Todeshändler hinweg und murmelten schon in der Luft Verdikte, während sie ihre Hände auf mich richteten. Sie trugen die gleichen Lederrüstungen, die auch Davide angehabt hatte. Ihn konnte ich nicht unter ihnen ausmachen, aber wahrscheinlich hätte er mir ohnehin nicht geholfen. Ich würde es allein mit ihnen aufnehmen müssen, ohne Davide, ohne Timur, ohne Kitty und ohne Judas und Isabella.

Als ich zu den Wächtern herumwirbelte, begegnete ich für einen Wimpernschlag dem Blick meines Vaters. Er lächelte, und dann zwinkerte er mir zu.

Ich hätte nie gedacht, dass das überhaupt möglich wäre, doch tatsächlich machte mir diese kaum wahrnehmbare winzige Geste Mut. Der Teufel hatte es geschafft, mich zu beeinflussen und mir für einen kurzen Augenblick beizustehen, ohne in das Geschehen einzugreifen.

Ich hob zwei Finger und wischte durch die Luft. Es war so leicht, so unglaublich einfach, nicht die geringste Anstrengung war nötig. Mit nur diesen beiden Fingern holte ich die beiden Wächter vom Himmel und schleuderte sie in die Büsche, wo sie bewegungslos liegen blieben.

Beeindruckt von meinen eigenen Fähigkeiten passte ich nur ganz kurz nicht auf, bis direkt hinter mir der nächste Wächter auftauchte. Ich musste mich vollends auf die Angreifer konzentrieren, ich durfte nicht eine Sekunde unaufmerksam sein.

»Wächterkette«, brüllte er, und seine Stimme klang rau und unnachgiebig.

Ich wirbelte erschrocken herum, doch sofort übernahm die Bestie mein Handeln. Mit erhobener Hand wischte ich ein paarmal so durch die Luft, als würde ich einer Choreografie folgen, die mir selbst nicht bekannt war. Es fühlte sich so an, als versuchte ich eine unsichtbare Macht zu dirigieren, doch letztendlich schaffte ich es auf die Art, die Wächterkette von mir abzulenken. Ihre Wucht wurde mir erst bewusst, als sie wenige Meter neben mir im Boden einschlug.

Die Menge war in Aufruhr und stob auseinander wie ein wilder Bienenschwarm. Die meisten wollten es den Wächtern überlassen, die Mörderin zu fassen, doch einige der Dunklen mischten sich jetzt in das Geschehen ein.

Ein Mann in einem sauteuren italienischen Designeranzug schritt offensichtlich ziemlich aufgebracht auf mich zu. In seinen Augen sah ich das Feuer auflodern, doch ich trat ihm einfach so heftig in den Bauch, dass er keine Luft mehr bekam und zu Boden sackte.

Mir war gar nicht bewusst gewesen, welche Kraft ich entwickeln konnte, wenn ich wütend war, aber glücklicherweise hatte mein Vater dafür gesorgt, dass ich ein ziemliches Miststück sein konnte.

Und dann trat sie auf einmal aus der Menge. Evangelista Scaletto starrte mich so hasserfüllt an, dass ich einen halben Schritt zurückwich, während sie kreischend auf mich zustürmte.

»Was fällt dir eigentlich ein?«, schrie sie und vollführte mit ihrer Hand einige ausladene, Furcht einflößende Bewegungen, die die Luft zum Glühen brachten. Was auch immer sie tat, es sah ganz und gar nicht gut aus.

Ihr Zorn war gewaltig, denn ihr sonst so wunderschönes Gesicht sah aus wie das einer Barbiepuppe, die aus Versehen im Backofen gelandet war und dort vergessen wurde. Tiefe Falten gruben sich in ihre wütende Fratze, und sie fletschte die Zähne.

»Warum kannst du nicht einfach sterben?«

Sie war in Höchstform, aber ich war fest entschlossen, die Absätze meiner Stilettos in ihr hässliches Gesicht zu rammen.

»Ergreift sie endlich!«, brüllte ihr Vater Scrivano. Er war sich wohl zu fein, um selbst Hand an mich zu legen, und bedachte mich mit einem gehässigen Lächeln.

Alles lief nur noch in Zeitlupe. Ein weiterer Wächter schoss heran, viel schneller als die vorherigen. Er schlängelte sich zwischen den anderen Todeshändlern hindurch, ohne sie zu berühren. Es dauerte den Bruchteil einer Sekunde, bis ich die Abzeichen an ihm erkennen konnte, die ihn als den Princeps der Wächter auswiesen.

Ich kannte seinen Namen zwar nicht, wusste aber, wozu ein Wächter-Princeps imstande war, schließlich kannte ich Kitty nur zu gut. In seinem Blick lag die Gewissheit, dass er die Tochter des Teufels zur Strecke bringen würde. In einer blitzartigen Bewegung zog er aus seiner Scheide am Gürtel einen Dolch, der im Dämmerlicht gefährlich aufblitzte.

Ich musste mich von Evangelista abwenden, versuchte sie jedoch im Augenwinkel im Blick zu behalten.

Krampfhaft suchte ich in meinen Erinnerungen nach irgendeiner Strategie, die Timur mir auf San Paolo eingeprügelt hatte, doch mir wollte einfach nichts einfallen.

Plötzlich machte sich doch Panik in mir breit, als der Wächter sich vom Boden abstieß und wie eine Gewehrkugel auf mich zuschoss. Mein Herz raste, die Bestie spielte verrückt und knurrte laut. Evangelista war nur noch wenige Meter von mir entfernt, ballte ihre Hand zu einer Faust und wurde immer schneller, ebenso wie der Wächter.

Ich entschied mich instinktiv und richtete meine flache Hand gegen den Wächter. Dann nahm ich die zweite dazu und fokussierte meinen Gegner mit einem fest entschlossenen

Blick. In meinem Kopf wiederholte ich den einen wichtigen Gedanken immer wieder und so schnell, dass ich beinahe das Zeitgefühl verlor: *Ich bin die Tochter des Teufels, ich bin die Tochter des Teufels, ich bin die Tochter des Teufels, ich bin …*

Ich holte in einer weiten Bewegung aus und schleuderte ein unsichtbares Geschoss gegen den Wächter, der davon zwar frontal getroffen wurde, aber dennoch weiter auf mich zuhielt. Aus seinem Mundwinkel rann schwarzes Blut.

Meine Schläge in die Luft wurden heftiger und immer schneller. In einer atemberaubenden Geschwindigkeit bombardierte ich den Wächter mit einer Macht, dessen Ursprung ich nicht kannte, die aber am Ende Wirkung zeigte. Schließlich hielt er nicht länger auf mich zu, sondern wurde im Sturm der Geschosse wie ein Blatt im Wind zurückgeweht und landete zwischen zwei alten Grabsteinen, die in tausend Teile zerbarsten. Er hatte eine Schneise der Verwüstung quer durch das Gräberfeld gerissen, richtete sich noch einmal auf, sackte dann aber endgültig zusammen.

Ich hatte keine Zeit, um durchzuatmen. Sofort drehte ich mich um und suchte Evangelista.

Doch es war zu spät, sie war so nah, dass ich nicht mehr reagieren konnte. Ich überlegte, ob ich ausweichen oder den Angriff über mich ergehen lassen sollte. Würde sie mich töten? Wäre sie dazu überhaupt in der Lage? Ihre Hand blitzte auf, leuchtete hell und war nur noch Zentimeter von meinem Gesicht entfernt. Sie war mächtig, eine Erbin wie ich, und ich wollte nur noch meine Augen schließen.

Doch plötzlich blieb die Zeit stehen, als Evangelista seitlich von etwas getroffen wurde, einem Schatten, der sie von ihrem Frontalkurs abbrachte. Einen Augenblick später krachte sie unter lautem Donnern in eine Gruft und legte diese in Schutt und Asche.

Ich versuchte mich zu orientieren, suchte den Schatten und brauchte einige Sekunden, um zu begreifen. Dann jedoch lächelte ich erleichtert.

»Wag es nicht, meine Schwester anzugreifen, du hässliches Miststück«, brüllte Mia, während sie wieder auf ihren Füßen landete, und rieb sich die schmerzende Faust, mit der sie Evangelista aus meinem Sichtfeld katapultiert hatte.

Sie sah atemberaubend aus: anmutig, wunderschön und stark. Ich hatte keine Ahnung, was sie die letzten Monate während meiner Abwesenheit getrieben hatte, aber offensichtlich ging es ihr gut.

Mir schossen beinahe die Tränen in die Augen, als ich begriff, dass meine Schwester auf meiner Seite war, es wahrscheinlich immer gewesen war. Ich war gar nicht allein, sondern es gab doch noch jemanden, auf den ich mich verlassen konnte.

»Danke«, formte ich lautlos mit den Lippen und ballte die Hände zu Fäusten. Ich war bereit für den nächsten Angriff, der mit Sicherheit käme, und ich würde ihn überstehen. Meinetwegen konnten sie so viele Wächter schicken, wie sie wollten, ich würde sie alle in den Boden rammen, wenn es sein musste, damit sie mich endlich anhörten. Ich war so weit gekommen, dass ich ganz sicher nicht aufgeben würde.

»Genug!!!«

Es war Flavio Cabianca, der die Pausetaste drückte. Der Wind verstummte, und die Vögel erstarrten in der Luft. Die Menge hielt inne, die dämlichen kreischenden Todeshändlerschlampen hörten endlich auf mit ihrem Gejammer, die Wächter blieben stehen, ja, sogar mein Vater blickte auf.

Flavio Cabianca war einer der Sieben. Er war mächtiger als ich, und er gönnte der Zeit eine Pause.

Auch ich hielt inne, richtete mich auf und drückte den Rücken durch. Durch die völlig überflüssig gewordenen Gläser meiner Sonnenbrille blickte ich Alessandros Vater direkt an und wartete, was als Nächstes geschehen würde.

Ich sah unauffällig und vielleicht ganz kurz auch Hilfe suchend zu meinem Vater hinüber, der aufgestanden war und mittlerweile mit einem amüsierten Gesichtsausdruck neben Augusto stand. Mein Bruder blickte finster drein, hatte sich bisher aber nicht vom Fleck bewegt. Mia hingegen wich nicht von meiner Seite, sie stand wie ein Fels neben mir und hielt diesen Moment einfach aus.

»Catalea Morgenstern«, rief Flavio Cabianca nun. »Aus welchen Grund störst du die Trauerfeier meines Sohnes? Gerade du.«

Er klang wütend, und ich wollte ihn nicht noch wütender machen, also atmete ich tief durch und versuchte, so aufrichtig und ruhig wie möglich zu klingen. Es tat mir schrecklich leid, dass er seinen einzigen Sohn und Erben verloren hatte.

»Weil die Mörderin Eures Sohnes hier unter uns ist«, antwortete ich.

»Das ist uns allen bewusst«, rief Scrivano Scaletto höhnisch und lachte.

Ich beachtete ihn nicht und konzentrierte mich stattdessen auf Flavio. Ich nahm die Sonnenbrille ab und warf sie in den Dreck, dann ging ich ein paar Schritte auf ihn zu. Als einige Wächter sich daraufhin in Bewegung setzten, blieb ich wieder stehen und seufzte ergeben.

»Ich habe mit dem Tod Eures Sohnes nichts zu tun«, sagte ich. »Außer natürlich, dass ihn mir jemand anhängen will.« Und noch bevor Flavio mir ins Wort fallen konnte, setzte ich meine Erklärung fort. »Ich habe einen Zeugen, der meine Geschichte belegen kann.«

»Das ist lächerlich. Wir alle wissen, dass du Halbblut den Cabianca-Jungen ermordet hast«, brüllte Scrivano dazwischen.

»Jetzt halt endlich dein Schandmaul, Scrivano.«

Die Stimme war nicht einmal im Ansatz laut oder herrisch gewesen – sie war gefasst und ruhig, klang beinahe gelassen, duldete aber keinen Widerspruch, und das war allen bewusst. Sogar Scrivano akzeptierte das, denn er hob zwar entsetzt die Augenbrauen, schloss aber den Mund und verstummte.

Der Teufel hatte gesprochen und schlenderte jetzt in die Mitte des Geschehens. Er steckte seine Hände in die Taschen des billigen Anzugs von der Stange und nickte mir aufmunternd zu.

»Ich denke, dass wir der Tochter des Teufels, also meiner Wenigkeit, ruhig zugestehen dürfen, ihre Version der Geschehnisse darzulegen, oder was meinst du, Scrivano?«, fragte er.

Es antwortete jedoch nicht der Herr des Hauses Scaletto, sondern eine andere der Sieben.

»Ich bin ganz deiner Meinung. Bevor wir jemanden von den Wächtern hinrichten lassen, ist es angemessen, die Person anzuhören. Da wird mir sogar Scrivano zustimmen«, sagte Madalena Vargas und musterte mich.

Ihre Stimme versetzte mir einen schmerzhaften Stich, denn in ihr lag dasselbe Feuer, zu dem auch Timurs Stimme fähig war.

»Ich will sie anhören«, sagte Flavio Cabianca, und ich reagierte, indem ich dankbar den Kopf neigte.

»Bitte, Liebes, sprich nur. Sprich!«, sagte der Teufel, setzte sich mit einem kleinen Hopser wieder auf einen Grabstein, der noch aufrecht stand, und schlug die Beine übereinander.

»Ich habe Beweise dafür, dass der Mord geplant war und dass die Polizei bereits vor dem Mord informiert wurde. Ein Zeuge …«

Mit vor der Brust verschränkten Armen fragte Scrivano Scaletto: »Wo ist dieser Zeuge?«

Exakt in diesem Moment hatte ich zum ersten Mal Glück. Denn unmittelbar vor mir entwickelte sich eine kleine schwarze Dampfwolke aus dem Nichts, und innerhalb weniger Sekunden materialisierte sich Kitty, zusammen mit dem Mann, den Evangelista Scaletto mit einem Bannkreis belegt hatte.

Ich wollte direkt mit meiner Erklärung fortfahren, als ich Kittys Outfit bemerkte. Für diesen Auftritt hatte sie sich wahrhaftig in Schale geschmissen. Sie trug knallroten Lippenstift und Nagellack mit einem dazu passenden knallroten Lackkleid mit einem ausgestellten Rock, der unmittelbar unterhalb ihres Hinterns endete. Ihr Dekolleté war so weit ausgeschnitten, dass ich mir gar nicht mehr sicher war, ob man es überhaupt noch Dekolleté nennen konnte, und ihre roten Lackstiefel waren alles andere als Stangenware.

Ich war nicht die Einzige, die sie anstarrte. Bei den anderen konnte die Faszination aber auch daran liegen, dass die ehemalige und verstoßene Principalin der Wächter plötzlich hier auftauchte, auf der Beerdigung eines Erben.

»*Bonjour! Salut!* Hallo!«, jauchzte sie fröhlich und verteilte Luftküsse an die Menge. Meinem Vater warf sie einen besonders lüsternen Blick zu und zwinkerte, während sie ihren gewaltigen Ausschnitt richtete. »Wie schön dich wiederzusehen, chérie. Du siehst beschissen aus«, flötete sie und zeigte ihm den Mittelfinger.

»Was will die denn hier?«, krächzte Evangelista, die es offenbar geschafft hatte, sich aufzurichten, und nun den Dreck von ihrer Kleidung klopfte.

Das gelang ihr jedoch mehr schlecht als recht, und sie sah absolut grauenvoll aus. Die Glücksgefühle, die dieser Umstand in mir auslöste, waren mir beinahe peinlich.

Als Evangelista den Mann erkannte, den sie glaubte, gebannt zu haben, entglitten ihre Gesichtszüge und sie blickte zwischen ihm und mir hin und her.

»Ich bin der Joker«, antwortete Kitty und grinste Scrivano Scaletto breit an.

»Wie schön, dass du dich wieder zu uns gesellst, Evangelista. Ich wollte gerade eine kleine Geschichte erzählen, und ich glaube, dass du gern dabei wärst«, sagte ich und lächelte sie zuckersüß an.

»Ich weiß nicht, was du meinst«, sagte sie.

In dem Moment flog plötzlich das Friedhofstor aus den Angeln, als ein gelber Sportwagen wie ein Keil dagegendonnerte und einfach hindurchschoss. Mit ohrenbetäubendem Dröhnen jagte der Lamborghini auf uns zu, schlingerte immer wieder, fing sich aber jedes Mal. Er raste den Hauptweg entlang, hinterließ dabei tiefe Reifenspuren und kam mit kiesspritzenden Reifen direkt vor der Menge zum Stehen.

Noch bevor der Wagen tatsächlich angehalten hatte, öffnete sich die Flügeltür auf der Fahrerseite und eine Gestalt stieg aus. Sie war groß und drahtig, trug einen perfekt sitzenden anthrazitfarbenen Anzug mit einem schwarzen Hemd und einem hochgeschlossenen Haifischkragen und glänzende Schuhe. Die blonden Haare waren ordentlich zurückgekämmt, und die Ray-Ban verdeckte seine unterschiedlich farbigen Augen.

Sofort schlug mir das Herz aus der Brust heraus, und ich konnte kaum noch einen klaren Gedanken fassen. Hier und jetzt reichte es mir endgültig – ein für alle Mal.

»Ich habe da so eine Ahnung, worum es gehen könnte«, antwortete Timur, der unmöglich gehört haben konnte, was Evangelista gesagt hatte. Seine Stimme klang klar und kalt, dennoch völlig gelassen.

Meine Beine setzten sich ganz automatisch in Bewegung,

und ich bahnte mir einen Weg durch die Masse, die bereitwillig auseinanderwich.

Ich beachtete die anderen Dunklen nicht mehr. Sie waren nur noch Schatten am Rande meines Blickfelds. Sie alle waren vergessen: mein Vater, Timurs Mutter, die Wächter … Ich hatte nur noch Augen für ihn und bewegte mich irgendwann übermenschlich schnell, bis ich endlich vor ihm stand.

Mit einer raschen Bewegung nahm er seine Brille ab, dann fiel ich ihm um den Hals, schloss ihn fest in die Arme, vergrub mein Gesicht an seiner Brust und konnte nicht glauben, dass ich ihn endlich wiederhatte.

Seine Hand umfasste meinen Nacken, zog mich etwas zurück und dann küsste er mich vor aller Augen. Er presste seine glühend heißen Lippen auf meine und küsste mich einfach tot. Ich hätte in diesem Moment wahrlich sterben können, es wäre mir egal gewesen.

»Ich …«, brachte ich keuchend hervor, doch er unterbrach mich.

»Ja, ich liebe dich auch«, raunte er und legte seine Lippen ein weiteres Mal auf meine.

Viel zu schnell löste er sich von mir und setzte die Brille wieder auf.

»Ich denke, wir können anfangen.«

23

»Was soll diese Inszenierung?«, fragte Scrivano Scaletto, sichtlich unbeeindruckt von Kittys und Timurs Auftauchen.

Ich hingegen war unglaublich beeindruckt von Timurs Erscheinen, der einfach gekommen war, einfach wieder da war, mich einfach wieder komplett machte.

Und er hatte mich geküsst – vor meinem verfluchten Vater und dem ganzen anderen Pack, so intensiv wie beim ersten Mal.

»Das ist eine interessante Frage«, antwortete Timur. »Vielleicht kann Evangelista uns das erklären?«

Es passierte schon wieder: Die Menge richtete sich neu aus, wandte sich im Gleichschritt um, und nun bildete Evangelista das Zentrum des Interesses.

Ihr Blick wirkte glasig, doch zu einer Reaktion schien sie nicht in der Lage zu sein. Sie war noch immer in Schockstarre, denn sie wusste genau, dass ich ihr Spiel durchschaut und herausgefunden hatte, was sie vorgehabt hatte.

»Was hat meine Tochter damit zu tun? Und was hast du überhaupt mit der Tochter des Morgenstern zu schaffen, Gefallener? Deine Privilegien wurden dir entzogen.«

»Ich bin Totenanwalt und kümmere mich nicht nur um die Belange rastloser Seelen, sondern auch um die Belange zu unrecht vorverurteilter Dunkler«, gab Timur gelassen zurück und lächelte.

Er sah fantastisch aus in diesem Anzug und strahlte eine Autorität aus, die man einfach nicht ignorieren konnte. Vielleicht war er kein vollwertiges Mitglied des Hauses Vargas mehr, aber er trug die Rolle eines Erben dennoch im Herzen. Das wusste auch seine Mutter, deren Blick fast ausschließlich auf ihrem Sohn ruhte.

»Das hat noch immer nichts mit Evangelista zu tun, Gefallener«, fauchte Scrivano.

»Eure Tochter hat nicht nur Alessandro Cabianca umgebracht, sondern auch versucht, mir den Mord anzuhängen.« Ich klang so gelassen, dass er kurz innehielt.

Warum stellte er sich eigentlich so dumm? Er wusste es doch selbst, schließlich war das alles doch in seinem Auftrag geschehen, oder etwa nicht? Es gab keinen anderen Grund dafür, mir diesen abstoßenden Mord anzuhängen, als das Haus Morgenstern nachhaltig schwächen zu wollen, und das war Scrivanos sehnlichster Wunsch.

»Das ist an den Haaren herbeigezogener, niederträchtiger Unsinn. Diese infame Unterstellung entbehrt jeder Grundlage!«, brüllte Scrivano finster, doch Madalena Vargas hielt ihn am Arm und bedachte ihn mit einem warnenden Blick, bevor sie wieder ihren Sohn musterte.

Mutter und Sohn starrten einander einige Sekunden an, doch dann wandte Timur sich wieder mir zu, stellte sich dicht neben mich, und ich fuhr einfach fort.

Ich erzählte alles, die ganze Geschichte. Ich erzählte von dem Seelenhandel, den ich hatte durchführen sollen, von der Polizei, von Kommissar Schiller und dem Mann, der den Tipp gegeben hatte, der jetzt hier vor uns stand, immer wieder nickte und wahrscheinlich die Welt nicht mehr verstand. Ich erzählte von einem anonymen Hinweis der Wächter, ohne Davides Namen zu nennen. Das Ganze dauerte eine Weile, auch wenn ich selbstverständlich einige private Dinge ausließ, genauso wie das andauernde Auftauchen meines Vaters.

Am Ende sagte Scrivano Scaletto im Brustton der Überzeugung: »Ich glaube kein Wort davon.« Natürlich tat er das nicht.

Seine Tochter schwieg, stand einfach nur da und starrte mich an. Offensichtlich konnte sie es einfach nicht glauben, dass das wirklich gerade geschah. Sie hatte doch alles so gut geplant, wie konnte ich nun einfach hier auftauchen und alles kaputtmachen?

»Ich will es selbst sehen«, sagte plötzlich Flavio Cabianca und trat langsamen Schrittes auf unsere kleine Gruppe zu.

Timur war bereit, mich zu verteidigen, aber ich berührte kurz seinen Arm, damit er sich entspannte. Er ließ Flavio gewähren und sah zu, wie der einen halben Meter vor mir zum Stehen kam, mir tief in die Augen schaute und tatsächlich ein mildes Lächeln schenkte.

»Prinzessin«, sagte er ruhig und voller Respekt, obwohl er als einer der Sieben dazu nicht verpflichtet gewesen wäre. »Ich würde mir selbst gern ein Bild machen. Dem Vadumanten kann ich die Informationen einfach entziehen, aber bei Euch ist das etwas anderes. Ich weiß, dass ich mit diesem Wunsch in Eure Intimsphäre eindringe, aber ich brauche einen Beweis. Bitte vergebt mir.«

Es dauerte einen Moment, bis ich begriff, dass er meine Erinnerungen sehen wollte. Er musste die gleichen Fähigkeiten haben wie Judas, vielleicht sogar in einer ausgeprägteren Form. Er wollte mit eigenen Augen sehen, was passiert war. Wenn ich es zuließ, würde er sehen, was ich gesehen hatte, und Dinge erfahren, die ihn nichts angingen, weil sie nur mir und Timur gehörten.

»Auf keinen Fall«, flüsterte Timur von der Seite, und Flavio hob eine Braue.

»Wenn ich Euch vertraue, werdet auch Ihr mir vertrauen

müssen«, sagte ich. »Einige Dinge, die Ihr sehen werdet, gehören nur mir, mir allein. Und wenn Ihr ihnen zu nahekommt, müsst Ihr aufhören.«

Eine ganze Weile musterte er mich und schien abzuwägen. »Ich kann auswählen, was ich sehen will. Es geht mir nicht um das, was ich dort über Euch erfahren könnte, sondern nur um meinen Sohn.«

»Ich habe Alessandro wirklich…« Ich suchte nach den richtigen Worten. »… sehr geschätzt«, sagte ich sofort, auch wenn das jetzt nicht mehr half.

Flavio nickte und lächelte wieder milde, dann umfasste er mein Gesicht mit seinen Händen. Sobald wir Kontakt hatten, knisterte meine Haut und es fühlte sich an, als hätte ich in eine Steckdose gefasst. Es war ein völlig anderes Prickeln als das, welches ich von Timurs und meinen gemeinsamen Momenten kannte. Dieses Gefühl glich vielmehr einem Krampf. Der Strom schoss durch meinen Körper und ließ mich stocksteif verharren. Ich konnte fühlen, wie mächtig einer der Sieben war, auch wenn ich die Bestie in seinem Inneren nur erahnte, weil er sehr vorsichtig war.

Aber es war gut so. Es musste sein, damit das alles endlich ein Ende finden konnte. Ich wollte meine Freiheit zurück und endlich wieder ich selbst sein.

Es dauerte nur Sekunden, dann nickte er und ließ von mir ab. Schneller als ich aufblicken konnte, stand er vor dem Mann neben Kitty, dessen Namen ich noch immer nicht kannte, und legte ihm vorsichtig eine Hand auf den Kopf.

Kaum hatte Flavio ihn berührt, verdrehte er die Augen und sackte ohnmächtig in sich zusammen. Es hatte höchstens eine halbe Sekunde gedauert, aber das schien gereicht zu haben, denn Flavio nickte kaum merklich.

»Ihm ist nichts geschehen. Ich habe lediglich seine Gedanken gelesen und ihm anschließend eine neue Erinnerung eingeflüstert. Dieser Mann soll weiterleben, er gehört nicht in unsere Zuständigkeit. Seine Seele wird irgendwann in das Licht gehen und nicht in das Dunkel. Wir haben nicht das Recht, über ihn zu verfügen«, erklärte er leise.

Dann wandte er sich an die anderen sechs Fürsten, die ihm erwartungsvoll entgegenblickten. Und nicht nur sie, auch Augusto, die Wächter und die anderen Anwesenden hielten die Luft an.

Ich hielt die Spannung kaum aus und starrte Flavio Cabianca erwartungsvoll an.

Schließlich verschränkte er die Hände vor dem Körper und holte tief Luft. »Catalea Morgenstern spricht die Wahrheit. Mein Sohn wurde nicht von ihr getötet, sondern von Evangelista Scaletto, die als Halbblut ebenso in der Lage war, einen Dolch des Klerus zu benutzen«, sagte er, und die Stille wurde noch stiller.

Meine Ohren wurden taub, und erst mit einiger Verzögerung pumpte mein Herz weiter das Blut durch meinen Körper. Ich konnte kaum glauben, was er gesagt hatte und was diese Worte für mich bedeuteten.

Evangelista riss die Augen auf und schien ebenso fassungslos zu sein wie ich. Anders konnte ich mir ihre völlige Sprachlosigkeit nicht erklären. Sie starrte ins Nichts, sagte nichts, reagierte nicht und stand einfach nur da.

»Das … ist …« Mehr brachte Scrivano Scaletto nicht heraus. Er schien ebenfalls völlig überwältigt von dieser Information und wirkte ehrlich erschrocken.

Ich hätte nicht gedacht, dass er sich die Blöße geben würde, so zu reagieren, und doch tat er es. Was bedeutete das? Hatte er etwa nichts damit zu tun? Konnte das wirklich sein? Aber warum hätte Evangelista allein und aus eigenem Antrieb handeln sollen? Konnte ihr Hass so groß sein, dass sie mich aus reiner Boshaftigkeit aus dem Weg räumen wollte?

»Ich halte noch einmal fest …«, schaltete sich Madalena Vargas ein. »Evangelista Scaletto hat Alessandro Cabianca umgebracht und versucht, den Mord der Prinzessin anzuhängen?«

Ihre Stimme klang mittlerweile kalt und berechnend. Auch diese Fähigkeit musste Timur von seiner Mutter gelernt haben.

»So ist es«, antwortete Flavio Cabianca, verschwand und stand plötzlich wieder in den Reihen der Sieben.

»Das ist ungeheuerlich«, zischte Augusto plötzlich, der als einer der wenigen nicht in eine Schockstarre verfallen zu sein schien. »Absolut ungeheuerlich.«

Er schnellte vor, hielt plötzlich ein Schwert in der Hand und erhob es, als er sein Ziel erreichte. Als er direkt vor Evangelista stand, wusste ich, dass er keine Gnade walten lassen würde. Hier und jetzt würde er Evangelista töten und sie für ihre Tat bestrafen. Er wollte ihr Leben beenden.

Und obwohl ich sie zutiefst verachtete für das, was sie getan hatte, kam es mir entsetzlich falsch vor. In mir schlugen noch immer zwei Herzen, und eines davon war menschlich. Gleiches mit Gleichem zu vergelten bedeutete, dass man nicht besser war als der Täter, man begab sich auf sein Niveau. Aber jemand, der nie Mensch gewesen war, würde das nicht verstehen. Augusto schätzte das Leben nicht. Er war einfach nur ein Dunkler, der tat, wozu wir nun mal bestimmt waren – unser Geschäft war der Tod.

Das Schwert schwirrte durch die Luft, und niemand reagierte, weder Madalena Vargas noch Flavio Cabianca oder Evangelistas eigener Vater Scrivano Scaletto. Er hätte schließlich auch meinen Tod gefordert, und nun würde er mit ansehen, wie Augusto das seiner Tochter beendete.

Doch bevor mein Bruder sie erschlagen konnte, brach sein Arm. Mit einem lauten Knacken barst der Knochen, und das Schwert fiel klirrend zu Boden, während Augusto vor Zorn und Schmerz aufschrie.

Dann erzitterte der Boden unter meinen Füßen.

»Was fällt dir ein?«

Die Stimme tönte über den gesamten Friedhof und hallte von der Erde und den Wolken wider. Sie war grollend gefährlich, duldete keinen Widerspruch und klang noch sekundenlang in meinem Kopf nach. Tatsächlich erfüllte mich in diesem Augenblick ein gewisser Stolz.

Der Teufel funkelte Augusto an. In seinen Augen loderte das Feuer, dem wir alle entstammten.

»Ich habe endgültig genug von deiner verdammten Art. Du sitzt noch nicht auf dem Thron, und solange ich dein Herr bin, spielst du nach meinen Regeln«, brüllte mein Vater zornig. »Wir bringen uns nicht mehr gegenseitig um, diese Zeiten sind vorbei. Wir haben uns der Zeit angepasst, wann wirst du das endlich begreifen?« Niemand wagte es, ihn auch nur anzublicken. »Wir stellen sie vor ein Tribunal, und das wird über ihre Strafe entscheiden, nicht du!«

Er deutete mit einem langen Finger auf Augusto, der mit schmerzverzerrtem Gesicht zu ihm aufblickte.

Zum ersten Mal verstand ich, warum mein Vater der Herr der Hölle war, und niemand anderes. Und es war auch das erste Mal, dass ich mich wie seine Tochter fühlte. Mein Leben lang hatte ich mich gewehrt, ihn als Vater zu sehen, und dagegen gekämpft, wie er zu werden, doch nun begriff ich, dass ich schon lange war wie er, dass wir uns so viel ähnlicher waren als gedacht.

Er hatte Regeln und Gesetze geschaffen, die den Fortbestand unserer Art sicherten, und hielt sich mit eiserner Disziplin daran. Mein Vater war das Alpha und das Omega, alles lief bei ihm zusammen, jedes einzelne Ende.

Augusto war völlig anders. Er lebte die Rolle, die die Dunklen für ihn geschaffen hatten, und ließ es zu, dass die Designerkleider tragenden Affen ihm nachrannten und ihn anhimmelten. Sie bildeten sich etwas darauf ein, dass sie Dunkle und Todeshändler waren, etwas ach so Besonderes, etwas Besseres als die Menschen.

Das war der Preis, den mein Vater zahlen musste. Wie ich konnte er weder Designerkleider noch die anderen Dinge ausstehen, mit denen wir uns umgaben. Hatte ich meinen Vater jemals in teurer Kleidung gesehen? Ich konnte mich nicht daran erinnern. Ihm waren andere Dinge wichtig, so wie auch mir.

»Verzeih mir, Vater«, bat Augusto und senkte sein Haupt.

Der Teufel starrte ihn noch einige Sekunden lang an, dann wandte er sich von ihm ab und kam zu mir herüber. Alle anderen schwiegen noch immer. Als er unmittelbar vor mir stand, musterte er mich mit versteinerter Miene von oben bis unten und warf danach Timur einen kurzen Seitenblick zu.

»Willst du mir ernsthaft sagen, dass du dir ausgerechnet ihn …« Er deutete auf Timur und verzog das Gesicht zu einer mehr als seltsamen Grimasse, mit der er mir offenbar irgendetwas sagen wollte.

Ich wollte eigentlich gar nicht wissen, was es war, verdrehte aber genervt die Augen. »Solltest du daran etwas auszusetzen haben, kündige ich.«

»Als ob mir das was ausmachen würde.«

»Und ich werde Nonne und gehe ins Kloster. Im Namen des Vaters, des …«

»Ruhe!«, zischte er und hielt sich die Ohren zu. »Ist ja gut. Ich mische mich nicht ein.«

Ich lächelte zufrieden, und mein Blick wanderte zu Evangelista, die weiterhin schwieg und bisher noch kein Wort zu alldem gesagt hatte. Mittlerweile wurde sie von zwei Wächtern flankiert, die sie in Gewahrsam genommen hatten.

Mein Vater wandte sich an die wartende Menge: »Das Tribunal wird in zwei Tagen abgehalten. Dort wird über die Zukunft der Erbin des Hauses Scaletto entschieden. Es steht jedem frei, das Tribunal im Palazzo Reale zu besuchen.«

Erneut lief ein Raunen durch die Menge. Das Tribunal würde also auf Sizilien abgehalten werden, wo die Firma ihren Sitz hatte.

Dann hob mein Vater eine Hand, schnippte einmal mit dem Finger, und sein Körper fiel leblos zu Boden. Er war gegangen.

Timur drehte sich zu mir um und sah mir tief in die Augen. Er hatte so schnell meine Hände umfasst, dass ich gar nicht anders konnte, als mich zu ihm zu drehen und ihn ebenfalls anzuschauen. Wieder einmal war er genau im richtigen Moment aufgetaucht, hatte sich hinter mich gestellt und mir geholfen.

»Wo warst du verdammtes Arschloch?«, fragte ich.

»In Rom.«

»In Rom?« Ich schnaubte empört und schlug so fest, wie ich konnte, gegen seine Brust, doch er lächelte nur.

»Ich wurde nach Rom evaporiert.«

»Von wem?«

»Ich habe ihn nicht nach seinem Namen gefragt, bevor ich ihm das Herz herausgerissen habe.«

Ich verzog das Gesicht. »Das ist so ekelhaft.«

Er lächelte noch immer und hatte offenbar Spaß daran, dass ich noch immer halb Mensch war und mich auch so verhielt.

»Du hast geschlafen, und ich wollte mit Judas sprechen. Aber als ich den Korridor betrat, lag der Club schon in Trümmern. Judas und …« Er hielt inne, und sein Gesicht verfinsterte sich.

Ich wusste sofort, dass er an Isabella dachte, die er tot aufgefunden haben musste. Ich drückte seine Hände.

»Ich wollte mit ihnen sprechen, aber da war der Kampf schon im Gange. Ich habe mich auf Evangelista gestürzt, aber ihre drei Handlanger haben mich aufgehalten. Sie waren viel stärker, als ich dachte. Ich wollte sie umbringen, dieses kleine Miststück, nachdem sie Isabella getötet hatte. Aber dann hat mich einer ihrer Kerle einfach wegevaporiert, und auf einmal befand ich mich in einem Lagerhaus in Rom. Sie haben mich ziemlich in die Mangel genommen, aber ich habe sie alle umgebracht und sie leiden lassen.«

»Bitte keine Details.«

»Weißt du, wie lang ein Darm ist?«

»Ich kotze dir gleich ins Gesicht.«

»Ich habe mir dann das nächstbeste Auto geschnappt und bin hergekommen«, sagte er.

»Warum hast du nicht mal angerufen?«, fauchte ich.

Er sah mich verständnislos an, verstand dann aber doch.

»Oh, daran habe ich nicht gedacht. Du weißt doch, dass diese neumodischen Dinge nichts für mich sind. Anrufen – daran denke ich einfach nicht. Ich wollte schnellstmöglich herkommen«, verteidigte sich Timur und hob entschuldigend die Hände.

»Und das da war das nächstbeste Auto? Ein Lamborghini?«

»Er war gerade da. Gefällt er dir nicht?«

»Du bist ein dekadenter Snob«, schimpfte ich, und er grinste.

»Danke.«

Mias Stimme erklang unmittelbar neben meinem Ohr. »Ich möchte euch ja nicht unterbrechen, aber dürfte ich meiner Schwester wohl mal ganz kurz eine Ohrfeige verpassen?«

Ich wirbelte herum und schlang sofort meine Arme um sie,

sog den vertrauten Geruch ein und küsste sie heftig auf beide Wangen. Erst jetzt wurde mir bewusst, wie sehr ich meine kleine Schwester während der ganzen Zeit vermisst hatte.

»Na endlich«, sagte ich.

»Du tust mir weh.«

»Da musst du jetzt durch.«

Auch Mia umarmte mich fest, und ich wusste, dass sofort wieder alles gut zwischen uns war.

»Ich wusste die ganze Zeit, dass du es nicht warst, und ich hab gespürt, dass es dir gut geht«, flüsterte sie. »Mich mochte schon niemand mehr, weil ich dich immer verteidigt habe. Und einmal habe ich einem aus Alba eine reingehauen, weil er dich Schlampe genannt hat. Jetzt hat er eine gebrochene Nase und ich nur eine leichte Prellung an der Hand.« Sie grinste und zeigte mir ihre grünblau verfärbten Finger.

»Danke!«

Mia lächelte und betrachtete dann Timur, der sie ziemlich unschlüssig musterte und die Arme vor der Brust verschränkt hatte.

»Und wer ist die Schneekönigin da neben dir?«, fragte Mia und deutete auf ihn.

»Ist das dein Haustier?«, fragte er im Gegenzug, und ich wusste sofort, dass ich in Zukunft wahnsinnig viel Spaß mit den beiden haben würde.

»Du bist ja süß«, gab Mia zurück. »Vielleicht kannst du aber jetzt die Fresse halten.«

»Bei dir war der Genpool des Morgenstern wohl erschöpft.«

Timur und Mia starrten einander so finster an, dass ich kurz darüber nachdachte, Kitty zu bitten, mich wegzuevaporieren, doch Kitty hatte sich längst den bewusstlosen Mann über die Schulter geworfen und aus dem Staub gemacht.

Ob sie wohl sehr enttäuscht war, dass sie niemanden hatte

töten dürfen? Immerhin hatte sie einen großartigen Auftritt gehabt, wie sie ihn immer schon hatte haben wollen.

»Wir müssen uns um die Reise nach Palermo kümmern«, sagte Timur unvermittelt. Offenbar war er nicht länger gewillt, sich mit meiner kleinen Schwester abzugeben.

»Was?«, fragte dennoch Mia in meinem Namen.

»Du willst doch auch zum Tribunal, oder nicht?«

»Natürlich will sie.«

»Ich organisiere uns ein Flugzeug, das ist etwas bequemer, als ständig mit dem Auto zu fahren. Dein Haustier darf auch mit«, bot er gönnerhaft an.

Ich war genervt. »Nenn sie nicht so!«

»Genau, nenn mich nicht so, Schneekönigin«, fauchte Mia.

»Ihr hört jetzt augenblicklich auf, mich zu nerven. Und du …« Ich deutete auf Timur. »Da will jemand mit dir sprechen.«

Ich hatte sie schon längere Zeit im Augenwinkel bemerkt, doch jetzt war sie näher an uns herangetreten. Madalena Vargas stand nur noch wenige Meter entfernt und sah uns ausdruckslos an.

Timur warf ihr einen Blick zu und seufzte, wandte sich dann zu mir und umfasste mein Handgelenk. »Das werde ich sicher nicht allein ertragen. Du kommst mit.«

Schneller, als ich widersprechen konnte, zerrte er mich von Mia weg.

Ich hatte gerade gegen mehrere Wächter gekämpft, eine Verschwörung aufgedeckt und dafür gesorgt, dass ein Mord an einem Erben durch eine andere Erbin aufgeklärt worden war. Ich hatte sogar gelernt, meine Rolle in diesem großen Spiel zu akzeptieren. Aber ich war noch lange nicht bereit, Timurs Mutter kennenzulernen.

Sofort schlug mir mein Herz bis zum Hals, und als ich der

wunderschönen Madalena Vargas gegenüberstand, hatte ich das Gefühl, rote Stressflecken zu bekommen. Keiner von uns sagte etwas, wir standen einfach nur da, und die Situation wurde immer schlimmer und schlimmer.

Schließlich erbarmte sich Timur. »Mutter.«

»Timur«, antwortete sie.

»Das ist Catalea«, sagte er.

»Das ist mir bekannt.«

Ich hatte noch nie mit Madalena gesprochen. »Ähm, hi, freut mich.«

»Prinzessin.« Sie nickte mir zu und sah dann wieder ihren Sohn an. »Der Morgenstern hat sich gerade an mich gewandt. Er hat darum gebeten, dass du umgehend wieder Teil des Hauses Vargas wirst«, erklärte sie.

»Bitte?«

»Luzifer ist der Auffassung, dass er es nicht dulden kann, dass seine Tochter mit einem Gefallenen verkehrt. Er will, dass du wieder die repräsentativen Aufgaben eines Erben wahrnimmst«, sagte sie, und es dauerte eine Weile, bis die Worte in mein Bewusstsein gelangten. Timurs Augen waren tatsächlich weit aufgerissen, was bei ihm wirklich sehr seltsam aussah – beinahe lustig. »Nun stell dich nicht so an, so etwas Besonderes ist das nun auch nicht. Du hast dich ohnehin nie mit irgendwelchen Hierarchien aufgehalten.«

Da hatte sie in der Tat recht.

»Das hat er gesagt?«, fragte ich dennoch ziemlich konsterniert.

Madalena nickte stumm und konnte meine Freude wohl nicht ganz nachvollziehen.

»Das ist ja großartig.«

»Er meinte, dass er dich aus deiner Verpflichtung entlassen würde. Was immer er damit auch meint.«

»Das hat er tatsächlich gesagt?«, wiederholte nun Timur meine Frage.

Wieder nickte sie nur stumm und schien nicht ganz zu begreifen, was daran so besonders sein sollte.

»Wie auch immer … Du bist fortan wieder Erbe des Hauses Vargas. Wir sehen uns in Palermo«, erklärte sie unbeeindruckt und nickte mir noch einmal höflich zu.

Nachdem sie sich umgedreht und davongegangen war, standen wir noch eine ganze Weile einfach nur da, bis ich nicht mehr warten konnte und ihm um den Hals fiel. Ich küsste ihn mehrmals, während er seine Arme fest um mich schloss.

»Du bist frei«, flüsterte ich.

»Ja.«

Ich sah ihm an, dass er es selbst kaum glauben konnte. Es würde noch eine Weile dauern, bis er es tatsächlich begreifen würde, doch das hinderte mich nicht daran, mich ein weiteres Mal auf die Zehenspitzen zu stellen und ihn zu küssen.

»Ich freue mich für dich, Schneekönigin«, sagte ich und lächelte zufrieden.

24

Tatsächlich war ich in den Lamborghini gestiegen, in dem sich eine Autofahrt anfühlte, als würde man mit dem Hintern direkt über den Asphalt schlittern.

Vor unserer Abfahrt hatte ich mich noch mit Augusto aussöhnen wollen, doch angesichts der Tatsache, dass er gerade vor aller Augen gedemütigt worden war, hatte er mich lediglich angebrüllt und mir ein paar Schimpfworte an den Kopf geworfen, deren Bedeutung ich nicht einmal verstanden hatte. Das Ganze musste ihn ziemlich verletzt haben, aber ich würde ihm einfach ein paar Tage Zeit lassen und es dann noch einmal versuchen.

Timur hatte gesagt, dass ich mich nicht länger mit dem Dummkopf abgeben solle, er sei ein verkopfter und machtgeiler Idiot, der sich einen Scheiß für mich interessieren würde. Ich solle daran denken, dass er mich verkauft hätte, wenn sich die Gelegenheit geboten hätte, und wie er mit seiner persönlichen Leibgarde beim Apostel einmarschiert sei, als gehöre ihm die Welt.

Damit hatte Timur natürlich recht, aber mein Bruder wusste es eben nicht besser. Er lebte in einer Welt, die ihn zu dem gemacht hatte, der er jetzt war. Er orientierte sich leider an den Dingen, die von ihm erwartet wurden.

»Wo fahren wir hin?«, fragte ich nach einer Weile. Ich hatte gar nicht darauf geachtet, wohin Timur den Sportwagen lenkte.

Er sah mich unsicher von der Seite an und seufzte dann ergeben.

Ich merkte sofort, dass etwas nicht stimmte und er mir irgendetwas verschwiegen hatte.

»Was ist los?«, fragte ich, und die Müdigkeit, die sich in mir ausgebreitet hatte, war plötzlich wie weggeblasen.

»Als ich in Rom war und mich um Evangelistas Handlanger gekümmert habe, habe ich eine Unterhaltung zwischen ihnen aufgeschnappt.« Er machte eine lange Pause.

Ich wusste nicht genau, was in Rom passiert war, aber es schien Timur gut zu gehen, und wenn ich ehrlich war, wollte ich lieber nicht herausfinden, was er dort tatsächlich mit den anderen Dunklen getan hatte. Ich bezweifelte allerdings nicht, dass er zu Grausamkeiten fähig war. Wie gesagt, ich würde einfach nicht fragen.

»Sie haben über den Dolch gesprochen. Es sei ihnen nicht gelungen, ihn zu entsorgen, und Evangelista müsse sich selbst darum kümmern.«

»Welcher Dolch?«, fragte ich und hatte wirklich keine Ahnung, wovon er sprach.

»Der Dolch, mit dem Alessandro Cabianca umgebracht wurde, nehme ich an.«

»Wo ist er denn?«

»Ich vermute, dass er bei der Polizei ist. Ich habe aber keine Ahnung.«

Warum war jetzt auf einmal der Dolch wieder Thema? Auch Flavio Cabianca hatte ihn erwähnt und gesagt, dass Evangelista ihn als Halbblut ebenfalls benutzen könne. Der Dolch, der aus dem Domschatz des Klerus gestohlen worden war … Natürlich, ich hatte schließlich gesehen, was geschah, wenn ein Dunkler eine Reliquie oder einen anderen geweihten Gegenstand berührt. Judas' Hand war beinahe in Flammen aufgegangen, als er versucht hatte, das Kreuz in Händen zu halten. Es war ziemlich geschickt von Evangelista gewesen, ausgerechnet einen solchen Dolch zu verwenden, denn er erhärtete natürlich den Verdacht gegen mich. Auch wenn mir weiterhin völlig schleierhaft war, wieso meine Fingerabdrücke darauf waren.

»Sie sollten die Beweise vernichten, was ist so besonders daran?«, fragte ich und blickte stirnrunzelnd aus dem Fenster.

Timur näherte sich dem Stadtzentrum und somit auch dem ISCHARIOT, dem Club des Apostels, der mittlerweile nur noch ein einziger Trümmerhaufen war. Kurz bevor ich aufgebrochen war, hatte Machiel berichtet, dass er sich um die Leichname von Judas und Isabella gekümmert hatte.

»Ich habe einfach ein ungutes Gefühl.«

»Aber Evangelista ist überführt, und die Wächter haben sie mitgenommen. Sie wird vor ein Tribunal gestellt werden, der Dolch ist nicht mehr wichtig.«

»Vielleicht ist es das Wächterblut, aber ich fühle mich nicht wohl bei der Sache.«

»Du fühlst dich doch nie wohl«, murmelte ich.

»Du wirst der Sache nachgehen müssen.«

Der Wagen bog um zwei weitere Straßenecken und folgte der Einfallstraße zum Rhein, der die Stadt teilte.

»*Was* muss ich?«

»Du wirst das übernehmen müssen. Ich kann dich leider nicht begleiten, ohne in Flammen aufzugehen«, antwortete er bedauernd und hielt den Wagen an.

Direkt neben mir ragten die strahlend hell erleuchteten Türme des Kölner Doms in den Nachthimmel auf.

Ich starrte das prachtvolle Bauwerk an, warf den Kopf dann wieder zu Timur herum und fixierte ihn mit einem argwöhnischen Blick.

»Ich soll *da* reingehen?«, fragte ich fassungslos.

Er nickte.

»Allein?«

Er nickte noch einmal.

»Und ich soll Nachforschungen zu dem Dolch anstellen?«

Ein drittes Nicken.

»Ich glaube, du hast sie nicht mehr alle!«, fauchte ich.

»Ich habe dir einen Termin mit Pater la Calma gemacht. Er ist gerade aus Rom wiedergekommen und dem Domkapitel zugeordnet. Er war auch der Ansprechpartner für die Kölner Polizei, als es um den Diebstahl ging. Vielleicht unterhältst du dich einfach mal mit ihm und schaust, was sich ergibt«, schlug Timur leichthin vor und lehnte sich in seinem Sitz zurück.

»Du willst mich ernsthaft in die wichtigste Kathedrale des Landes schicken? Ich bin die Tochter des …«

»Halt die Klappe und los, Prinzessin. Ich habe nicht die ganze Nacht Zeit.«

Wutschnaubend riss ich den Anschnallgurt aus der Halterung und stieß die Tür auf. Es war gar nicht so leicht, in einem Kleid und in Stilettos aus dieser beschissenen, bis auf den Boden tiefergelegten Dreckskarre auszusteigen. Mit viel Anstrengung und ungelenken und wahrscheinlich auch ziemlich uneleganten Bewegungen schaffte ich es schließlich.

»Du bist und bleibst ein Arschloch, Timur Vargas. Ich hoffe, das ist dir bewusst.«

»Hopphopp! Ich warte nicht die ganze Nacht.«

Er grinste gehässig, und ich warf die Tür so fest zu, wie ich konnte, damit der Wagen erbebte.

Und ich hatte mich tatsächlich noch für ihn gefreut, hatte ihm gratuliert, dass er endlich frei war und sogar wieder zum Erben seines Hauses gemacht worden war. Und was war der Dank? Er schikanierte mich genauso wie vorher. Er war und blieb einfach ein ganz mieses, dummes Schwein aus der Hölle.

Mit wütenden Schritten stampfte ich über die Domplatte,

auf der glücklicherweise nicht mehr viel los war. Es war mittlerweile spät geworden und kalt noch dazu.

Als ich vor dem Portal stand, verflog meine Wut plötzlich, und ich fragte mich, ob es wirklich so klug war, eine Kathedrale zu betreten. Was würde mein Vater von mir denken, der es offenbar endlich geschafft hatte, mich ein klein wenig zu respektieren? Wie sollte ich ihm erklären, dass ich mit einem Kleriker gesprochen hatte, wenn er mich danach fragte?

Ich drehte mich noch einmal um und starrte in die verdunkelten Scheiben des gelben Lamborghini. Aber würde Timur mich hier hineinschicken, wenn er sich nicht sicher war, dass etwas nicht stimmte? Außerdem würde ich es absolut nicht ertragen, noch einmal in eine Falle zu laufen. Jetzt musste endlich Schluss damit sein. Ich würde diese Sache ein für alle Mal beenden, und wenn ich dafür den Kölner Dom betreten musste, dann würde ich es eben tun.

Mit einem festen Ruck öffnete ich die Tür und betrat die Kathedrale – und es tat gar nicht weh.

Ich spürte tatsächlich nichts, außer dem Klopfen meines Herzens. Ich hatte noch nie eine Kirche betreten und war erstaunt, dass im Inneren der Trubel der Außenwelt völlig ausgesperrt war. Die Bankreihen zogen sich unendlich weit in die Länge, und die Decken und Kreuzgewölbe schienen unerreichbar hoch.

Ich würde es nie offen zugeben, aber tatsächlich war ich beeindruckt von der Pracht und Schönheit dieser Kirche, vom Schmuck der Altare, von den Mosaiken auf dem Boden und von den Männern in den roten Gewändern, die auf und ab liefen und die Besucher im Auge behielten.

Sie würden mich nicht aufhalten, schließlich wirkte ich wie eine ganz normale junge Frau in einem eleganten schwarzen Kleid, die sich die Kathedrale ansah. Glücklicherweise hatte ich kein »Antichrist«-Schild umhängen oder ein Pentagramm eintätowiert.

Ich schritt langsam durch die Reihen, betrachtete beinahe jede Ikone, sah die Marien an, blickte ihnen in die Augen und fragte mich, wie es damals wohl gewesen war, zu ihrer Zeit.

Timur wusste es, denn er hatte damals schon gelebt. Die Vorstellung, dass er in Flammen aufgehen würde, wenn er mich begleitet hätte, war allerdings komisch. Judas hatte wirklich recht damit, dass es ein Geschenk war, zur Hälfte menschlich zu sein. Das Abkommen sah zwar vor, dass Dunkle keinen geweihten Boden betreten konnten, aber ich war eben auch ein Mensch, und das Licht hatte es sich schließlich zur Aufgabe gemacht, einem jeden Sterblichen eine Zuflucht zu bieten.

»Guten Abend.«

Ich hatte mich gerade vorgebeugt, um eine schwarze Madonna aus der Nähe zu betrachten, als mich eine Stimme unmittelbar neben mir wie aus dem Nichts ansprach.

Ich wirbelte herum und blickte in die blauen Augen eines alten Mannes, eines Priesters mit grauen Haaren und eingefallenen Gesichtszügen, aber mit einem herzlichen Lächeln.

»Hallo«, murmelte ich, und jegliche Selbstsicherheit, die ich in den letzten Monaten gewonnen hatte, war weg.

»Sind Sie Catalea?«, fragte er.

»Ja.«

»Ein junger Mann hat mich angerufen und gesagt, dass Sie kommen würden. Ich bin Pater la Calma«, sagte er freundlich und lächelte. »Catalea, das ist ein wirklich sehr schöner Name. Italienisch.«

»So wie Ihr Name auch.«

»So ist es. Catalea … und wie weiter?«

»Catalea reicht völlig, Pater. Sie können mich duzen.« Ich lächelte unverbindlich.

Auf gar keinen Fall würde ich den Namen des Teufels in einer Kirche aussprechen. Ich hatte nicht die geringste Lust darauf, dass es Feuer regnete oder irgendetwas anderes passieren würde.

»Gern. Wollen wir uns nicht setzen?«, fragte er und deutete auf eine Bank im schmaleren Seitenschiff der Kathedrale.

Hier war es erheblich ruhiger und auch dunkler, denn die Fenster begannen erst mindestens zwanzig Meter über unseren Köpfen. Ich hatte Kirchen nie wirklich Erfurcht einflößend gefunden, der Dom allerdings war eine ganz andere Hausnummer.

»Sehr gern«, antwortete ich höflich und folgte dem Pater.

Er setzte sich mit etwas Abstand neben mich und faltete die Hände im Schoß. Das würde alles andere als ein Kinderspiel werden, so viel war jetzt schon klar. Eigentlich wirkte der Pater sehr nett, aber ich wurde den Gedanken einfach nicht los, dass ich verdammt noch mal der Antichrist war und er davon keine Ahnung hatte.

»Was kann ich für dich tun, mein Kind? Der Anrufer hat sich ja«, er machte eine Pause, »etwas bedeckt gehalten. Es schien aber sehr dringend zu sein.«

»Nun ja, ich weiß nicht ganz, wie ich es sagen soll, aber ich muss Sie etwas fragen, das den gestohlenen Dolch aus dem Domschatz betrifft.« Er hob beide Augenbrauen, sagte aber nichts. »*Ich* wurde verdächtigt, ihn gestohlen zu haben, und habe deshalb wirklich eine ziemliche Tortur hinter mir. Die Polizei und noch einige andere Leute haben mir wirklich erhebliche Probleme gemacht. Glücklicherweise hat sich nun herausgestellt, dass jemand anderes dafür verantwortlich war«, begann ich meine Erklärung, doch Pater la Calma hob die Hand. Er sah sehr unglücklich aus und seufzte dann schwer.

»Weißt du, mein Kind, ich kenne die Person, die den Dolch aus der Domschatzkammer entwendet hat.«

»Sie kennen Evangelista?«

Er zog nur die Brauen hoch.

»Dieser Name ist mir nicht bekannt, nein, es ist …« Er hielt inne und schien zu überlegen, wie er am besten sagen konnte, was passiert war. Schließlich seufzte er ein weiteres Mal und sah mich wieder an. »Hast du vor, mit der Polizei darüber zu sprechen?«

»Mit der Polizei? Mit denen bin ich nun wirklich durch. Nein danke«, antwortete ich abschätzig.

»Ich frage, weil wir etwas sehr Falsches getan haben.«

Wieder begann mein Herz schneller zu pochen, aber ich war nicht mehr unsicher und zurückhaltend. Wir tauschten die Rollen und plötzlich war ich der Beichtvater. Ich blickte den Pater eindringlich an und nickte ihm aufmunternd zu.

»Es ist sehr wichtig, dass Sie mir sagen, was passiert ist, Pater.«

Er sah mich lange an und schien zu überlegen, ob er es mir tatsächlich erzählen sollte, doch dann begann er zu sprechen.

»Wir haben der Polizei gegenüber angegeben, dass wir nicht wissen, wer den Dolch gestohlen hat, doch das ist nicht wahr. Wir wissen es, denn wir haben die Person dabei erwischt. Eine unserer Reinigungskräfte hat ihn aus der Sakristei entwendet und an einen Unbekannten übergeben. Sie trifft keine Schuld, wir wollten sie schützen. Angela ist seither nicht mehr sie selbst. Sie kann sich nicht daran erinnern, den Dolch gestohlen zu haben, und ist sich sicher, dass sie vom Teufel verführt wurde. Sie macht sich große Vorwürfe und beteuert ihre Unschuld, und der Dompropst glaubt ihr. Sie ist seit beinahe fünfundzwanzig Jahren im Dom tätig, und sie gehört zur Familie, sie ist eine sehr loyale Angestellte. Angela war als eine der langjährigen Fachkräfte halbjährlich mit der Reinigung der Sakristei und des Bereiches bedacht, in dem der Dolch aufbewahrt wurde. Sie ist eine sehr fromme Dame und kann sich ihr Handeln einfach nicht erklären.«

Schon bei der Hälfte der Erklärung hatte ich abgeschaltet, denn nur ein einziger Satz hatte mich bereits in rastlose Unruhe versetzt.

»Ein Unbekannter? Sie hat den Dolch einem *Mann* gegeben? Nicht einer Frau?«, fragte ich schließlich und starrte ihn an.

»Ja, einem Mann. Ich habe es aus der Ferne beobachtet. Nicht den Diebstahl, sondern nur, dass sie ihm etwas übergeben hat. Zunächst habe ich mir nichts dabei gedacht, bis wir alle Details herausgefunden haben. Der Mann fuhr einen dunklen Wagen und hatte kurz geschorene Haare. Vor dem Dom hat er gewartet, und sobald Angela ihm den Dolch gegeben hatte, ist er sofort wieder verschwunden.«

Meine Gedanken überschlugen sich. Ein Mann mit kurzen Haaren? Das konnte jeder sein, absolut jeder. Vielleicht war es einer von Evangelistas Handlangern? Das würde alles erklären, aber warum war sie nicht selbst gekommen? Als Halbblut hätte sie die Kirche sogar selbst betreten können.

»Ich danke Ihnen, Pater. Diese Informationen sind bei mir sicher«, sagte ich und stand so schnell auf, dass er mich erstaunt anblickte. »Sie haben mir wirklich sehr geholfen, aber leider muss ich jetzt los.«

Während ich aus der Bank rutschte, sagte der Pater noch etwas, das mich kurz innehalten ließ: »Es gibt übrigens immer einen Weg in das Licht.«

»Bitte?«

»Der Herr nimmt alle seine Kinder auf. Es gibt für jeden einen Weg.« Er bedachte mich mit einem unergründlichen Blick.

Er wusste Bescheid über mich. Vielleicht nicht im kompletten Ausmaß, aber er hatte eine Ahnung davon, wo meine Heimat war.

»Ich habe Höhenangst«, antwortete ich mit einem Lächeln, eilte den langen Gang hinunter und verließ die Kathedrale durch das Portal, durch das ich sie auch betreten hatte.

Den Weg zum Lamborghini rannte ich beinahe. Als Timur mich kommen sah, öffnete er die Tür bereits von innen.

Noch bevor ich mich setzte, platzte die Frage schon aus mir heraus: »Wie sahen die Männer aus?«

»Welche Männer?«

»Evangelistas Leute? Wie sahen sie aus? Die Haare, ich muss wissen, welche Haare sie hatten!«

Timur blickte mich irritiert an, dann dachte er kurz nach. »Blond und braun und lang. Der eine hatte viele Locken.«

»Lang?«

»Ja, ziemlich lang, länger als meine Haare.«

Diese Information versetzte mich in Alarmbereitschaft, und ich ließ mich geschockt auf den Beifahrersitz fallen.

»Was ist denn los?«, fragte Timur jetzt sichtlich verunsichert.

»Dann haben wir ein Problem.«

»Wieso? Was hast du denn erfahren?«

»Es spielt noch jemand mit. Und wir haben keine Ahnung, wer es ist.«

Auf der Fahrt zum Rheinauhafen erzählte ich Timur, was ich von Pater la Calma erfahren hatte, aber er hatte auch keine Ahnung, um wen es sich bei dem Unbekannten handeln könnte.

Allerdings hatte ich das Gefühl, dass irgendwo ganz hinten in meinem Kopf eine Information darauf wartete, abgerufen zu werden, dass sie aber so tief verborgen lag, dass es sinnlos war, danach zu suchen. Vielleicht würde es mir später einfach so einfallen, wenn ich nicht mehr darüber nachdachte.

Timur hatte Kitty angerufen und forderte ein Lob dafür ein, dass er auf die Idee gekommen war, sein Telefon zu benutzen. Er hatte sie darum gebeten, sich umzuhören und ein paar Erkundigungen über besagten Mann bei ihren Kontakten einzuholen. Vielleicht hatte sich im Vorfeld schon jemand für den Dolch interessiert und versucht, ihn irgendwo herzubekommen.

Ich hatte unterdessen mit Mia telefoniert und ihr gesagt, dass wir uns am nächsten Mittag am Flughafen treffen würden, um gemeinsam nach Sizilien aufzubrechen. Weil alle Flüge mit normalen Fluggesellschaften bereits ausgebucht waren, hatte Timur selbstverständlich einen Privatjet organisiert, dieser verdammte Snob.

Wir parkten vor dem Kranhaus und fuhren ins Penthouse hinauf, um meine restlichen Kleider zu holen und eine Nacht hier zu verbringen. Morgen würden wir aufbrechen und auch Machiel mitnehmen.

Ich hatte darauf bestanden, dass er uns begleitete. Timur war schließlich wieder Erbe des Hauses Vargas, und da war es nur angemessen, einen Assistenten anzustellen, der die wichtigen Dinge für ihn regelte. Ich wusste nicht, ob Machiel damit zufrieden wäre, aber mir war es wichtig, ihn nicht zurückzulassen nach allem, was er für mich getan hatte. Außerdem mochte ich ihn gern, er war liebenswert und schien ein guter Typ zu sein.

Timur legte sich neben mich ins Bett, obwohl er keinen Schlaf benötigte. Darum beneidete ich ihn wirklich ungeheuerlich, denn mich hatte die Müdigkeit fest im Griff.

Ich kuschelte mich in die wohlig weichen Decken und bemerkte, wie Timur mich von der Seite betrachtete. Schließlich drehte ich mich zu ihm und sah ihn fragend an.

»Was ist los?«, murmelte ich.

und war nicht gefeuert worden, nachdem er mich einfach freigelassen hatte. Wenn ich wiederkam, würde ich mich darum kümmern müssen, und auch darum, wie es dem Mann ging, den Evangelista für ihre miesen Spielchen missbraucht hatte.

»Okay, ich finde ihn vielleicht doch gar nicht so schlecht, deinen Lover«, sagte Mia und klatschte begeistert in die Hände, als der kleine Flughafenbus vor dem schwarzen Privatflugzeug auf dem Kölner Flughafen hielt.

»Du bist so leicht käuflich«, antwortete ich trocken und stieg ebenfalls aus, während Machiel sich um unser Gepäck kümmerte.

Timur unterhielt sich bereits mit dem Piloten.

»Natürlich bin ich das! Schließlich ist das seine einzige Chance, jemals von mir akzeptiert zu werden«, erklärte Mia, die einen bequemen Jumpsuit trug, auf die große, stilechte Designersonnenbrille jedoch nicht verzichtet hatte.

»Du solltest ihm wirklich eine Chance geben. Er ist gar nicht so schlecht, wie es auf den ersten, zweiten und dritten Blick scheint. Er kann in seltenen Ausnahmesituationen wirklich ganz nett sein.« Ich musste lächeln. »Und nenn ihn gefälligst nicht meinen Lover.«

Sie verzog das Gesicht. »Ist er das nicht? Ich meine, dann ist es echt krank, wie er dich anstarrt. Diese Blicke, oh, là, là. Da fange ja sogar ich an zu brennen.«

»Du bist so ordinär.«

»Verzeiht mir, Prinzessin«, sagte sie und machte einen Knicks, bevor sie über die schmale Treppe ins Flugzeug kletterte.

Wenn ich gedacht hatte, dass unser Hotelzimmer in München ein nicht zu übertreffender Luxus war, musste ich mich nun korrigieren. Denn dieses Flugzeug war ein fliegendes Eldorado: cremefarbenes, butterweiches Leder, Mahagoni, Goldverkleidungen, echter Marmor und eine Dusche in den Bädern, gewaltige Sessel und zwei große Betten.

Ich hasste Timur dafür, dass er solche Dinge mit nur einem Fingerschnippen in wenigen Augenblicken organisieren konnte. Ich wollte eigentlich gar nicht wissen, in wie viel Geld er tatsächlich schwamm, aber in irdischen Maßstäben musste es irgendwo einen Geldspeicher geben. Er war eben ein außergewöhnlicher Mann: Tausende Jahre alt, reich und störrisch.

Es dauerte nur wenige Minuten, dann wurde die Tür geschlossen und das Flugzeug rollte los. Wir schnallten uns an, und kurze Zeit später startete der Privatjet.

Eine junge Frau in einem eleganten dunkelblauen Kostüm servierte kleine Snacks und Champagner. Ich trank Chardonnay – einen Drei-Euro-Piccolo, den ich im Flughafenshop gekauft hatte –, während mich Mia und Timur angeekelt anstarrten.

Da hatten sie ihre Gemeinsamkeit. Sollten die beiden doch an ihrer Dekadenz ersticken. Sie fingen sogar an zu tuscheln, als ich den Schraubverschluss öffnete und direkt aus der Flasche trank.

»Könnt ihr euch bitte streiten? Das gefällt mir erheblich besser.«

Wieder tuschelten sie, dann lachten sie und tranken zufrieden ihren Champagner. Ich verdrehte die Augen und sah aus dem Fenster.

Dieser eine Gedanke nagte in meinem Unterbewusstsein immer noch an mir, aber ich kam nicht darauf, was es sein könnte. Die Synapsen weigerten sich einfach, sich miteinander zu verknüpfen und etwas Sinnvolles zu ergeben. Da draußen war noch jemand, der in irgendeiner Form in die Sache verwickelt war, und ich musste herausfinden, wer es war und welche Rolle er spielte, sonst käme ich nie zur Ruhe. Was hatte diese Person vor, und wer war es? Wen hatte Evangelista mit in das Spiel hineingezogen? War es vielleicht doch ihr Vater Scrivano? Er hatte bei der Beerdigung ehrlich bestürzt gewirkt, aber ich wusste nur zu gut, dass Dunkle Meister darin waren, anderen etwas vorzuspielen.

Mein Blick wanderte zu Timur, der mir gegenübersaß – nur er war anders. In einfach allem war er völlig anders als die anderen Dunklen. Er widersetzte sich einfach allem und stand über den Dingen. Er war mein Leuchtturm in der Finsternis, die das Dunkel um mich herum heraufbeschwörte.

Er hatte mir gesagt, dass er mich liebte, dass er *mich*, Catalea Morgenstern, liebte. Sagten nicht immer alle, dass dieser Satz etwas ganz Besonderes war, wenn man ihn zum ersten Mal aussprach? Für mich hatte es nicht so besonders geklungen, denn eigentlich hatte ich es schon längst gewusst. Denn es war doch ganz klar: Natürlich liebte ich ihn und er mich, natürlich würde ich alles für ihn tun, natürlich war er der Eine für mich.

»Du hast sie ja wohl nicht mehr alle!«, fauchte Mia plötzlich.

Ich hatte die letzte Unterhaltung zwischen ihr und Timur nicht mitbekommen, aber offenbar waren wir wieder beim Status quo angelangt.

»Du bist unmöglich«, antwortete Timur herablassend.

»Und du bist ein Arschloch.«

Meine Rede.

Jetzt allerdings hatte ich erst einmal ein ganz anderes Problem zu lösen. Ich dachte darüber nach, es mithilfe der geöffneten Flugzeugtür zu versuchen und die Reise ohne die beiden fortzusetzen.

Eine herrliche Vorstellung.

25

Der Flughafen von Palermo lag etwa dreißig Kilometer außerhalb der Stadt, im Nordwesten, eine knappe halbe Stunde Autofahrt entfernt vom Zentrum. Es hätte mich erstaunt, wenn es anders gewesen wäre, aber dennoch war es beeindruckend, dass wir keinesfalls die Einzigen waren, die mit einem Privatflugzeug angereist waren.

Wenn ein Erbe vor ein Tribunal gestellt wurde, kamen Dunkle aus der gesamten Welt, um sich dieses Spektakel nicht entgehen zu lassen.

Das Vorfeld des kleinen Flughafens war völlig zugestellt mit kleineren und größeren Flugzeugen ohne die Zeichen einer kommerziellen Fluggesellschaft. Flügel an Flügel parkten sie eng aneinander, und unser Flugzeug fand gerade noch eine kleine Nische weit hinten auf dem Vorfeld.

Es war mittlerweile später Nachmittag, und wir gehörten zu den Letzten, die eintrafen. In wenigen Stunden sollte es so weit sein. Dann würde das Tribunal zusammenkommen und Evangelista Scaletto für den Mord an Alessandro Cabianca verurteilen.

Unmittelbar vor dem Flugzeug warteten zwei schwarze Limousinen mit getönten Scheiben auf uns sowie ein dunkler Jeep, vor dem gleich mehrere Wächter Stellung bezogen hatten.

Innerhalb von vierundzwanzig Stunden hatten wir es geschafft, von einem Gefallenen und einer Gejagten zum Erben des Hauses Vargas und der Prinzessin des Hauses Morgenstern aufzusteigen – ehrlich gesagt kein schlechter Karrieresprung.

Allerdings bedeutete das auch, dass ich mich an jede Etikette zu halten hatte, die mir auferlegt wurde. Aus und vorbei waren die Tage, in denen ich tun und lassen konnte, was mir passte. Jetzt war ich die Tochter des Teufels.

Im Flugzeug hatte ich mich dementsprechend umgezogen. Ich trug wieder ein schwarzes Kleid, das dieses Mal allerdings etwas opulenter ausfiel, denn es stammte von Vivienne Westwood, die nicht gerade für schlichte Kreationen bekannt war. Dazu hatte ich eine blickdichte schwarze Strumpfhose ausgewählt, die an der Rückseite eine Naht aus kleinen Edelsteinen besaß, passende Stilettos, schwarze Lederhandschuhe und eine dunkle Brille.

Mia hatte sich ebenfalls bei meinen Kleidern bedient und trug einen schwarzen Bleistiftrock und eine dunkle Seidenbluse, die ihr fantastisch standen.

Woher Timur den maßgeschneiderten Brioni-Anzug plötzlich hatte, war mir mal wieder unbegreiflich, aber eigentlich konnte es mir auch egal sein, denn in dem pechschwarzen Anzug mit Samtrevers, dem schwarzen Seidenhemd und der schwarzen Krawatte sah er aus wie der Erfinder des guten Geschmacks höchstpersönlich. Er wirkte anmutig und bedrohlich. Seine helle Haut bildete den perfekten Kontrast, und seine hellen Haare wirkten wie die eines skandinavischen Prinzen.

Als wir das Flugzeug verließen, verneigten sich die Wächter vor jedem Einzelnen von uns. So schnell hatte sich unser Aufstieg also herumgesprochen.

Außerdem zerrissen sich bestimmt schon alle die Mäuler darüber, dass es ein Paar innerhalb der Erbenfamilien gab. Genau das hatte sich Evangelista ihr Leben lang gewünscht, und jetzt musste ausgerechnet ich ihren Traum leben, das war wirklich eine Strafe.

Ich lächelte zurückhaltend, nickte den Wächtern zu und

nahm dann im Fond des Wagens Platz, Timur auf der anderen Seite. Für Mia und Machiel fuhr eine weitere Limousine vor. Der Geländewagen mit den Wächtern folgte uns, wobei jeweils ein Wächter schweigend auf dem Beifahrersitz einer jeden Limousine Platz nahm und eine private Unterhaltung so mehr oder weniger unmöglich machte.

Also mussten wir wohl oder übel in unseren Rollen bleiben und so tun, als wären wir unnahbare, unausstehliche Royals – wobei Timur davon ja gar nicht so weit entfernt war.

Palermo war eine wunderschöne Stadt, uralt und verwinkelt. Sie passte zu uns, zu unserem Geschäft, zur Firma, ein bisschen sogar zu mir.

Im Zentrum der Altstadt thronte der mächtige und beinahe kastenförmige Palazzo Reale auf einem Hügel wie eine uneinnehmbare Festung. Wir fuhren durch das offene Tor und hielten unmittelbar vor einem langen roten Teppich. Wie auch in den Torhäusern öffnete uns ein in leuchtendes Blau gekleideter Diener die Wagentür, und erneut wurden wir mit einer Verneigung begrüßt – das gleiche Spiel bei Mia, lediglich Machiel wurde nur mit einem Nicken bedacht.

Im Innenhof erkannte ich zwei weitere Todeshändler aus Köln, doch sie sahen nicht zu mir herüber – ich hätte ohnehin nicht gewusst, was ich mit ihnen reden sollte.

Der Palazzo Reale war in seiner jetzigen Form im sechzehnten Jahrhundert entstanden und ursprünglich der königliche Palast gewesen. Heute diente er ebenfalls als Herrschersitz, allerdings für ein Königreich, das länger als die Menschheit existierte. Mein Vater war der König und Augusto der Kronprinz. Neben mir ging der Herzog einer anderen Adelsfamilie, und ich war die Prinzessin. Ich musste dringend weniger *Gala* lesen, das tat mir in meiner jetzigen Situation nicht mehr gut.

Die Gebäude des Palazzo beherbergten mehr Schätze und Kostbarkeiten, als man sich vorstellen konnte. Sie waren mit Prunk und Protz vollgestopft, von kostbaren Kerzenleuchtern über Kristalllüster, Gemälde, Teppiche und kostbare Antiquitäten in Form alter Tische, Stühle und chinesischer Vasen.

Wer es schaffte, von einer der gewöhnlichen Torstädte in den Palazzo versetzt zu werden, gehörte fortan den höheren Kasten an, völlig gleichgültig, welches Blut er besaß. Hier zu arbeiten, für die zentrale irdische Verwaltung der Firma, bedeutete eine Menge.

Als ich durch die langen Flure schritt, begriff ich erst, wie gewaltig und verzweigt die Burganlage war – allein hätte ich mich innerhalb der ersten zwanzig Sekunden verlaufen.

Im eigentlichen Palastgebäude befanden sich die Tagesräume sowie Gästeresidenzen und Salons, in denen sich Gäste und Administranten aufhielten. Der eigentliche Verwaltungsapparat der Firma befand sich allerdings unter dem Palast, tief im Inneren des Felsens, viele Stockwerke unter der Oberfläche verborgen. Lange Gänge zogen sich durch das Gestein, verbanden Hallen und Säle, in denen die Firma ihre Aktivität auf der Erde koordinierte. Hunderte Katakomben beherbergten Schreibtische um Schreibtische, Todeshändler, Totenarbeiter und Anwälte, die niemals schliefen und sich um Tausende Seelen kümmerten – Tag für Tag.

Das eigentliche Zentrum des Palazzo bildete allerdings der Tempel. Er war eine unterirdische Halle gigantischen Ausmaßes, ein kreisrunder Raum, der sich wie ein altes Opernhaus über mehrere Etagen erstreckte, mit Balkonen und Emporen, die sich rundum gruppierten und unzähligen Dunklen Platz boten.

Im Zentrum des Tempels befand sich der Kreis der Sieben, das Kuratorium, wie er auch genannt wurde, eine erhöhte

Plattform mit sieben Thronen, die jeweils ein Haus repräsentierten und die Gleichberechtigung der Häuser symbolisierten. Rund um diesen Kreis der Sieben standen ebenfalls kreisrunde und nicht enden wollende Bankreihen, ganz ähnlich wie in einer Kirche, nur unterbrochen von gewaltigen haushohen Säulen, die die Decke des Tempels und den gesamten Berg trugen.

Wenn man diesen Ort zum ersten Mal betrat, wurde man von der Gewalt und Macht, die er ausstrahlte, schier überwältigt. Es war ganz gleichgültig, welche Erwartungen man gehabt hatte oder wie man sich auf diesen Augenblick vorbereitet hatte, der Tempel raubte einem auf der Stelle den Atem. Allein die Tatsache, dass nicht nur die Säulen, sondern auch die Wände und die Decke der Halle aus beinahe schwarzem Basalt gehauen waren, ließen sie noch einmal bedrohlicher wirken.

Über die gesamte Fläche, die verschiedenen Ebenen und Emporen verteilt standen Hunderte, vielleicht sogar Tausende Feuerschalen und Fackeln, wie auch in Köln vor dem Torhaus, und tauchten den Tempel in ein schummriges Licht.

Wir betraten ihn über einen langen und breiten Korridor, der in einer der oberen Ebenen mündete, weit oberhalb des eigentlichen Geschehens. Die meisten Dunklen strömten weiter nach unten und durch deutlich vollere Gänge in den Tempel, unterhielten sich dabei lautstark und waren ebenso überwältigt wie ich.

Aber wir waren eben keine gewöhnlichen Dunklen. Wir waren Catalea Morgenstern und Timur Vargas, und das wusste auch die beinahe unüberschaubare Menge, die nun den Tempel füllte.

Ich hatte ja gedacht, dass es schon schlimm gewesen war, das Theater des Torhauses zu betreten und zu merken, dass alle

»Nichts.« Er strich mir eine Haarsträhne aus dem Gesicht. »Ich bin einfach noch immer erstaunt, dass du kleines Halbblut es geschafft hast, das mit mir zu machen.«

»Was genau habe ich denn gemacht?«, fragte ich und schloss die Augen.

»Du hast absolut alles mit mir gemacht. Du hast mich einmal komplett auseinandergenommen und wieder neu zusammengesetzt.«

»Das klingt aber nicht nach mir.«

Seine Finger spielten mit meinem Haar. »Und auch nicht nach mir. So was lasse ich normalerweise nicht mit mir machen.«

»Und ist das nun etwas Gutes oder etwas Schlechtes?«, fragte ich träge.

»Das Beste!«, flüsterte er, und ich fühlte seine Lippen auf meinen.

Aber ich war nicht mehr in der Lage, seine Küsse zu erwidern. Der Schlaf übermannte mich so rasch, dass ich einfach die Augen schloss und erst zehn Stunden später wieder öffnete.

Timur und Machiel saßen im Wohnzimmer und unterhielten sich. Allerdings hatte einer von ihnen mir ein Frühstück zubereitet, das wirklich keine Wünsche offenließ, und ich wagte zu bezweifeln, dass es Timur gewesen war.

Gegen Mittag, nachdem ich wieder eine halbe Stunde kochend heiß geduscht hatte, machten wir uns auf den Weg zum Flughafen, und tatsächlich hatte sich Machiel damit einverstanden erklärt, uns zu begleiten.

Weil der Lamborghini allerdings nur zwei Plätze bot, fuhren wir mit der schwarzen Limousine, mit der Machiel mich vom Polizeipräsidium abgeholt hatte.

Hoffentlich hatte Kommissar Schiller seinen Job behalten

meinen Namen murmelten, doch das war nichts im Vergleich zu der Hölle auf Erden, als ich nun den Tempel betrat.

Erst war es gar nicht wahrzunehmen, doch dann fühlte es sich an, als stünde ich direkt am Meer, und plötzlich nahm der Wind zu, versetzte die Brandung in Bewegung und türmte die Wellen ganz langsam immer weiter auf.

Erst war es nur ein leises Säuseln, doch dann schwoll es langsam zu einem Raunen an, und letztlich war es nicht mehr zu überhören, dass sie über uns redeten. Die Gespräche hallten von den Wänden wider, doch ich versuchte, mir nichts anmerken zu lassen. Es mussten Hunderte, vielleicht Tausende Augenpaare sein, die sich plötzlich auf mich richteten und dafür sorgten, dass mir schlecht wurde. Die Tochter des Teufels, die sie im Gegensatz zu Augusto noch nie zu Gesicht bekommen hatten, und der neue alte Erbe des Hauses Vargas – die nun ein Paar waren.

Plötzlich zuckte ich zusammen und blickte an mir herunter auf meine schwarz behandschuhte Hand. Sie lag auf einmal in Timurs, und er hielt sie fest umschlossen. Selbst durch die Handschuhe hindurch konnte der Strom fließen, der mich sogleich ruhiger werden ließ. Timur machte mich komplett und nahm mir die Angst. Ehrlich erstaunt sah ich auf und musterte seine völlig unbewegliche Miene. Mit beinahe aristokratischem Blick schaute er über die Menge.

»Geben wir ihnen doch einfach, was sie wollen«, flüsterte er beinahe lautlos und ohne seine Lippen zu bewegen.

Er war wirklich gut darin, den Prinzen zu spielen. Allerdings hatte er es vor seinem Fall auch von der Pike auf gelernt. Er hatte ein Leben als Erbe geführt und war im Gegensatz zu mir sicher nicht zum ersten Mal im Tempel.

Ich hingegen war eine absolute Anfängerin, und auch wenn Timur auf dem Flug versucht hatte, mir so viel wie möglich über den Ablauf eines Tribunals zu erklären, rauchte mir nur der Kopf, und ich würde sicher mehr als einmal nachfragen müssen, was gerade geschah.

Er beugte sich langsam zu mir herüber und hauchte mir ganz sacht einen Kuss auf die Wange, so leicht, dass ich kaum eine Berührung spürte.

»Willst du in die Loge?«, fragte Timur und deutete auf eine Gruppe von Sitzmöbeln einige Ebenen unter uns, aber noch nicht auf Höhe des Kreises der Sieben.

Ich nickte stumm und verfluchte es jetzt schon, die hunderttausend Stufen mit hochhackigen Schuhen runterstolpern zu müssen. Die ansehnliche Blasensammlung an meinen Zehen und Fersen würde sicher nie wieder abheilen, außer ich würde die kommenden drei Monate ausschließlich barfuß laufen – eine wundervolle Vorstellung.

Ein Tribunal lief immer gleich ab. Zunächst nahmen die Sieben ihre Plätze ein, die gleichzeitig die Richter des Tribunals waren. Dann verlas ein Ankläger, meist der Princeps der Wächter, die Anklage, und gleichzeitig wurde der Angeklagte in Ketten hereingeführt und an einer Kanzel festgekettet.

Ich stellte es mir absolut grauenvoll vor, im Fokus all dieser Augen stehen zu müssen und mein Urteil abzuwarten, wo doch eigentlich schon vorab klar schien, wie es ausfallen würde. Aber Evangelista hatte es nicht anders verdient, schließlich hatte sie gleich mehrere grausame Dinge getan, die absolut verabscheuungswürdig waren.

Am Ende fällten die Sieben ein Urteil, das sogleich vollstreckt wurde. In den meisten Fällen endete ein Tribunal mit einer sofortigen Hinrichtung.

Timur hatte erzählt, dass mein Vater Scrivano Scaletto diese Aufgabe übertragen würde. Natürlich unter dem Vorwand, es ihm zu überlassen, über seine Tochter zu richten, tatsächlich aber wollte er ihn vor der versammelten Menge bloßstellen.

Warum man dann überhaupt ein Tribunal abhalten würde, hatte ich Timur sarkastisch gefragt. Doch er hatte nur geschnaubt und geantwortet, das sei ja wohl eindeutig – zur Abschreckung, damit nicht noch ein Dummer auf die Idee komme, sich derart dämlich gegen die Firma zu stellen.

Als dämlich hätte ich Evangelista nun nicht gerade bezeichnet, aber Timur besaß eben noch immer völlig andere Maßstäbe. Er riss anderen Dunklen schließlich auch ihre Herzen heraus.

Oh Gott, ich durfte nicht mal daran denken, sonst musste ich sofort würgen.

»Warum gucken die denn alle so?«, presste ich zwischen zusammengebissenen Zähnen hervor.

Ehrlich gesagt guckte die Menge nicht nur, als wir gemächlich die Treppe zur Loge hinunterschritten, sondern starrte so durchdringend, dass ich kurzzeitig Angst hatte, in Flammen aufzugehen.

»Möglicherweise weil du ziemlich heiß aussiehst«, antwortete Timur und konnte sich ein winziges Grinsen nicht verkneifen.

Ich bedachte ihn mit einem eindeutig zweideutigen Seitenblick und nickte ungerührt einzelnen Todeshändlern zu, die sich ehrfürchtig vor mir verneigten und das gleiche Spiel bei Timur wiederholten.

Das war nicht nur absolut befremdlich, sondern wirklich superseltsamer Scheiß, und ich würde mehr als froh sein, wenn ich endlich wieder zu Hause war und ein paar Tage, Monate, Wochen, Jahre oder vielleicht auch Jahrhunderte keinen einzigen Dunklen mehr ertragen musste – bis auf den einen natürlich.

»Da ist ja schon dein Brüderchen«, sagte Timur und deutete auf die Loge, einen abgegrenzten Bereich gleich unter uns, der mit einem roten Teppich und edlen Sesseln und Sofas ausgestattet war. Rote Kordeln aus Samt machten deutlich, dass die Loge nicht für jedermann, sondern ausschließlich für ausgewählte Gäste zugänglich war.

Und tatsächlich stand dort Augusto in feinstem Zwirn, das lange, seidige Haar zurückgebunden, von der Verletzung, die mein Vater ihm verpasst hatte, keine Spur mehr, und unterhielt sich mit Pria Tirani, der Tochter von Onkel Castor und Erbin des Hauses Tirani.

Pria war atemberaubend schön, hatte dunkle Haut und raspelkurzes schwarzes Haar. Sie trug ein eng anliegendes buntes Seidenkleid, das einen schillernden Kontrast zu ihrer espressofarbenen Haut bot. Das Geschmeide an ihrem langen Hals wirkte so kostbar, als könnte man damit gleich ein ganzes Land kaufen, aber schließlich war sie auch eine Prinzessin, die allerdings aussah wie eine Königin. Ihre Wangenknochen waren unnatürlich hoch, und ihre rot geschminkten Lippen so voll, dass man sie einfach anstarren musste – in meinem Fall voller Neid.

Sie entdeckte uns vor meinem Bruder und lächelte zurückhaltend, nickte und brachte Augusto so dazu, sich umzudrehen. Sein Gesicht verfinsterte sich augenblicklich, als er Timur erblickte. Dennoch schaffte er es dieses Mal, sich äußerlich zu beherrschen, auch wenn er sich sichtlich versteifte und ihm einen verachtenden Blick zuwarf, der einer Morddrohung ziemlich nahekam.

Augusto war in Bezug auf Timur nicht gerade einfach, aber eigentlich war er in letzter Zeit im Allgemeinen nicht einfach. Der Moment, als er Evangelista einfach umbringen wollte, steckte mir noch immer in den Knochen.

Timur allerdings reagierte nahezu perfekt, denn er neigte gelassen den Kopf und schließlich den gesamten Oberkörper und zollte Augusto, der sich wohl eine andere Begrüßung gewünscht hatte, auf diese Weise den höchstmöglichen Respekt.

»Kronprinz«, murmelte Timur kaum hörbar.

Ich spürte die Spannung in der Luft, bemerkte genau, dass Augusto ihn am liebsten einen Kopf kürzer gemacht hätte, doch Timur hatte ihm sämtlichen Wind aus den Segeln genommen. Er hatte seinen Stolz einfach Stolz sein lassen und war Augusto zuvorgekommen, wofür ich ihn sehr bewunderte.

»Vargas«, spuckte Augusto schließlich missbilligend aus. Es quälte ihn offensichtlich, überhaupt mit Timur sprechen zu müssen.

»Timur, wie schön dich zu sehen«, meldete Pria sich plötzlich und lächelte freundlich.

Ihre Stimme war eine Mischung aus Schokolade, Gold und Karamell und verursachte mir eine Gänsehaut in Kombination mit dem Gefühl, hässlich und dumm zu sein. Doch noch bevor Timur antworten konnte, huschte ihr Blick schon zu mir, und sie lächelte.

»Catalea, ich habe dich so lange nicht gesehen. Ich freue mich«, sagte sie und klang dabei aufrichtiger als jeder andere Dunkle.

Ich hatte Pria in meiner Kindheit ein einziges Mal getroffen, schließlich war ihr Vater mein Onkel, mein Ziehvater, mein … was auch immer gewesen. Sie hatte ihn damals begleitet und schon da genauso ausgesehen wie heute: völlig alterslos und ohne jeden Makel.

»Hallo Pria«, sagte ich mit einem Lächeln. Augusto hingegen bedachte ich mit einem mahnenden Blick. »Hallo Augusto.«

»Catalea«, antwortete er wenig einsichtig.

Es schien ihn wenig zu interessieren, dass ich es missbilligte, wie er mit Timur umging, aber schließlich war er mir keine Rechenschaft schuldig.

»Seid ihr gerade erst angekommen?«, fragte Pria neugierig. »Es ist schrecklich, was dir passiert ist. Evangelista muss dafür bezahlen müssen.« Sie tätschelte aufmunternd meine Hand.

Wenn man es nicht wusste, hätte man nicht geahnt, dass Pria eine vollblütige Dunkle war. Ihr fehlte völlig die Attitüde der Dunklen.

»Ja, wir sind gerade gelandet und gleich hierhergekommen«, antwortete ich.

Pria lebte in Palermo und war die einzige Vollbluterbin, die nicht im Dunkel ihre Heimat hatte. Sie hatte die Aufgabe übernommen, den Palazzo Reale und die zentrale Verwaltung der Firma im Erdkreis zu führen. Augusto wäre sich dafür viel zu fein gewesen. Er verabscheute es ja schon, das Dunkel verlassen zu müssen, um seine Aufgaben auf dieser Seite wahrzunehmen. Pria hingegen hatte einmal gesagt, dass sie gern unter Menschen lebe. Schließlich gehe es bei unserer Arbeit ja auch um die Menschen – um sie und ihr Ende.

»Shanvia, Giulia!«

Ich hatte kurz nicht aufgepasst und daher nicht einmal mitbekommen, dass Shanvia Milea, der Sohn von Ludovika und Erbe des Hauses Milea, und Giulia Alba die Loge betreten hatten. Sie begrüßten sich untereinander wie alte Bekannte – nur ich war neu im inneren Zirkel und kannte sie alle kaum.

Nun kamen auch endlich Mia und Machiel, der die Loge allerdings nicht betrat, sondern außerhalb Platz nahm. Er gehörte vielleicht zu uns, aber eben nicht zum Kreis der Sieben und ihrer Nachkommen.

Nach und nach füllte sich der Bereich mit weiteren Mitgliedern der sieben Familien, und es wurde tatsächlich voll in der Loge. Ich schüttelte einige Hände, führte sinnbefreite Unterhaltungen und lächelte die ganze Zeit möglichst elegant, kassierte aber einige Blicke, die mir deutlich machten, dass ich nicht wirklich dazugehörte.

Glücklicherweise wollte ich genau das: auf gar keinen Fall dazugehören, nur ein geduldeter Gast sein, der kommen und vor allem auch wieder gehen konnte, wann er wollte. Wie schrecklich wäre es, wenn ich ab sofort mit anderen Royal Girls durch die Champagnerbars der Unterwelt ziehen müsste, um über die neuesten Bestattungstrends zu philosophieren.

Timur schlug sich im Übrigen erheblich besser als ich, wurde freudig wieder im erlauchten Kreis willkommen geheißen und betrieb anspruchsvolle Konversation.

Nach einer Ewigkeit betraten livrierte Diener die Loge und servierten Getränke. Eigentlich war es ausschließlich Rotwein, bis auf ein einziges Glas Chardonnay. Ich flüsterte dem Diener zu, dass er es ruhig ein bisschen voller machen dürfe.

»Vielleicht versuchst du es doch mal mit Absinth«, schlug Timur vor, als ich das Glas viel zu schnell leerte. »Dann musst du nicht so große Mengen vernichten, um nichts mehr mitzubekommen.«

»Du Guter«, antwortete ich lachend, fühlte mich aber ertappt und hoffte, dass es bald losgehen würde.

Ich hasste diese Veranstaltung schon jetzt abgrundtief und schwor mir, nie wieder herzukommen. Außerdem machte es mich noch immer wahnsinnig, dass ich einfach nicht darauf kam, was bei dieser ganzen Geschichte nicht stimmte. Der Mann, der den Dolch genommen hatte … Ich wusste irgendetwas Wichtiges, das aber in meinen verfluchten Hirnwindungen verborgen war und mir partout nicht einfallen wollte. Immer wieder dachte ich darüber nach, kaute die Gedanken wieder und wieder durch, kam der Lösung aber einfach nicht näher.

Timur unterbrach meine Grübelei. »Ich wäre froh, wenn der Alkohol bei mir wirken würde wie bei dir.«

»Vielleicht versuchst du es mal mit harten Drogen.«

»Ich habe mir mal ein Pferdebetäubungsmittel gespritzt. Keine Wirkung«, sagte er entschuldigend.

»Im Ernst?«

»Du hast ja keine Ahnung.«

Ich wollte gerade laut lachen, doch da veränderte sich die Stimmung im Tempel.

Die Menge wurde still, als wäre ihr sämtliche Energie entzogen worden. Ich richtete meinen Blick nach unten und wusste sofort, was nun geschehen würde. Es war immer so, wenn er sich näherte und andere Personen seine Aura spürten.

Innerhalb weniger Sekunden nahmen die Dunklen ihre Plätze in den Bankreihen ein, und dann, als wäre es das Signal, die Luft anzuhalten, setzte mein Vater den ersten Fuß in den Tempel.

Aus den Augenwinkeln sah ich, wie es sich Pria und die anderen Erben ebenfalls auf den Sofas bequem machten, um das Geschehen zu verfolgen. Doch ich blieb stehen und starrte hinab zu meinem Vater, so sehr gefiel mir seine Vorstellung.

Er trug den entsetzlich heruntergekommenen Körper eines Mannes, der seine besten Tage lange hinter sich hatte. Seine Haare schimmerten fettig, und seine Haut war dreckig und eingefallen, ganz zu schweigen von einem völlig verlotterten Anzug, der möglicherweise mal weiß gewesen war, aber mittlerweile so aussah, als hätte er ein paar Jahre begraben unter einem Müllberg gelegen. Seine Füße waren nackt und dreckverkrustet. Er sah wirklich beschissen aus, aber mir gefiel dieser Auftritt außerordentlich.

Ihm folgten Castor, dann Madalena Vargas und Flavio Cabianca, dahinter Ludovika Milea, Vito Alba und erst ganz am

Schluss, sogar mit etwas Abstand, der große Scrivano Scaletto, der sich bemühte, so würdevoll wie nur möglich durch die Menge zu schreiten. Schließlich war er noch immer einer der sieben Fürsten.

»Los, komm her«, flüsterte Timur und deutete auf den Platz neben sich.

Er reichte mir seine Hand, und tatsächlich gelang es mir, mich von dem Anblick der Sieben loszureißen und mich neben ihn zu setzen. Eigentlich war ich doch immun gegen die Macht, die mein Vater ausstrahlte, aber dieses Mal hatte er es geschafft, sogar mich in seinen Bann zu ziehen. Er war eben doch nicht einfach nur irgendein Dunkler, sondern der Teufel.

Die Sieben nahmen ihre Plätze im Kreis der Throne ein, und noch immer herrschte absolute Stille im gesamten Tempel. Alle schienen die Luft anzuhalten und abzuwarten, was geschehen würde. Man hätte eine Nadel fallen hören können.

Schließlich beugte mein Vater sich etwas vor und ließ seinen Blick über die Menge schweifen, warf auch mir einen kurzen Blick zu und sagte dann, ohne die Stimme zu erheben: »Das Tribunal ist eröffnet.«

Augenblicklich brach tosender Applaus aus, und die Masse tobte förmlich auf ihren Bänken, schrie, kreischte, jubelte und ließ die Erde erbeben. Um uns herum, über uns, einfach überall rissen sie ihre Arme in die Luft und klatschten. Es war ohrenbetäubend und atemberaubend zugleich und riss sogar mich mit. Allerdings ließ ich mich nicht dazu hinreißen zu klatschen, schließlich hielten sich die anderen Erben auch zurück und bedachten die Menge nur mit wohlwollenden Blicken.

Über den gleichen Zugang, den auch die Sieben genommen hatten, betraten jetzt Wächter den Tempel. Sie zogen lange Ketten hinter sich her, schleiften sie lautstark über den Boden, und einige Meter dahinter folgte Evangelista, an deren Händen die Ketten endeten und die mit gesenktem Blick den langen Weg entlangschlurfte. Es war beängstigend und ungewohnt, sie so zu sehen, den Blick stur auf den Boden gerichtet und völlig kraftlos.

Ihr war anzusehen, wie sehr sie litt, doch sie hatte ihr Schicksal offenbar akzeptiert und aufgegeben, anders konnte ich mir ihre völlig eingesunkene Körperhaltung nicht erklären. Ich konnte nicht anders, als Mitleid zu empfinden. Es war völlig egal, was sie getan hatte, dieser Moment musste grausam sein, so vorgeführt zu werden und unter den Pfiffen der Massen den Tempel betreten zu müssen.

Aus den Augenwinkeln sah ich Augusto, der mit einem Mann sprach, der plötzlich hinter ihm aufgetaucht war und nun mehrfach nickte. Dann stand mein Bruder auf und folgte dem anderen schnellen Schrittes aus der Loge heraus.

Ich hatte den anderen Mann schon einmal gesehen, damals, als Augusto in das ISCHARIOT einmarschiert war, um mich zu überreden, mich zu stellen. Der andere Mann war einer von den Wachen gewesen, die mein Bruder mitgebracht hatte, und offenbar der Einzige, der überlebt hatte.

Ich erkannte noch, dass jetzt ein Dritter zu ihnen stieß, und tatsächlich war ich erstaunt, als ich ihn erkannte. Es war der grauenvolle Verwalter des Kölner Torhauses. Auch er ließ sich das Spektakel offensichtlich nicht entgehen.

Ich konnte ihn nicht ausstehen, wie er allein schon dastand, mit erhobenem Haupt, unwillig, mich überhaupt zu bemerken. Sie sprachen kurz miteinander, dann verschwanden sie in der Menge. So wie mein Bruder sich in letzter Zeit aufführte, passte er charakterlich natürlich ganz fantastisch zum Verwalter, der mich seine Abneigung stets hatte spüren lassen.

»Wir waren das Licht, wir sind das Dunkel, wir werden das

Danach«, erklang plötzlich die Stimme meines Vaters, und ich richtete meine Aufmerksamkeit wieder auf den Kreis der Sieben und Evangelista, die jetzt an die Kanzel unmittelbar davor gekettet worden war.

»Bis in die Ewigkeit, Amen«, antwortete die Menge.

»Verlest die Anklage.«

Es war schrecklich, viel schlimmer, als ich gedacht hatte. Denn der Princeps der Wächter verlas die Anklage nicht einfach nur, sondern brüllte Evangelista regelrecht an. Er beschuldigte sie, wiederholte unzählige Male, wie abscheulich ihre Verbrechen seien, welch eine Schande sie sei, und die Menge stimmte immer wieder mit ein, beschimpfte sie und schrie ihr grauenvolle Dinge entgegen. Sie hielt dem Unwetter, das über sie hereinbrach, stoisch stand und klammerte sich an der Kanzel fest, ohne jedoch ein einziges Mal aufzublicken.

Evangelista schien das alles gar nicht zu interessieren. Sie starrte einfach auf den Boden und wirkte völlig teilnahmslos, was mit einem Mal seltsam auf mich wirkte. War eine solche Haltung normal? War das vielleicht ihre Art, damit umzugehen?

»Was hat sie bloß?«, fragte ich mehr mich selbst, aber Timur beugte sich dennoch zu mir hinüber und antwortete leise.

»Sie weiß, dass es eigentlich schon zu Ende ist.« Er klang hart.

»Aber das ist doch nicht ihre Art. Sie ist ja gar nicht anwesend«, wandte ich ein und beugte mich vor, um sie besser sehen zu können, aber ich war zu weit entfernt.

»In so einer Situation ist sogar eine Evangelista Scaletto sprachlos.«

»Vielleicht, aber ich glaube, sie würde sich trotzdem anders verhalten. Evangelista ist viel zu stolz, um so zu reagieren. Sie würde es mit Anmut ertragen. Diese Evangelista da unten ist doch ganz woanders«, beharrte ich und erntete von Timur nur einen unwilligen Blick.

Er konnte offenbar nicht verstehen, dass ich mir ausgerechnet jetzt Gedanken über Evangelistas emotionalen Zustand machte.

»Und was soll das jetzt heißen?«, fragte er beinahe genervt. »Dass sie manipuliert wird? Das kann nicht sein. Du weißt, dass Dunkle gegen Einflüsterungen immun sind.«

»Ja, das weiß ich, aber vielleicht wird sie von einem besonders mächtigen Dunklen manipuliert.«

Timur schüttelte den Kopf. »Das ist nicht möglich. Du kannst einem Dunklen nur etwas einflüstern, wenn er es selbst zulässt, und sie würde es sicher nicht einmal ihrem eigenen Vater erlauben.«

Evangelista war tatsächlich viel zu stolz, selbstverliebt und noch tausend andere Dinge, um es jemandem zu gestatten, sie zu manipulieren – bewusst oder unbewusst.

»Außer sie wäre jemandem so verfallen, dass sie es gar nicht merken würde, dass sie es ihm erlaubt.«

Timur schnaubte und zwinkerte mir zu. »Ich könnte ja mal versuchen, dir was einzuflüstern.«

In dieser Sekunde explodierte eine Synapse in meinem Unterbewusstsein.

Wenn sie jemandem verfallen wäre, könnte der ihr alles Mögliche einflüstern. Er könnte sie sogar dazu bringen, Dinge zu tun, die sie gar nicht tun wollte – zum Beispiel einen Mord zu begehen. Er könnte alles mit Evangelista tun, was immer er wollte, und niemand käme jemals auf die Idee, dass sie manipuliert sein könnte.

Plötzlich kribbelte mein ganzer Körper, und ich setzte mich kerzengerade auf. Diese Vorstellung war katastrophal, und ich traute mich kaum, weiterzudenken, doch dann begriff ich, dass es nur diese eine Möglichkeit gab.

Und dann fand auch endlich dieser entscheidende Gedanke seinen Weg in mein Bewusstsein.

Ich drehte mich um, sah den leeren Platz, auf dem eben noch mein Bruder gesessen hatte, und dachte an den Mann, seine Wache, der ihn abgeholt hatte. Die Haare dieses Mannes waren im Gegensatz zu allen anderen von Augustos Wachen kurz geschoren – so wie die des Mannes, der den gestohlenen Dolch vor dem Dom entgegengenommen hatte.

Evangelista war vielleicht die stolzeste und niederträchtigste Ziege, die das Dunkel jemals hervorgebracht hatte, aber sie war in einem Punkt schwach. Sie war schrecklich verliebt und einem Mann entsetzlich verfallen – meinem Bruder Augusto.

Und plötzlich passte auch alles andere zusammen. Warum war ich überhaupt im Rheinauhafen gewesen, wo Alessandro Cabianca ermordet worden war? Weil der Verwalter – Augustos persönlicher Freund – mich dort hingeschickt hatte. Er hatte mir den Auftrag erteilt und mich in die Falle gelockt. Wer hatte an meine Fingerabdrücke kommen können? Nur der Verwalter, der im Kölner Torhaus mehr als genug Weingläser mit meinen Fingerabdrücken hatte einsammeln können. Er war ein mächtiger Dunkler und imstande, die Abdrücke ganz einfach von einem Glas auf den Dolch zu evaporieren.

»Was ist los?«, fragte Timur plötzlich, als er meinen Gesichtsausdruck bemerkte.

»Augusto.«

»Was?«, fragte er und sah sich nach meinem Bruder um, konnte ihn aber nicht finden, denn er hatte die Loge ja verlassen. Wahrscheinlich wollte er Evangelista noch weitere Dinge einflüstern, die ihr selbst nie in den Sinn kämen.

»Es ist Augusto. Er hat ihr alles eingeflüstert, und sein Wächter hat den Dolch gestohlen. Ich weiß einfach, dass es so war. Wir müssen ihn finden.« Auch meine Schwester Mia drehte sich nun um und starrte mich an.

»Was? Wie kommst du jetzt darauf?«, fragte Timur, obwohl ich schon aufgesprungen war.

Pria und nun auch ein paar andere sahen mich fragend an, aber ich hatte jetzt keine Zeit, es ihnen zu erklären. Ich musste Augusto finden, bevor sie Evangelista hinrichten würden.

Mein Herz schlug mir bis zum Hals. Ich sah mich um und starrte in die absolut unüberschaubare Menge schwarz gekleideter Dunkler.

Timur tauchte an meiner Seite auf und umfasste meinen Oberarm, um mich zu sich zu drehen. Schließlich schaffte er es, meinen Blick einzufangen.

»Was ist los, Catalea?«, fragte er noch einmal. Mia war neben ihn getreten.

»Augusto? Was meinst du damit?«

Ich holte tief Luft und sah sie beide so eindringlich an, wie ich nur konnte.

»Augusto hat Evangelista alles eingeflüstert. Ich weiß nicht, warum er das getan hat, aber ich muss ihn jetzt finden, sonst werden sie Evangelista töten und er kommt davon. Ich bin mir absolut sicher, dass er den Dolch hat stehlen lassen. Du musst mir jetzt vertrauen und mitkommen, oder du lässt mich gehen. Aber ich muss jetzt los«, sagte ich entschlossen und ballte die Hände zu Fäusten.

Einige Sekunden verstrichen, während Timur nachdachte. Er schien abzuwägen, verzog das Gesicht, aber schließlich nickte er. »Okay. Wir suchen ihn.«

»Wir sollten uns trennen, sonst finden wir ihn niemals. Ich suche oben und du unten«, schlug ich vor.

»Du solltest nicht allein gehen. Er ist der Erbe, Catalea. Dein Bruder ist sehr mächtig, unterschätze ihn nicht.«

Oh, diesen Fehler würde ich nie wieder begehen, denn das hatte ich offenbar viel zu lange getan.

»Ich komme mit«, meldete sich Mia jetzt.

»Nein, du solltest hierbleiben und die Stellung halten«, antwortete ich. Vor allem, um Mia aus der Schussbahn zu halten. Sie war Augusto nicht gewachsen – zumindest vermutete ich das.

»Ich begleite sie.« Ich wirbelte herum und blickte in Pria Tiranis dunkle Augen. »Es tut mir leid, ich habe mitgehört, ein altes Laster von mir. Ich konnte ihn noch nie leiden, also werde ich dir helfen«, sagte sie und zog sich kurzerhand ihre roten Pumps aus und raffte ihr Kleid hoch. »Glaubst du, dass er noch hier ist?«

Ich sah sie einige Sekunden erst ungläubig, dann dankbar an und nickte.

»Er wird nicht aufhören. Er wollte Evangelista schon umbringen, als sein Plan aufgeflogen ist, jetzt wird er sie zumindest alle Taten gestehen lassen, damit sie verurteilt wird, denn dann ist er sie los«, sagte ich und kickte ebenfalls die verfluchten Stilettos von meinen Füßen.

»Dann finden wir ihn«, antwortete sie, und wir rannten los.

Wir ernteten reichlich irritierte Blicke, als wir durch die langen Reihen huschten. Timur war in die andere Richtung, nach unten, losgerannt. Pria und ich durchkämmten die Menge in einigen Metern Abstand voneinander und suchten krampfhaft nach Augusto.

Mittlerweile war der Ankläger dazu übergegangen, Evangelista Fragen zu stellen: ob sie Alessandro Cabianca umgebracht habe, ob sie schuldig sei, ob sie Catalea Morgenstern in die Falle locken wollte und sie es getan habe, um ihr Haus zu stärken.

Sie stimmte jeder Anschuldigung völlig willenlos zu und gestand ihre Tat. Ihr Verhalten beseitigte auch meine letzten Zweifel, und ich war mir sicher, dass Augusto ihr all das gerade einflüsterte und die ehrlose Evangelista für seine Zwecke missbrauchte.

Dass ausgerechnet mein eigener Bruder mir so etwas angetan hatte, machte mich so unglaublich wütend, dass die Bestie längst von meinem Körper Besitz ergriffen hatte. Ich war schneller und stärker, und meine Sinne waren so geschärft, dass ich Hunderte Gesichter gleichzeitig überfliegen konnte.

Mittlerweile hatten wir uns bis in die obersten Reihen des Tempels hochgearbeitet, und ich sah immer wieder Hilfe suchend zu Pria, die aber auch noch keinen Erfolg gehabt hatte.

Über die nächste Bank sprang ich einfach hinüber und erwischte so gerade eben noch die Rückenlehne der folgenden Bankreihe. Ich taumelte kurz, fing mich aber wieder. Die Sekunde, in der ich beinahe das Gleichgewicht verloren hätte, verhalf mir zum Erfolg, denn als ich mich einmal um die eigene Achse drehte, erkannte ich weit hinten, halb im Dunkel verborgen, Augustos unverwechselbaren Haarschopf.

Ich bremste ab und starrte ihn an. Seine Lippen bewegten sich rasend schnell, seine Finger tanzten wie die eines Puppenspielers, und ich spürte die Macht, die von ihm ausging. Der Schock sorgte dafür, dass ich für eine Sekunde das Gefühl hatte, in Watte gepackt zu sein, und meine Ohren taub zu werden schienen.

Ich hatte es vielleicht vermutet, aber die Gewissheit erreichte mein Bewusstsein erst jetzt, als ich sah, dass er es wirklich tat. Da stand Augusto, mein eigener Bruder, und zwang Evangelista seinen Willen auf, beraubte sie ihrer Entscheidungsfreiheit und hatte sie dazu gebracht, schreckliche Dinge zu tun.

Der Zorn übermannte mich. Die unhaltbare Wut, die die Bestie in mir zum Schreien brachte, sorgte dafür, dass ich meine Hand gegen ihn richtete und so heftig durch die Luft wischte, dass er förmlich nach vorn katapultiert wurde.

Ich war selbst erstaunt, welche Wucht er entwickelte, als er durch die Luft flog. Sein Körper durchschlug mehrere massive Bankreihen, flog über den nächsten Balkon und riss einen tiefen Krater in eine mehrere Meter breite Säule, von der er sogleich abrutschte. Noch während er in die Tiefe trudelte, stieß ich mich vom Boden ab und sprang ihm hinterher.

Die Menge schrie auf, verstummte jedoch augenblicklich wieder, als Augusto mit einem lauten Donnern auf dem Boden des Tempels aufschlug.

Ich landete nur wenige Meter neben ihm und beobachtete, wie er völlig orientierungslos und derangiert wieder aufstand und zu verstehen versuchte, was gerade passiert war. Als er mich erkannte und begriff, was ich getan hatte, verfinsterte sich sein Gesicht und wurde zu einer gehässigen Fratze.

»Was fällt dir eigentlich ein, du dreckiges Halbblut?«, brüllte er und sprach damit wahrscheinlich zum ersten Mal aus, was er sich sein Leben lang verkniffen hatte.

Ich ließ ihn erneut mit aller Kraft gegen die Säule krachen, sodass ein weiterer Krater im Fußboden entstand. Ich hatte keinen Funken Mitleid mit ihm und hätte diese Prozedur noch einige Male wiederholen können, wartete aber eine Sekunde zu lang. Denn dieses Mal war er vorbereitet und stand viel schneller wieder auf den Beinen, als ich gedacht hätte. Er hob beide Arme, woraufhin zwei der gewaltigen, mehrere Meter langen Holzbänke in einer halsbrecherischen Geschwindigkeit auf mich zuflogen.

Doch da griff Pria ein, die mit einer Handbewegung nicht nur die Bänke in der Luft ablenkte, sondern auch Augusto ein weiteres Mal gegen die Säule schleuderte, die mittlerweile gefährlich viele Risse hatte.

Die Menge wurde immer unruhiger, raunte für mich unverständliche Dinge. Die Luft knisterte, doch ich achtete nur auf Augusto.

Eine Sekunde später landete Timur so heftig neben mir, dass der Stein unter seinen Füßen barst. Er baute sich wie ein Fels vor mir auf und knurrte laut, um Augusto unmissverständlich klarzumachen, dass er es gar nicht erst versuchen sollte. Timur würde ihn mit aller Gewalt aufhalten, koste es, was es wolle.

»Du hast das alles getan! Du warst das!«, schrie ich und war erschrocken darüber, dass meine Stimme so brüchig klang. »Du hast Evangelista das alles eingeflüstert. Du wusstest genau, wie sehr sie dir verfallen war. Du hast ihr befohlen, Alessandro umzubringen, und wolltest es mir anhängen. Ich bin deine Schwester, du Arschloch! Ich bin …«

Augusto ließ mich nicht ausreden. Seine Stimme schwoll zu einem Donnern an, und seine Augen glommen gefährlich auf.

»Kannst du nicht endlich dein verdammtes Maul halten, du Hurenkind?«, schrie er. »Du bist nicht meine Schwester, du bist nur ein Mensch.« Das letzte Wort spie er mit solcher Abscheu aus, dass es mich kurz aus dem Konzept brachte. »Was fällt dir überhaupt ein, die Stimme gegen mich zu erheben? *Ich* bin der Erbe des Hauses Morgenstern! Du hast es nicht verdient, dieses Haus zu beerben«, brüllte er. »Du bist es nicht wert, du bist nur irgendeine dahergelaufene Missgeburt. *Ich* bin der Erbe! Ich, ich, ich!«

Ich starrte ihn entgeistert an und verstand die Welt nicht mehr. Er war völlig außer sich, formte in seiner Hand ein Geschoss, doch Timur griff blitzschnell ein. Er schoss vor, drehte Augustos Arm herum und drückte ihn auf den Boden.

Augustos Beleidigungen ließen mich völlig kalt, sie waren mir egal – und dennoch starrte ich ihn ungläubig an. Wieso sollte ich das Haus beerben? Wieso kam er auf die Idee, dass ich seinen Platz einnehmen wollte? Mir lag doch nichts ferner als das.

»Ich will doch gar nicht das Haus beerben! Wie kommst du auf diese Idee? Ich …«

»Weil *er* dich zur Erbin machen will!«, schrie Augusto, während Timur sein Gesicht in den Staub drückte. »Er will mich enterben und dich zu seiner Kronprinzessin machen.«

Mein Herz setzte einen Schlag aus, und mein Kopf schnellte herum zu dem Kreis der Sieben, der jetzt ganz nah war. Ich starrte meinen Vater an, der im Gegensatz zu allen anderen noch immer auf seinem Platz saß und die Beine über die Armlehne seines Throns baumeln ließ. Sein Gesicht zierte ein erhabenes Grinsen.

Das war absoluter Schwachsinn und ergab überhaupt keinen Sinn. Warum wollte mein Vater mich zu seiner Erbin machen, wenn er doch jemanden wie Augusto hatte – mächtig, erhaben und aristokratisch?

»Du wolltest *was*?«, fragte ich entsetzt.

Mein Vater lächelte, schien mit der Situation ziemlich zufrieden zu sein und legte den Kopf schräg.

»Und wie man sieht, ist diese Entscheidung durchaus richtig. Denn mein verkommener Sohn ist leider nicht mehr in der Lage, seiner Aufgabe nachzukommen. Er scheint sich eher auf seine eigenen Belange konzentriert zu haben«, erklärte er und bedeutete den Wächtern, die herbeigeeilt waren, sich um meinen Bruder zu kümmern. »Ich habe diese Entscheidung sehr lang abgewogen und bin zu dem Schluss gekommen, dass Augusto nicht länger Erbe des Hauses Morgenstern sein soll.

Dass er deshalb gleich eine solche Maschinerie in Gang setzen würde, konnte ich nicht ahnen. Aber glücklicherweise hat meine Tochter, die neue Kronprinzessin, diesen Komplott aufgedeckt, und das obwohl sie in der Schusslinie stand. Wenn sie das nicht dazu berechtigt, dieses Haus zu führen … Du bist die bessere Erbin, meine Tochter«, schwadronierte er ausladend.

»Das werde ich niemals zulassen. Nie! *Ich* bin der Erbe! Das Haus gehört mir! Mir allein!!!«

Augusto schrie, als ihn die Wächter in Ketten legten und Timur von ihm abließ. Er verfiel in unverständliches, hysterisches Gekreische.

Mein Vater schnippte mit den Fingern und setzte ein unheimliches Werk in Gang: Augustos Schreie wurden leiser, und allmählich wuchs sein Mund zu.

Ungläubig sah ich wieder meinen Vater an und verstand allmählich, dass er schon wieder ein abgekartetes Spiel mit uns allen gespielt hatte.

Er war mit Augusto unzufrieden gewesen und hatte gewusst, dass sein Sohn seine viel schwächere Schwester im Nichts verschwinden lassen wollte. Doch der Teufel hatte die gesamte Situation so gedreht, dass er selbst erstarkt und mit einer neuen Erbin aus der Sache hervorging.

Augusto riss die Augen auf, als sein Mund völlig zugewachsen war, und wurde schließlich von den Wächtern hinausgeführt. Ich sah ihm nach, bis die Laute der klirrenden Ketten endgültig verstummt waren.

Der Tempel versank in vollkommener Stille, es war unheimlich. Weder die unzähligen Dunklen und Halbblute auf den Rängen noch die Sieben gaben einen Laut von sich. Es war absolut ruhig.

Ich entschied mich, das Wort zu ergreifen. Denn ich hatte noch etwas zu sagen und wollte vermeiden, dass jemand auf die

Idee käme, hier irgendetwas anders auszulegen. In diesem Moment konnte ich mir des Gehörs der Anwesenden sicher sein.

»Evangelista Scaletto ist unschuldig. Falls sie Alessandro Cabianca überhaupt selbst getötet hat, dann stand sie während dieser Zeit unter Augustos Einfluss«, erklärte ich an die Sieben gewandt und starrte meinen Vater finster an. »Bei allem, was sie getan hat, hat Augusto ihr Tun gelenkt. Sie kann nicht dafür verantwortlich gemacht werden, was mein Bruder verschuldet hat.«

»So soll sie frei sein«, antwortete mein Vater gelangweilt. »Ihr habt die Kronprinzessin gehört.«

Timur überbrückte die Distanz zwischen uns innerhalb weniger Sekunden und stand plötzlich vor mir. Er blickte mir tief in die Augen, umfasste mein Gesicht und küsste mich. Es war nur ein kurzer, beinahe flüchtiger Kuss, aber genau das brauchte ich jetzt.

Dann wandte er sich an Pria und flüsterte: »Danke, Pria.«

Sie nickte erst ihm und dann mir zu.

Timur griff nach meiner Hand und zog mich mit sich. Unter Tausenden von Augenpaaren liefen wir gemessenen Schrittes über den roten Teppich und hielten erst an, als wir die Wächter erreichten, die den Ausgang versperrten.

Ich spürte, dass Timur sie aus dem Weg räumen wollte, aber ich kam ihm zuvor.

»Macht Platz!«, verlangte ich und blieb dabei völlig ruhig, fixierte sie aber mit festem Blick. Dann rief ich so laut, dass meine Stimme von den Wänden widerhallte: »Ich bin die Kronprinzessin.«

»Nach euch, Prinzessin«, sagte Timur ganz leise und grinste mich breit an.

»Danke, mein Prinz.«

Epilog

»Das ist nicht dein fucking Ernst«, platzte es aus mir heraus, als ich das schwarze Monster vor dem Haus sah.

Beinahe hätte ich den Koffer fallen gelassen, was nicht so schlimm gewesen wäre, schließlich war er nur mit hochhackigen Schuhen vollgestopft. Ich hatte ohnehin überlegt, ihn einfach im Rhein zu versenken – aus Versehen selbstverständlich.

Mittlerweile hatte ich die Kleider und Pumps gegen eine einfache Hose und mein Lieblingsshirt getauscht – und die Stilettos selbstverständlich gegen fantastisch bequeme Sneakers, die ich nie wieder ausziehen würde.

»Also entschuldige mal, du hast dich ständig darüber beschwert, dass ich andauernd neue Sportwagen hatte, und jetzt kaufe ich einen Geländewagen, und du bist noch immer unzufrieden«, antwortete Timur und deutete auf den schwarzen Hummer, der in seinen Ausmaßen eher einem Panzer glich als einem normalen Auto.

»Es ging mehr darum, dass du überhaupt alle paar Tage ein neues Auto hattest.«

»Ach, *das* hat dich gestört?«, fragte er ehrlich irritiert.

»Ja, verflucht!«

Ich verdrehte die Augen und warf den Koffer in den Kofferraum, in dem ein ausgewachsenes Flusspferd Platz gefunden hätte, dann schloss Timur die Klappe und öffnete die Fahrertür.

Ich wollte ebenfalls einsteigen, hielt aber noch mal inne und ging die paar Schritte zum Geländer, das die Hafenpromenade vom Rhein trennte. Ich beugte mich darüber und blickte gedankenverloren ins Wasser.

Köln war meine Heimat. Hier war ich aufgewachsen und zur Schule gegangen. Meine Kindheit war schrecklich gewesen, aber vor allem hatte ich hier damit begonnen, für meinen Vater und die Firma zu arbeiten, Jeans gegen Designerkleider getauscht und war zu einer Todeshändlerin geworden.

Diesen Job hatte ich jetzt an den Nagel gehängt. Die Erbin des Hauses Morgenstern könne schließlich keine niederen Arbeiten verrichten, hatte Onkel Castor gesagt.

Er war wieder zum Sprachrohr meines Vaters geworden und nervte mich nun mit Belanglosigkeiten. Manchmal hörte ich einfach zu, schloss die Augen und ließ es über mich ergehen. Glücklicherweise war ich ihm mittlerweile gewachsen und hatte nach einer endlosen Dikussion getan, was ich am besten konnte: Ich hatte Onkel Castor mit einem Fingerzeig durch die Luft gewirbelt und im Rhein versenkt. Allerdings war ich mir sicher, dass er wiederkommen würde und dann nicht sonderlich erfreut wäre, aber damit käme ich klar.

Allerdings hatte ich nicht vor wiederzukommen, zumindest vorerst nicht.

Timur und ich hatten lange überlegt, weil uns beiden klar war, dass wir uns unserer Bestimmung nicht entziehen konnten. Zwei Erben der sieben Häuser konnten nicht einfach verschwinden und kündigen, so naiv waren wir nicht – besonders ich hatte dazugelernt. Wir würden uns unseren Aufgaben stellen, leitende Positionen einnehmen und dafür sorgen, dass die Toten, die es verdienten, in das Dunkel gingen. Wir würden um die Welt reisen und uns um das Geschäft mit dem Tod kümmern. Allerdings würden wir das auf unsere Weise tun – vor allem aber nicht jetzt sofort und auch nicht morgen.

Die Firma würde sicher ein paar Monate ohne uns auskommen, denn Timur und ich hatten beschlossen, uns zunächst einer anderen Aufgabe zu widmen. Er hatte sogar darauf bestanden, Kitty zu fragen, ob sie uns nicht begleiten wollte, aber glücklicherweise hatte sie abgelehnt. Ich war noch immer davon überzeugt, dass sie völlig wahnsinnig war und uns irgendwann im Schlaf ermorden würde. Vielleicht auch nur versehentlich, aber es war besser, sie nicht in der Nähe zu haben.

Aber Kitty hatte ohnehin eigene Pläne. Sie wollte den Club neu eröffnen und allen Gefallenen wieder ein Zuhause bieten – eine »Höhle für Sex, Alkohol und Laster«, wie sie es nannte.

Ich hatte zwar gesagt, wie schrecklich schade ich es fände, dass sie nicht mitkäme, aber insgeheim hatte ich Freudensprünge gemacht. Timur hatte mir meine Traurigkeitsbekundungen natürlich nicht abgenommen und mich nur mit erhobenen Augenbrauen angestarrt.

Tatsächlich schade fand ich es allerdings, dass Machiel ihr dabei helfen wollte, den Club wiederherzurichten, denn ihm hatten wir ebenfalls angeboten, uns zu begleiten. Er hing an diesem Ort, und auch wenn Judas nicht mehr lebte, wollte er seine Aufgabe in dessen Namen fortführen, und diesen Wunsch konnte ich selbstverständlich verstehen.

»Los, steig ein. Ich will endlich los.«

»Kannst du mich nicht einmal in Ruhe lassen? Ich will mich von meiner Heimat verabschieden.«

»Du hast bald eine neue Heimat«, antwortete Timur trocken.

»Du bist ein emotionsloser, unempathischer, ekelhafter Typ, weißt du das eigentlich? Du bist ein richtiges …«

»Arschloch. Ja, ich weiß. Und jetzt halt die Klappe und steig ein.«

Es würde ein hartes Stück Arbeit werden, überhaupt mit

ihm unter einem Dach zu leben, aber ich hatte versprochen, ihm zu helfen.

Timur sah seine Aufgabe darin, sich um Marias Familie zu kümmern, gerade jetzt, wo einer ihrer Nachkommen, Isabella, gestorben war. Wie alle paar Jahrzehnte wollte er nun einige Zeit bei ihnen verbringen.

Isabellas Kinder wollten jedoch den Platz ihrer Mutter gar nicht einnehmen. Sie waren glücklich in ihren Leben, wussten um die Bedeutung ihres Blutes, aber ein Leben auf einer Insel? Sie hatten stattdessen vorgeschlagen, dass Timur endlich tun sollte, was er schon vor hundert Jahren hätte tun sollen: das Haus im See endlich als sein Zuhause annehmen.

Dieser Ort hatte vor langer Zeit einmal der Frau gehört, die er geliebt hatte. Wem sonst sollte dieser Ort als Zuhause zustehen, wenn nicht ihm, der seit Jahrhunderten immer wieder herkam und die Isola besser kannte als jeder andere?

Timur hatte lange gezögert, doch schließlich zugestimmt, nachdem ich gesagt hatte, dass ich ihn an den Lago d'Iseo begleiten würde.

Ich stieg in den Wagen, knallte die Tür zu und verschränkte die Arme vor der Brust.

»Wenn du glaubst, dass das so weitergeht, hast du dich geschnitten, Freundchen! Ich bin schließlich die Tochter des Teufels. Streng genommen bin ich deine Vorgesetzte und überhaupt, du hast kein Recht …«

In dämonischer Geschwindigkeit beugte er sich zu mir herüber und presste seine Lippen auf meine. Er küsste mich, wie nur er es konnte, und brachte mich damit zum Verstummen.

Dann zog er sich ebenso schnell zurück, wie er gekommen war, schob sich die dunkle Ray-Ban auf die Nase und ließ den Motor aufheulen.

»Ich sagte doch schon: Halt die Klappe, Prinzessin.«

Nachwort

Anmerkung des Verlages

Liebe Leser, bei diesem Exemplar handelt es sich um eine völlig neu überarbeitete Ausgabe des Handbuchs der Toten. Nach gravierenden Umstrukturierungen innerhalb des Dunkels steht Ihnen ab sofort diese neue, komplett überarbeitete und attraktiv bebilderte Ausgabe zur Verfügung, um sich in Ihrem Leben nach dem Tod zurechtzufinden.

Kritik und Anregungen können Sie durch die beiliegende Feedbackkarte direkt an den Verlag senden. Damit nehmen Sie außerdem an der Verlosung eines spannenden und unterhaltsamen Tanzkurses »Dancing on Fire« teil.

Bitte blättern Sie nun zu Kapitel 1 – Neuanfang.
Diese neue 783. Neuauflage wurde in Auftrag gegeben von: der Teufelin. (Herrin Haus Morgenstern)

...

Aus: Ratgeber für die Toten. 783. Auflage
Verlag der Finsternis